风起云涌的变革时代　　个人命运的起起落落
周梅森以"人民的名义"书写近代中国大历史

周梅森 著

周梅森历史小说经典

沉沦的土地

江苏凤凰文艺出版社
JIANGSU PHOENIX LITERATURE AND ART PUBLISHING, LTD

图书在版编目（CIP）数据

沉沦的土地 / 周梅森著. — 南京：江苏凤凰文艺出版社，2018.8
ISBN 978-7-5594-1651-3

Ⅰ.①沉… Ⅱ.①周… Ⅲ.①中篇小说－小说集－中国－当代 Ⅳ.①I247.5

中国版本图书馆 CIP 数据核字(2018)第 043282 号

书　　名	沉沦的土地
著　　者	周梅森
责任编辑	孙金荣　李黎
装帧设计	夏艺堂艺术设计+夏周
出版发行	江苏凤凰文艺出版社
出版社地址	南京市中央路 165 号，邮编：210009
出版社网址	http://www.jswenyi.com
印　　刷	江苏凤凰通达印刷有限公司
开　　本	718×1000 毫米 1/16
印　　张	22.25
字　　数	300 千字
版　　次	2018 年 8 月第 1 版　2018 年 8 月第 1 次印刷
标准书号	ISBN 978-7-5594-1651-6
定　　价	48.00 元

（江苏凤凰文艺版图书凡印刷、装订错误可随时向承印厂调换）

目录

沉红 // 001

沉沦的土地 // 115

荒天 // 181

焦土 // 271

—— 沉 红 ——

一

这便进了凤鸣城。城门楼子真大,城墙真高,城里的路道宽阔得像打麦场。车马行人也多,熙熙攘攘,来来往往,从身边过个不停,流水一般。有一种铁棺材似的车,没人推自己竟能跑,还发出阵阵令人惊奇的怪叫声,既不像驴叫,又不像马叫,倒有点像山里人吹的唢呐。更多的还是红红绿绿的轿,一会儿过去一顶,轿夫身上的号衣鲜鲜亮亮,让人觉得晃眼。

城里就是城里,和山里不一样,大街上热闹着呢。

后来,被多哥拽着,拐进了一条小巷子。小巷子里车马轿子不多,人也稀,巷子两旁虽也有不少店铺,却难得看到几个买东西的主顾。道路也不好哩,一色青石板,湿湿的,亮亮的,穿草鞋的脚踩上去老打滑,都不如城外的山道好走。

顺着湿漉漉的青石道,一步一滑走了没多远,便见到一座青砖红木的雕花楼房,楼房前静静的,冷清得很,一个人影没有,只两只红绸布大灯笼在门两旁赫然悬着,灯笼上还有字。

多哥看着大灯笼笑了,对玉钏说:"到家了。"

玉钏看了多哥一眼,没作声,心想:是你的家,又不是我的家,你高兴,我才不高兴呢。

多哥偏在玉钏脸上捏了一把,说:"以后这里就是你的家了,只要进了这门,你就掉福窝里去了!"

玉钏才不信哩!打从记事起,玉钏就没见过几个好人。父母死得早,好不好不知道,舅舅和舅母不好却是知道的。舅舅和舅母对她不是打就是骂,三天两头让她饿饭,从记事起,就没给她做过一件花衣服——她身上穿的全是表哥扔下不要的破衣旧裤,补钉连补钉。因此,舅舅把她卖给多哥时,她一点也不难过,只巴望早点走,快点走,走得离舅舅越远越好。

愣愣地瞅着门楼,玉钏揣摩,这八成是个大户人家吧?就算不是福窝,也不会比舅舅家更坏了。

多哥见玉钏发愣,扯了玉钏一把,把玉钏扯到了门楼下:"快走吧,待得见了你妈,我就交差了!"

玉钏这才怯怯地往台阶上走,两眼只看门楼,没看脚下,一不注意,被台阶绊了一跤,脚下的草鞋掉了底。草鞋是出门时新换的,用麻线连连还能穿几日。玉钏这么想着,弯腰去拾草鞋。

多哥动作倒快,飞起一脚,将草鞋踢到了台阶下:"到这地了,哪还能让你穿草鞋?!"

玉钏讷讷道:"这……这草鞋还新着哩!"

多哥说:"新也不穿,咱这里的姐妹都穿绣花鞋……"

玉钏只得将另一只草鞋也脱下来甩了,光着两只脚板进了门。

一脚踏进门里,还没看清雕花楼里的景状,就听得一个中年女人在楼里什么地方一声声唤着:"哎,妮子们啊,该起床了,太阳晒腚了,把腚都晒糊了……"

中年女人关乎太阳的叫嚣,让玉钏起了疑惑,玉钏真以为一直没露脸的太阳出来了,不禁回首向门外看了看——没看到太阳的踪影,只看到一辆洋车响着清脆的铃声,从门前风一般地闪过。洋车的车轮恍惚还轧着了她甩下的那只没掉底的新草鞋……

观春楼的姐妹们嗣后回忆起来也说,玉钏到观春楼那天确凿不是个好日子哩!晒腚的太阳根本没有,天倒阴得让人伤心。窗外的天色暗暗的,楼里也是暗暗的,时间因此便恍惚得很,让人闹不清是中午还是傍晚。那当儿,姐妹们大都还在梦中,有的虽说醒了,也赖在床上吸大烟,吃瓜子,没几个动窝的。鸨母郑刘氏掐着腰在楼下门厅里一遍遍地叫唤,姐妹们只是不理不睬,直到郑刘氏敲着盘子喊起了开饭,才一个个不太情愿地爬起来梳洗打扮。

梳洗完后下楼,众姐妹就在楼下厅堂见到了玉钏。

刘小凤记得真切,那年玉钏最多十三四岁的样子,生得娇小玲珑花儿一般模样。小脸蛋白中泛红,像抹了胭脂。两只眼睛大大的,溪水一样清澈,一看就知道是个美人坯子,若不是一身男孩家的衣服破烂且乡气,真可算得上观春楼的一个小小花魁了。

刘小凤当时就悄悄对身边的姐妹说："这妮长得真俊,也不知妈咋搞到手的。"

多哥得意了,伸手在刘小凤浑圆的屁股上拧了一把,大模大样地道："这回不是你妈的本事,倒是你哥我的本事呢!"

刘小凤一把抓住多哥的手,对郑刘氏叫："妈,多哥又不老实了,拧我的腚呢!"

郑刘氏正上下打量着玉钏,满心的欢喜,便破例没骂多哥,反对刘小凤嗔道:

"拧一下就拧一下呗,拧少一块肉了?!"

刘小凤噘着嘴,不言声了。

多哥益发得意,指着玉钏对姐妹们吹:"她叫玉钏,是个孤女,自小跟舅舅过,她舅舅不是东西,大烟抽得凶,欠了人家不少钱,就托人说合,把嫡亲外甥女给卖了……"

多哥刚说到这里,玉钏就呜呜咽咽哭了起来。

郑刘氏恼了,对多哥喝斥道:"还不快闭上你的臭嘴!看看,都把我亲妮儿惹哭了哩!"

多哥不敢再吹下去了,转过脸去哄玉钏:"妹子,别哭了,啊?到这里来就好了……"

郑刘氏一把推开多哥,并不嫌玉钏衣着的寒酸,把玉钏搂到怀里,抚着玉钏的肩头说:"妮儿,别伤心了,从今往后,你就有好日子过了,这里呢,就是你的家,我呢,以后就是你的妈,只要日后你给妈争气,妈就把你当亲闺女待。"

郑刘氏话一落音,多哥便道:"妹子,还不快给你妈磕头!"

玉钏怔了一下,老实跪下了,对着郑刘氏恭恭敬敬磕了一个响头,哽咽着叫了一声:"妈……"

郑刘氏喜滋滋的,连连应着,起身拉过玉钏,把玉钏搂在怀里又是一阵亲热,弄得玉钏满脸泪水再没干过。

过后,多哥又引着玉钏拜见众姐妹。

玉钏来到姐妹们面前,怯怯地叫人,模样声调怪叫人怜惜。姐妹们当下便把玉钏围住,七嘴八舌问个不休。问玉钏是哪儿人,卖身价钱是多少,家里除了舅舅还有什么人。

玉钏不说,只是哭。

刘小凤又替玉钏擦着泪劝:"好了,好了,不哭了,再哭,你这小美人就要哭化了哩!"见玉钏仍是穿着那身寒酸的破衣服,郑刘氏也没让换,刘小凤又冲着郑刘氏嚷:"妈,咋还不给玉钏换衣服呢?就不怕这新收的小闺女丢您老人家的脸呀?!"

"哎呀呀,真是的,光顾高兴,把这事忘了。——也亏得凤丫头提醒!"

郑刘氏当下吩咐多哥去公柜上拿衣裙,让刘小凤带着玉钏去洗漱更衣。

多哥拿来的是一身半旧的水红绣衣,胸前有朵藕荷色的莲花,衣襟和裤腿缀有银线花边,边角已磨得有点发毛了。这身衣服是死鬼秀姑的,刘小凤知道,玉钏却不知道。刘小凤一来怕秀姑身上的晦气粘到可怜小玉钏身上,二来也嫌那身衣服太旧,便不让玉钏穿。

刘小凤跑去找郑刘氏,说:"妈,秀姑可是吊死鬼,让玉钏穿秀姑的衣服,好么?"

郑刘氏不解:"咋啦?"

刘小凤说:"晦气呢!若是日后这玉钏也成吊死鬼,您老可就亏大了!"

郑刘氏这才改了主张,亲自取了一套新做的大红花绸子衣裙让玉钏换上。

玉钏在刘小凤的帮持下,怯怯换起了衣裙。

郑刘氏瞅着正换衣裙的玉钏,又卖起了乖,绝口不提刘小凤对玉钏的关照,嘴上怪着多哥,口口声声说:"我的妮头回进门,哪能穿人家的旧衣服?这个多哥真是不懂道理哩!"

玉钏含着一眼眶泪说:"妈,这……这是我头一回穿新衣服,花衣服……"

郑刘氏一边给玉钏整着衣裙,一边温暖贴心地说:"这日后啊,新衣服、花衣服有你穿的呢!女孩儿家,就是要个美丽嘛,少了新衣服、花衣服哪成呢?!"

换了衣服,便像换了个人,玉钏身上的土气和乡气一下子全没了。再到厅堂时,姐妹们都夸玉钏是个小美人,都说玉钏脸上的悲苦不让人恼,却让人怜,正映衬出一种难得的洁雅来。郑刘氏拉着玉钏在大镜子前照来照去,心里也是挺满意的。

……

后来,吃罢饭,姐妹们要接客,郑刘氏和多哥也忙活起来,都顾不得玉钏了,郑刘氏便让门前正挂红灯的刘小凤把玉钏带上楼,帮着先照应一下。

刘小凤应了,扯着玉钏的手要上楼。

玉钏却在楼梯口回过了头,满面感激地看着郑刘氏,对郑刘氏说:"妈,我……我也能做事呢……"

郑刘氏手一摆,笑道:"罢了,你这小小的年纪,能做啥?快跟你小凤姐姐学琴写字去吧!"

刘小凤又扯了玉钏一把:"走吧。"

玉钏这才随着刘小凤上了楼,到了刘小凤的房间。

观春楼挂红灯的规矩是那年刚时兴的。

那年三月,钱团长的队伍开进凤鸣城,声言改革流弊旧政,保护妇女权利,不准月经期姐妹接客,每月给姐妹们三天例假。根据钱团长的命令,观春楼自备了红绸布小灯笼数盏,于月经来临时悬于例假姐妹房门前,这样客人们就不会闯进去霸王硬上弓了。观春楼的姐妹们对钱团长的改革自然很拥护,由此也就拥护起了钱团长和钱团长的队伍。姐妹们心下都感叹,这民国和帝制就是不同,她们这些风尘中人也有了民国的保护哩。

郑刘氏就不一样了,对钱团长和钱团长的改革都很不满,先还抗拒,硬要月经期姐妹给她接客赚钱,这就惹出了事。钱团长手下的一个歪嘴副官睡了楼里的一个姐妹,一文钱没给,还跑到钱团长面前去告状,说是郑刘氏不尊重妇女权利,残害经期妇女。钱团长大怒,一次罚了郑刘氏四百块大洋,还把观春楼封了三天。嗣后郑刘氏老实了,只要姐妹们身上不方便,再不敢多啰嗦,忙吩咐挂红灯——就是有些姐妹想多赚两个也是不许的……

玉钏却懵懂得很,再也没想到这红灯笼与刘小凤今日的生涯和她未来的生涯有什么关系。玉钏只觉得刘小凤这姐姐胆挺大,进屋后当着她的面换那东西,也不怕羞,后来只在身上套了件裙衣,内里连裤衩都没穿,就到门外去挂红灯笼。还感慨这姐姐的讲究,连那系在身下的东西都是新花布做的。真就以为自己是掉进了福窝里,看哪儿都是一片暖暖的春意。

把红灯笼悬于门楣,刘小凤按郑刘氏的吩咐教玉钏弹琴。

刘小凤坐在琴凳上,拉着玉钏的手,和气地说:"妹妹,要想在咱这立住脚,琴是要先学好的。别看如今的年景已是民国,咱观春楼可是古风犹存,仍是很讲究琴棋书画的。我们姐妹们必得方方面面学上两三年,才能出道接客呢。"

玉钏似懂非懂,冲着刘小凤直点头。

刘小凤又说:"早先咱观春楼聘有画师、琴师,很风光哩。郑刘氏当年便是红角儿。眼下战乱连年,地方上不安宁,才把琴师、画师辞了,郑刘氏自己充当了琴师和画师。咱姐妹们这两下子差不多都是跟她学来的,虽说是一代不如一代,可也算留下了一点儒雅之风。"

玉钏看着琴,听着刘小凤的娓娓述说,眼里渐渐有了亮色,气也喘得均匀了。

在汽灯下婷婷立着,玉钏对刘小凤由衷地说了句:"姐姐,这里真好呢。"又问,"郑刘氏把我从山里买来,就是为了让我学琴的么?"

"现在……现在是哩!"

"也不让我干活么?"

"你还没到能干活的时候——到时候,你得去接客。"

"接客？姐姐，接什么客啊？"

"好了，先别问了，你以后会知道的。"

言毕，刘小凤默默发了一阵呆，就像玉钏不在面前一样，旁若无人地抚琴弹起了一支曲子，低声吟唱道：

> 奴妾十八一枝花，
> 沾珠带露洁无瑕。
> 一朝坠入风尘里，
> 强作欢颜度生涯。
> 宾客来去复来去，
> 镜中孤影伴奴家。
> 生就红颜多薄命，
> 花开花落任由它。

一曲唱罢，刘小凤脸上的笑意没了踪影，长长叹了口气说："玉钏，既到咱这地方来了，就得收敛些心性了。还要吃得起委屈，万不可耍泼使性。你莫看今日里郑刘氏对你那么亲热，一口一个好妮子、亲妮儿地叫，你若不听话，只怕日后她要给你吃苦头哩。"

玉钏点了点头："我知道——她又不是我亲妈。"

刘小凤想了想，又说："玉钏，姐姐看你这一副小可怜的样子，从心里疼惜你，有些话就不能不早点和你说了。"

玉钏不知刘小凤要说什么，定定地盯着刘小凤的脸看。

刘小凤这才抚着玉钏道："这里其实不是寻常女孩家愿意来的地方，若想不开，日子难过；若想得开，也是好过的。姐姐这么多年就是这么过来的。虽说红颜多薄命，也不都是薄命的，倘或日后碰上个情投意合的体己恩客，也能赎出一个自由身。"

玉钏朦胧中已觉得哪儿有些不对头，看着刘小凤，颤声问："姐姐，人……人家赎……赎咱干什么？"

小凤和气地道:"自然是做人家的太太姨太太呀,替人家生子持家嘛!凭你玉钏这副俊俏模样,一定会有好男人为你千金一掷的。只是你得有一份耐心,得把人家的心拴牢实。这些对付男人的手段,姐姐以后都会教你——姐姐把这世上的男人全看透了!"

玉钏这才悟到,这地方八成是窑子。立时想起了舅母早先骂过的话——舅母说过的,要把她卖到窑子里去,让千人日,万人操。然而,她却仍不相信这么好地方会是窑子。带着一丝侥幸的心理,玉钏迟疑着问:"姐姐,咱……咱究竟是……是干啥的?"

刘小凤笑了笑,把打着活结的裙带缓缓解开,露出只吊着碎花布月经带的雪白躯体,一只手在大腿根的月经带上拍了一下,平淡地说:"就干这个——让肯为咱花钱的男人干咱。"

玉钏呆了,直愣愣地盯着小凤看了好一会儿,才"哇"的一声大哭起来。

这情形刘小凤见得多了,知道自己咋劝也是无用。因此任玉钏在那儿哭,也不劝,只把琴弹得极响——弹出北派的《高山》《流水》让激越的琴声把玉钏的哭声遮掩了。

后来,玉钏哭声渐渐弱了下来。

刘小凤这才好声好气说:"来吧,玉钏,跟姐姐学琴,免得日后枉吃许多苦……"

玉钏痛哭一场后,心里已明白,不论她愿意不愿意,进了观春楼的大门,她就再也出不去了,她不论学啥都是为了日后的卖身。刚认下的那妈是不会白花钱买她,也不会白让她在这窑子里穿花衣服,吃白面馍的。舅母咒她的事,真就被吸大烟的缺德舅舅干出来了,她真就要被……便眼泪汪汪一把抓住刘小凤的手,可怜巴巴地说:"姐姐,我……我怕……"

刘小凤叹气道:"莫怕!姐姐也是这样过来的,十六岁破身,至今都七八年了,不是仍活得好好的么?玉钏,你终还小,若是大了,若是想开了,就觉得这里的日子也有好处呢。自己快活,也让花钱的男人快活,且是风不吹头雨不打脸的。好,咱不说了,弹琴吧……"

玉钏无奈,只好噙着泪,和刘小凤学起了弹琴。

这当儿,夜已深,观春楼下的青石巷里已是一片不无淫荡意味的喧闹,再无白日里的那份冷清,就仿佛半个凤鸣城里的男人都涌来了。玉钏怯怯地撩开窗帘,一眼就看到,大门前亮闪闪的大灯笼下,车马轿子停了一片,不少洋车仍在来来往往,洋车的车铃声响个不断。

楼外热闹,楼里也热闹。

楼下厅堂里,打情骂俏的笑声叫声,一阵高似一阵,接客的姐姐们便于那连绵不绝的笑叫声中携着一个个胖瘦高矮不一的男人相继上楼去各自的房间——玉钏不时地听到有轻轻重重的脚步声在门前响起。

还不仅这些。

那夜,玉钏临时睡在刘小凤的大床上,还从被角下亲眼看到,一个拖着花白长辫子的老头硬闯到她们这门前挂红灯的房里来,把刘小凤挤在梳妆台前和刘小凤耍闹。老头搂着刘小凤亲嘴,用辫梢搔刘小凤的雪白的大奶子,还把手一次次伸到刘小凤身下摸来摸去。

刘小凤也不恼,一手搂着那不要脸的老头儿轻声笑着,叫着,说着脏话,一手却在掏那老头的口袋……

这一切把玉钏吓坏了。玉钏用被子蒙着头,呜呜哭了一夜。

二

玉钏接客破身是在两年后的一个秋日。喜客是钱团长的部下周团副。周团副那年三十不到,生得威武英俊,一脸浓黑的络腮胡子,满身发达的肌肉,很有一副大男人的样子。每次到观春楼来,周团副都不穿便衣,只穿军装,还扎着武装带,挎着枪,乌黑铮亮的马靴踏得楼板咔咔响,到哪个姐妹房里都是一副操练的劲头。有一阵子,周团副常去刘小凤房里操练,时不时见到玉钏来找刘小凤谈琴说画,一来二去,两只眼睛就盯上了玉钏,老想点玉钏的牌。然而,玉钏那当儿还没破身,楼下厅堂里没有上名字的花牌。周团副无可奈何,只能看着玉钏的美姿倩影做做花梦而已……

这时候的玉钏,真就出落成观春楼独一无二的花魁了。一张粉嫩的脸儿人见人爱。两只眼睛如同两汪清泉,像随时能滴出水来。黑长且微微有点上翘的睫毛扑扑闪动着,生气时也像在笑。脖子是雪白修长的,皮肤细腻,能看到淡蓝的血脉隐隐现着。身材更不必说,苗条却不瘦弱,起伏有致,穿什么都漂亮。肩头是圆润的,乳房大大挺挺的,腰偏又细得让人惊奇。臀部浑圆,腿则修长,腿上的皮肤也是那么白皙,似乎轻轻掐一把便能掐下一块肉来。

经过郑刘氏和刘小凤一帮姐妹的调教,玉钏也出了道。嗓子天生圆润,唱出的歌清丽动人。琴弹得更绝,广陵派的《流水》,北派的《酒狂》,已弹得娴熟无比,且自成一格。

周团副看着玉钏为之心动,许多观春楼的老嫖客,也对玉钏跃跃欲试。周团副从那帮老嫖客色迷迷的眼光和议论中,嗅出了一股群狼猎艳的味道,当机立断,抢先一步下了手,第一个找到郑刘氏,向郑刘氏明确提出,要为玉钏破身办喜宴。

郑刘氏见周团副找上门来,心里暗暗叫苦,觉得自己算是倒霉了。周团副不是一般人物,是钱团长的部下,还又是钱团长的把兄弟,他来为玉钏破身,只怕就赚不到什么大钱了。按郑刘氏的设想,玉钏是可居的奇货,没好价钱,她是断然不能出手的。因此,为玉钏破身的人决不该是周团副,至少也应该是商会的赵会长——赵会长也看中了玉钏,为玉钏必会千金一掷。

然而,却不敢得罪周团副。

郑刘氏想到周团副这阵子仍在刘小凤那里操练,便笑嘻嘻地对周团副说:"周团副呀,你这人真是没良心哩,说风就是雨。你做玉钏的喜客,凤姑娘咋办?凤姑娘不要伤心死了?"

周团副咧嘴笑道:"嘿,刘小凤又不是我太太,她伤啥心?"

郑刘氏又小心地说:"再者说了,想做玉钏喜客的也不是你周团副一个,还有不少难缠的主呢,我要是一口应了你,对那些主咋交代呀?"

周团副把盒子枪往桌上一放,又笑——这回是阴笑了:"再难缠的主,用这家伙都交代了吧?"

郑刘氏不敢作声了。

周团副却又黑着脸,指着郑刘氏的鼻子说:"刘氏,你不就想在玉钏身上卖个好价钱么?老子给你!老子是安国保民军团副,不是山里的土匪,断不会白日了你的姑娘不给钱的!"

郑刘氏这才讪讪道:"只是……只是,你……你就算出了钱,也……也不能霸王硬上弓哩,玉钏终是我最疼惜的一个丫头,也得她同意才行……"

周团副点点头:"嗯,这话倒还有点道理——我们钱团长也主张保护妇女权利——这就不要你烦了,我去和玉钏说,她要真看不中老子,老子就算和你白说。"

郑刘氏脸上有了喜色:"周团副,此话当真?"

周团副胸脯一拍:"老子是安国保民军团副,说话会不算数么?!"

郑刘氏连连道:"好,好,真要是玉钏不乐意和你好,我也不能亏了你周团副,这观春楼别的姑娘,我任你挑,任你捡……"

周团副偏不领情,冲着郑刘氏手一挥说:"留着你那些姑娘吧——有了这个玉钏,老子一个不要了,这叫宁吃鲜桃一口,不吃烂梨一筐……"

周团副走后,郑刘氏到玉钏房里找到了玉钏,和玉钏说明了周团副的来意,道是这周团副不是好人,仗着吓唬人的枪,想讨便宜哩。

玉钏直到这时才明白,自己两年多来最怕的事终于来临了。她也将像刘小凤和其他姐姐们一样,要为郑刘氏卖身赚钱了,不管是卖给周团副,还是别的什么人。

郑刘氏骂了周团副,要玉钏对周团副冷着点,让周团副知难而退。却又说,商会赵会长这人不错,岁数虽说大了点,却是和和气气的,又有钱,应该让赵会长来做这喜客才好。郑刘氏要玉钏对赵会长多笑着点,把赵会长迷住。

玉钏明知自己已是在劫难逃,心里却还存着幻想,哀求说:"妈,别……别这样行么?"

郑刘氏绷着脸道:"妮儿,你不是小孩子了,得为妈干事了,你们姐妹都不干事,咱吃啥穿啥?妈不白疼你一场了么?"

玉钏结结巴巴说:"我……我能干……干别的事,给妈妈挣……挣钱……"

郑刘氏粗声粗气地打断了玉钏的话头:"屁话!女孩家,干啥也不如干这好!"

玉钏还想再说,郑刘氏已不愿听了,再次向玉钏言明,对周团副只能应付,对赵会长才是真的,要玉钏记牢了。

当晚,玉钏躺在床上翻来覆去睡不着,先是默默流泪,后来就去想周团副和赵会长,且头一次认真地想到了从良。赵会长也好,周团副也好,谁若是能为她赎身,让她从良,就是她的喜客了,郑刘氏想让她卖出个好价钱,她却想要个能给她自由,让她能托付终身的好男人。

周团副和赵会长都是见过的,原倒没怎么注意,郑刘氏把话一挑明,才于记忆中回忆起来。赵会长不行,这人岁数太大不说,且已有了三房太太,断不会把她从观春楼赎回去做第四房太太的。倒是周团副年轻,据说又刚刚死了太太,这阵子才一天到晚泡在了刘小凤房里。周团副人也不错,断不像郑刘氏说的那么坏,小凤姐姐也道他有侠义心肠哩!但有一点郑刘氏说得对:周团副没有钱,只怕赎她也是难的——她如今已名声在外,一个凤鸣城,谁人不知观春楼的玉钏姑娘?!周团副真要赎,郑刘氏得要多少钱?!还不把人吓死!

却又想到,周团副终不是一般的人物,没有钱,却有枪,有兵,连郑刘氏都怕他。这就好。这一来,事情也许仍有希望,或许哪一天,这周团副就会骑着马,带兵把她从这里抢走……

玉钏对周团副便有了好感,还于第一次正式和周团副见面时,把郑刘氏交代她的话全和周团副说了。

周团副一听就火了,枪一拔,要去找郑刘氏算账,嘴上还骂着:"这老×,竟敢和老子耍这小手段,老子一枪崩了她!"

玉钏吓坏了:"别去闹,我……我和你说这事,是想让你知道我一片心呢！"

周团副搂着玉钏道："玉钏，只要你有这片心就行！那老×说了，你要喜我，她只有让我做你的喜客……"

玉钏从周团副怀里躲闪出来问："你只想做我的喜客，就没想过别的么？"

周团副扑上来说："咋没想？我想过呢，只要有了你这天仙般的美人，老子啥女人都不再要了，就是明天吃枪子都值了。"

玉钏嗔道："你就没想长远点么？——要是，日后我和别的男人在一起，你也不气？"

周团副这才听出玉钏的话外之音，愣了一下问："你想从良？还没破身就想从良？"

玉钏点了点头，眼里的泪下来了："我……我不是自己想到这地方来的，是……是被我那畜生舅舅卖进来的，至今已……已是两年多了……"

周团副捏着玉钏的嫩下巴，又问："你——你真想一辈子跟着我？"

玉钏点头："只要你不嫌弃我。"

周团副死死搂住玉钏，在玉钏脸上、脖子上亲着说："我不嫌弃你——你只要为我破了身，我……我就再不让别的男人碰你一下，谁敢碰，老子……老子就崩了他……"

周团副这话说得让玉钏心暖。玉钏一颗心至此便用到了周团副身上。

……

郑刘氏见玉钏不睬赵会长，只和周团副说说笑笑，虽说有气，却也没办法，她既不敢在周团副面前啰嗦，也不敢在玉钏面前多说什么话。为上次那小手段，周团副已和她挥过一次枪，她可不想让周团副再把枪口对着她，一口一个老×地骂。

为了玉钏，周团副倒也出奇地大方起来，又是打茶围，又是吃花酒，前前后后花销了怕不下两千大洋，铺排和场面都很大，在观春楼已是好多年没有过了。许多姐姐很是妒忌，媚眼语调都酸溜溜的，想做出大度的样儿都做不出。

只有刘小凤最让玉钏感动。

刘小凤眼见着周团副只往玉钏那跑,人前背后一点醋意没有,还认真地和周团副说过,要周团副有颗怜香惜玉的心,得对得起即将为他破身的玉钏。周团副把刘小凤的话说给玉钏听后,玉钏扑到刘小凤怀里哭了一场,说是刘小凤实是比自己亲姐姐还亲。刘小凤却说,男人都是这么回事,总是喜新厌旧的,就是没有玉钏,周团副和她也长不了——她终是风尘中人,周团副对她再好,也断不会把她赎回家去做团副太太。因此,刘小凤让玉钏别往心里去。

这无意间说的话,却冷了玉钏的心。玉钏再看周团副的眼光暗下了许多,心里总嘀嘀咕咕,还不敢多问周团副,怕周团副烦。只是温存地伴着周团副,周团副叫弹琴便弹琴,叫唱歌便唱歌。

这期间,多哥想讨便宜。一日,周团副来吃花酒,多哥先扒在窗外偷看,后来周团副一走,便闪身进门,搂住玉钏又摸又掐,还要解玉钏的裙带。玉钏拼力挣,用两手抓多哥的脸,把多哥的耳朵鼻子抓得稀烂。这番扑腾究竟有多久,无人知晓,只知道打那以后多哥见了玉钏就气恨恨的,眼光挺吓人。

玉钏有点怕,把这事和刘小凤说了。刘小凤拿着玉钏被撕扯坏的衣裙找了郑刘氏。郑刘氏差点没气死过去。郑刘氏没把玉钏卖出个好价钱,已是不高兴了,今日多哥又这么胡闹,实是忍无可忍。郑刘氏当着许多姐妹的面打了多哥的大耳光,还让多哥赔那撕坏的衣裙。

那当儿,观春楼的姐妹们就看出玉钏的清高不俗了,都说玉钏生就小姐的身子丫头的命,往后若是能抗过命,必有出头之日……

伴着一场场相亲酒、上头酒、过门酒和那日渐萧瑟的秋风,该来的圆房之夜终于来了。周团副满面红光,着一身笔挺的新军装到了观春楼。

楼里的姐妹们围着周团副乱开玩笑,道是周团副又来操练了。周团副红着脸向姐妹们直作揖。姐妹们偏和周团副逗,又说,这一回是操练新兵哩,要周团副枪下留情。

在姐妹们粗俗而令人惊心的玩笑声中,玉钏一下子感到了恐惧。姐妹们送她上楼时,她突然像受惊的小鹿般驻足不前,害得郑刘氏不断叫人往楼上送茶,生怕事先付了钱的周团副等得焦躁。那当儿,郑刘氏脸色很难看,想骂玉钏又不敢,只得劝。姐妹们也跟着劝,都说女人必要过这一关的,不说在观春楼,就是在家做小姐也迟早要过这一关。

玉钏不言语,两只手捏着裙带揉来折去,红纱围着的高且挺的乳房在不安的喘息中剧烈起伏。脸儿是绯红的,玉雕似的鼻尖上蒙着一层细汗。明亮的汽灯在头上悬着,把玉钏的身影拉出好长,远远地映在对过的墙上,像贴上了一幅委婉动人的画。

刘小凤把众姐妹和郑刘氏都推开了,说:"你们都歇着吧,我和玉钏说几句体己话,玉钏自不会把这大喜日子弄糟的。"

众人一走,玉钏一把抓住小凤的手道:"姐姐,我……我怕死了,心……心都要跳出来了。"

刘小凤轻声说:"不怕,不怕,姐姐也是这样过来的。"

玉钏又说:"今天不这样行么?我……我会对周团副好——他也答应过,让……让我从良,只……只要他把我带回家去,我……我啥都依他。"

刘小凤苦笑道:"傻妹子,人家周团副花那么多钱,不就图个今日么?今日你若不依从他,哪还有往后的从良?人在屋檐下不得不低头,今日低头,恰是为了往后抬头,不是么?"

玉钏垂首不语。

刘小凤轻轻抹去了玉钏鼻尖上的汗:"今日你要加倍对周团副好才是,得给他留下想头,让他忘不了你,舍不下你,只把心思花在你身上,你这从良的事才有盼头。男人都是稀松货,架不住女人枕边床头的那份温柔哩。"

玉钏咬着嘴唇"嗯"了声。

刘小凤推了玉钏一把:"那就去吧,只把这观春楼当作周团副的新房便是。"

然而,破身之夜终是惊惧的。

当周团副一层层脱去玉钏身上的围纱、衣裙时,玉钏骤然感到自己孤立无援,觉着一个世界倾覆下来,禁不住浑身颤抖,身子便软软地想往地上瘫。周团副嘴里一口一个"美人"地叫着,双手携起了玉钏洁白的身子,把玉钏抱到了铺着一帧白绢布的床上。周团副痴迷地盯着玉钏的身子看,在玉钏身上摸,从上身摸到下身。玉钏两手本能地护住了下身,腿也并起了,眼睛紧闭着,根本不敢去看周团副。心里原想着要对周团副好,也想让周团副早早遂了心愿,身子就是不听话。周团副的手摸到哪里,她哪里的皮肉就不由得绷紧了。

周团副却不急,开初连衣服都没脱,只把玉钏当作可心的小玩意在玩,玩玉钏的脚,玩玉钏的小手,还把玉钏的小手放在嘴上亲。亲完手,周团副又亲玉钏两只白白的乳和修长的脖子,后来,就亲到了下面,让玉钏渐渐把紧绷的皮肉松开了,嘴里禁不住便轻轻呻吟起来……

这时,周团副才上了玉钏的身,山一样压住了她,让她在周团副欢快而有节奏的忙乱中感到了一种从未体验过的痛楚。继而,痛楚便消失了,一种无法言传的快意泻满全身。惊惧没了踪影,胆子也大了起来。想着刘小凤的话,觉得要对周团副好,玉钏便于自身的快意中摸着周团副汗津津的背,和那背上被枪子儿打上的疤,身子迎合着周团副,让周团副尽心地耍闹。

周团副自然开心,俯在玉钏身上剧烈地动个不休,也不知道累。玉钏分明听到周团副的喘息声越来越急,板床的摇晃声越来越响。鼻翼还钻进了周团副口中呼出的大蒜味。

然而,终是头一次被破身,时间一久,身下又感到了疼。是真疼,一下子像被火炭烫着。忍着疼,玉钏对周团副说:"你……你别忘了,答应过我的话,记着为……为我赎身呀!"

周团副呼呼喘着道:"好,好……"

玉钏又说:"今日我跟了你,日后再也不会和别的男人好了。"

周团副说:"那是,那是……"

身下实是疼得太凶,让玉钏疼得泪都流出来了。

玉钏噙着泪,将周团副搂紧:"你……你早点带我回家吧,我……我会对你好,天天对你好,也……也不要你这样花……花钱哩。"

"行,赶明儿我……我就……就把你赎出去,专做我……我的小太太,娇太太……"

伴着这最后的许诺,周团副总算完了事。

完事之后,玉钏才发现,自己下身和大腿上竟是一片鲜红,身下那白绢已满是血迹,且浸到了新铺的花床单上。

痛楚和着希望带走了那个破身的长长秋夜,也永远带走了玉钏作为姑娘家的贞洁……

以后的一个月里,周团副常来常往,差不多把观春楼当成了自己的家。

玉钏便觉得周团副是靠得住的,太太梦做得也就越来越痴迷了。玉钏把这梦和刘小凤说过,说她也许生就命好,到观春楼来大约只是瞧个新鲜热闹罢了。

刘小凤却不信周团副会有钱、有心来赎玉钏,更不信观春楼里会发生这等幸运的奇迹。开头,刘小凤只听玉钏说,自己并不多言——她实不忍心一把扯破玉钏的好梦,让玉钏陷入无望的黑暗中。后来,玉钏说得多了,刘小凤才淡然劝道,为人在世须得看开些,要逢喜不显惊宠,逢难不作绝想,如此方可立世长久。又道,周团副说的话也不可全当真,这世界并不是周团副买下的,有些事就算周团副想做,只怕也是做不了的。

也真被小凤说着了。

一个月过后,周团副再不来了。周团副随着钱团长的安国保民军队伍开拔了,一走就是两年。待安国保民军的队伍再回凤鸣城来时,钱团长成了钱旅长,周团副也成了周副旅长,观春楼却已被大火吞没不复存在了……

三

钱团长安国保民军的队伍是被人家打走的。走得挺急慌,连城南门的两门炮都未及拉。

商会赵会长那日在观春楼闲聊,说北边白昌山的李司令、南面河口的孙旅长怕要过来。这夜真就过来了,三更里响了一阵枪,满街都是脚步声、马蹄声,待到天一亮,李司令、孙旅长的告示已在城里四处贴着了。世事的变化就那么快。

李司令、孙旅长的队伍把凤鸣城一占,观春楼前马上热闹起来,当天中午便有不少土里土气的大兵来胡闹,口口声声要找楼里的小婊子们练打枪。郑刘氏赔着笑脸,拿着烟酒出来圆场。大兵们一拥而上,抢了烟酒,还把郑刘氏按倒在大门口用枪托子捅她的屁股。郑刘氏又气又怕,哭得一把鼻涕一把泪,满城找当官的论理——总算找到了一个什么官长,送了不少钱,又送了一个姑娘,才讨得一纸文告贴于门楣。

大兵们却不管什么文告,仍不断往观春楼门前的青石巷里拥,围着郑刘氏七嘴八舌吵闹不休:"……你这老东西真是不识相,老子们到你这儿练枪是瞧得起你哩!"

"好你个老卵子,放着一楼小婊子不让老子们日。不日那帮小婊子,老子们便日你这老婊子!"

郑刘氏直讨饶:"……不是不让日,实在是许多妮子正来月经,来了月经有三天例假,这……这是钱……钱团长定下的王法呢。"

大兵们逮着理了:"好你个老×,原来通匪呀!来呀,弟兄们,别废话了,咱就拿这老×练枪了,这老×通匪,通那姓钱的!"

七八个兵硬把郑刘氏按倒了,真就三下五除二地扒光了郑刘氏的衣服,于光天化日之下把郑刘氏压在青石板地上练了起来。

郑刘氏在地上拼命挣扎着,号啕大哭,大兵们只是不理,一个完事,又上去一个,直到后来见着有人砸开了观春楼的大门,才舍弃了郑刘氏,一个个提着裤子往楼里冲。

楼里顿时大乱起来,大兵们抓住谁搂谁,在哪儿抓住就在哪儿开练。楼下厅堂,走道上,楼梯口,房间里,四处都是上身穿军装,下面光着屁股的大兵们。有的姐妹被按倒后就再没爬起来,弄得一身上下都是湿漉漉的脏东西,吓得直喊饶命……

大兵们不但拿姐妹们开练,还抢钱,抢东西。不少姐妹没掖好的私房钱都被抢个精光,有的姐妹差点没和那帮大兵拼命。姐妹们已是坠入风尘,对自己的身子倒并不过分看重,对背着郑刘氏好不容易聚起的小小财富却是很看重的。一个叫英莲的姑娘硬是枪抵脑门也不下自己手上的金镏子,那行抢的大兵竟把英莲的手指生生剁了下来……

真个看重自己身子的只有玉钏了。

玉钏那日仍做着太太梦,一颗痴心还在周团副身上——想着日后要做周太太,就决心为周团副守节。大兵还没冲进楼时,玉钏便自作聪明地把红绸布小灯笼挂到了房门前,以为孙旅长手下的大兵也认钱团长这例假规定的。大兵们冲上楼时,玉钏又把门插牢实了,还在门后抵了张梳妆台。

不曾想,小灯笼和房门都没挡住大兵们的粗鲁和野蛮。

几个大兵把小红灯笼拽下来踩了,又用枪托子捣烂了门,旋风一般冲了进来。

玉钏那当儿并不怎么慌,向后退着,对那几个大兵说:"你们别乱来,我……我可是周团副的人,周团副知道饶不了你们……"

一个大兵笑道:"哪还有什么周团副呀?钱团长都被老子们赶跑了!"

又一个兵嚷道:"真是哩!别说你现在还是楼里的小婊子,就算是周团副的小太太,老子们也得日了你!"

玉钏退到了墙边,再无处退了,这才贴墙站定,把握着剪刀的手从背后突然抽出来,对那几个大兵说:"你……你们敢?!你们过来我……我就死给你们看!"

大兵们见的血多了,哪吃这一套?硬是冲了过来。

玉钏为了周团副,也真是说到做到了,手一抬,硬着心把剪刀刺进了自己的前胸,让鲜血骤然间染红了自己的衣裙……

然而,不知是怜惜自己还是怎的,尖锋下去并不太深,要刺第二刀时,大兵们上前把玉钏抱住了。抱住后,大兵们先夺下了玉钏手上的剪刀,继而，一边说着脏话，一边七手八脚扒玉钏的衣裙，手还在玉钏身上乱摸乱拧。玉钏仍是不依从，嘴里大骂着"土匪、强盗"，两只手乱抓，两条腿乱蹬，还用牙咬大兵们探到她嘴边的手指。咬了手指的那个大兵气了，操起枪，对着玉钏的脑袋就是闷闷的一枪托子，立时把玉钏击昏过去。玉钏昏死过去后，大兵们才如了自己的心愿，一个个脱了裤子往玉钏身上爬……

大兵们走后，姐妹们看到：玉钏的景状真惨，赤条条在屋子中央的地上躺着，人事不省。原本穿在身上的衣裙全被撕坏了，浸在地上的血水秽物中。玉钏身上也全是血，血色中还斑斑点点落着大兵身上的脏东西，整个人已不成模样了。姐妹们思及自己被蹂躏的经历都落了泪。从青石巷地上挣扎着爬回来的郑刘氏更死了亲娘似的哭个不休。

只有刘小凤咬着泪珠儿没让它落下来。刘小凤给玉钏擦洗身上的血污，包扎了伤口。

玉钏渐渐睁开眼，朦胧醒了。

刘小凤搂住玉钏一场痛哭。

玉钏没哭，傻傻地盯着刘小凤看，问："周……周团副还，还会回来娶我么？"

刘小凤没作声。

玉钏又说："姐姐，你……你知道的，今日我……我没办法呀……"

刘小凤哽咽着道："玉钏，你……你这傻姑娘，你值么？"

玉钏说："只……只要周团副娶我做太太，就……就值……"

郑刘氏也在一旁安慰道："妮儿，周团副会回来的，会回来娶你的，一定。这帮土匪兵长不了，你瞅着吧，用不几日钱团长和周团副就带着兵马杀回来了。"

听得郑刘氏这话，玉钏眼中的泪才雨珠般下来了……

大索一般皆为三日，三日之后，凤鸣城里恢复了秩序。嗣后总安静了有十数天，直到两支联手攻城的盟军——李司令的队伍和孙旅长的人马又干起来，炮火毁掉半条举人大街，孙旅长又驱逐了李司令，凤鸣城才算得到彻底安静。

这一回李司令变成了匪。李司令的队伍没打过孙旅长的兵马,李司令自然就是匪。孙旅长公布的李司令的罪状中就有一条:怂恿部属抢掠民财,残害妇女。为证实所控之确凿,孙旅长派人用车把玉钏装了去,一车拉到旅部,又是照相,又是谈话,闹得不亦乐乎。

公事办完,自然便办私事。孙旅长待谈话会一散,就色迷迷地看着玉钏嘿嘿笑,还在会议厅里手就公然伸进了玉钏的怀里,拧着玉钏小小的乳头问:"小姐,这是什么东西?"

玉钏恨着那些蹂躏她的大兵,对孙旅长更无好感,狠狠打掉孙旅长的手,要往门外走。

孙旅长两手一拦,硬留着玉钏不让走,说是要请玉钏喝酒。

喝酒时,孙旅长甩下旅长的架子,自愿与匪合了流,让手下的两个兵强行扒了玉钏的衣裙,把玉钏赤身裸体地强按在桌上,当作了一盘下酒的菜。那当儿,玉钏身上正来月经,且很多,身下系着的月经带都浸透了,孙旅长也不嫌脏,喝着酒就把玉钏身上的月经带扯了,要往玉钏身上压。玉钏破口大骂,还从两个兵手中挣脱出一只手,狠狠甩了孙旅长一个耳光。

孙旅长并不恼,摸着挨了打的脸笑呵呵的,直夸玉钏有血性,说玉钏身上少了个鸡巴,若是有了个鸡巴,他就要用武装带换下玉钏的月经带,给她个排长、连长的干干。让手下两个兵按着,孙旅长笑呵呵地把玉钏强奸了……

嗣后,孙旅长的新王法颁布了,和钱团长那匪有个区别,孙旅长把钱团长的旧王法废了,说是观春楼挂红灯很不可取,是对女界的一种污辱和歧视。三天例假取消。旅长认为,规定例假属混账之举:你怕撞红沾上晦气,不嫖便是,怎好硬不让人家做生意呢?出于保护工商的宗旨,此类旧规陋习自当在扫荡之列。孙旅长声言,中华民国,乃民众之国,民众之国最是讲究自由平等、人格尊严,他孙某首先要把属于女人的那份自由平等、人格尊严还给女人们,其二,要坚决保护工商……

郑刘氏被孙旅长手下的兵当街练过,原是恨着孙旅长的,现在见孙旅长"保护工商",才意外发现了孙旅长的不同凡响,当即拥护了孙旅长,也顺着孙旅长的意思,把钱团长看作匪了。为显示和钱团长那匪一刀两断的决心,郑刘氏叫多哥把楼里的小红灯笼全从姐妹们手上收回来烧了,明确宣布取消每月三天的例假,还说,这不是为了赚钱,是为了姐妹们的平等自由和人格尊严。姐妹们苦不堪言,一致怀念起钱团长和钱团长统治凤鸣的好时光。为发泄对郑刘氏的不满,经常把月经下来脏东西扔得满楼都是。郑刘氏知道姐妹们这是和她故意捣乱,却也无奈,只得额外给多哥派了份差,让多哥天天去拾。多哥恨得直咬牙……

玉钏因着周团副的缘由,对钱团长队伍的怀念就更深一层了。那时,玉钏虽拿不准周团副什么时候能带着队伍打回来,回来后还要不要她,一颗心仍是在周团副身上的。玉钏和刘小凤多次说过,她今生今世是忘不了周团副了。周团副送玉钏的一对金耳环,玉钏打从周团副走后便藏在布腰带里再没戴过,有时,夜深人静了,才悄悄取出来,独自一人默默看看。

……

后门送旧前门迎新,风风雨雨中又过去了一年,孙旅长的兵马偏就不败。有几次倒是风闻钱团长的队伍要打过来了,只是私底下传上几天便没了音讯。玉钏也傻,只要听到这样的传闻总要做一场弥天大梦——有一回还偷偷跑了,想据传闻的线索去寻找周团副。

自然寻不着。

郑刘氏和多哥一干人等把玉钏抓回来一顿死打,打得玉钏遍体是伤,还用一根铁链子把玉钏锁了,带项圈的一头锁着玉钏的脖子,另一头锁在房门上,让玉钏像狗一样,只能在三步开外的地界上移动。多哥对玉钏是很恨的,这恨自从周团副吃花酒那日一直聚到今天,今天见玉钏倒了霉,自然分外高兴,天天生着法子,找着碴儿折磨玉钏。

挨打后伤还没全好,郑刘氏又逼着玉钏接客。

玉钏不干,扒开衣服让郑刘氏看自己身上的伤,和脖子上被锁出的青痕。

郑刘氏根本不看,冷冷说:"只要还有一口气,你就得给老娘接客!"

玉钏仍不答应。

郑刘氏便对多哥说:"你不一直想日玉钏么？现在,老娘把玉钏赏给你了！她一天不接客,你日一天,一年不接客,你就给我日一年,想啥时日就啥时日,日死她我不让你赔！"

多哥一听,当真就动手了,那天大白日里就当着郑刘氏和众姐妹们的面,先把玉钏用绳子吊得只脚尖沾地,后来又扒了玉钏的衣裙,架着玉钏的腿上了玉钏。玉钏一边哭,一边骂,身子却没法躲,只能由着多哥摆弄。姐妹们心里都恨,却敢怒不敢言。

又是刘小凤站了出来。

刘小凤对郑刘氏道:"妈,你若是不想让我们姐妹活了,我们就一个个死给你看！"

郑刘氏疯叫道:"要死都去死,不死就得给老娘接客！"

刘小凤脚一跺说:"那你别后悔。"

郑刘氏吼:"想死的都去死吧,老娘才不会后悔哩。"

谁也没料到,刘小凤那夜真往屋梁上拴了根绳,把自己的脖子套进了索套中,若不是被一个嫖客及早发现,真就送了命。郑刘氏这才醒过梦来,把说过的硬话收了,直打自己的耳光,说自己老了,益发混账糊涂,好说歹说要小凤别跟自己一般见识。

刘小凤来这一手只是为了玉钏,待得缓过气来,就对郑刘氏说:"你若再叫多哥作践玉钏,不但我刘小凤不活了,玉钏只怕也不会活了。这死原本比活容易,与其活着受这份罪,实不如死了的好。"

郑刘氏唯唯诺诺去了,无了先前的威风。

刘小凤闹过这一出以后,玉钏的日子才好过了些,和刘小凤的关系自然也就更深了一层。

刘小凤背地里又教玉钏,要玉钏于要紧的当儿学会装疯卖呆,寻死觅活。且向玉钏透露说,其实谁也不想死,自己上吊也是谋划好了的,她去上吊,却专让那相好客来发现,只为吓唬郑刘氏。郑刘氏可不愿能赚钱的摇钱树倒下来哩。

玉钏轻声问:"姐姐,刚进这观春楼时,不是你叫我收敛些心性的么?"

刘小凤苦苦一笑道:"我的好妹妹哟,你真是傻!如今不是往日,往日你未破身,后来又有周团副护着,郑刘氏自然让你三分。现在你既已破身,便再无那往日的身价,周团副又不可能马上打回来,你就得换一种活法了。走时有走时的活法,背时自有背时的活法嘛!"

玉钏这才多少明白了点……

四

就是在那背时的日子,白少爷走进了观春楼。

也是巧,白少爷恰是玉钏带伤接的第一个客。

白少爷相貌堂堂,一表人才,多多少少有些腼腆。头一回见面,白少爷红着脸,挺不好意思的,一进了玉钏的房,先把门反手关上,才坐到床头,讷讷着对玉钏说:"我……我原没想来——真没想来。可……可在楼下厅堂里一看到你的相片,不……不知咋的就点了你。真……真像做梦,我……我都不知道我干了什么哩……"

玉钏见白少爷生得细皮嫩肉,英俊倜傥,便把白少爷当作了城里初涉花丛的风流纨袴,并无几多看重的意思,更没想到过日后要和这个少爷私奔,经了这么多事后,玉钏的心早就凉了,连周团副也不敢再多想。

白少爷仍在说,脸红得更狠:"我……我原是听说过你的,都说你是观春楼的花魁,就……就想来看看你——真的,就是想看看……"

玉钏不冷不热地瞅了白少爷一眼说:"现在看到我了,你该称心了吧?"

白少爷连连点头:"那是!那是!"

玉钏脱口道:"相片也看完了,人也见着了,还不该走么?"

白少爷老老实实起了身,恋恋不舍地回头看着玉钏,慢慢地向门口走,边走边说:"玉钏,你……你真是美丽哩……"

玉钏突然想到,这老实巴交的白少爷今晚真若走了,只怕自己还要被别的客点上的——若是个不老实的客,她又要遭殃了,被人折磨不说,一身的伤痕让人家看了也丢脸呢。玉钏忙换上一副笑脸,把白少爷喊住:"哎,你……你咋真走了?我……我是逗你呢!"

白少爷大喜过望:"你……你不赶我了?"

玉钏上前拉住白少爷的手:"不赶你——你是客,哪能赶呀?"

白少爷很是感激地看着玉钏:"那好那好,那今晚我……我就和你说说话……"

真就是说话。白少爷既不要玉钏弹琴,也不要玉钏唱歌,更没去搂玉钏,只规规矩矩地坐在玉钏身边,守着一杯清茶和玉钏聊天。后来,玉钏才知道,白少爷并不是城里的纨袴子弟,却是个多情多义的男人呢,进过洋学堂,其学问身份据说是和先前的秀才等齐的。白少爷的父亲玉钏也熟,就在观春楼对面的街上开店,字号唤作"老盛昌",专卖些锦缎丝绸什么的,玉钏和观春楼的姐妹们常去光顾,只是过去从没听说过老掌柜有这么个长脸的儿子。

那晚听白少爷自己一说才知道,这白少爷原是在省上用功,专学时兴的国语、洋文,现时因为省城打仗,洋学堂放了长假,才回了家,又瞒着自家老子,偷偷摸摸进了观春楼。

说完自己的事情,白少爷就和玉钏大讲省上的情况、北京的政局。讲着,讲着,白少爷脸上的腼腆便不见了,胆子也大了,径自慷慨激昂起来,俨然了不起的一个大人物,手背在身后,在屋里走来走去,让玉钏直想笑。白少爷说,如今天下大乱,军阀纷起,那皖系、奉系、直系,你杀过来我杀过去,硬把一个好端端的国家杀得浑身是伤,只有广东的南军要算好的——南军里有个孙中山,是了不得的大元帅,孙大元帅立志扫荡军阀,再造民国哩。

玉钏实是忍不住了,掩嘴笑道:"白少爷,你莫不是南军派来的探子吧?"

刚才还神气十足的白少爷,一听这话怕了,竟紧张地跑到门口听了听,才苍白着脸对玉钏说:"你……你莫乱说——探、探子……探子这种事能乱说么?若被孙旅长手下的人听到了,可……可不是好玩的!"

玉钏身子一扭,嘴一噘:"我偏要说,你怕孙旅长,我们姐妹们偏就不怕,我们只管孙旅长和他的兵叫匪。"

白少爷附和说:"对,对,是匪,是匪。"

玉钏道:"只有早先钱团长的队伍是好的,钱团长的队伍不是匪。"

白少爷反对说:"只怕也是匪哩。"

"是又怎样?难不成你也要投那南军把他们剿了?"

"我不剿,有人要剿——孙大元帅要剿的。孙大元帅说了,军阀不除,国无宁日。"

"你尽和我说这些干啥?要我也和孙大元帅一道,去铲除军阀,再造共和吗?"

白少爷见玉钏生了气,没再说下去。

玉钏缓下脸色,又道:"白少爷,你……你不想想,我……我算啥?我只是个苦命的青楼女子,哪有你那份闲心思去胡思乱想?"

这话又挑起了新的争论。

白少爷正经说:"你说得又不对了——怎么能说是闲心思呢?中华民国,是民众之国,所有国事,均系民众之事,你不想,我不想;你不管,我也不管,窃国大盗就出来了。第一个窃国大盗就是袁项城!袁项城就是袁世凯,咱用的光洋上就有他的像……"

玉钏故意气白少爷道:"袁大头我认识,那可是好东西。"

白少爷益发痛心疾首:"看看,看看,中国人的可悲,正在这里。国人都只认识钱,不认识天下大势,不知克己复礼,中华民国还有个好么?"

玉钏为了让白少爷记起她的身份,有意将裙摆一撩,让一条雪白的大腿和下身穿着的小小紧紧的花裤衩闪了一下:"真好笑,我也算正经国民么?"

白少爷真是个疯子,竟没向她下身看,仍夸夸其谈:"你咋不算正经国民呢?要算的。你我所思所想,就是国民所思所想。须知,国民不仅仅是一个空泛的名词,更是一个很大的生命的政治的整体啊,内涵极是广博。国民一词,概而言之,就是在中华民国国境内拥有公权、私权之男女……"

后来想想,这实在是有趣得很,和白少爷头回谋面没谈别的,竟为这些没滋没味的话题争个不休,还惹出了让人哭笑不得的闲气。

争到后来,两个人都腻了,就静静地坐在那里,你瞅着我,我瞅着你,直到夜深人静,月光爬过窗台泻满卧房……

从此,白少爷成了观春楼的常客,几乎天天来,来了哪儿也不去,只摘了玉钏的花牌到玉钏房里坐,且又从不在玉钏房里过夜,往往呆到一定的时候就走。玉钏一身的伤,竟是在白少爷的这般无意庇护下,一天天好彻底了。脖子上的青痕消去了,身上的鞭痕也不太显了。

玉钏又成了一个水灵灵的玉人儿。

直到这时,玉钏才觉得自己是对不起白少爷的。因着怕被白少爷看到身上的伤,从没在白少爷面前脱过衣服,连奶子都没让白少爷碰过。白少爷也呆,只亲过她的嘴,再不对她动手动脚。一来到她房里,白少爷仍只是谈,话题颇多变化,从军阀、共和,到洋学堂里的生活,还有省上风情、家长里短无所不包。知道玉钏识字不多,白少爷又兴冲冲地拿来《三字经》、《百家姓》和国语课本,教玉钏识字学习。

玉钏心里有愧,总想报答白少爷,却又不好和白少爷直说。有一次,白少爷又来,又谈到半夜。玉钏说是要小解,偏又故意借口害怕,不愿出门。白少爷窘迫了一下,拿出一个洗脚盆,让玉钏往盆里尿。玉钏便当着白少爷的面,把裙子撩起,脱了裤衩,以为会引得白少爷扑上来,把她抱住。没想到,白少爷偏转过了身子……

玉钏大惑不解,弄不懂白少爷要做什么。玉钏把这事和刘小凤说了。刘小凤拱手向她道喜。

玉钏问刘小凤:"这喜在哪里?"

刘小凤笑道:"喜你造化好,终是有了可心疼你的人。"

玉钏疑疑惑惑说:"可……可白少爷从没说过赎我出去。"

刘小凤正经道:"说嘴的男人最是不足信的,倒是这不说嘴的白少爷才是你可以长久相依的人——周团副不走只怕也靠不住,白少爷倒是靠得住的,我看得出。"

玉钏这才收起了自身的轻薄,把当初对周团副的一片痴心全挪到了白少爷身上……

又过了十余日的样子,省城的仗不打了,白少爷要去省上续学,最后来了一次,玉钏真心实意投到白少爷怀里哭了,把自己的身世遭遇全说给白少爷听了,且头一次不顾羞怯,主动解了衣裙,把白少爷拉到了自己怀里。

白少爷大为动容,抖颤着手抚着她曾被打伤的背和臀,她乳下被剪刀戳出的伤口,她曾像狗一样被套上了项圈的脖子,默默地流泪,伤心不已,嘴上还喃喃着:"残忍,残忍,太……太残忍了。他们……他们怎么就忍心这么作践一个花儿似的姑娘哩……"

玉钏也哭了,吊着白少爷的脖子说:"白少爷,你……你是我今生见到的唯一的好男人……"

白少爷紧紧搂着玉钏,泪水和着口水,亲玉钏的脸,玉钏的脖子,玉钏的乳房,亲着,亲着,整个身子都抖了起来……

然而,白少爷最终仍没和玉钏做那事。

玉钏依在白少爷怀里,悬着心问白少爷:"你……你莫不是嫌我吧?"

白少爷满面泪水道:"不……不是,不是……"

玉钏又问:"那……那你为啥不……不要我?"

白少爷一把推开玉钏,甩着脸上的泪,疯叫道:"为……为我从省上回来娶你!光明正大地用轿子把你抬走!"

玉钏颤声道:"白少爷,你……你莫骗我,我……我知道我的身份,我再不是没破身的时候了,人……人家都骂我是小婊子哩……"

白少爷"扑通"一声跪到玉钏面前,双手抱住玉钏的腿,泪脸紧贴在腿上亲吻着,磨蹭着,哽咽说:"玉钏,在……在我眼里,你……你永远……永远都是当年的那个没破过身的小姑娘,美姑娘……"

玉钏再也支持不住自己柔弱的身子和柔弱的心了,骤然间泪如雨下,软软地倒在了白少爷的怀里……

那夜,玉钏偎依在白少爷怀里,轻抚着丝弦古琴,给白少爷弹《高山》

《流水》，弹得丝丝入扣，如醉如痴，宛若入梦。白少爷也轻抚着玉钏的秀发，给玉钏讲伯牙摔琴谢知音的故事，又说得玉钏泪水涟涟。

不知不觉已是拂晓，天光大亮，白少爷依依不舍地去了，临别时再三和玉钏说，要玉钏多自珍重，把学过的新字好好温习。

玉钏一一应了，要白少爷放心，也要白少爷保重。

五

白少爷一走就是半年，再回来时已是瑞雪飘飞的旧历除夕。

这半年里，白少爷在省城根本无心读书，只把大好光阴和学问精力用来倾诉儿女情长，每月总有五六封快邮信函寄到凤鸣城来，常搅得玉钏心神不定。玉钏开初并不能把白少爷情意绵绵的信函都看下来，只好央求刘小凤读给她听。刘小凤给她读信，便也读了白少爷的心，把她和白少爷的秘密全知晓了，且老拿白少爷信中的话和她开玩笑。玉钏渐感不安，遂把《三字经》、《百家姓》和国语课本都好好学了一遭，才渐渐把刘小凤这拐杖甩了。其后竟也能给白少爷回复些短信，述道些关切思念的话语。

为将来计，玉钏也多出了一份心眼，开始积攒钱财，但凡接客总要使出各样手段讨些私房，光从商会赵会长手里就弄了不下五百块。

赵会长是当年最早看上玉钏的老客之一，本是想为玉钏破身的，只因为当时周团副的霸道，才退让了。周团副的队伍败走以后，赵会长便时不时地到玉钏这来，听玉钏弹琴唱歌，精神头好时，也在玉钏房里过夜。玉钏觉得赵会长倒不坏，说话和和气气，一天到晚笑眯眯的，最要紧的是：小老头很是有钱，独自开着两家货栈，外带一个通达三省的荣记票号，很多生意也在观春楼里谈。

赵会长每回点了玉钏的牌，对玉钏总是很依从。玉钏说要啥，老头儿总是连连答应，虽不一定全都兑现，大部分还是兑了现的。老头儿老了，便没了年轻后生的急躁心性，有时玉钏简慢一些，也并不怎么计较。若见到玉钏脸色不好，更是赔着小心。

后来处得久了，玉钏才知道，这老头儿实则是挺怪的，喜欢女人骂他，打他,捉弄他,不把他当人待。头一次露出这怪癖,是在白少爷走后没多久。这怪癖儿真让玉钏吓了一跳。那夜,老头儿脱了她的衣服,却一反常态,不往她身上扑,反央求着要她往自己身上骑。过后,老头儿又拿出一条拴狗的绳,让她把自己的脖子拴住,牵着在房里溜,还给了她一根藤条,让她在自己屁股上狠狠抽。

玉钏哪下得了手?

老头儿便说:"你狠狠抽我一下,我给一块钱哩。"

玉钏对老头儿并不恨,真不想抽,可一听说老头儿愿意为挨抽付钱,这才看在大洋的分上下手抽了,轻轻地,做戏一般。

老头儿却叫:"不算,不算,要下力!"

玉钏只得下力抽,只把赵会长当作郑刘氏和多哥。赵会长被抽得像狗一样在房里乱爬,最后竟是心满意足,捂着被抽伤的屁股回去了……

后来就习惯了,拿住会长老头儿这贱癖,一点点从老头儿口袋里掏钱。把老头儿当狗遛,收遛狗的钱,打老头儿一个耳光,收一个耳光的力气钱,还和老头儿言明了:若是万一闪了腰,还得要老头儿出慰劳费的。门一关,玉钏再不把老头当人待,让老头儿叫她姑奶奶,拽着老头儿的小辫,把老头儿往自己腿裆按……有时受了郑刘氏和别的嫖客的欺辱,玉钏真还希望老头儿能来一回,让她一边赚着老头儿的钱,一边再把肚里的怨恨都发泄出来……

然而,不知咋的,玉钏那时就觉着自己以后势必要和这花钱买罪受的老头儿生出点什么事,是什么事她不知道,反正觉着有事。那夜,玉钏就做了个怪梦,梦见老头儿的大耳朵被割了,血淋淋地在地上跳,老头儿哭喊着捉寻自己的耳朵。

醒来时惊出了一身冷汗,看看身边老头儿的耳朵还在,方翻转身重又睡了过去……

那阵子,山里的匪患已闹得蛮凶了,原来盘踞黑龙沟的巨匪徐福海,把老营移到了拒马峡,被孙旅长打跑的李司令的兵马,也有不少投了徐福海。除夕前后,凤鸣城四处传讲着徐福海,都说那徐福海的杆子弟兄要到凤鸣城里过大年。孙旅长紧张了,城头支起大炮,重兵屯于南郊山口,还派了人马上街巡夜。徐福海却没到凤鸣城里过大年,只把城外的张营镇抢了一通,便没了动静。这年过得还算祥和……

大年前后,白少爷从省城回来了,一回来就跑到观春楼找玉钏,搂着玉钏说,真是想死人了,白日黑里眼一闭就能见着玉钏,因此,省上的学就不想再上下去了,只盼着能和玉钏终日厮守。

玉钏劝道:"省上的学还是得上,一辈子早着呢,总得有点本事。"

白少爷说:"要上就一同去上,在省上租间房,一边上学一边厮守着过日子。"

玉钏笑道:"这么上学只怕学不好哩。"

白少爷却不管,要给玉钏赎身,而后一同去省城,找到郑刘氏,问要多少赎身钱。

郑刘氏颇感突然,愣了好半天方才应付说:"这……这账怕得好好算一下哩!"

然而,过了好几天,也没见郑刘氏出价。白少爷着急了,把玉钏扯着,三照面对郑刘氏说:"郑妈妈,有啥账咱这会儿就当面算清爽吧!反正我是想定了要玉钏做我太太。玉钏早晚都得从这出去的,与其晚走,闹出怨恨走,倒不如现在走才好。郑妈妈,你说是不是?"

郑刘氏不回答,反问道:"少东家,你真想好了?"

白少爷说:"我想好了——打从一见玉钏的面就想好了。我再不能让玉钏在观春楼受折磨了……"

郑刘氏见白少爷下了这么大的决心,不得不认真了,便做出大度的样子,抚着玉钏的肩头道:"哟,瞧你少东家说的,倒好像妈妈我往日亏了玉钏似的,你让玉钏说,我郑刘氏对她怎样?你盼着玉钏好,我不也盼着玉钏好么?只要你们日后能好生过日子,白头偕老,比孝敬我个万儿八千的还强呢。我怕只怕你少东家今日图个新鲜,把俺玉钏赎出去,日后呀,哼!"

玉钏冷冷看了郑刘氏一眼道:"日后就是白少爷把我吃了,也与你无关。"

郑刘氏怔了一下，转而笑道："那好，那好——那咱算账就是！"

当下，郑刘氏把账算了，说是当初买来花了三百三，算上几年的利便是八百二，饭钱、房钱不多算，也打个八百二，就是一千六百外四十。教习琴棋书画，如聘琴师画师，每年必得千儿八百，一千不算，就算八百，三年也得两千四。女儿般疼她一场，孝敬的心意总得有，不多要，千儿八百得给吧？这一齐头也就是五千外四十了。四十再不算，共计五千整。

这账把白少爷和玉钏都算得目瞪口呆。

白少爷自从存了为玉钏赎身的心，在省上省吃俭用，加上替老爹在省城收账私下里贪匿一些，总共也就积了一千多块，加上玉钏的私房，总计不到两千，连半个人也赎不下。

白少爷这就急了眼："你那账算得不对，你……你没把玉钏卖身的血泪钱算进去呢！"

郑刘氏脸皮一拉多长："你要赎人，这账自然得由我来算。倘或是我想卖人，这账才能由得你来算呢！你嫌钱多，不赎就是，和我急个啥！"

白少爷气短半截，看着玉钏，不知如何是好。

郑刘氏却又笑了，拍着白少爷的肩头说："其实，区区五千块你白少爷也不是拿不出来嘛，你家那老盛昌不也值个万儿八千么？这就要看你对玉钏有没有一份真心了。你要真没这份真心，早做退步也罢……"

白少爷抹着一头冷汗，讷讷道："为……为玉钏赎身的事，我……我爹不……不知道。"

郑刘氏手一扬，极是轻松地说："那就和你爹说去呗——这又不是啥见不得人的事！"

白少爷头直摇："这……这事不能和我爹说，我……我爹也不……不会答应的。"

郑刘氏笑了："那咱们只好从长计议了。反正你放心，啥时把五千块送来，我啥时让玉钏跟你走，我不会把说出的话再吞回去的。"

虽说赎身未成，也还算有了希望。玉钏在对郑刘氏恼恨之余，竟一天天活得充实了,总觉着自己走出观春楼只是个时日问题。她和白少爷合计过了,两边都省着点,再设法从白少爷家的老盛昌扒搂点,有个年把光景,也许便能圆就好梦了。

没料到,这梦不几日就被郑刘氏和白少爷的爹合伙给破了。郑刘氏占着玉钏这棵摇钱树岂肯轻易撒手?莫说五千,就算再加个五千她也不愿卖的。郑刘氏便去了老盛昌,装作无意的样子向白掌柜道喜。先夸白少爷是难得的多情男人,知道怜香惜玉,又说玉钏也值得白少爷疼惜,虽说沦入风尘,却是少有的美人,日后从良进了他们白家,老掌柜可有福享了。

白掌柜很吃惊,当晚就把白少爷叫来问。这一问便问出了事端。白少爷坦承不讳,一口咬定玉钏不同于一般风尘女子,不光是美丽,人也好,心性不俗,为她花上五千是值得的。

白掌柜大怒,拍着桌子骂道:"你这逆子,竟有几个五千,敢放这轻巧屁!"

白少爷争辩说:"我如今自然是一个五千也没有的——若要有,早已把玉钏赎回来了。日后却说不定,没准我就能赚上十万、二十万呢!"

白掌柜"哼"了一声:"谢天谢地,你要真有个十万、二十万,老子也就懒得管你了,你就是娶个皇上的金枝玉叶也由你。可你现在并没有钱……"

白少爷马上接过父亲的话头道:"所以,我才得和您老商量——就算我这做儿子的先借你五千,日后加倍还你……"

白掌柜吼道:"做梦!老子供你上学,供你吃喝,还要供你养婊子?想得美!我今日把话说在这里,听也在你,不听也在你:从今以后你若是再往观春楼跑,我就算没你这个儿子!"

白少爷也火了:"那又怎么样?离了你,我也能活下去的!"

白掌柜气疯了,哆嗦着手,打了白少爷一个耳光:"混账,你……你这是忤逆不孝!老子要到官府告你!"

白少爷挨了耳光自感受了人格的污辱,直起脖子叫:"你当如今还是封建时代吗？早不是了！今日是中华民国，自由平等，恋爱也是自由的！你认我这个儿子也好，不认我这个儿子也好，我都要娶那玉钏为妻的。你不给我钱，我就自己慢慢攒，攒够了就给玉钏赎身，哪怕等白了头也情愿。"

白掌柜呆了，再不知道该咋样对付面前这个拉不回头的儿子……

硬的不行，只好来软的，白掌柜以为儿子大了，该成家了，便托人做媒，为儿子说了一门亲。姑娘是本城张老秀才的独女，模样不错，只可惜裹了双小脚，眼下不时兴了。白少爷不要。白掌柜又寻了茶楼刘掌柜的二丫头，是天足。白少爷依旧不要。白掌柜还要尽心尽意寻下去，白少爷硬把老爷子拦住了，明确说，纵然给个天仙也不要，只要观春楼里的玉钏……

这便难了，老掌柜一日多喝了两盅，借着酒兴和白少爷说："儿呀，我不是看重那五千块钱，我就你这么个独生儿子，莫说五千，真干正事，五万也舍得给你。只是娶妻不同于风月场中的玩耍，不能光看脸儿漂亮，更不能由着一时的兴趣……"

白少爷道："我不是一时的兴趣，确是和玉钏产生了爱情，难舍难分。"

老掌柜摇头："你老子也是从年轻那会儿过来的，也被不少坏女人迷过心。"

"玉钏不是坏女人哩。"

"好女人能进观春楼？"

"正因为观春楼不好，我才得赎她出来。"

"就算有五千块，郑刘氏就愿把玉钏放了？怕也没这么容易吧！"

"郑刘氏答应的，自然不会赖账。"

"也好，你且再去谈谈，人家真同意，我便给你五千，遂了你这心愿。"

白少爷几乎不相信自己的耳朵："当真？"

白掌柜点点头："自然当真——只是，我也得把话说在前头：如若郑刘氏不同意，你须立马回省上续学，而且，日后再不得和玉钏来往！"

白少爷应了，真以为自己拗过了老爹，兴冲冲地连夜闯进观春楼，给玉钏报喜。

玉钏没听完,就扑到白少爷怀里哭了。一边哭,一边说:"你……你别呆了,你爹白送了郑刘氏五百块钱,要她回绝你,让你从此死了这份心,再……再不到我这里来……"

白少爷不信:"你……你听谁说的?"

玉钏道:"听刘小凤说的。"

白少爷又气又恼,差点儿昏过去。

玉钏抹着泪又说:"这……这一手咱早就该料到的,——郑刘氏和你爹哪会依着咱?他们必得使坏。我想过了,事到如今,咱……咱只有一个法子了……"

白少爷问:"啥法子?"

玉钏说:"私奔。"

白少爷眼睛一亮:"奔哪?"

玉钏胸有成竹说:"自然是奔省上了。"

白少爷转忧为喜:"好,玉钏,你……你说哪日走,咱们便哪日走!"

玉钏想了想:"却也不能急的,为保万全,咱得有个具体的筹划。"

白少爷认可:"对的,是得有个具体筹划——咋个筹划,你且说说。"

玉钏说:"你先去省上,谋个官差,找下住处,然后再来带我。我呢,这段日子就做出一副安分的样子,哄着郑刘氏和你爹,一边也作些准备。"

白少爷乐了:"行,这样最好。"

玉钏又嘱咐:"你不必去和郑刘氏谈了,只对你爹说思谋开了,要去省上就是。"

白少爷连连点头:"我听你的,都听你的。明日就回省上。学是不上了,单去求职——我有一个好友在省上国小做教员,让他引荐一下,或许也能去国小教书的……"

二人谋划完毕,依依惜别,免不了又一场和泪相嘱。

分手时,玉钏把手中的现洋首饰,包括缝在腰带中周团副当年送的一副金耳坠,全给了白少爷,要白少爷用它买房谋职。

白少爷坚持不要。

玉钏生了气,说:"你原本不胖,就甭愣充胖了,这现洋首饰你带上,我只盼你早一天来接我,比啥都强!"

白少爷这才哆嗦着手接了,接后再不忍多看玉钏一眼,转身就走。

……

白少爷一走就是三个月,再无一封快邮信函寄来。玉钏等得真焦心。

到得五月头上,终于有一个学生模样的青年来了,带来了白少爷的一封信,说是白先生嘱托的,让他把信亲手交给她。信上说,房已买了,是两间东屋,家具也办了些,大都是二手货,新的买不起。求职更是不易,费了不少精力,花了不少时间,还请了三次酒席,才得以在省立第三国小教修身。因刚谋上职,不便告假,只得再请玉钏等些时日。信的末尾,白少爷又说,买房谋职花费颇巨,以致囊中羞涩,连酒都不再喝了……

玉钏不知囊中羞涩是啥意思。

学生便道:"是没钱的意思。"

玉钏二话没说就到刘小凤屋里借钱。

刘小凤往日替玉钏读过不少白少爷的信,知道玉钏迟早要随白少爷飞走,也真心盼着玉钏能和白少爷一起飞走,心照不宣把钱给了玉钏,还给了玉钏一只约有半两重的金镏子。玉钏过意不去,再三对刘小凤说,日后定当加三分利把钱还来。

刘小凤笑着摆手道:"还啥呀,就算我这姐姐送你和白少爷的喜钱吧!日后过上了好日子,别忘了观春楼还有这么个苦命的姐姐就行。"

玉钏真诚道:"这是再也忘不了的……"

回到自己房里,玉钏把钱和金镏子全给了那个学生,又哆嗦着心问:"你……你们白先生可……可还捎了啥话没有?"

学生这才俯在玉钏耳旁低声道:"白先生说,两个月后的暑假就来接你。"

玉钏欣然笑着,点了点头:"这——这就对了……"

六

过了五月端阳节,天渐渐热了起来,情势也紧了起来。城里四处风传,道是当年钱团长的队伍开过来了,只怕凤鸣城又要开战。果不其然,六月头上,钱团长的队伍真就打着保民军的旗号攻了城。枪炮声响了一日两夜,孙旅长的兵光着脊背在街上乱窜。城里的百姓都说孙旅长要完,算定钱团长要重占凤鸣。

钱团长那当儿已升了旅长,安国保民军独立第一旅旅长,周团副也做了副旅长。姐妹们都在背后议论,说周团副派了探子进城,给玉钏捎了话,要玉钏再等个三五日,待队伍破城之后便接玉钏走。

刘小凤问玉钏:"有没有这事?"

玉钏道:"纯是胡说八道——即便周团副真带信来,我也不会跟他走的!"

刘小凤舒了口气:"这就对了,周团副那是假意,白少爷才是真心。人生在世权势钱财倒在其次,只一颗心最是要紧。"

玉钏道:"姐姐,这道理我懂。"

然而,话虽这么说,玉钏的心也还是动摇过的——半夜里听着保民军攻城的枪声,还为周团副流了不少泪。周团副毕竟是为她破身的第一个男人,如今又升了副旅长,真去跟他做个官太太也是福分。怕只怕周团副只是逢场作戏,一别两年多,早把她忘到脑后去了。因此,玉钏盼着钱团长、周团副的队伍打进来,能再见见周团副;又怕钱团长、周团副的队伍打进来,落一场失望或是落得个左右为难。

枪炮爆响的那一日两夜,玉钏像没了魂似的。那两天,郑刘氏也像换了个人,揣摸着钱团长的保民军要进城,周团副要到观春楼来,不让玉钏接客了。还说,待周团副来了以后,得给周团副摆上祝捷酒,全楼姐妹们一起热闹热闹。

郑刘氏再也没想到,玉钏已谋划好要和白少爷私奔,而且把私奔的好日子定下了……

钱团长的人马最终还是没打进城——孙旅长增援的队伍一到,安国保民军径自撤了,据说是向北撤了八百里,到省城附近的一个什么地方安国保民去了。郑刘氏的脸这才重又拉了下来。玉钏的心神这也才又定下了。

……

因为凤鸣城这边打仗,省上的白少爷便没及时过来。又让那个学生带了话,讲定阴历七月十八来,要玉钏做好准备,备身男装,好扮个男儿模样遮人耳目。

阴历七月十五要祭老郎菩萨,观春楼自是一番热闹。姐妹们这天都照例不接客,沐浴熏香拜佛许愿。玉钏偏就不愿拜这风尘菩萨,心想,自己三日之后便是干净人了,老郎与她断无关系。

刘小凤劝道:"妹妹,还是去拜拜吧!那老郎和咱这风尘青楼原是没啥瓜葛的,本是梨园的菩萨,拜一拜图个吉利,再者,正因为要走,更要显得自然。"

玉钏这才应允了。

十五这日无事,姐妹们拜了菩萨后,相聚饮酒,气氛还好。

十六一日也是无事的,孙旅长手下的一个副官点了玉钏的牌,耍闹一阵,没在房中过夜,便去了,玉钏一直睡到天大亮。

到得十七出了事。

那日不是别人,偏是商会赵会长点了玉钏,结果就生出了一场灾难。拒马峡的土匪徐福海趁着孙旅长被钱团长的队伍打得元气大伤之际,亲自带了几十名悍匪下山,夜闯观春楼,绑了赵会长,也一并把玉钏绑了去……

那夜,玉钏并不知道大难就在眼前,还美滋滋地做着和白少爷私奔的好梦,对会长老头儿也冷淡得很,连把老头儿当狗遛的心情都没有,还头一次正经劝了老头儿,要老头儿少到这里丢脸。

玉钏对老头儿说:"赵会长,你这一大把年纪了,何苦到这里花钱找罪受?真想讨打,在家里让自己的三个太太轮着打不就完了么?"

赵会长可怜巴巴地看着玉钏,拉着玉钏的手直叫姑奶奶:"姑奶奶,我的好姑奶奶、亲姑奶奶,我那三个太太打得都不如姑奶奶打得舒服哩!我这辈子只怕也离不开姑奶奶你了。"

赵会长那日劲偏又大,说着,说着,就往地下趴,像条顺从的狗缩在玉钏脚下,抱着玉钏的腿讨打。玉钏一心只想着次日的私奔,哪有和赵会长胡闹的情绪?推开老头子就上了床。赵会长不依不饶,爬到床前舔玉钏的脚。

玉钏真不高兴了,一脚将老头儿踹了个仰面朝天,气道:"你这老东西,真是个贱货!"

赵会长挨了一脚,又被骂成贱货,有了点小小的满足,翻身爬起来,又往玉钏腿下钻。

玉钏只得像往日那样,揪着老头儿的大耳朵,左右开弓打老头儿的耳光。打完,把白日换下的脏裤衩往老头儿头上一套,又把老头儿踹到一旁,气喘喘地说:"这下舒服了吧?!"

赵会长舒服了,脑袋在脏裤衩里乱钻乱动了一阵子,底下腿裆湿了一片……

完事之后,赵会长照例羞愧着对玉钏交代:"好闺女,这事可不能和外人去说呀!"

玉钏手指往赵会长鼻上一按,也照例笑道:"那就快给姑奶奶掏钱消灾!"

赵会长也是奇怪,那夜出奇地大方,竟给了玉钏五张十块的大票子。

接下钱,玉钏就赶老头儿走,想趁着夜里没人注意,把备好的男装再察看一下,待得天一亮,白少爷从省上赶来,就随白少爷化装去省上。

赵会长舒服过了,也答应走,还说明日上午要为孙旅长打垮钱团长的胜利祝捷,事情是很多的……不曾想,偏在赵会长穿好衣服,要走未走时,遮着布帘的窗子突然开了,一个黑脸汉子,双手撑着窗台,跳进房里,把手上半尺多长的盒子枪瞄向了赵会长。

赵会长呆了,玉钏也呆了。

赵会长本能地想喊救命,可只张了张嘴,黑脸汉子手上的盒子枪就顶到了老头儿的脑门上:"别吭气! 吭气,老子崩了你!"

赵会长老实不吭气了,瘦小的身子直往地下瘫。

这当儿,又有两个匪顺着绳子爬了上来,接连跳进房里。两个匪手里也有枪,腰间还别了条大麻袋,进来后,先顺手抓过玉钏的脏裤衩,堵了赵会长的嘴,继而,玩儿似的,把可怜的赵会长拧翻在地,按倒就捆。不一会儿,赵会长被捆得粽子一般,让匪们装进了大麻袋。

玉钏吓得要死,却也不敢叫唤,只缩在床边抖个不止。除了这夜赵会长给的五十块钱,屋里没有现洋首饰,玉钏自然不怕破财,怕只怕三个匪杀人成性,把她害了。玉钏两眼便乱转,目光一直警惕地盯着黑脸汉子和另外两个匪手中的枪,预备着枪口瞄向她时闪身去躲。

黑脸汉子没有杀她的意思,开初甚或没想绑她。见玉钏浑身直抖,黑脸汉子和和气气地笑道:"姑娘,你甭怕——你怕啥呀?! 我们弟兄今日是冲着赵会长来的,与你无关的。赵会长赚了那么多昧心钱,花不完,我们弟兄想借点花花!"

玉钏强作笑脸,结结巴巴说:"大……大哥,我……我可没钱……"

"那是,你有钱也落不到这卖身的地步,你这命也比我们弟兄好不到哪去呢!"

"是哩,我……我就是被卖进来的,也是苦命哩……"

黑脸汉子先是挺同情地点了点头,后来,眼睛骤然一亮,把枪往怀里一掖,拉住了玉钏的手:"在这也是受苦,姑娘何不跟我们弟兄上山过一下自由自在的日子?"

玉钏心里一惊:"不,不,我……我在这已经苦……苦惯了。"

黑脸汉子笑道:"你就随我上山住一阵,要是真住不来,下山便是嘛!"

玉钏料定事情不妙,脱口叫道:"大……大哥饶我……"

大哥却不依不饶,再不理睬玉钏,手一招,让那两个刚摆布完赵会长的小匪过来了,指着玉钏说,这姑娘怪可怜人的,也一并带走吧,带到拒马峡玩两天,看看风景。

两小匪过来了,一人掐着玉钏的脖子,给玉钏嘴里塞上扯碎的布单;一人扑到身后,反剪玉钏的双手,往手上拴绳子。玉钏想着和白少爷私奔的事要泡汤,又急又怕,两腿乱蹬,拼力挣扎。

小匪低声吼着:"臭婊子,别不识抬举,我家大哥这是看得起你,要不才不费这神呢!你以为拒马峡是谁都能去要的地方?!"

听小匪骂玉钏是臭婊子,黑脸汉子不高兴了,斥道:"这姑娘是被卖进观春楼的,和我们弟兄一样,都是苦命人,你再胡说,老子扒你的皮!"

这当儿,房间的门也开了,门外又公然涌进了三五个匪。

为首的一个大个子匪对黑脸汉子道:"大哥,都齐了,马就在街口,快走吧!"

黑脸汉子问:"给赵会长的帖子可曾送到赵家府上?"

大个子匪道:"这事我留人办了,待咱一出城,帖子必在赵府门上插着,你放心好了!"

黑脸汉子说:"我喝杯茶,歇一歇,你现在就给我去办。"

大个子匪劝道:"只怕不妥吧?为防万一,大哥还是先走的好。若是惊动了孙旅长,就走不脱了。"

黑脸汉子"哼"了声:"屁话!真惊动了姓孙的,老子就和他喝壶酒!"

大个子匪见黑脸汉子执意不走,没再多说什么,自己转身走了,带着两个小匪去赵会长家送勒赎的帖子。

黑脸汉子真的坐在房里喝上酒了——用一个小葫芦对嘴喝,一副悠然自得的样子。喝到后来,黑脸汉子倒背着手在玉钏面前走来走去,还把房里挂着的一帧楷书诗文条幅,翻过来倒过去地看,看着看着,便念出了声:

千金难买此良宵,
万般柔情一梦遥。
不记生前生后事,
要欢要乐在今朝。

久旷枯木逢甘露,
留得花香蜂蝶绕。
于无情处说有情,
此耳听入彼耳抛。

黑脸汉子念罢,打了个脆亮的响指道:"好一首风流的诗文!"

走到玉钏面前,黑脸汉子把玉钏嘴里堵着的碎布单取了,两眼盯着玉钏,看了足有一两分钟。

玉钏不知黑脸汉子要干什么,心慌得很,身子直往床下缩。

黑脸汉子却把玉钏从床下拽了出来,指着条幅问:"这风流诗是谁写的?"

"是……是一个熟客。"

"知道是什么意思么?"

"不知道。"

"真不知道?"

"真不知道。"

黑脸汉子相信了,看着玉钏笑道:"那我就告诉你:这是一首嵌字诗,把诗中每句的头一个字连在一起读,就是这么八个字:千万不要久留于此——不信,你自己看吧!"

玉钏大为吃惊,再也想不到,白少爷送她的这幅嵌字诗,没被任何人识破,连刘小凤都没识破,竟被为匪的黑脸汉子一眼解了。

黑脸汉子道:"我不问这诗是谁送你的,只想对你说,送你这诗的算得一个有良心的好人,他写下这话,只怕正是为了今日——今日,我便要你永远离开这不能久留之地……"

玉钏这才哭了:"大……大哥,我……我不瞒你了,正是这好人要……要给我赎身哩!"

黑脸汉子摇头道:"姑娘,他赎不下的,你正当花儿一般年纪,又这么漂亮标致,艳丽动人,谁做鸨母都不会让你轻易去从良。能救你的,只有我们这些不惧官府官军的弟兄。"

玉钏听黑脸汉子说得真诚，就幻想黑脸汉子能发发善心，便掏心说了："这我知道，所以，我们俩才要……要逃……"

黑脸汉子仍是摇头，根本没有发善心的意思："逃？你们往哪里逃？天下乌鸦一般黑，不说逃不出去，就算逃出去了，日子也不是好过的。今日你且听我的，跟我到拒马峡走一趟，觉着好就在那儿住下来，觉着不好，你便走，我决不拦你！"

玉钏这时已明白，拒马峡是非去不行了。事情明摆着，赵会长能被绑走，她愿意不愿意也都同样会被绑走，与其那样，倒不如顺从些好。

也不知黑脸汉子那夜带了多少人马来，在整个绑票过程中，观春楼静若坟墓，一点响动听不到。黑脸汉子安然自在地喝了半壶酒，才在大个子匪再次到来之后，叫众小匪把玉钏和装在麻袋里的赵会长一并用马驮走了。

这夜不太黑，月儿是滚圆的，月下有轻飘的浮云。玉钏被一个叫刘三生的小匪搂着，轻蹄出了凤鸣城。是搂的腰，刘三生搂着玉钏在马上走了半夜，一只汗津津的手竟没挪窝。玉钏依在刘三生怀里迷迷糊糊地睡了一觉，待得醒来，天已朦胧发亮，放眼望去，凤鸣城早已踪影全无，但见得满目青山了……

七

拒马峡在群山环抱之中，因地势险要而得名。峡南是虎踞关，峡北为一线天，东西皆是悬崖绝壁。峡中有个百来户人家的村落，叫作点金地。据当地老人说，点金地这村名系乾隆爷钦定。乾隆爷南下巡幸，驾临凤鸣，赶巧峡中出了个新科举子，奉诏迎驾。乾隆爷问起峡中情形，举子便道，峡中有良田坡地三千亩，五谷丰登。乾隆顺口说了句，"实乃点金之地也。"皇上金口玉言，这村落自此便叫点金地了。光绪年后，世道日衰，匪患频仍，点金地也成了匪巢，先后出过钦匪金菩萨，滚地龙万大发子，如今又出了大名鼎鼎的巨匪徐福海。

徐福海掳得玉钏凯旋归山,让手下颇为不解——徐福海自打占了拒马峡替天行道,就宣布过三戒:一戒抢掠民女;二戒杀人耕牛;三戒滋扰寺庙。自己大哥怎会抢女人呢?

手下三阎王便问徐福海:"大哥,你咋也抢起女人了?"

徐福海不认账:"谁说是抢?我这是请她到点金地耍。"

"点金地有啥好耍处?"

"咋没好耍处?咱这有和尚有庙,还有大肚子菩萨。"

"我咋没见过大肚子菩萨?"

徐福海道:"你只知杀人放火,肉眼凡胎,自是看不到……"

山寨师爷二先生也觉得惊奇,后来得知玉钏是城里观春楼的姑娘,并不是民女,便认同了这次抢掳的正当合法,还和三阎王私下商量说:"福海大哥终是快四十的人了,也该有个家室了,我们弟兄要促成这事才好。"

三阎王不以为然:"大哥要娶压寨夫人,也得寻个良家小姐,哪能要这种风尘女子?!"

二先生诡笑道:"良家小姐肯随咱在枪雨刀尖上过日子?即便抢来也无真心。大哥在咱们眼中是英雄,在寻常人看来却是匪哩!只有这种落入绝地的风尘女子,方会真心相伴。我留心看了几眼,那姑娘倒也不俗,或许正是咱大哥命中注定要娶的太太呢!"

三阎王闻听二先生这番述道,心里服气了,自叹眼力心智比二先生都是不如的……

二先生是群杆的军师,又是老营的内当家,识得子曰,断得诗文,是拒马峡中最有学养的人。光绪末年,二先生中过秀才,还赶赴省上参加乡试,求取功名。只可惜阅卷学道不喜他狂羁文风,硬是给他批了个不通。那是大清朝的最后一次乡试,策论考的是洋务时政和万国通邮。二先生策论起讲就非同凡响,束股更是漂亮,论及洋务推行时,大言不惭说:世界已非旧日世界,中国已非昨日中国,操办洋务势在必行,然纵观当今洋务多见败绩,实乃"中学为体西学为用"之过也!洋务若得成功,当以"西学为体中学为用"方是上上之策。后来想想,二先生实是害怕,被批个"不通"，算是便宜他了。辛亥年后，许多革命党就有他那主张的。当时却不知——山中不比城里，许多音讯传进来，外面的世界早已变了模样。

这日傍晚，徐福海兴致极高，把绑来的赵会长锁在房中不管不问，只要二先生和三阎王摆酒，说是要为请来的客人接风。

三阎王故意问："客人是谁？"

徐福海说："还会有谁，自然是玉钏了。"

三阎王和二先生这才知道抢来的那俏姑娘叫玉钏。

一桌四方，三人坐下，酒菜也上齐了，玉钏只是不从后院出来。

三阎王等得心焦，说是去请。

二先生起身把三阎王拦下，笑道："要你把她绑来可以，用了这个请字，就不是你的事了。"言罢，二先生自己去请，临走又对三阎王交代说："今日你三老弟可得儒雅一些，给大哥撑点脸面，别让人家以为咱只会杀人放火。"

三阎王头直点："那是自然……"

玉钏住处在忠义堂后院，是上午徐福海临时安置的，院中三排房屋，呈口字形，玉钏住在朝南的一间，屋子宽阔明亮，一应家什俱全。北边一排房子低且破，是锁票所在，赵会长便被关在里面。

玉钏被搂在马上走了一夜，既困又乏，进屋以后，再顾不得多想什么，和衣倒在床上就睡了过去。待一觉醒来，天色已朦胧发暗，搂她来的小匪刘三生说是总爷有请，她这才在忠义堂大厅重见了那个黑脸汉子，才知道那个黑脸汉子就是大名鼎鼎的巨匪徐福海。

徐福海说要为她把酒接风。玉钏不敢不应，只说要梳洗一下，才暂时脱了身，重回自己的南屋。坐在屋里，怎么想怎么不是滋味，一颗心总在白少爷身上。这日正是十八，如果不是昨夜让背时的赵会长点上，她此刻决不会坐在这里，与拒马峡徐福海这帮悍匪为伍。没准已见到了白少爷，甚或已和白少爷出了城。白少爷见她不到，还不知作何感想哩！

正悲叹不已，门扣响了。玉钏起身开门，见二先生在门外站着，知道是徐福海那边等得不耐烦了，遂强作笑颜说："先生稍候，我马上就好的。"

二先生一点不急,极和气地道:"并不忙的,姑娘只管慢慢收拾。"

也没啥可收拾的,胭脂、口红、粉盒都没带来,玉钏抿了抿额前的散发,把脸揩了揩,磨磨蹭蹭出了门。

坐到酒桌前,玉钏更不敢轻言放肆,知道此处不比凤鸣城里,本是匪之巢穴,极怕稍有闪失落下灾祸。明明是被巨匪徐福海绑来的,徐福海偏说是请来的,也只好认下。当然,这也不无好处,绑来便是肉票,请来则是客人。说是为她这贵客接风,却并没有怎样灌她的酒,循着礼数,把该喝的酒喝了,三个头领便像是把她忘了,径自谈讲起诗文书画了。

大哥徐福海最是称道杜工部,说杜诗难得如此体抚民困时艰;又说,斩蛇起义的汉刘邦,虽然不是诗人,一首《大风歌》也实为千古绝唱呢。徐福海提到《大风歌》,激起了二先生的酒后豪情,二先生即时立起,朗声诵道:

  大风起兮云飞扬,
  威加海内兮归故乡,
  安得猛士兮守四方。

大胡子老三最是有趣,待二先生诵毕,马上说:"就这三句话也算个千古绝唱了?那好,俺也唱上一回!"愣了片晌,三阎王把面前的一大杯酒喝了下去,赫然吼道:

  大风起兮抢他娘,
  杀富济贫兮进山榜,
  安得枪炮兮轰八方!

不知因啥,大哥徐福海脸色挺不好看的,直到玉钏忍俊不禁,格格笑了起来,徐福海的脸色才又和缓下来,对三阎王道:"三弟,你咋不是杀就是抢?就不能来点文乎的?!"

三阎王不好意思地看着徐福海嘿嘿直笑。

玉钏看着坐立不安的三阎王说:"要我看,这诗偏就不错哩!"

二先生见玉钏说三阎王的诗好,便笑道:"客人说好,那必然是好了——三弟这诗虽说粗鲁了一些,倒也不失磅礴气概,汉高祖只要个守四方,三弟竟想轰八方!"

冲着桌首的徐福海一笑,二先生又对三阎王说:"三弟,得奖赏你三杯酒!"

三阎王老老实实把三杯酒喝了,再没敢胡言乱语。

酒喝得斯文雅致,玉钏渐渐便没有了那种身陷匪巢的感觉,倒好像是在观春楼陪客一样。细想一下,又觉着和在观春楼陪客多有不同:在观春楼陪客,得媚眼四飞,讨客欢喜;客也不老实,不是在你这里捏一把,就是在你那里掐一把。最可恨的还是那个身为官军的孙旅长,那回说是请她喝酒,却把她强行脱光了,让手下的兵按在酒桌上公然奸淫她。

面前这三个身为匪首的男人,却是这般老实,说喝酒就是喝酒,没人碰她一下,而且把吟诗作文看成圣事,这是她没想到的。一时间,玉钏真闹不清了:官军孙旅长和面前这三个打家劫舍的男人,究竟谁是匪,谁更有匪性?

因着这一番感慨,玉钏暂时把满腹心事全抛开了,待到徐福海和二先生对酒赋诗,邀她作和时便说:"你们没把观春楼的古琴拿来,若是拿来了,我就给三位大哥弹上一曲,助助酒兴——做诗我却不会。"

三阎王来了精神:"妹妹,你若真要古琴,我给你取来就是!"

徐福海摆手道:"算了,今日来不及了,要是玉钏愿意,就请玉钏唱支歌吧!"

玉钏说是愿意,为三位好汉唱起了刚进观春楼时听小凤姐姐唱过的《风尘曲》:

> 奴妾十八一枝花,
> 沾珠带露洁无瑕。

一朝坠入风尘里，
　　强作欢颜度生涯。
　　宾客来去复来去，
　　镜中孤影伴奴家。
　　生就红颜多薄命，
　　花开花落任由它。

　　一曲唱罢，已是泪水充盈，玉钏强忍着没让泪珠落下来，重回到桌边坐下，没让任何人劝，便将面前的一杯酒喝了，喝罢，又想起白少爷和那场失落了的逃亡，禁不住呜咽起来。

　　二先生劝道："莫哭，莫哭，今日得高兴才是哩！"

　　玉钏却哭得更凶，边哭边道："我……我的命咋就这么苦？！"

　　徐福海叹道："有这苦命的并不是你一人呢，我们弟兄谁不是被逼到这地步的！"

　　三阎王也说："可不是么？当年我们大哥，吃的罪才叫多哩！大哥若不是揭竿而起，只怕早就被人折磨死了……"

　　三阎王还要再说下去的，徐福海却摇头道："都别提那些旧事了，今日咱是给玉钏这贵客接风，都多多喝酒吧！"

　　于是，喝酒。

八

　　酒醒之后，玉钏不免有些后悔。匪毕竟是匪，自己竟与匪同流合污了，竟把匪们认作好人，这实在是很没道理的。她虽道命苦，坠入风尘，比起匪来总还是高强的，她只是卖身，却没有杀人放火，绑票勒赎，更没有为害地方，自然是不能与匪为伍的。三天过后，玉钏又见到匪们将赵会长的一只大耳朵割去，送往山外催赎，益发觉得山里这些匪们既可怕又可恶。

　　割耳为玉钏亲眼目睹。当时，玉钏正站在忠义堂门口的旷地上寻大肚子佛。徐福海说，从这里某个地方眺望四周群山，能看到山形佛像。玉钏看了半天,没看到山形佛像,倒听得忠义堂后院响起了一阵凄厉的嚎叫:"莫杀我,莫杀我。"——是赵会长的声音。

玉钏心中一惊,急急穿过忠义堂正厅来到后院,正见三阎王手执宰牛刀在赵会长面前晃,赵会长被两个小匪扯着,已面无人色。玉钏不知底细,以为匪们要撕票,周身骤然发冷,脚也软了。就在玉钏愣神的当儿,三阎王一刀下去,把赵会长的左耳朵割了。赵会长叫得益发凄惨,几无人腔。三阎王不为所动,手上捏着割下的耳朵笑个不休。这时,赵会长才看到了玉钏,偏着半边糊满血水的脸喊:"玉钏,你快……快救救我呀……"

玉钏哆哆嗦嗦叫了声:"都……都住手!"

三阎王愣了一下,捏在手上的耳朵掉到了脚下,脚下恰有一块石头,血淋淋的耳朵在石头上弹了弹,才落了地。这时,三阎王已无酒桌上的客气,挥手道:"这没你的事,快走!"

玉钏不走,指着赵会长说:"你……你们不能……不能这么待……待他……"

"那你说该咋待他?我家大哥给了这老头儿三天时间,老头儿三个太太偏就没一个人来送赎金,咱不辛苦一趟去催催行么?"

"或……或许人家正……正在筹……"

"咱这么一催,人家筹得就快了,这老头儿也少受点罪!"

赵会长脸上的血流得更急,脖子和肩头都红了。

玉钏又说:"快……快给赵会长止止血,怪……怪吓人的!"

三阎王不怀好意地点点头:"这行。"言毕,随手抓了把香灰,按到赵会长半边血脸上,按得赵会长又是一番痛叫……

当日午后,玉钏趁着徐福海、二先生、大胡子老三在忠义堂议事,偷偷带了吃的,到锁票的北房去看了赵会长。

赵会长隔着栅门呜呜哭,哽咽着说:"玉钏,你……你真就说对了,耳大真招灾哩。"

玉钏气道:"还说呢——你招了灾不算,也把我害苦了,我也被弄到这地方来了!"

赵会长直点头："怪我，怪我，只要过了这一劫，我……我一定为你赎身。"

玉钏叹道："等你赎身只怕黄花菜也等凉了。"

赵会长又说："我不骗你，真……真给你赎身。"

玉钏颇不经意地问："赎回去做你第四房太太？"

赵会长忙说："不是，不是，把你赎出来，你爱去哪去哪。"

玉钏自然不信这话，心里却还是想救这老头儿的。老头儿虽道不是白少爷之类有情有义的体己，往日对她总算不错，只花钱到她这儿买罪受，从未难为过她，她自得在人家有难时帮一把。于是便问："你三个太太究竟是咋回事呀？都三天了，为啥就不赎人呢？"

赵会长叹道："三个太太三个心啊，都算计着我哪日死了好分家业，我无儿无女，只过继了个本家侄儿。"

"过继的侄子就算你的儿子了，他咋也不来？"

"这侄儿才十三，就是想赎也来不了。"

"那就没办法了。"

"办法倒也有，只……只是要累你。"

"你倒说说。"

"送耳朵必不顶事，你若下山一趟就好了，你去找孙旅长，就说我捐一万五千块军饷给他，让他想办法。"

玉钏问："匪们要多少？"

赵会长答："两万。"

玉钏想了一下说："那你就亏了，一万五给了孙旅长那不要脸的官匪，再把两万送进山，就是三万五了。"

赵会长道："给了孙旅长，自然不给山里的匪了。"

玉钏苦苦一笑："你这老头儿又弄错了吧？这里地形险要，孙旅长能打进来么？就算真个打进来，只怕匪们已先把你杀了！"

赵会长说："那你去给我找商会的毕副会长，让他替我先出这两万，出山之后，我立马还他。"

玉钏点点头:"这倒是条路子,不过你要给我写个字据,要不,那个毕副会长只怕不会相信哩。"

赵会长忙说:"我写,我写。"

玉钏去自己房中寻笔墨纸张,未寻着,心想徐福海、二先生都会吟诗作文,纸笔必定会有,便去了忠义堂。忠义堂里三位好汉正谈得带劲。玉钏进来,三人都有些诧异。待玉钏说罢事由,三位好汉高兴起来。

三阎王道:"真想不到妹妹如此热心,既救了那老头儿的难,又解了我们的急。"

二先生也说:"不错不错,如没有玉钏姑娘这番盘根摸底,只怕我们拿不到分毫,还要落下笔孽债呢。"

为首的徐福海开初倒还有笑脸,后来却不作声了,只托着下巴来回踱步。

三阎王取来纸笔,递给玉钏道:"快去叫老头儿写下字据,时间还是三日,两万赎金再不送来,余下那只耳朵他也保不住了。"

玉钏接过纸笔正要出去,徐福海却叫了声:"慢!"

二先生和三阎王都不解徐福海的意思,困惑地盯着徐福海看。

徐福海不看自己的二位弟兄,径自走到玉钏面前问:"你这一走还会回来么?"

玉钏不愿说谎:"自然不回来了——不过,你们尽管放心,赎金必会有人送来,反正老头子在你们手里,亏不了你们。"

徐福海摇头道:"不是这个意思,我是说你进山不过三天,许多好玩的地方都还没去玩,怎么就走了,就不来了?"

玉钏笑了笑,违心应付说:"那……那再我来就是……"

徐福海苦着脸:"你莫骗我,我不会让你走。"

玉钏笑不出了:"我……我不是你们请来的客么?莫不是也成了肉票?"

三阎王和二先生这才听出了名堂。

二先生倒没说什么,三阎王却冲着玉钏叫:"就是把你作了肉票又怎的？实话告诉你,这拒马峡本就是好进不好出的!"

徐福海冲着三阎王眼一瞪,怒道:"老三,尽他妈胡说些啥?!"

二先生见徐福海发了火,才走过来对玉钏说:"玉钏姑娘,既然大哥要留你,我看再住上一阵也好,这山里确是有些好去处的。"

玉钏脚一跺,气呼呼地说:"我不下山,那两万赎金谁会送来?老头儿家中的情形我已和你们说了,他那三个太太正巴不得他死呢!你们自己想想,还要不要赎金了!"

徐福海不提赎金,只问玉钏:"你和那会长老头儿是啥关系?"

玉钏冷冷一笑:"你说是啥关系?那夜情形你不是都看到了么?"

徐福海又问:"那你为啥对他这么热心?"

玉钏说:"在客人中,老头儿对我算是好的,从未为难过我,给我的私房钱也多。"

徐福海点了点头:"那我知道了——你这是知恩图报,是不是?"

玉钏反问:"难道说不对么?你们劫富济贫的弟兄不也讲究知恩图报么?!"

徐福海想了想,极突然地说:"那好,两万赎金我不要了,马上放那老头儿出山,只是你得留下。"

玉钏万没想到,事情竟闹出这种结果,当即呆了。

徐福海双目瞅定了玉钏:"如果后悔,现在还来得及,我只等你说一个不字。"

这时刻真熬人,一个不字极好说,只是这不字说了,那会长老头儿就得破财损命;要救老头儿,自己就得留下,徐福海出价真够高的,用几可到手的两万买她做压寨夫人。

想了一下,玉钏问:"大哥留下我干什么?是做压寨夫人么?"

徐福海说:"这得你愿意。"

玉钏又问:"我要不愿意呢?"

徐福海说:"那就做我的客人。"

玉钏心里清楚,匪巢中的客人可不是好做的,又觉着赵会长的恩情,

沉 红 // 053

还没大到用自己的身家性命去报答的地步,再说老头儿又有钱,也不在乎那两万的赎金,愣了好半天,才对徐福海道:"容我想几天!"

徐福海脸却拉了下来,手一挥说:"不必想了,你既不想留在这里,我明天就送你出山!"未待玉钏反应过来,徐福海已厉声对三阎王和二先生下了命令:"我徐福海说话算数,说不要那两万赎金便不要那两万赎金,你们马上给我把那老头儿拉出去砍了!"

玉钏大惊失色,差点儿瘫倒在地上:"大……大哥,千……千万不能这样!这……这样一来,就……就是我害了赵会长!"

徐福海看着玉钏,哼了一声:"老子绑的他,又是老子杀的他,和你有什么关系?"这话说完,徐福海再不理睬玉钏,又对二先生和三阎王明确交代道:"趁着玉钏还没走,马上去砍了,把老家伙的狗头提过来,让玉钏捎到城里去……"

玉钏终于支撑不住了,跌跪在地上结结巴巴说:"我……我留下,我……我愿……愿留下……"

徐福海问玉钏:"真心愿留下?"

玉钏噙泪点了点头。

徐福海又问:"你觉着这值么?"

玉钏任泪水在脸上流着,又点了点头。

徐福海叹了口气:"你心好。"回转身,徐福海对二先生又交代说,"把那老头儿带来见见他的救命恩人,然后派几个弟兄送他出山!"

二先生应了一声,和三阎王一起去了。

徐福海这才扶起玉钏说:"玉钏,你是善人,今日,你不但救了那老头儿,也救了我,要不,我身后又得多条索命的冤魂了。"

玉钏并不答理,只是默默地流泪。

过了一会儿,赵会长被带来了。

徐福海铁青着脸把事情根由向赵会长说了。

赵会长惊喜之余,"扑通"跪下,"咚咚咚"给玉钏磕了三个响头,继而对着玉钏涕泪俱下,大哭了一场,边哭边道:"玉钏,我……我这条老命是……是你给的,今生今世若是不能报答,来世哪怕做牛做马,我也……也要报你这份洪恩大德!"

玉钏这才放声大哭起来,哭罢,万念俱灰,凄哀地对老会长说:"事已如此,我也不瞒你了,我原已和老盛昌的白少爷定好十八私奔,十七那日,你……你这背时的偏来了,事情就闹到了这步田地!回到凤鸣城里,你……你一定要给我找到白少爷,和他说明,让他就此死心,只当……只当我玉钏已经死了!"

老会长连连答应,临别,又给玉钏磕了几个头。

玉钏目送着赵会长走得不见了踪影,才泪眼蒙眬回过身来,这时骤然发现,徐福海眼中竟也泪光闪动……

九

徐福海眼前时常现出多年前自己经历过的一幕。也是夏日,也是这般凄切的别离,老母亲抱着他的腿,不让穿号衣的衙役带他走。他的手被铁绳锁着,想去揩母亲脸上的泪却无法。他对母亲说:"娘,你让我走,为人不做亏心事,不怕半夜鬼叫门,咱没偷就是没偷,官府咋不了咱……"娘偏就怕官府,认定凡被官府用铁绳锁走的都无好结果。

真就没好结果。

他明明没偷东家王老爷的马,官府硬咬定他偷了,说是和外面的盗马贼串通着偷的。官府把他挟号示众三日,又让徐家还马。徐家一贫如洗,自然还不起。福海便逃了,一来想避上一阵,二来也想把那真贼寻到,洗刷自己的冤屈。不料,真贼没寻到,母亲先被逼死了。徐家族人一片愤怒,福海更是悲痛难当,放火烧了王老爷家院,一夜杀了王家主仆二十三人,合着族里弟兄造反为匪进了拒马峡。

见着玉钏这般哀伤,福海不由生出恻隐之心,觉着现刻的自己,就像当年的东家王老爷。王老爷一匹马逼反了他,他却用会长老头儿的一条命迫留了玉钏。玉钏实是心地太善。

心中觉着对不起玉钏,徐福海见了玉钏自是益发殷勤,玉钏只是不理不睬,显见着把他看成了仇人。他要带玉钏去寻那佛,玉钏不去,说这地方满处是血,有佛也早被吓跑了。

最初几日,玉钏连门都不出,只一人坐在屋里发呆,默默流泪。

二先生去劝了几次,不怎么哭了,却仍是心事重重的样子。

徐福海对玉钏说:"这儿有啥不好,哪里不强似观春楼?"

玉钏道:"还不是一样?在观春楼是卖给了郑刘氏,在这里却是卖给了你这土匪头目。"

徐福海笑道:"怎么是卖给了我呢?我没给你卖身的银钱,也没和你立卖身的文书。"

玉钏说:"若有文书倒好了,事情日后还能有个说道。"呆了一下,又说,"倒也有个好处,我这身价涨了不少,从五千变作了两万。"

徐福海先是干笑,后来才道:"真值两万,那也是你自个儿的,谁也不能做你的主。"

这倒不假,徐福海虽然凶恶,硬把她留下了,却并没逼她做压寨夫人。

玉钏对此困惑不解,便问二先生:"徐福海不是想让我做他的压寨夫人么?咋不动手?"

二先生说:"他许是怜你柔弱,不忍相强吧?!"

玉钏说:"我已是为娼为妓的风尘女人,并不是什么千金小姐,他咋就这么规矩?"

二先生也觉着怪,张口结舌答不出。

玉钏又去问三阎王。

三阎王答非所问,只漫无边际地说,自家大哥人好,为朋友两肋插刀,自个儿这头都是大哥的,只是暂时由他保管罢了。因之便叫玉钏放心,说大哥咋着都不会为难她的。

玉钏渐渐对二先生和三阎王便生出了好感,觉着他们的心地都不是很坏的——尤其二先生,文文乎乎,一脸和气,不像杆匪的二当家,倒像大户人家的账房先生。三阎王虽说狠些,却也不无可爱之处,说话做事直来直去,不兴拐弯,明明狗屁不通,偏喜趋附风雅。头一天为她接风,便"大风起兮抢他娘",惹得她大笑。后来三阎王又作了首所谓的"七律":"快枪一搋向前冲,督军督办都是熊,只觉裤裆一阵痒,摸出一个大总统。"玉钏又"咯咯"笑出了声。嗣后玉钏才知道,这一切都是徐福海安排的,仅为博她一笑。

　　二先生、三阎王和众弟兄看徐福海的眼色行事,徐福海则只看玉钏的脸色。最先认识的小匪刘三生便说过,她如今是拒马峡的姑奶奶,只要她脸挂下来,谁的日子也别想好过,总爷会乱杀人。玉钏听了既喜又怯,为了众弟兄平平顺顺,先是强作欢颜,后来真就笑开了……

　　玉钏开了心,徐福海自然开心,只要玉钏说的,总设法去办。

　　一日,玉钏无意中说起凤鸣城中的狗肉包子,道那包子别具风味,只城中老龙庙近旁一家有得卖。福海当时没多言声,只在心中暗暗记下,转身便叫自家三弟带着一干弟兄连夜出山,把专做包子的大师傅绑来为玉钏做包子。

　　玉钏后悔得直跺脚,埋怨自己不该这么害人。

　　福海笑道:"谁也不会害他,我是请他来包包子,又不是绑他的票,你要吃腻了包子,我便送他走,还送盘缠。"

　　玉钏问:"我要是永远吃不够呢,你就永远把人家扣在山中?"

　　徐福海又笑:"我知道你玉钏心好,不愿这么干,我可以让大师傅教咱山中的厨子学做包子,学得和凤鸣城里一样,再放他走么!"

　　玉钏点点头:"你也善了些。"

　　徐福海道:"身边有佛,能不善么?!"

　　玉钏这才有了寻佛的心,便问:"你总说这儿有佛,我咋寻不见?"

　　徐福海道:"我带你去寻。"

　　同去寻佛那日,徐福海才把自己为匪的经过和玉钏说了。玉钏听罢,不禁为之动容,联想起孙旅长大兵进城那日的情形和自身的遭遇,觉得这世道真无道理,拒马峡中群雄啸聚正是该当,心下已不再把徐福海看作匪了。

　　徐福海又说:"玉钏,你问我家二弟、三弟,我为何不逼你做压寨夫人,他们便来问我,你可知我是如何想的?"

玉钏道:"我早想问你,可……可没敢。"

福海真诚地说:"因为你是和我一样的沦落人。你身为女儿身,沦入风尘;我身为男儿家,落入山野——同为天涯沦落人,我徐某岂能像那些有钱进窑子的富人一样凌辱你?你要不是卖身窑子的风尘女子,真是个有钱人家的千金小姐,我或许就不会这么客气了。"

玉钏从未想到过这点。听徐福海这么一说,玉钏觉得这徐福海委实是个怜贫惜弱的真男人,心里还把白少爷和徐福海作了一番比较,竟发现了白少爷的许多不是——白少爷有情有义不错,却过于柔弱,又因着家境富裕,不解世事艰辛,就算顺当逃到省上,只怕日后也无徐福海这份浸心知底的缘分——再者,如今自己要与白少爷私奔省上恐怕也无可能。

玉钏想到白少爷时,徐福海也想到了。

徐福海说:"我知道你的心思还在那个白少爷身上,那日你和赵会长相对哭诉之际,我的心也软了,想过放你出山,不过又想,那白少爷怕是不可依靠。白少爷本是富家子弟,何尝吃过人世辛苦?只怕私奔不成或是在省上遇到什么麻烦,白少爷就会变作黑少爷的,重把你卖进窑子也未可知。你没听说过杜十娘怒沉百宝箱的故事么?"

也不管玉钏愿不愿听,徐福海颇动感情地把杜十娘的故事讲了,讲得玉钏也为那投了江的杜十娘泪流满面。投江入水而结束生命,玉钏过去听人说过,只不过没像这次徐福海讲时听得那么入神,受孙旅长大兵凌辱那次,玉钏也想过死,没想到投江投水,只想到上吊。现在想想,投江投水真算得女人最好的死法了。女人本是水做的,纵然在世时一身污浊,到水里也就干净了。

玉钏把这想法和徐福海说了。

徐福海道:"你咋着也不要死,我也不去死,我们就在这山里和官府富豪做个对头,把他们搅个不得安生,岂不快哉!我们死了,正称他们的心;我们偏就不死,偏让他们死……"

那日谈得投机,玉钏情不自禁把几年来在观春楼受的苦难委屈和徐福海说了,说郑刘氏如何折磨她,多哥如何凌辱她,说到后来不知怎的竟倒在徐福海怀里,呜呜咽咽哭了个痛快淋漓……

这时已是傍晚,天色渐暗,残阳西下,四周群山益发显得青翠苍凉。外出抢掠的弟兄陆续归山,得得蹄声伴着劲起的山风,于山谷中回荡不息。北面山梼,点金地那亦农亦匪的男男女女,正驱着牛车,哼着小曲三三两两往村里走。

有曲唱道：

　　点金地,点金地,
　　豪杰啸聚有粮米;
　　坏皇上,好总统,
　　俱与草民无关系;
　　唯愿老天多保佑,
　　峡如宝盆聚财气。
　　……

这景象竟是一派平和。

也正是在这时,徐福海要玉钏往西看。

玉钏抹去眼中的泪,向西看去,果然看到了徐福海所说的山形巨佛。佛是仰卧着的,身脚首分作三段,血红的残阳正在鼓起的肚皮上挂着,甚是好看。玉钏看了许久,直到残阳完全落到山后,才和徐福海一起回去。

徐福海真是一个有情有义的汉子。玉钏没想到,看佛那日自己说过的事,桩桩件件都让徐福海记到了心里,至那日以后,徐福海便背着玉钏在暗地里悄悄谋划,要为玉钏清了观春楼的血泪旧账。

终于有一日夜里,徐福海没和玉钏打声招呼,就把三杆五百号弟兄带出了山,直下凤鸣城,杀了郑刘氏、多哥并那一帮护楼的打手喽啰,一把大火烧了观春楼,连带着烧了白少爷家的老盛昌和半条繁华的街面。

这动静闹得太大,大火起时惊动了孙旅长的大兵,孙旅长驻在城里的两个营和徐福海的弟兄交上了火,仗打得十分激烈。据后来三阁王吹乎,比那回李司令和孙旅长在举人大街火并还厉害,孙旅长的官兵死伤怕有百十口,山中的弟兄也死了十五,伤了三十八,连徐福海自己胳膊上都吃了一枪。

就是这般紧急,徐福海在替玉钏结账时也没赖账,该索回的索回了,该还人家的也还人家了。观春楼卖身的姐妹一个没杀,一个没抢,全放了。知道刘小凤对玉钏最好,徐福海把从郑刘氏手上抢来的金银首饰分了小一半给刘小凤。刘小凤不敢要。徐福海便说:"这不是我送你的,是你妹妹玉钏要我替她送你的,谢你呵护她多年的一份真情义。"

刘小凤这才接下了那包首饰,随后又被徐福海的弟兄护送着出了凤鸣城,回了直隶老家。当时刘小凤已料到此一去再难见玉钏的面,便在城外大道跪下来,对着南面的群山磕了头,在心里真诚地为玉钏的未来默默祝福……

观春楼被一把火烧掉。观春楼的血泪记忆也焚毁于火中。玉钏因着徐福海和山中弟兄的大恩大义,再不敢想昔日那个白少爷,只把徐福海当作体己亲人。那日早上,徐福海率着弟兄们回山时,玉钏在二先生陪伴下,一直迎到北面山口。

秋天,徐福海胳膊上的伤好了,玉钏再没犹豫,循着山里弟兄的规矩,堂堂正正和徐福海成了婚,做了拒马峡的女主人。

那喜庆的日子嗣后便成了山中弟兄共同的节日,就是在玉钏死了多年之后,弟兄们还过那节,都把那节唤作娘娘节,仿佛玉钏不是个卖身的风尘女子,倒是个山中的皇后娘娘。

十

观春楼被烧以后,玉钏之名家喻户晓,凤鸣城里的富商百姓都疑玉钏通匪报复,商会赵会长死也不信。闻知孙旅长决意进兵拒马峡剿平匪患,便跑到孙旅长旅部,要孙旅长于攻击匪巢之际,务必保证玉钏不受伤害。

孙旅长呵呵笑着说:"我知道,都知道,徐福海火烧观春楼是为绝了玉钏的后路,本旅长也不相信玉钏会通匪——她若真通匪,只怕你赵会长的人头早就留在山中了!"

赵会长头直点:"正是,正是……"

孙旅长又道:"剿匪本为安定地方,保护你们发财,你们商会不能不意思意思的。"

赵会长忙说:"这我们已商议过了,各个店号都出一些,我赵某出两万,合共就是八万多了——只是我们要剿的是匪,不是玉钏,旅长莫忘了。"

孙旅长哈哈大笑,拍着赵会长的肩头道:"放心,放心,赵会长!伤着那小婊子一根×毛你拿我是问!"

孙旅长真就去剿匪了,城里的两个营开出去不算,城南的独立团也拉了上去,大炮不好拖进山,便把七八支连珠枪全扛了去,一路上还唱着军中老师爷编的兵马歌:

  吃粮的弟兄不孬种,
  个个都是真英雄;
  长坂坡上一声喝,
  吓退敌军百万兵。
  ……

城里的百姓都说,孙旅长这回总算为凤鸣城办桩好事了。

好事偏没办成。孙旅长的兵马轰而烈之出去,没几天悄无声息回来了。城中的商家百姓只隐隐听得城外响过一阵枪,八万多军饷就算花完了。许多商家自然不满,要赵会长去问。赵会长只得去问。

不料,赵会长不问还好,一问便问出麻烦了。

一天到晚笑呵呵的孙旅长,这回不笑了,拍着盒子炮大发雷霆,一口一个日你娘:"……日你娘,你道匪就这么好剿么?峡南的虎踞关、峡北的一线天,都是险要所在,一夫当关,万夫莫开!日你娘,你且去剿剿看!"还没容赵会长答话,孙旅长又说,"更可恨钱旅长的安国保民军得知城中空虚,又作妄动,我他娘的能不防么?!"

这倒是真的。安国保民军在这次剿匪风波过后没多久,又攻了回城,是从城北三叉河水路齐攻的,光架着连珠枪的木船就有二十来条,不是城外的独立团顶住打,怕就攻成了。

嗣后安国保民军无了音讯——也不知到哪里安国保民去了。

孙旅长又想到了剿匪。孙旅长振振有词地说,拒马峡中的匪终是心腹大患,不剿平,凤鸣城永无安宁之日。这倒也是实话,山中之匪不像安国保民军,偶尔攻次城,三天两头骚扰不断——就在安国保民军上次攻城前后,还又大抢了一回。

孙旅长再次把赵会长们招来合计。这回,孙旅长不骂人了,又笑得弥勒佛一般,只说剿匪还得筹饷,要商会再出十万。赵会长和众人都不说话,只面面相觑,既恨匪,也恨孙旅长。

孙旅长见大家都不说话,便瞅着赵会长和和气气道:"都不想出钱也行,匪我还是要剿的,就用炮剿嘛,只是大炮一响,什么玉钏、金钏的都得轰碎喽!"

赵会长一惊,这才吐口先认了五千。

孙旅长头直摇:"五千只够买个玉珠子!"

赵会长忙又增到八千。

孙旅长摆了摆手:"不够!不够!上次你是两万,这回少说还得两万!"

为了有救命大恩的玉钏,赵会长咬牙把两万出了。

会长出了两万,众人谁还敢不出?都出了,孙旅长共计掠了十万还多。

回到家里,赵会长的三个太太哭闹不休,说是当初就是赎票也才两万,这倒好,为剿匪两次出了四万,还不算送给白少爷的八百。

那回出了拒马峡,赵会长便去老盛昌找了痛不欲生的白少爷,把玉钏要他说的话都说了。老盛昌被烧之后,赵会长看在玉钏的分上,又给了白少爷八百块,太太们也是颇不情愿的,只是因着数目不大,当时也就没说什么。这次为着孙旅长剿匪时不加害玉钏,又出了两万,太太们终于不可忍耐了。

三个太太开初闹时,赵会长只是不理,闹得凶了,才怒道:"为玉钏再花四万我也情愿!她和我非亲非故,却舍命救我,你们倒好,巴不得我早死!我今日便把话给你们说明,就算我死了,这钱财家业你们也分不到,全是我侄儿的!"

十余天后,孙旅长剿匪的兵马又出城了,依然扛着连珠枪,依然唱着兵马歌。孙旅长这次挂帅亲征,骑在一匹枣红马上,很威风的样子,走到人多处,还摘下军帽四下里招摇。

偏就怪了,孙旅长和他的兵马出城三日,连枪声都没听到,又回来了,说是胜了,巨匪徐福海慑于孙旅长的威风,没打就降了,答应日后再不骚扰凤鸣城。接下来,孙旅长便迫着各界绅耆为自己接风洗尘。

在接风洗尘的酒宴上,孙旅长又说,拒马峡地形险要,从军事上看不可强攻,只可智取。为了智取,已派了副官进山谈判,答应给徐福海一个少校营长的名分……

赵会长们这才知道又上了当,心下恨孙旅长已超过山中之匪,自此再不信孙旅长剿匪的鬼话,而且认定那鬼都不知道的谈判断无成功之理。

果不其然,谈判的事孙旅长后来再不提了,匪们只要高兴照样到城里走走,城中被惊扰多年的生活依然是老样子。众商家不再心存妄想。

赵会长觉着迄今未能救出玉钏,心下很是有愧。一日,和从省上回来的白少爷说起,不禁老泪纵横。白少爷却道:"多行不义必自毙,山匪徐福海和军匪孙旅长都长不了的,玉钏心好终有好报……"

也真叫白少爷说准了。

这年冬天,孙旅长和他自己的独立团团长闹毛了,钱旅长的安国保民军乘虚而入,伙着孙旅长的独立团里应外合,一阵连珠枪把孙旅长和他手下的军匪扫出了凤鸣城。也恰在这年,孙旅长所属的那个什么系全垮了,莫道凤鸣,就是全中国也没他们几多地盘了……

重新进了凤鸣城的安国保民军也挺吓人的,当年的钱团长,如今的钱旅长,提着机关大张的盒子炮在举人街上吼:"奶奶个熊,我姓钱的又回来了,你们这些给孙王八捐粮捐款的龟儿子都听好了:都他娘的给老子到保民军司令部开会,不来的,老子枪子伺候!"

都去了,都叫苦不迭,异口同声大骂孙旅长不是玩意,夸赞钱旅长的保民军是仁义之师,解民于水火倒悬。

钱旅长为再进凤鸣苦了许多年,这回又成了爷,自然不吃无用的马屁,把盒子炮往桌上一拍道:"奶奶个熊,废话少说,老子只要见血!"

商家绅耆们都以为钱旅长要杀人,有几个吓得跪下了。

周副旅长说:"起来,都起来,钱旅长因着军饷无着,有点急,快想法筹钱去吧!"回转身,周副旅长又对钱旅长说,"这些商家百姓给孙匪捐粮捐款也是无法,姓孙的是军匪,咱们不是,咱们安国保民,旅长你可急不得。"

钱旅长白了周副旅长一眼,甩手走了。

也幸亏有个周副旅长,城中百姓的日子才好过了一些。又幸亏钱旅长受了风寒,加上旧伤复发,进城三个月便死了,大家方才不再提心吊胆。钱旅长死后,周副旅长就一举成了周旅长,紧接着又兼了镇守使,成了凤鸣城和周围三县说一不二的人物。

周旅长发达了,自然怀旧,想着当年在观春楼和玉钏度过的好时光,不免感慨万端。某一日,周旅长在那被焚毁的观春楼旧巷里徘徊了半天,做了一首情义缠绵的好诗,其中有两句道:旧日红颜今安在?但见野蔓遍残墙。

城中绅耆以为周旅长恋着往昔的欢乐场所,便联名建议重修观春楼。周旅长不许。绅耆们又以为周旅长官做大了,不好意思主谋这事,遂推赵会长劝进。赵会长去见了周旅长,一口咬定重修观春楼是桩好事,这种好事非太平年头不能办。且道:"昌盛昌盛,讲的便是无娼不盛。"

周旅长说:"什么无娼不盛?!我不信这话。我只问你,重修了观春楼又有何好处——你们不解我的本意,我是看着残楼想起一个人来。"

赵会长小心地问:"是谁?"

周旅长叹息说:"这人你必也认识——至少听说过,是一个叫玉钏的红粉佳丽,众人都道她不是人间的凡品。破身那年只十六岁,当时我曾答应为她赎身,后……后来竟忘了。"

赵会长也忆及了旧事,想着自己当年还想和周旅长争这玉钏,不禁吓出一身冷汗。

周旅长自言自语道:"只不知现在玉钏身处何处,如若还在观春楼就好了,我必得把她赎出,让她做我的三太太,或者让她从良嫁人。"

赵会长犹豫半天,吞吞吐吐说:"我倒知道她在哪里,只不知周旅长可愿去救?"

周旅长眼睛一亮:"快说,在哪里我都会去救!"

赵会长道:"被徐福海绑入了拒马峡。"

周旅长一怔:"已有多久?"

赵会长答:"快二年了!"

周旅长点点头:"我派人送张帖子去,匪们敢不放人,老子便剿!"

积孙旅长两次剿匪带来的破财无功的教训,赵会长这次学乖了,并不怂恿周旅长动枪动炮,只劝周旅长派人进山,和平地把匪们收编。

周旅长怒道:"这股土匪为害地方已有多年,断不可轻易收编。再者,收编那匪,也会给人留下话柄,道我也通匪呢!"

赵会长想想,也觉得周旅长说得不无道理——按他的心愿,也是恨不能把匪们杀绝的。于是便道:"杀绝那匪正是百姓心愿,只是拒马峡易守难攻,周旅长还要用些计谋才好。"

"你可有甚好计谋?"

"不敢,不敢!好计谋还得旅长拿。"

"你倒说说你的想法嘛!"

赵会长仍耍滑头:"也……也没啥想法,你周旅长有啥想法,就是我的想法了,我这做生意的,能比你当旅长带兵的更高明么?!"

周旅长笑了:"好,主意我拿,我派人进山,收编了事。"

赵会长不知周旅长这话是真是假,试探道:"人家若是不愿呢?"

周旅长手一挥:"我不像姓孙的那么小气,我给徐福海个上校团长的名分!"

赵会长问:"就是给了上校团长,人家不出山,你咋办?"

周旅长不耐烦了:"你倒给我说说你的主张。"

赵会长想了想,这才小心地道:"老朽斗胆向旅长荐个有用之人,此人……此人,恕老朽直言,此人却是玉钏姑娘后来的青楼知己……"

周旅长脸色一寒,"哦"了一声。

赵会长不敢再说了。

周旅长挥了挥手:"说,你接着说,这青楼知己是谁?荐他何用?"

赵会长赔着十分的小心说:"这……这青楼知己是原来老盛昌的少东家,只……只要请他进山,玉钏便知我等的用心了。待白少爷进山和玉钏见上面,就可让玉钏相机行事,诱匪出山,匪们只要出了山,要杀要编还不由着你了?"

周旅长有了些振奋:"好,只要能消了这匪患,救出玉钏,你荐这人我就用——别以为我会吃醋,我不是那种人!"

第二日,周旅长把自己的副官长派到省上,把白少爷从第三国小的课堂里揪了出来,押上船载回凤鸣城,要白少爷进山去见玉钏,并代表安国保民军商量招安事宜。

白少爷心惊肉跳,不敢应允。

周旅长鄙夷道:"真不知玉钏怎会看上你的,浑身上下竟无一根骨头。"

白少爷说:"不是我不敢去,是觉着没名分。"

周旅长马上给白少爷一个上尉副官的名分,当场签了两份委任状,一份是给白少爷的,一份是给徐福海的,给徐福海的那委任状上赫然写着,委徐福海为安国保民军上校团长。

白少爷更不干了,说徐福海出山后还当着上校团长,他这辈子和玉钏就无法长相厮守了。

周旅长问:"你对玉钏可是真心?"

白少爷道:"不是真心,我能等到今日?!"

周旅长笑道:"你咋就知道我会来救她?"

白少爷倒也坦诚:"我没想到是你,只想着南军过来,必得剿灭匪患。"

周旅长显见着有些不快:"你咋就这么相信南军?"

白少爷不说。

周旅长便没再问,只道:"南军、北军咱不提了,我只问,为玉钏这山你进不进?"

白少爷说:"真能把玉钏救出我就进;若你只是要招安扩大自己的兵马,我便不进。"

周旅长哼了声:"我扩不扩充兵马是我的事,你不好管,也不能管,我只担保:一俟徐福海的人马出山,我就把玉钏亲自交到你手上!"

白少爷不信:"徐福海会这么听话么?"

周旅长道:"受了招安,他就是老子的团长,老子的话就是命令,他不听不行!"

白少爷问:"那……那他若是再进山呢?"

周旅长道:"好不容易才把这巨匪招出山,我会放他再进山?!"

白少爷点了头:"好,这么说,我进山就是,你周旅长说哪日进山,我便哪日进山。为了玉钏,就是真被匪杀了,我……我也情愿!"

周旅长拍着白少爷的肩头赞道:"这就对了嘛!身为男子汉,就得有血性,有情义!"

于是,白少爷一举而变成周旅长安国保民军的上尉副官,三日之后由两个卫兵护着,挑着"言事"的黄旗,经由一线天,进了拒马峡……

十一

这两年玉钏在拒马峡中实是活得轻松欢悦,徐福海对她的夫妻恩义自不必说,道是如漆似胶也不过分。玉钏想得到的得到了,不想得到的也得到了,闹到后来,山外传讲徐福海,山里只言徐嫂嫂,都说徐嫂嫂是慈悲菩萨转世。

徐福海知道玉钏心肠软，抢掠勘赎的事都不让玉钏与闻，专为玉钏在点金地朝南的半山坡上盖了三大间新房，又按玉钏的意思建了座菩萨庙。玉钏说徐福海杀人太多，来世难得超生，她要为福海的来世日日诵经。徐福海只信今生，不信来世，却还是被玉钏的真诚打动了，但凡可不杀人时，便不再去杀，山中撕票的事也日渐少了。

徐福海手下的弟兄对玉钏更是敬重，有啥稀罕物总要拿来献给嫂嫂。

火烧观春楼那回，刘三生拿了个在楼里掠来的红缎胸罩献给玉钏。山里的女人只用抹胸，不知胸罩为何物，莫道刘三生，就是最有学养的二先生也不知道。刘三生献胸罩时便说，送嫂嫂一只两个兜的好钱包。刘三生自己腰间也系了只，是白布的，两处应隆起的地方都隆起了，一处装着吃剩的馍，一处装着把洋钱。玉钏接过红缎胸罩，脸比胸罩还红，当下把胸罩在自己胸前一比划，对刘三生说，这是女人用的东西。刘三生先是羞愧，继而就害怕了——怕有调戏嫂嫂之嫌，央求嫂嫂莫告诉福海，自己腰间的"钱包"也解下扔了。

这类事，玉钏自然不会告诉福海。

福海啥都能忍，唯有对调戏玉钏的事不能忍。去年秋天有一回，一个弟兄喝醉了酒，在玉钏腿下掐了把，掐得很重，玉钏失声叫了出来，福海大怒，要把那弟兄拉出去砍了。那弟兄却是三阎王手下的人，老三想劝却不敢。玉钏虽恨那弟兄无礼，还是站起来把福海拦了，只道那弟兄无意碰了她一下，是她惊怪娇气了些，并不怪那弟兄的——遂自作主张罚了那弟兄三杯酒，就算拉倒。

事后才知道，那弟兄叫狗剩，只因着多年来随着福海老三抢抢杀杀，年过三十尚未娶亲，玉钏便扯着二先生的太太，为狗剩说了门亲——姑娘是点金地李家的。

狗剩大为感动，认亲那日，给玉钏跪下了，要认玉钏干娘。

玉钏道："你年纪还长我许多，我岂能做你的干娘？"

老三和二太太偏说："咋就做不得？做得，做得，小娘大儿子在那大户人家多着呢。"

于是,二十刚出头的玉钏便有了个三十多岁的干儿子,福海也顺理成章得了个干爹的名分。其后,狗剩为干爹、干娘真是卖尽了气力。一年前,和折山的杆子头目白脸狼谈判,狗剩单枪赴会,把白脸狼手下三十多号人马拉进了点金地——最让福海意外和高兴的是,还拉了架德国造的连珠枪。在山中枪就是命,甚或比命还金贵,连珠枪自是命中之命了。

是夜,福海对玉钏道:"当初真亏了你的心善,没让我杀狗剩,若是杀了,哪有今日这孝顺的干儿子。"

玉钏笑道:"凡事需得大度,你总还是大度的——这干儿子正是你大度的造化哩。"

山中的规矩也按玉钏的意思改了些。

福海本有一戒:不得抢掠民女。

玉钏却对福海道:"山中弟兄也是有血有肉的大男人,也要做那男欢女爱的事,你不让他抢,他就不抢了?只是不让你知道就是。外出做事,你又不能总在他身边,弟兄们不抢只奸,更是害人。倒不如带些民女进山,让她们看看,觉着好就留下;觉着不好,放她们走;既稳了弟兄们的心,又不伤人,岂不皆大欢喜?!"

福海认为有理,把玉钏的话和二先生、三阎王说了,二人也都赞同。

嗣后陆续掠了些民女进山,有的留下了,有的走了。留下的,弟兄们以礼相待,走了的,包些洋钱相送。这么一来,一些走了的竟又回来了。许多弟兄因此有了家室,对玉钏的感激之情自又多了一层。渐渐地弟兄们都不再把玉钏称作嫂嫂,只唤作娘娘。娘娘在山中是天良的代表,一切好事都是娘娘的;杀人放火,惩戒弟兄,一切坏事都是福海的。

玉钏因此渐感不安,终有一日,于床上枕边,对福海说:"这怕于你这总当家不好哩。"

福海亲昵地搂着玉钏道:"有啥不好?我做总当家自然是要扮个黑脸的,你做内当家,当然是扮白脸的,一黑一白,一刚一柔,正所谓天作之合。日后,这善事好事,你还得多做点才好!"

山中岁月过得飞快,两年过得就像两个月。

这期间,孙旅长的兵马一次围剿,一次招安,都失败了。围剿那次,十几个弟兄守着那架连珠枪,没待孙旅长的人马接近一线天,便把围剿破了。招安那回,福海和玉钏商量。玉钏想起了在孙旅长酒桌上受的辱,自然是坚决反对,还切齿对福海道:"若说咱是匪,孙旅长就更是匪!再说这畜生又反复无常,当初和民团李司令合伙打钱团长,待把钱团长的队伍打出了城,马上翻脸,枪口一调就打李司令,最是信不过。"

其实,在此之前,福海已打定主意不受孙旅长的招安,和玉钏商量,只是试试玉钏的心是否还在凤鸣城里。玉钏这么一说,福海自是满意,便说:"那就依着娘娘的意思,把孙旅长派来的那小子砍了。"

玉钏却道:"两国交兵还不杀来使哩,咱怎么就把人无缘无故杀了?放那人走,给他说清,咱不受这招安就罢了。姓孙的不服,让他只管来剿——还说不定是谁剿了谁呢!"

福海搂着玉钏呵呵大笑:"好我个娘娘,口气比我这当家的还大一圈哩。"

玉钏小手捏成拳,在福海胸上轻轻捶着,娇嗔道:"可不就整整大了你一圈么,不大上这一圈,哪放得下你那吓死人的大东西呀?!"说罢,一阵银铃似的笑。

……

不曾想,山外的变化真是快,无恶不作的孙旅长终于被打败了,当年周团副,如今的周旅长也派了人进山招安,派来的那人还偏是白少爷,白少爷偏又做了周旅长的上尉副官。

进山时,白少爷不说姓白,只说姓王。来得也突然,事前毫无风声。那日,玉钏去忠义堂找二先生聊天,进门后,极是意外地瞧见了白少爷,一时间,玉钏呆住了,几乎有点不相信自己的眼睛。白少爷倒还镇定,见玉钏进来,只偷偷瞅了一眼,又去和管事的二先生说话。

白少爷说:"我们周旅长不是当年的孙旅长,最讲诚信,这次招安是很认真的。我们周旅长说了……"

二先生却打断了白少爷的话头,指着进了门的玉钏道:"王副官,你别忙说,这玉钏娘娘是我拒马峡女主,你要见见的。"

白少爷这才立起略微欠了欠身。

玉钏心慌意乱,怕自己于慌乱之中言语不慎惹下事端,只向白少爷胡乱点了下头,就要出去。白少爷却不让她走,急急对二先生道:"这位娘娘既是山中女主,我便要说与她听,敢问二先生,可否让你们女主留下,听我细细说?"

二先生点头道:"自然可以。"

玉钏这才硬着头皮在屋里坐下了。巧的是,这日福海为排解白脸狼和山中弟兄的纠纷,去了虎踞关,老三出山做活,二人都不在点金地老营。

玉钏开初很紧张,坐在福海惯常坐的太师椅上摆弄手绢,白少爷说了些什么并不知晓;更不敢正眼看白少爷,生怕稍不留意露出往日旧情,给白少爷带来杀身之祸。后来,胆子才渐渐大了些,将肘搁在椅子的扶手上,手托下巴,不动声色地盯着白少爷看,心里细细回想着当年的情形。

当年的白少爷比现在面前这个白少爷要胖一些,白一些,也是这样能说会道,什么"扫平军阀,再造共和",什么"中华民国乃民众之国",她还和他争辩哩! 差点儿红了脸。

真像是昨天的事。

可不就是昨天的事么,白少爷来了,身上穿的是件长衫,脚下却是黄色的洋皮鞋。白少爷拿来《三字经》《百家姓》,还有一本半新不旧的国语课本,教她认字。白少爷说了,私奔的日子定在十八,天上下刀子也走。白少爷还说了,已在省上买了房,是两间东屋⋯⋯

恍然若梦。梦一醒,已是天上人间了⋯⋯

眼前的白少爷却是瘦了,且比往日黑,也不知是不是那身军装衬的。白少爷不是在省上国小教修身么?不曾在观春楼大骂孙旅长和周团副这些军阀都是匪么?现在咋就做了匪副官?这二年他都是咋过的?那省上买下的两间东屋有没有女主人?

玉钏极想知道,却不敢问,也不便问。

白少爷仍在说。白少爷说周旅长任了镇守使。白少爷说周旅长的军队真是安国保民的。白少爷说城中的百姓都很拥戴周旅长……

见白少爷说到了拥戴,玉钏终于找到了插话的由头,故作平淡地问白少爷:"你和你太太也拥戴周旅长么?"

白少爷显然明白了,看着玉钏笑道:"我做副官的能不拥戴自己的长官么?——只是太太却没有,如有必也是拥戴的。"

玉钏这才知道白少爷至今未娶,只怕还在等她,心中不禁一阵酸楚难忍,装出要吐的样子,扭过身子去捂嘴,顺手抹去了眼中溢出的泪。回过头来,玉钏再不敢听白少爷的诉说,只道心中发酸,要回房去。那时玉钏已有了身孕,二先生是知道的,二先生也没再留。

白少爷却在玉钏起身要走时立起道:"娘娘,你莫走,再听我说两句!招安的事,娘娘你得好好想想呢,你们总不能在山里呆一辈子。"

玉钏强忍着又要夺眶而出的泪水道:"这……这事你莫找我,我当不了家,你……你只管和二先生、徐福海去谈……"

晚上,福海从虎踞关回来,玉钏未及说起此事,二先生已先来了,见面便道,周旅长派了个王副官来招安,问福海是不是见见。

福海瞅瞅玉钏。

玉钏淡然道:"还是先不见吧。"

福海当即摆摆手。

二先生走后,玉钏才把今日这个周旅长和当年那个孙旅长的不同之处向福海说了,只道这周旅长的招安八成有诚意,给的名分也不算小,是上校团长,要福海好好想想。又说,山中小天下,山外大世界,真要成就一番事业,迟早总要开出山。

福海问:"你这意思是想受周旅长的招安了?"

玉钏点了点头:"不错,咱不能老是占山为王,杀人放火,为你的前程,也为了咱孩子日后出息,咱真得和王副官好生谈谈这事。"

福海沉默不语,倒背着手在屋里走来走去,不住地吸烟、咳嗽。玉钏便去给福海捶背,边捶边说:"你别以为我是为自己,想奔城里去。我诚心是为你和以后的孩子想的,若是你认为不妥,只当我没说就是。"

福海连连道："我知道,我知道,不过,这事关系太大,我得好生琢磨哩。"

玉钏说："那就好生琢磨吧,你若打定主意不受招安,我还是你的压寨夫人。若你认为出山是条正道,我便随你出山去做团长太太。"

福海把玉钏揽在怀里问："玉钏,你……你就别管我咋想,你先说吧,你是愿出山去做团长太太,还是愿留在山里做这压寨夫人?"

玉钏想了想,反问福海："你要不要我说实话?"

福海道："当然要你说实话了。"

玉钏抱住福海的脖子,很明确地说："我想出山做团长太太。"

福海满脸困惑："在山里不是挺好的么?皇后娘娘都当上了,几百口子弟兄,连我在内,都看着你这娘娘的眼色行事,你为啥还想出山去做团长太太?"

玉钏两眼暴涌出泪来："福海,你想想这是为啥?"

福海想不出。

玉钏推开福海,叫了起来："我这娘娘是你和山里弟兄好意抬举的,凤鸣城里的一城男女仍是把我认作观春楼里的娼妇!我在他们眼里永远是个卖身卖笑的贱货!"

福海愣住了。

玉钏抹着泪,又说："你呢,你不也是个命贱的主么?我为娼,你为匪,正应了一句老话——男盗女娼,这一辈子只怕都要让凤鸣城里的人瞧不起了……"没说完竟泣不成声了。

福海这才明白了玉钏的心思,脚一跺,对玉钏道："玉钏,你别哭了,明天一早,我就去和王副官谈——好好谈。只要他们有诚意,我包你从山里的娘娘变作城里的团长太太。"

玉钏抬起泪脸道："只……只是,你也不要为我赌气。"

福海取了手绢,为玉钏揩去脸上的泪："我赌气,只为你争口气,让凤鸣城里的人都知道,当年观春楼里的玉钏如今比谁都强,也是上校团长的太太了,看他们谁还敢提观春楼!"

玉钏当即想到,当年为她破身时,周团副只是个小小的团副,如今已成了旅长兼镇守使。若是受了招安,福海今日做上团长,往后还不知能做到什么更大的长哩!夫荣妻贵,她这辈子也算做了回光彩像样的人。玉钏这才破涕而笑,手往福海鼻子上一按,嗔道:"倒好像你现在真做了团长似的……"

十二

福海以山里最好的礼遇款待了白少爷,和白少爷认真进行了谈判。虽说为了玉钏,已决意出山,但防范之心福海还是有的。福海没接白少爷带来的那张上校团长的空头委任状,而是要白少爷带话给周旅长,请周旅长派人进山点编队伍,而后,在山里练好兵再拉出山。

白少爷见招安有了眉目,心里高兴,连连应道:"这行,这行,我向周旅长禀报!"

福海又说:"点出多少人得发多少枪哩。"

白少爷有些搔头:"在山里就发了枪,你们一变卦,周旅长还咋做人?!"

老三当即拍了桌子:"你他娘不相信我们还谈个鸟!"

福海和二先生接过老三的话头,都口口声声大谈信义。

白少爷本无谈判经验,三个对手又如此纠缠,实是应付不了,便说:"这事实是关系太大,我做不了主的,得回去问周旅长……"

第三天,白少爷回去了。走时,玉钏随福海、二先生将白少爷一行送到点金地村口。

眼看着白少爷的身影渐渐远去,玉钏禁不住又有些伤感,心里盼着白少爷再来,又真怕白少爷再来。

晚上和福海对坐饮酒,多喝了几杯,玉钏把多月未动的古琴取了出来,说是要为福海弹琴助兴。福海见玉钏高兴,不便扫玉钏的兴,让玉钏弹了。玉钏如醉如痴弹《高山》《流水》,弹到后来,竟把两根丝弦弹断了。

福海这才有了些惊异,抚着琴问玉钏:"你今日是咋啦?"

玉钏笑道:"没啥——今日我这弹法不同往日,是北派的弹法,正为你这团长壮一壮出山的行色哩!"

福海疼爱地抚着玉钏的肩头说:"玉钏,我知道你这是高兴,可我还是要给你泼点冷水哩——受招安不像你想的那么容易,也并不是我徐福海一人的事,只怕还要费些周折。"

玉钏娇声道:"这我知道哩——你若真是鲁莽行事我还不依呢。"

事情果然生出了周折。白少爷一出山,福海就和二先生、三阎王吵开了。

二先生和三阎王这两位事事依着福海的结拜兄弟,这回偏不依从福海了。二先生因为家在点金地,是点金地的老人,而且又生性淡泊,不愿冒险出山;三阎王早年和孙旅长、李司令一起打过周旅长,这几年又胡乱杀人恶名在外,也是死活不愿出山。福海不便把玉钏改变身份、出人头地的真心思讲给二位盟兄弟听,只说这山里终是小天下,山外才有大世界,男儿一生得为大世界活着,不能这般蝇营狗苟。

二先生不信这话,摇着头道:"小天下也好,大世界也好,人只能活一回,只能有一种活法,犯不上如此折腾哩!"

老三也说:"大哥,谁不想要那大世界?想便能要到么?我只怕咱一出山,还没在那大世界里站住脚就被人家吃了。孙旅长靠不住,这周旅长只怕也是靠不住的!"

二先生又对福海道:"男子汉大丈夫,宁为鸟头,不为凤尾,在我看来,就冲着大哥你的血性,只怕也不是个做凤尾的人。若是出山后和周旅长闹翻,你又咋办?"

福海平静地说:"这些我都想过了,山外世界自有山外世界的规矩,周旅长的保民军也自有一套军纪,咱要决心走正道,必得收敛心性,吃些委屈。说起鸟头凤尾,我也有一想:任谁要成就一番事业,还不都得从凤尾甚或鸟尾做起么?哪有一上来就当凤头的?!"

二先生和老三都不作声了。

福海又说:"你们担心姓周的招安有诈,我认为有理,这咱不能不防,害人之心不可有,防人之心不可无么,我不到万全之时断不会把弟兄们带出山的。"

二先生长叹一声:"你要真是已经打定了主意,我也就不再多说啥了,你和三老弟只管走——愿走的弟兄你们都带走,我却是哪儿也不去了!"

福海笑道:"受了招安,我们就是官军,你老二还在山中为匪,我们倒是剿你不剿?"

二先生说:"这你倒不必多担心,一俟你们受了招安,我这点金地再不会是个窝匪的巢穴,山中可耕之地足以养起一村老少爷们了。"

福海想了想:"这样也好,就想都走也办不到——不少弟兄都有家室,老老少少也得有人照应,二弟留下正好可以照应他们,免得在外的弟兄悬心。"

二先生深谋远虑说:"还不光如此呢,我这也是给你们山外的弟兄留条退身之路,一旦你们在山外混不下去了,这里还有你们的老营。"

福海赞道:"对的,这样最好!"继而想到,这次出山受招安本是为了玉钏,三阎王实在不愿出山,也是不好相强的,转而又对三阎王道:"三弟,你不愿出山也留下吧,待大哥我闯下一片世界,你再来寻我!"

这么一说,三阎王反倒下了决心,气狠狠地说:"大哥别这么埋汰我!"

福海快乐地道:"那就别说啥了,出了山我做团长,你就做团副,也给你闹个中校、少校的衔,日后混好了,那就是将军,像那周旅长,起码是少将!"

二先生提醒说:"前时投奔咱的白脸狼,只怕也要给他弄个衔的!"

福海想了想:"给他个营长当吧!"

当下,福海和二先生、三阎王又是一番合计,把营连排三级官长的名单列了,心理上已觉着自己是半个官军了……

晚上,福海把白日议就的一切和玉钏说了,玉钏也认为这样安排最好,二先生一来不愿走,二来老营确要留人,以应不时之需。然而,对封许官长的名单,玉钏却有看法,认为白脸狼进山时日太短,尚算不得体己弟兄,且又经常惹是生非,不是可重用之人,倒是狗剩,名分上是他们的干儿子,又是把白脸狼拉进山的人,营长让狗剩当才好。

福海笑道:"你说得不错,我何尝不想这么办呢?!只是狗剩虽好,统不下白脸狼手下那杆人马;再者,咱要出山,前程未卜,就得用人不疑,疑人不用。"

玉钏问:"万一白脸狼心存异心咋办?"

福海道:"我也防了一手,就把狗剩派给白脸狼去做营副。"

玉钏这才没再说啥。

因为福海决心已定,招安的事进展顺利。没多久,白少爷又进山了,还引来了大鼻子吴副旅长和一干卫兵。吴副旅长带了一堆空白委任状来,大宴之后,借着酒意,按福海和二先生、三阎王排定的名册,提笔就写,校尉军官委了几十个,并说定了,次日在点金地村头点编弟兄,点出多少人发多少人的饷。福海几个头领当夜就忙活起来,脚不沾地的四处乱跑,要点金地和周围山中凡带鸡巴的,明日全去站队,且要带上宰人的家伙。怕有人不来,福海事先声明,凡来站队的一人发大洋一块。第二天中午,点金地村头热闹了,老少爷们来了黑压压一片,七八百号真匪自不必说,还有好几百号当地乡亲也都来了。手上掂的家伙也是千奇百怪,有切菜刀,有顶门棍,甚或还有秫秸。

福海怕吴副旅长挑眼,中午又死灌了吴副旅长一通酒,灌得吴副旅长连站都站不住,待到点编时,吴副旅长只好让两个卫兵架着。吴副旅长醉眼矇眬一点,竟点出一千二百三十八名匪来。于是,吴副旅长便说,够编个独立团哩!既是独立团,这枪支饷项就可观了。酒醒之后,吴副旅长苦着脸对福海说:"我们安国保民军旨在安国保民,断不能像孙旅长的军匪那样祸国殃民,不说枪支,饷项都困难哩。"

福海问:"那咋办呀?"

吴副旅长想了想说:"这样吧,先发一个月的饷,作为弟兄们出山安家之用。至于枪么,周旅长说得明白,从孙旅长的败兵手上缴了些,可以发二百杆,条件是,必得在队伍到了凤鸣城外再发。"

福海大失所望:"那就甭谈了,你们周旅长有一个旅,老子有一个团,老子这团还有连珠枪,你们只管来剿好了。"

吴副旅长忙道:"哪里哪里,就是真谈不成,咱也不打,打啥呢?打了两败俱伤。"

福海说:"那好,你先生请回吧,代我谢周旅长这番好意了。"

吴副旅长却道:"徐团长,你甭急么,谈判谈判,就是好好谈么。"

福海火了:"谁是你的团长?八字还没一撇呢!"

吴副旅长不火:"好好,我的徐爷,你再想想,我也再想想,看看还有啥好办法没有?我不走,就在这候着,只把王副官派出山,传个信,让周旅长也去想想。"

福海答应了。

……

玉钏得知这番情形,料定周旅长有诚心。周旅长的队伍当年就不坏,连风尘中人都关心,逼着死鬼郑刘氏给月经期间的姐妹们挂红灯,放例假。周旅长更不用说,曾答应给她赎身的。今日周旅长一心要收编福海的弟兄,只怕也有她昔日情分的缘由吧?却不敢和福海戳破这层纸,只要福海少些疑心,万不可把事弄砸了。

徐福海说:"这我知道——你既想做团长太太,我就断不会往砸处走的。不过呢,谈判这种事你不懂,就是真真假假,假假真真的。我不翻脸,他不让步;我脸一翻,他就得再思谋恩谋。"

玉钏想想也对,便没再说啥。

福海偏又搂着玉钏亲了一口说:"你放心,只管等着做你的团长太太好了。"

玉钏就势吊到福海脖子上撒娇道:"我若做不成这团长太太,就再不让你碰我!"

福海连连说:"那我就去做这团长了——玉钏,你看着好了,他们马上还得来谈哩!"

……

真叫福海猜对了,两日后,白少爷又进山了,和吴副旅长叽咕了一番,重开谈判,答应先发两个月的饷,并先送一百杆枪来,以示诚意。但是,吴副旅长提出两个条件:一、山中弟兄须在十日内开出山;二、山中弟兄为示诚意,得把玉钏送到凤鸣城里做人质。

第一条,福海当场应了,第二条死也不应,谈判又僵下了。

玉钏更觉得周旅长招安的真诚,便对福海道:"人家看来是真有诚心的——咱防人家,人家自然也得防咱嘛。我就先去几日,你们不也就过来了么?你就权当我是走了趟亲戚。"

福海不语。

玉钏又道:"你是怕他们欺我么?我想他们不敢哩!只要有你在,他们断不敢碰我一下!"

福海依然不语。

玉钏实是想先走一步,一来为福海和山中弟兄探个虚实;二来也会会白少爷,把昔日该了断的全了断它。自然还得见见周旅长,让他看在当年的情分上,日后不要难为福海。

福海沉思半天,终于说话了:"玉钏,你认定周旅长是真心么?"

玉钏点点头:"我认定他是真心。"

福海脚一跺道:"那好,一百杆枪我不要了,领了两个月的饷,就把人马拉出山,你不必去做人质!你比一千杆枪都金贵!世上枪多得是,玉钏只你一个。"

这山也似的情义又撼出了玉钏的泪水。

如此一来,谈判告成。一周之后,一万多块大洋的军饷运进了山,福海发了大洋,又把多年积下的钱财分了,带着五百来号弟兄浩浩荡荡整队出山,那阵势已有了几分官军的模样。

到这当儿了,二先生依旧放心不下,再三交代福海:"一看事情不对,千万不可犹豫,只管往山中退。"

福海说:"我知道,弟兄们出了一线天,你给我立马封山!连珠枪留给你,我呢,也见机行事!"

二先生道了声"珍重",在福海和玉钏面前跪下了。

福海忙把二先生拉起,搂着二先生,暗暗落下了两行泪来。

玉钏心中也是难过,红着眼睛别过身子。

只三阎王颇不耐烦,在一边连连说:"走都走了,还磨蹭个啥?在山外不如意咱再回来就是,看这啰嗦劲!"

这时,残阳如血,西天正红……

十三

徐福海弟兄出山这日,凤鸣城中一片忙乱。

周旅长的旅部兼镇守使署紧张开会,开得热烈异常。进山谈判的吴副旅长、白少爷一派力主剿灭徐福海;原孙旅长的独立团团长、现安国保民军参谋长一派主张改编徐福海;双方争得不亦乐乎。主剿者认为,徐福海这帮山匪极是狡诈,且经年为害,不借此机会彻底除之,必有后患:匪们因着官军的名义有了更多的枪弹,倘存异心,一朝重回山中,势必如日中天不可收拾。何况编例一开,还会诱引出新的匪来,歹人会想,为匪也能修得正果,只要动静闹大,就会收编,长此下去,必造成收编一批,生出一批的恶劣效应。主编者则认为,官府要讲信用,不能出尔反尔。今日把出山之匪剿掉自然痛快,可日后就没人相信官府了。再者,安国保民军也需扩大势力,多些力量有何不好?!若怕匪们存有异心,自可小心防范,一俟发现不轨,再行消灭不迟。周旅长看着手下的军官争,只在会议厅里来回踱步,并不表态。

商会里,赵会长和城中绅耆也在聚商,意见大体一致,主剿不主编。镇守使署还在吵着,商会这边,赵会长已代表众绅耆草拟"万民状"了。赵会长和众绅耆吃尽了匪们的苦头,为一次次剿匪,破费了不少钱财,可不想再留下后患了。孙旅长两次借剿匪进行的敲诈不算,这次周旅长真格剿匪,也照旧要商会出钱,给匪们送进山的"军饷"是城中各商家分摊的,就连原要送进山的一百杆破枪,也作价两万要商会出——这真滑天下之大稽:匪们绑他们,抢他们,他们还得买枪去武装匪们!当时说到把一百杆枪送进山,最先反对的就是赵会长。

赵会长认定此举不可取,要周旅长慎重。

周旅长却道:"我这枪也不是白送的,是想用这一百杆枪换出玉钏,只要玉钏出来,我不怕匪们不出来!就算他们不出来,我也对得起玉钏了。"

周旅长这么一说,赵会长才无话了。

周旅长只因着当年的青楼情分,能对玉钏这么尽心,他赵会长欠着玉钏的救命之恩,更得尽心尽意——说到底,剿匪倒在其次,救出玉钏才是根本。

不曾想,徐福海那匪甚是狡猾,大许摸透了他们的心思,宁可先不要那一百杆枪,也不放玉钏出山。这对玉钏虽然不利,对剿匪却又有利了,而剿平了徐匪,自然也就救出了玉钏。因此,赵会长主剿不主编——编了不好办,徐福海真成了团长,玉钏这辈子也就难逃徐福海的手心了。赵会长再也忘不了那年在山中和玉钏分手时,玉钏那番悲苦欲绝的饮泣。根除经年匪患在此一举,今日匪既出山,再无生还之理。赵会长拟就万民状,引着几个有些头面的绅耆,去了周旅长的镇守使署,打定主意,在递交万民状时,要迫着周旅长下定剿的决心。

镇守使署的会却还没散,一个年轻副官让赵会长一行先在会议厅旁的屋子坐下了。

刚坐下没几分钟,就听得会议厅里有了日娘捣奶奶的骂声,继而,又听一阵乱响,身着军装的白少爷捂着流血的鼻子栽将出来。赵会长扶住白少爷,未及问明事由,已听得周旅长在会议厅里拍着桌子在吼:"这像什么样子?!剿也好,编也好,都好好谈么,岂可动手打人?白少爷虽说言词不当,也是老子请来的,也为咱立了功的!"

就吼到这,周旅长气呼呼出来了,大约是寻白少爷的。

果然是寻白少爷的,要白少爷进屋继续开会。

白少爷不愿进屋了,在屋门口对周旅长说:"你们要编只管编吧,我不说你周旅长骗我,只说我白某人瞎眼就是!"

周旅长道:"我还是那句话,编也好,剿也好,是我的事,我只担保把玉钏给你,其他事你莫多嘴!"见赵会长和几个有头面的绅耆也在,周旅长抱拳道了声"各位稍候",又回了会议厅。

赵会长这才问白少爷:"周旅长究竟打的什么主意?看光景是要剿呢,还是编呢?"

白少爷沮丧道:"只怕要编哩。"

赵会长和众绅耆都感意外,脸全拉下了。

白少爷又说:"我这回只当又做了场梦吧!可……可这梦做得还值,虽没能和玉钏说上几句话,总还见了几面,死也无憾了。"说罢,泪水直流。

赵会长心里也难过,拍着白少爷瘦削的肩头说:"先别说这冷心的话,办法还有,周旅长毕竟不是孙旅长,人好,而且……而且要救玉钏的心和咱是一样的。"

白少爷不信。

赵会长不便把周旅长当年给玉钏破身、许诺为玉钏赎身的旧事扯出来,又安抚了白少爷几句,也就算了。

会又开了一阵儿,终于散了,定下的计划是编是剿谁也不知道。赵会长和众绅耆追问周旅长。周旅长避而不谈,只道是军事机密,行动之前不可谈的。

赵会长无奈,只好把"万民状"递上去,言明商家百姓主剿的意思,且吞吞吐吐说:"如……如若这回旅长您仍是不剿平这帮山匪,只怕……只怕日后再要筹饷就……就难了……"

周旅长脸一黑道:"你们这是要讹我么?"

赵会长和众绅耆慌了,都说不敢。

周旅长哼了声:"我谅你们也不敢!"

赵会长和众绅耆见周旅长不吃硬的,又来软的,大谈百姓受匪害之苦,不剿了真是不得了,了不得的。

缠到末了,周旅长总算透了句话:"这会儿,我不能说剿,也不能说不剿,一切得看发展;若是徐福海那匪不存异心,收编过来不再作乱自是好事。若是徐福海存了异心,老子就剿了他,为民除却一害。"

赵会长一行这才谢了周旅长,诺诺退去。临别,又对周旅长道:"不管咋着都不能伤着玉钏啊！"

周旅长心照不宣地冲着赵会长点了点头，应道："这是自然！谁敢伤了玉钏，本旅长要他抵命！"

队伍进了一线天峡谷，二先生手下的人便把内峡口封了。福海行在峡谷底，眼见着头上悬崖绝壁上有人影晃动。出了峡谷，有个十余户人家的小村落，是经年通匪的所在，福海不走了，令弟兄们当夜在此安营扎寨。第二天再开拔，福海又把白脸狼手下的几十个弟兄留了下来。是白脸狼主动要求留下的。白脸狼说，不防一万，还防万一，内峡口封了，外峡口也得有人守着，一旦有变，才有退入山中的双重保证。福海认为有理，不顾周旅长派来的金参谋的反对，硬留下了白脸狼一干弟兄不说，还把几十杆好枪留下了。

玉钏认为不妥，说是走到这一步了，再无必要如此多疑。

福海道："我不是多疑，是觉着不踏实。"

玉钏说："既要留人，也该留咱三弟——你不想想，白脸狼若是不想出山，叛了你，也叛了官府，咱说得清么？"

福海道："这我想过，他不敢——内峡口有二先生把着，他就是叛了我，也进不了山。"

玉钏还是认定应留老三。

福海烦了："道你不懂，你就是不懂，老三是我的团副，哪有不和我在一起的道理？况且，我们马上还要和周旅长有一番交涉，他也要去给我扮个黑脸的。"

玉钏这才服了，没再言声。

福海多疑，老三更是多疑。

第二日只离开外峡口不到十余里，老三就不愿走了，扯着福海的胳膊道："大哥，这事太玄乎，咱把连珠枪留在了山中，几十杆好枪又给了白脸狼，现时咱五百多号人还没一百条枪，再往前走，人家把咱后路一抄，咱退无可退，守无可守，整个儿完蛋！"

福海心里也虚，便问："依你咋办？"

老三摇了摇头："我……我也不知该咋办，只觉着不能再走了，现在若有意外，咱还有把握退进山，他们想拦也拦不住，再朝前走会出啥事我不敢说哩！"

福海想了想："我们再走二里，到李圩子歇下，那地方你知道的，有寨圩子，遇事好抵挡，不行往山里走也是方便的。"

"对，先说歇下，实则住下，就在那里和周旅长重开谈判。咱已经出山，自然显示了诚意，周旅长也要拿出些诚意的，咱接着前时那个碴子要枪，一百杆枪不送来，咱死活不走。"

"给了这一百杆枪，咱也不走，咱点出的人马是一千多号呢，就以李圩子为老营，招兵买马，把一千多号人整齐，来个就地操练！"

老三抚掌大叫："好，好！"

福海又说："我们这么干也得有个说道，可以带话给周旅长，只道弟兄们抢惯了，恶习一时难改，非经一些时日的训诲不能带入城中，以免骚扰百姓，周旅长纵有不满也无话可说。"

那日中午到了李圩子，队伍真就不走了，一住就是三天，非逼着金参谋立马叫人把一百杆枪送来。福海和老三两个，一个唱红脸，一个唱白脸；一个说，枪不送来就带弟兄们退回山中；一个劝，莫急，莫急，周旅长会把枪送来的，人家堂堂镇守使能说话不算数么？

金参谋不认当初的账："你们当初咋谈的我不清楚，周旅长让我带兵我就只管带兵。"

老三怒道："这一百杆枪原说送进山的，你这带兵的参谋会不知道？我们当初没要这枪，是为了表示诚意。你别他娘的装孙子！"

金参谋也火了，叫道："那才不是啥诚意哩，是因为徐团长不愿让徐太太先进城。"

老三逮住理了："好你个狗日的，刚才还说不知道，这咋又知道了？可见你们没真心！"转身对福海道，"大哥，咱不求他，咱走，还回拒马峡做咱的山大王！"

金参谋哪敢放老三和弟兄们走,这才连连说:"我走,我走,你们都是爹,我惹不起——我去给你们要枪去!"

金参谋走了。

两天过后,金参谋又回来了,没带枪来,却带了周旅长的话来,要福海和老三同去凤鸣城中谈判。节外生枝说,山中的点编不算,山中点出的是一千多人,如今只带出五百来号,这不行。老三又和金参谋吵,说带出的只是一部分,另八百口子过些日子就会作为第二批人马开出山。

金参谋不和老三争,只说:"你们和我吵没用,有啥话就去和周旅长说。"

只好去见周旅长。福海想,反正迟早总要见的。

老三多了个心眼,当着金参谋的面,把福海拦下了,红着眼道:"大哥,你别去,只我一人去就够了,我三天后若不带枪回来,你定要把弟兄们拉回山去,万不可有丝毫迟疑!"

福海知道老三又防了一手,点头说:"也好,就三天,你不回来我就走人,只要我徐福海在,谅周旅长也不敢怎么你!"

老三一瞬间似乎有了什么不良的预感,不安地说:"大哥,我……我总觉着这事哪儿有点不对头,闹不好只怕要把这头玩丢掉呢!"

福海一惊:"那就不去——我们都不去!"

那当儿,老三已从福海口中知道了玉钏的想做团长太太的心思,便看着玉钏挤挤眼,笑道:"我得去哩,咱都不去,嫂嫂这团长太太就做不成了。我此一去,一半是为了大哥你,一半却是为了我嫂嫂!"

玉钏不相信三阎王此去会有啥危险,轻松地嗔道:"若是为我,三弟你就甭去了——我宁可不做团长太太,也不能让三弟把头玩丢了哩……"

老三又笑:"为了嫂嫂,就算把头玩丢掉,我也认了!"当日,老三带着刘三生和另外两个弟兄随金参谋去了,去得潇洒,德国造的二把盒子"叭哒、叭哒"地打着屁股蛋,枪把上的红缨甩得老高,远远看去像飞起的红蝴蝶。

福海和玉钏把他们送出好远,直到老三和刘三生并那两个弟兄的身影再难寻见,才双双转回圩里……

十四

李圩子是群山脚下的一个村寨，四周有寨墙，南北有寨堡子。整个村寨约有二百多户人家，家家通匪，是福海在拒马峡外最大的窝点。以往，福海手下的弟兄绑到小票并不都弄进峡里，有时就放在山外窝点，图个勒赎方便。为怕肉票知道置身所在，绑来时黑布蒙眼，放回时仍旧黑布蒙眼，故而不是内中之人，并不知窝点所在。

玉钏不晓就里，见李圩子百姓对福海的弟兄颇为欢迎，便以为是福海受了招安的缘故，就对福海说："看来，咱受招安的路还是走对了，做官军总强似做山大王的。"

福海笑道："这就是你的无知了，这里的百姓拥戴我，恰因为我是山大王。我做山大王对他们有好处，做了官军就要剿他们，他们自然不想让我受那招安的。方才还有人来劝哩，要我再别和官府谈判。"

玉钏忙说："哎，福海，咱已走到了这一步，你可不能再听他们的呀！"

福海心事重重地点了点头。

当晚吃罢饭，福海要玉钏早些安歇，想独自出去，玉钏只道一人害怕，福海才留了下来，留下后总是心神不定的样子，连话都懒得和玉钏说。

玉钏心中不快，故意把福海推到门口说："要走就走吧，别老挂着脸让人看了难过。"

以为福海不会走，没想福海竟走了，说是怕周旅长趁夜偷营，得巡视一下寨圩子的情况，这情形在山里是从没有过的。在山里，玉钏说啥是啥，福海总是极顺从的，就算有天大的事，玉钏要福海留下，福海便留下。

福海走后，玉钏颇感伤心，觉着出山已有五日，福海疑神疑鬼不思进城不说还冷落了她。气恨恨地想，早知如此，倒不如不出山的好，在山里她是娘娘，弟兄们敬着，福海捧着；到了这，退也不是，进也不是，又让福海忧心，真有点不值得了。当初刘小凤说得不错：人生在世钱势倒在其次，只一颗心是最要紧的。在山里，她任啥没有也有福海那颗心，日后却怕难说，城中花花世界，福海又是个上校团长，要真看上一个、两个俏妮儿，弄回家来做小老婆,她又能怎样?商会赵会长不就娶了三房太太么?娶了三房太太,不还老往观春楼跑么?当年周旅长只是个团副,为嫖个女人就能那么花钱,福海现今成了他的部下,会不会学他的样呢?

这么一想,就头一次后悔起来,竟没有了做团长太太的好情绪。因此便觉得,在这李圩子多拖几天也好,拖得大家都不耐烦了,老三谈判再不成功,就叫福海一起回山吧。福海本是为她出的山,她要回山,福海自然还会听从……

于气恼中胡思乱想着,草草擦洗了一把,玉钏便上了床。

在床上躺着,气渐渐消了,可仍是翻来覆去睡不着,禁不住又去咀嚼城里的往事。真切记起了自己头一次进城的情形——印象最深的不是城墙、城门的高大,街上的热闹,倒是自己脚上穿的草鞋。仍感到自己穿草鞋的脚在小巷湿漉漉的石板地上走,一走一滑的。自打在观春楼门前扔下那双草鞋,她就变了身份,成了一个卖身的娼妇。今天却又不同了,今天,她和福海骑着高头大马,就要重进凤鸣城了,再不是那个穿着草鞋的小姑娘,也再不是那个受人凌辱的娼妇,而是正经的团长太太。她相信,凤鸣城里的男男女女,必得为她今日身份的变化目瞪口呆。

这便又改了主张,盼着福海还是能把受招安的这条道好歹走完,至少能到凤鸣城里去一回,让她骑在马上,以团长太太的身份在凤鸣城里的举人街上走一遭,只走一遭就行。还一厢情愿地设计着,要是能在山中做着女主,又能时常到凤鸣城里走走,最是惬意……

在美丽的想象中已朦朦胧胧要睡去时,屋门外响起一片脚步声。玉钏以为是福海回来了,披衣起床,想去开门。不料,尚未穿上鞋,又听得"扑通"一声闷响,像有什么东西倒在了地上。玉钏有点害怕,走到门旁,愣了半天没敢开门。

门外有许多弟兄在叫喊,门被砸得山响。

玉钏听出相熟弟兄的声音,才怯怯地下了门上的插棍。

门一开,几个弟兄架着一个血头血脸的人进来了,进来就问:"大哥呢?"

玉钏说:"你们大哥怕官军偷营,正在圩中巡视哩!"

为首的一个老弟兄叹道:"唉,真被大哥估着了,姓周的果然没安好心,咱一线天的后路已被他断了。"

玉钏大吃一惊,忙问:"谁说的?"

老弟兄指着地上那个血头血脸的人道:"狗剩。"

玉钏这才知道那人是自己的干儿子狗剩,一下子软软地跌坐在地上。

跌坐在地上后,玉钏没往起站,忙用衣襟去揩狗剩脸上的血。

老弟兄说:"娘娘,别忙了,得快去找大哥。"

玉钏连连点头:"你……你快去。"

老弟兄转身就跑。

玉钏又把他唤住了,结结巴巴说:"后……后路被抄的事,你……你先别嚷嚷,嚷嚷出去,乱了人心,也会急坏你家大……大哥。"

老弟兄"唉"了一声,出得门去,一溜烟不见了。

玉钏努力静了静心,要身边的弟兄帮她给狗剩包扎伤口,自己立起身走到床前,伸手扯过一条干净床单撕了。

守在狗剩身边的弟兄道:"娘娘,狗剩怕不行了,要和你说话哩。"

玉钏甩了床单,重在狗剩身边蹲下。

狗剩张了张嘴,喊了声干娘,断断续续地道:"白脸狼,可不……不是好东西,被周旅长买通了,在……在山里就买通了,守……守外峡口不是为咱,是为周旅长。我……我到今日才发现,但一……一发现,他们就向我下了手,捅……捅我三刀,把……把我推下了山崖,以为我死定了。我……我偏没死,就……就来报信了。"

玉钏问:"他们知道你到这来么?"

狗剩道:"不……不知道。他们正怕我报信才下……下的手。他们大概是想在你们往峡中退时再打……打你们。"

玉钏强忍着泪道:"好了,你……你别说了,咱会有办法的。"

狗剩笑了:"有办法就……就好……"

就说到这,狗剩再无话了,待福海回来,狗剩已气息全无。

福海看着咽气的狗剩,自知已走上绝路,恶狼似的在屋里转了半天,气狠狠下了命令:"日他娘,开拔,立马开拔!"

玉钏小心地问:"向哪开拔?"

福海吼道:"自然向山里开拔,还能向哪?!"

玉钏更加小心地说:"只怕不行吧?山口那地形咱不是不知道,咱往那开是死路一条。你得再想想,万不可莽撞。再者,据狗剩说,白脸狼时下还想瞒咱,咱就装作不知,派个弟兄混进山,给二先生报个信,让二先生从山里接应行么?"

福海想了半天,摇头道:"就目下看来,从白脸狼眼皮底下混进山断无可能,要进山得想别的法。"

福海思谋半天,终又有了主意。

命令改了,不开拔了,福海连夜派了个能攀绝壁的弟兄攀过一线天进山,让内峡口的二先生带人沿两边山崖往外赶,用连珠枪扫掉外峡口的白脸狼,打开入山之路。同时命令圩中弟兄不动声色,只当不知道这番事变,待得听到外峡口枪声一响,便向山中速退。

然而,一切已来不及了。

天未大亮,随老三进城谈判的刘三生跌跌撞撞回来了,见了福海便大哭道:"三……三爷已被周旅长扣了,周旅长要用三爷换玉钏娘娘,而且明着说了,人家此番大动干戈全是为了咱这玉钏娘娘!"

福海一听刘三生这话,惊呆了。

玉钏也惊呆了,她再也想不到,当年那个周团副,今日这个周旅长,竟会为她闹出这么一番轰轰烈烈的大动静。

刘三生此刻已无了往日对玉钏的敬爱,恨恨地盯着玉钏,对福海道:"总爷,咱今日全害在这娘娘手上了,咱这娘娘原是人家周旅长的旧日相好,当初为她破身的就是周旅长!"

这又是玉钏没想到的事,这深藏于心的往日旧事,竟也被刘三生知道了,而且又是在这紧要关口知道了!身子一软,玉钏面团也似的瘫倒在地。

当年搂在马上把玉钏带进山的刘三生,今日连看也不看玉钏一眼,只对福海道:"总爷,事情已到了这一步,你是要咱三爷,还是要你这娘娘,自己掂量着办吧!"

福海极度震惊之下,冷静得出奇。福海手提盒子枪,走到玉钏面前,一把拉起玉钏,淡然问:"这……这都是……都是真的么?"

玉钏身子软得很,仍想往地上倒,只是被福海的大手扯着,倒不下。

见玉钏没作声,福海火了,吼道:"我问你话呢!"

玉钏这才木然点了点头。

福海又问:"你真……真和周旅长好?"

玉钏只一愣,便甩着泪叫起来:"不!不!那时我……我在观春楼,没办法!谁给钱,我……我就归谁……"

福海一声不吭,把枪在手上掂着,机头打开合上,合上又打开。

玉钏不再做任何解释,只等着福海的最后裁决。她认定在和周旅长的关系上,她是无辜的。周旅长做了什么是周旅长的事,与她无关。周旅长作为一个旧日情人早已死了,就连白少爷也已死了,她要做的团长太太是徐福海这个团长的太太。她无愧无悔。进山之后到现在,她再没做过对不起福海的事,白少爷三次进山,都想找机会和她说话,她一直是躲着的。

然而,福海纵然杀了她,她也无怨,福海和弟兄们走到今日这绝路上,全怪她。受招安这条路不是福海和弟兄们要走的,是她要走的。是她要做什么团长太太。是她相信了周旅长和白少爷。她在凤鸣城中受了那许多凌辱,仍忘不了凌辱她的凤鸣城。她是自作自受……

刘三生又道:"总爷,要不你就杀了她,要不你就用她换回咱三爷,反正这女人你是断不能留了。"

福海气急败坏,劈脸给刘三生一个耳光,恶骂了一声:"滚!"

刘三生偏不走,仍凶狠地盯着玉钏看。

玉钏眼中泪水直流,饮泣着慢慢站起来,走到福海面前,夺过福海手中的枪,将机头合上;又从刘三生的腰间解下佩刀,递到福海手上,说:"福海,别犯难了,就用这个吧!马上还要打周旅长的官军和白脸狼那孽种,省颗子弹吧!"

福海没去接刀。刀落到了地上。

玉钏拾起刀,又对福海道:"你下不了手,我……我就自己来……"

福海一怔,上前夺过玉钏手中的刀,有气无力地挥了挥手说:"算了,玉钏,你……你走吧!你……你生就不是我们山里人!我……我当初把你看错了,本不该把你从观春楼弄来的——你……你的命根在凤鸣城里。你……你权当是在山里做了两年客吧!"

玉钏没待福海说完,就在福海面前跪下了,双手搂着福海的腿,泣不成声道:"福海,我……我不是客!我……我是……是你的压寨夫人!我……我肚里还有你的种!"

福海又说:"你如果还念咱夫妻一场,日后就想法把孩子给我送进山来。若……若是我不在了,就……就把他交给二先生。"

玉钏放声大哭起来,头直往福海腿上撞:"不,不,我不走,哪也不走!你要死,我就随你一起去死!你……你还说过的,你我都是沦落人,我身为女儿家,沦入风尘;你身为男儿家,落入山野。你怎能不要我呢?世界再大,我却只有一个你啊!"

福海硬着心,就是不说话。

玉钏紧紧抱住福海的腿,泪水洒到了福海的脚面上:"我……我好悔呀,不是我,你……你和弟兄们哪会到这一步?!今日你要我走,倒不如杀了我才好……"

福海实是忍不住了,眼里流出泪来,弯下腰,双手扶起玉钏的脸膛看了半晌,才哽咽着道:"我……我再也不会杀你的,你……你快别说了。咋……咋说你都得走,我恨你,你得走;我不恨你,你也得走!"

玉钏仰起泪脸问:"你恨我么?"

福海先是摇摇头,后又点点头。

玉钏把福海的腿搂得更紧:"不!不!你不恨我,你不会逼我走的!"

福海脸上的泪落到玉钏头上,仰天叹道:"我要你,也要我家三弟。你不回城,三弟就没命了。你又不是不知道,城里那帮杂种恨不能把他生吃了。"

玉钏凄然问:"你我夫妻一场,难道不如个结拜弟兄?"

福海道:"不可这么比的。况且,这回三弟是为的我。"

玉钏泪水涌得更急:"三弟和你都是为的我,三弟自己也说过的。我也要救咱三弟呀,可我去了,真就能救下三弟么?福海,你再思量思量。"

福海一时说不出话来,只把玉钏搂在怀里,抚摸不止。

玉钏又说:"我如果真走了,你这儿会更险,姓周的再无顾忌,会用连珠枪、大炮来打你的!姓周的若真是为了我,我在这里倒好,你们正可把我当作一个肉票,只说不放咱三弟,不放咱进山,你便把我撕了!"

刘三生直到这时,才看出玉钏对福海,对山中弟兄的一片真情。

心里惭愧着,刘三生"扑通"跪在玉钏面前道:"我……我混蛋,我……我错怪了娘娘!"

玉钏扶起刘三生说:"不怪你,只怪我轻信了那个姓周的!你马上再回城,让福海写封信给你带着,就是那话,不放三弟回来,便把我的人头给他送去!"

福海问:"这信是不是你写?你若能说动姓周的,岂不更好?"

玉钏惨笑道:"我如今在你们这,我的信他们如何会信?!还不说是你们逼我写的?!"

福海再无高明的主意,也只得依着玉钏,把那杀气熏天的信写了。

刘三生拿着福海的信走了。

刘三生走后,玉钏又对福海道:"今日走到这一步,全都怪我,我若不想做什么团长太太,哪有这一出?!为救众弟兄出得绝境,周旅长真不让步,你……你就狠下心来,真把我的耳朵送一只给他们看看!"

福海紧拥着玉钏,梦呓般喃喃道:"谁……谁……谁动你一根头发丝我都不依,我徐福海只要活着,只要活着……"

玉钏俯在福海怀里,泪脸磨蹭着福海宽厚的胸膛,这才定了心。

也就在这时,几个弟兄惊慌来报,说是圩子东西两面已发现官军队伍,看光景是夜间偷开过来的,问福海咋办。

福海安详异常,轻轻推开怀中的玉钏,淡然道:"先把营中的三个官军代表杀了祭旗,而后向北突围,开往黑龙沟。"

一个弟兄问:"不是说定退回拒马峡么?"

福海叹道:"已来不及了,只有硬闯黑龙沟一条路了!"

那弟兄大惊失色:"黑龙沟是咱多年前的老营不错,可……可距这不下百十里,官军在哪一截,咱就完了!大哥三思!"

福海惨笑一声:"不必三思了,成败本是天意!"

弟兄们还不走。

福海火了,枪一挥,怒道:"还愣着干什么?生死存亡在此一战!有种的都随我来,和官军拼个鱼死网破!"

十五

周旅长决不信玉钏会甘心为匪为娼。

四年前为玉钏破身的景象历历在目,就仿佛发生在昨天。破身那日,和破身之前,玉钏都反复说过,今日跟了他,日后再不会和别的男人好了,求他为自己赎身。他当时沉湎于一时的欢快中,嘴上应了,心中并未多想,还认为玉钏太傻,头回接客就想到从良,实是单纯无知。如今再来回味,却就不同了,那单纯无知最是让人怜惜,也恰是最动人心魄的。自然,他当初不给玉钏破身,也还会有别人为玉钏破身,只是没准为玉钏破身那人就会赎出玉钏哩,像白少爷这种多情的男人不就在眼面前么?!

玉钏不愿为娼,自然更不愿为匪。被绑走后,在山中的情形赵会长说过,真个是太惨了,赵会长每每提及,总不免老泪纵横。白少爷三次进山,每次回来也都说,玉钏在匪手中,连个话都不敢和白少爷说,日子是如何难熬自是可想见的了。

来谈判的那位匪三爷很滑头,偏说玉钏不是被绑去的,是被请去的,还花言巧语说什么玉钏是山中弟兄的娘娘,心甘情愿留在了山中。周旅长和赵会长心中有数,不去和那匪三爷争,只把匪三爷扣了,要用匪三爷去换玉钏。也怪那日酒喝多了些,周旅长把为玉钏破身的事说了,匪三爷这才明白了此番大动干戈的缘由,当下是发了一阵呆的。

然而,当晚把随从的一个小匪放回李圩子送信,再去和匪三爷谈时,匪三爷却笑了,说:"你周旅长当年只不过花钱买乐子,你们讲究的那套贞守从一的规矩,在俺山里不兴。你用我这破脑袋换俺玉钏娘娘,只怕是白日做梦。不说福海大哥不依从,就是山中弟兄也不会依从。你倒不如把我这脑袋砍了,给我福海大哥送去,倒也显得你的清醒爽快。"

周旅长问:"为你福海大哥,你真就不怕死?"

老三道:"我福海大哥救过我一命,这头算他借与我的,还给他正是该当。"

周旅长冷冷赞了句:"是条汉子!"

老三手一摆:"不咋,你若真还有看重的意思,我便托你老哥一事。"

周旅长问:"啥事?"

老三手一挥,做了个杀头的姿势:"杀老子时别用枪,用刀,我说了,这头是借徐福海大哥的,你好歹给我还了,可别在城门口干挂着。再派人传个话,告诉我大哥,就说这辈子的人情账我和他清了,来世再平着身价和他一起打你们这帮灰孙子。"

周旅长阴笑道:"你别逼我杀你,老子现在偏就不杀,专等着把徐福海和众匪全抓了一起杀。如今他们已被包围,只待老子一声令下,就血洗李圩子!"

老三这才无了那份熏天气焰,破口大骂周旅长和他的安国保民军全是乌龟王八蛋。

万没料到,这老三当夜竟用碎玻璃割断腕上血脉,又自嚼舌根而毙。世上竟真有这种重义气的汉子。

吃罢早饭,周旅长令人把随从的另两个小匪放了,要他们都看个清爽,他们的三爷非官军所杀,是自己寻死。随后,周旅长又让两个小匪把老三的首级割下,送回李圩子,并声明,这不是他周某人的主意,却是他们三爷自己要这样做的,他正是看重三爷的义气忠心,才成全了三爷。

两个小匪自无话说,用三爷的小褂把三爷的首级包了,诺诺退去。

小匪们一走,吴副旅长便问:"这么办好么?"

周旅长淡淡道:"也只能这么办了,李圩子已被包围,后路又被咱断掉,这戏不必再做下去了——首级送去,正可乱匪军心。"

吴副旅长又问:"你不说打这一仗全为了玉钏么?玉钏不回来咱就攻,万一伤了玉钏咋办?枪子炮弹可没长眼呀!"

周旅长苦着脸说:"已经没有再好的办法了。我用一百杆枪和他们换,他们不干;我用这匪老三换,匪老三竟宁可死。我只有一打!只是不可太急,要抓住战机,待他们梦想往一线天退时再打最好。"

……

整个上午,官军方面都在调兵遣将。凤鸣城里蹄声阵起,尘土飞扬。大兵们满街乱窜,连炮都拉了出来。绅耆们便说,这周旅长和孙旅长就是不同,不唱兵马歌,只打正经仗。

赵会长见这阵势,又怕了,唯恐那碗口粗的炮真把玉钏轰成玉珠子,气喘吁吁跑到镇守使署,要周旅长炮下留人。

周旅长拍着赵会长的肩头道:"放心,放心,大炮是用来造势的——不到万不得已并不真轰。对包围李圩子的弟兄,我已下了死命令,不准伤玉钏一根汗毛。"

赵会长说:"那……那还是险!玉钏在匪手上,咱不伤她,匪……匪若伤她咋办?"

周旅长道:"这我已想到了,不到最后时刻不进攻。"

就说到这,副官送来了一封信,说是昨夜放回的那小匪又回来了,带了这封信来。

周旅长接过看罢,一言未发,把信递给赵会长看。

赵会长一目十行看毕,惊叫道:"这……这更打不得了!一打,玉钏可……可就完了。"

周旅长恨恨地道:"这更得打!匪们这么歹毒——连这么个天仙似的小美人都舍得残害,不打掉如何得了?!"

赵会长把缺了只耳朵的脸凑到周旅长面前:"我……我知道,匪们既这么说了,就敢这么做的——他们真敢动手撕了玉钏!周旅长,你……你可不能大意,你……你看我这耳朵,就是……就是当年被他们割去的……"

周旅长不理会赵会长,只问送信的副官:"来送信的那个小匪走了没有?"

副官道:"没走,说要等你回话。"

周旅长想了想:"马上给我印一百张免死证,盖上官防和我的名戳,只写明一句话:凡在此次官匪作战中保护玉钏的,凭此证可免死归田;若待玉钏非礼或图谋不轨者,杀无赦——印好就让那小匪带走!"

副官一个立正:"是!旅长!"

十六

刘三生进得李圩子,正见福海、玉钏和众弟兄在葬老三的首级。首级是装在一只木头笼箱里的,玉钏俯在笼箱上痛不欲生,口口声声说三弟死得太冤。福海在掘好的坑旁立着,如石像木偶,恍恍惚惚,了无生机。葬地是圩中的高坡,坡上有旗杆,旗杆上赫然挂着三个官军代表的人头,三个人头穿成一串,仿佛巨大的糖葫芦。

刘三生走到近前,听到福海梦呓也似的对身边弟兄说:"埋了吧,若是大难不死还有往后,咱再把他请回山。"

刘三生不敢言声,眼看着弟兄们把笼箱放进了坑里,一锹锹往坑中填土,直待葬完,才扑到新土堆上放声大哭。

福海这才知道刘三生回来了,呆呆地看着刘三生,不言语。这当儿,福海已是面如死灰,自知刘三生不会有啥好消息带过来的。一大早发现村寨被围。午后又发现正北的丛林中支起了大炮,看来官军已下定死打的决心。早晨原要向北突围,队伍集合起来又改了主意,不是对官军还存有幻想,而是挂记着老三,怕这边一打,把老三的性命打丢掉;再者弟兄们也觉着北进太险,不如在二先生的接应下退入山中安全,且官军也未开打,都劝福海再看看动静。

现时,动静不必再看了,老三用自己的血淋淋的人头逼着福海再次下了死战的决心;按时间推算,攀援绝壁进山的弟兄,也该引着二先生的人手打响了,一线天方向偏无枪声,这说明那弟兄信未送到,二先生已不可指望。福海想,他主动往外打,还是比官军往寨里打好。他往外打,没准还能冲出去一些弟兄,就是都冲不出去,也可让李圩子的父老乡亲少受点灾难。让官军往寨里打就坏了,那炮火非把寨子轰平不可。

正这么想着,刘三生已满脸泪水来到面前。

福海问:"可有啥好话带过来不?没有就别说了,老子心烦!"

刘三生摇摇头,哆嗦着手从怀里掏出一叠免死证,递给了福海。

福海看罢,呆呆愣了好一会儿,仰面大笑道:"千军一战为红颜!真……真不知我和周旅长谁是吴三桂!"

玉钏惊疑,也要过一张免死证看了,看毕,一把撕了,对福海说:"福海,你还等什么,已是傍晚,正是突围的好时候,咱快走吧!"

福海凄然无语,把那免死证点出两张,迟疑了下,又点出两张,余下的亲自点火在葬着老三首级的新土前烧了,边烧边道:"三老弟,你大哥和你大嫂谢你了,大哥、大嫂在天上地下都不会忘了你的,这回是我这大哥欠你的了,下辈子,大哥就顺着你老弟的心愿去闯世界!咱只和官府做对头,再不会受啥鸟的招安了!"

玉钏也在新土堆前跪下了,泣诉说:"三弟,我和你大哥走了,我们还会来看你的,要说你大哥欠了你的,我这做嫂子的更欠了你的,就是到九泉之下也要报你的恩!"

站起身时,玉钏见到福海正把留下的那四张免死证一一发给刘三生和另三个往日和她最亲近的弟兄。刘三生死活不接免死证。福海一急之下,打了刘三生的耳光:"到这节骨眼上了,你咋还这么混账?你护好你们娘娘,就是为我尽了心!这……这道理都不懂?!"

玉钏这才明白福海是要送她进城。

只一愣,玉钏便疯了似的扑到福海面前,抓住福海叫道:"我不走,我……我哪儿也不去！徐福海是条硬铮铮的汉子，咋就怕了那姓周的？！难道说我玉钏又瞎了眼不成？！"

福海冷静地说："玉钏，任你说啥，这回你是非走不可了！"

玉钏疯笑道："我……我明白了，你……你刚才说过的，千军一战为红颜，你后悔了！你觉着为我这么一个风尘女子不值得！是不是？！"

福海不言声。

玉钏又讷讷道："也是，是……是不值得哩！我算啥？我是个观春楼的小婊子，谁……谁给钱都能买我的笑，买……买我的身……"

福海依然不语。

玉钏一把揪住福海的衣领："你说，你倒说呀，是不是这么回事？！你要做孬种何不早做？为啥当初要把我从观春楼绑进山？为啥非要闹到这地步，让……让这么多好弟兄跟着遭难？到这地步了，你这孬种何不干脆做到底——干脆自己拿着免死证把我献给周旅长去？！"

这当儿，刘三生和福海身边的众弟兄全跪下了，都求福海留下玉钏。

刘三生泣不成声道："总爷，娘娘是咱们的娘娘，是咱山中弟兄的神，咱就把她留下吧！她……她没准能护着咱冲出去哩！"

福海一脚把刘三生踢翻在地，吼道："你们全他妈的混账！若是真为你们娘娘好，你们就送她走，想让她死在枪弹炮火里，就把她留下来！都给老子站起来，闭嘴在一旁呆着！"

弟兄们这才在一片肃穆中重站起来。

福海走到玉钏面前，用沾满泥灰的手揩去玉钏脸上的泪珠，轻声说："玉钏，你知道我不是孬种，更不是觉着为你打这一仗不值，你心下啥都清楚，只是想激我。我……我不恼你！只是你得走，不走不行！你不走，我老挂记着你，这仗都打不好！这仗一打完，我和弟兄们只要冲出去了，任你在哪，我都去接你，就像那年在观春楼，我骑着马去。这你不信么？！"

玉钏点点头："我……我信。"

福海笑了笑："好，那……那就走吧！周旅长虽说不是东西，可能……能为着你玉钏认真打这一仗，我徐福海也是敬他的！见到他，你就把这话说给他听!"

玉钏摇头道:"福海,你错了。姓周的往昔是花钱买我,如今为我开战,也是当年花钱买下的情分。你咋这么糊涂,竟认为他不错!时至今日,你啥也甭说了,咱生,生在一起;咱死,死在一起!我不走,你那混话我也不会去说!"

福海急了:"你……你真不走?我……我把话说到这,这分上了,你……你还不走?"

玉钏点点头,且在点头之际,往福海怀中依。

福海对刘三生和众弟兄命令道:"给我绑!把……把她绑起来,送出寨去!"

玉钏大叫:"谁敢!"转脸又对福海说:"你……你徐福海也真能做得出——当年把我绑着来,现今又……又要把我绑着送走……"

福海道:"我……我不绑你,你……你听话自己走,好么?算我求你了!"

玉钏摇着头,嘴里吐出一个字:"不……"

这就僵住了。

刘三生和众弟兄,一会儿看看福海,一会儿看看玉钏,都不知该咋办。

福海终于把枪拔了出来,指着刘三生吼:"给我绑,不听令的,我……我崩了他!"

刘三生和另三个拿了免死证的弟兄,这才怯怯地过来了,抓住玉钏噙泪绑了起来。玉钏拼命挣,两只手抓破了刘三生和另一个弟兄的脸。后来,因为又气又急,便挣不动了。被绑好搭到马背上时,玉钏已昏厥过去,人事不省。

福海昐咐刘三生四人立马带玉钏出寨,并和刘三生言明,一俟他们出寨进入安全地方,寨里五百弟兄就一起向北突围。

临别,福海在玉钏苍白无色的美丽脸孔上最后亲了亲,头一回在自己手下弟兄面前跪下了,道是自己生死未卜,或许来日无多,若有个好歹,玉钏就拜托给众位了。

刘三生也带着那三个弟兄跪下了,头顶青天对自家大哥发誓,大哥在,日后必将玉钏娘娘给大哥送来;若是大哥不在,他们四弟兄就给玉钏娘娘养老送终。

这时,天已完全暗了下来,萧瑟秋风中,一匹老马驮着玉钏,伴着四个步行的弟兄,在一领白布小褂的招摇下,悄无声息地出了寨圩子的北堡大门……

十七

匪们的突围战,官军的剿匪战,当晚打响了。

约摸是在头更时分打响的。枪炮声连天接地,在凤鸣城里听得清清楚楚。

有人说是看到了周旅长,周旅长骑着匹绝无杂毛的白龙马,疾驰出了凤鸣城,亲临火线,还亲手开了炮。又有人道,周旅长出城骑的是大红马,红得如血似火,像驾着一团祥云在飞,祥云在李圩子一落下,圩北的几十门炮没人拉炮栓,就自动射出了成百上千发炮弹,把李圩子按入一片火海之中……

枪炮声响了整整一夜,凤鸣城中的百姓便整整议论了一夜。都说周旅长和当年那个孙旅长不同,多数人都夸周旅长好,真就安国保民哩!说声剿匪就动真格的,不像那孙旅长,干打雷不下雨,还借着剿匪的由头祸害百姓。

听城外枪炮声响得激烈,又有人忧心:这仗只怕打大了,徐福海那匪原不说要编一个团么?一个团该有多少人马?总得上千号吧?!这上千号人能那么好打?!若是打不掉,日后匪们还不血洗凤鸣城?!于是,一些有钱人家又连夜给关二爷烧香,求关二爷保佑周旅长和他的官军,这回务必把徐福海们全轰掉,可别留点渣儿。

赵会长家三个太太,平日里你争我斗,这夜好了,不斗了,都跪在关二爷面前为同一愿望祷告。她们都清楚,匪们只要留下了渣,最先倒霉的定是她们共同拥有的赵会长,她们的赵会长剿匪最起劲,匪渣逮着机会还不把赵会长活撕了！往天以为这老东西死了会有家业好分，如今不成了，老东西要把家业全留给自己的侄子，她们自然不想老东西死了。

  白掌柜也在烧香，为官军祝福。自老盛昌和观春楼一同被烧，白掌柜既恨儿子又恨匪，认定匪是因儿子恋着玉钏才放火报复的。自那以后，真就不要这独儿子了，一门心思想剿匪，只要一听说谁要剿匪，立马帮赵会长筹钱筹款。今个儿周旅长真去剿了，白掌柜喜得泪都出来了。知道儿子还死恋着玉钏，这时也不管了，看着儿子三次进山，并不阻拦，心想，只要剿掉山匪，儿子把那小婊子弄回来做太太，也比整日被匪搅得心惊肉跳好。

  枪炮声在三更时分响得最烈，满城又传那炮是匪们打的，说那匪不是千把号，却是两千号哩！败走的孙旅长也在匪队里，带过去八门炮，还有三十架连珠枪。

  有人传得更玄，说这本不是剿匪，倒是匪剿官军，官军上了匪的当，被匪包围了，周旅长吃了徐福海一炮，浑身是血落马而逃，时下正在教堂洋医院里救着，没准要完。且云，徐福海已发下话了，要把城中家有百块老洋底子的主都杀绝户。有钱人家便慌了，三五成群到东关教堂去问，可见着浑身是血的周旅长？一问没有，才宽了心。宽了心，仍不敢去睡，一边把香火烧得更旺，一边把能藏起的细软藏起来，都心照不宣地认定，凡事往坏处想总没大错，万一倒过头来，徐福海那匪伙着孙旅长真把周旅长剿了，也是不怕的……

  东方微明，先是无了炮声，后又无了枪声。

  待日头升到两竿上，周旅长的队伍回城了。

  满城百姓这才知道官军大胜而归，山中巨匪徐福海血淋淋的人头被一个官兵赫然挑在枪上。官军队伍进南城门的时候，周旅长下令，将徐福海的人头挂到城门上。当着人山人海的围观者，几个官军弟兄踩着木梯子，把徐福海的人头挂到了离城门头一丈多高的地方。

  官军出城时没多少人见着周旅长，凯旋之际都见着周旅长了。周旅长骑的既不是白龙马，也不是大红马，偏是匹高头青棕马，搂在马上的还有个小娘们。

有人认了出来,说那小娘们不就是当年观春楼的红妮儿玉钏么?

人群中一片惊叫:

"是哩!是哩!"

"真是奇了,被匪绑去这两年多,竟还没被糟踏死!"

"也亏得周旅长救了她,要不,迟早总得死在匪手上!"

"嘿,这玉钏咋还这么俊?!莫非真不是人间凡品……"

因为玉钏,围在城里大街两旁的绅耆们,都不约而同地忆起了昔日的好时光,益发高兴起来,当下就有不少绅耆私下合计,说是平了匪患,城中安泰,这回观春楼真要重修了,偌大个凤鸣城,没个这样风流消魂的好去处,还能算个城么?!就算周旅长反对也得修。周旅长和那匪性的孙旅长不同,体恤民情民意哩!

到了镇守使署大门口,周旅长在一片森严的口令声中勒住座下的青棕马,而后,让几个卫兵、副官帮着,轻轻将玉钏携下马来。

早就等在署中的赵会长和白少爷,忙跑过来,拖着哭腔唤玉钏。

玉钏只有气无力地看了他们一眼,便将眼皮沉沉合上了。

白少爷要往玉钏身上扑。

周旅长马鞭一扬,让身边的卫兵把白少爷拦下了。

白少爷道:"周旅长,你不是说把玉钏还……还我的么?难道要赖账不成?!"

周旅长睁着血红的眼,一声大吼:"滚!给老子滚远些!"

赵会长和白少爷这才注意到周旅长脸色很难看,不像打了胜仗,倒像刚出殡归来。

赵会长用眼角瞟了瞟白少爷,示意白少爷别胡来。

白少爷偏不理会,一把扯住周旅长手中的马鞭,益发急迫地道:"你……你答应过的,不能说话不作数!"

周旅长猛然夺过马鞭,举鞭对白少爷要抽。

赵会长上前抓住了周旅长的手,连声道:"息怒!息怒!"

周旅长仍是气哼哼的:"这混账只顾自己!"

赵会长马上盯了白少爷一眼,说:"你也是,周旅长和弟兄们这一仗打得容易么?你一句感激话没说,只冲着周旅长要人,就——就好意思?!"

白少爷明白了,"扑通"跪下,对着周旅长连磕三个响头,才又涕泪交加道:"周旅长,您老救出了玉钏,您……您老就是我的再生父母,大恩大德,白某永世不忘。今日我只求您老把玉钏还我……"

周旅长未待白少爷说完,手一挥,命令两个卫兵把白少爷拉走。

白少爷赖在地上不起,还伸出双手去抱周旅长的腿。

周旅长这才用马鞭点着白少爷的额头道:"你起来,给我滚,三天之后再来找我,如果玉钏愿跟你走,老子送盘缠让你们一起走。她若是不愿意,你就自此给我死了这份心!"

白少爷惊喜地问:"当真?"

周旅长点点头。

白少爷站了起来:"那我现在就和玉钏说几句话。"

周旅长甩手就是一鞭:"你咋这么混账?看不见玉钏如今是啥样子么?在匪手上这几年是好过的么?你就不能让她静静心?"

白少爷不知是被周旅长的话说服了,还是被周旅长手上的马鞭说服了,再没挣扎,乖乖随那两个卫兵走了。

白少爷走后,周旅长马上叫人把玉钏抬去找医官,并下了死命令:两天之内不准任何人打搅,玉钏要啥给啥,要咋着就咋着。又说,玉钏的话就是他的命令,违抗者军法从事。

到署内坐下,周旅长才对赵会长谈起了昨晚的激战。

周旅长感慨万端,说是徐福海不愧是条英雄好汉,凭五十来杆破枪,几百把大刀,竟打得这么顽强,竟敢和大炮、连珠枪并两个团的官兵硬拼,还梦想突出去。

赵会长小心地奉承说:"可……可有你周旅长的指挥,这仗咱终是胜了!"

周旅长叹道:"是胜了,可打得太苦……太苦,比打孙旅长还苦。打孙旅长,因为有城南独立团配合,一次攻城之役,才死伤三百号弟兄。这……这回,你知老子的弟兄死伤多少?"

赵会长不敢说。

周旅长说了:"死伤四百多号哩!死一百多,伤三百多!"

赵会长大惊:"咋会打成这样?莫不是孙旅长的人也混于匪中?"

周旅长摇头道:"不是,只徐福海手下五百杆匪,李圩子有寨堡,攻起来难,这是其一;其二是,匪们宁死不降,除了仗打响前保送玉钏出来的四个小匪,五百匪徒竟无一不作死拼的。弟兄们三次冲进寨子,又三次被匪们的大刀劈了出来。没法子,老子只好把寨子轰平了。"

赵会长问:"徐福海那匪是咋死的?是弟兄们用枪打死的么?"

周旅长道:"不是用枪,是用的炮。"

赵会长一怔:"用炮轰死的?"

周旅长点点头,又补了句:"他配!"

赵会长见周旅长心情太坏,怕再扯下去扯出麻烦,遂道:"旅长歇着吧,老朽和各界绅耆父老合计一下,看明儿个咋给旅长和弟兄们洗尘。"

周旅长摇摇头说:"算了,先等两天吧——玉钏要安歇一下,我也要静静心哩。"

十八

绅商各界的庆功宴是两天后举行的,地点在当年观春楼旁的"御宴饭庄"。这"御宴饭庄"极有名气,据说是当年乾隆巡幸时赐宴所在。辛亥年后改了名,叫"国民饭店",城里的老客不管,愣瞅着门楼上的"国民"二字,开口闭口依旧"御宴"。

御宴饭庄玉钏并不生疏,当年在观春楼时,饭庄是常去的。赵会长请她去过,白少爷请她去过,周旅长也请她去过。那时,最有气派的是赵会长,一去就是三楼富贵厅,有时只他们两人,有时却有不少商界绅耆。周旅长为她破身吃喜酒,也在这地方,是堂面大出许多的玫瑰厅,记得摆了四桌,观春楼的姐妹大都去了。

今日又在玫瑰厅。

赵会长怕玉钏以为他小气,专门做了解释,说没安排在富贵厅,一则因为人多;二则因为周旅长亲点了玫瑰厅,不好不依从。

玉钏只当没听见,上了二楼厅堂,熟稔地走进左首女客专用的内室,对着镜子梳妆打扮。

赵会长也跟了进去,立在玉钏身边讨好说:"就是不打扮,姑奶奶你都那么俊,一打扮真像个新娘子了。"

玉钏仍是不睬。

赵会长揣摸,是不是因为没请白少爷的缘故?遂又俯在玉钏耳边说:"今日不好让白少爷来,改日我做东,专请白少爷和你,这样更有意味,你说是不是?"

玉钏这才说了句:"我渴了,快给我倒杯水来。"

赵会长转身要唤堂倌。

玉钏气了,立起道:"我只要你去。"

赵会长忙不迭去了。

然而,赵会长端着香茶回来时,内室的门竟咋也唤不开了。

后来,周旅长在安国保民军一帮军官的簇拥下上得楼来,问起了玉钏,玉钏才自动从内室走出来,在首席周旅长身边坐下了。

周旅长在桌下拉着玉钏的手问:"还记得这地方么?"

玉钏点点头:"记得的。"

周旅长笑道:"还记得当年你给我说的话么?"

玉钏苦苦一笑,摇摇头:"不……不记得了。"

周旅长死劲捏了捏玉钏的手:"你说过,跟了我,再不会和别的男人好了……"

玉钏表情木然,仍是摇头:"我……我不记得了……"

周旅长叹了口气:"玉钏,我知道你恨我——一走就是这么多年,让你落到了山匪手里,吃了那么多的苦,受了那么多的罪……"

玉钏把手从周旅长手中抽回,淡然道:"你别说了,我真是记不起了。"

周旅长有些窘,停了一下,又讪讪问:"你可……可想当年的姐妹?"

玉钏摇摇头,又点点头,低语了一句:"只……只想我小凤姐姐。"

周旅长笑了:"噢,你不说我倒忘了——在这里吃喜酒时,刘小凤还骗我多喝了三杯酒!"

就说到这里,玉钏不再言声了。

……

开席后,赵会长、周旅长并那绅耆军官们纷纷立起致词。赵会长和绅耆们致贺词。周旅长和他手下的军官们致谢词。而后,赵会长们和周旅长们相互敬酒,喝得隆重,一时间都把玉钏忘了,竟都没注意到,玉钏一直滴酒未饮,箸筷未动。更无人看出玉钏脸色的不同寻常。

待得几轮酒反复敬过,周旅长重回到玉钏身边,才敬了玉钏的酒。

玉钏不喝。

赵会长便劝,说:"啥人敬酒都可不喝,只周旅长这酒是非喝不可的。周旅长情深义重,为了你玉钏不惜一战,死伤了几百口子好弟兄,你若是真就不喝,周旅长是要伤心的。"

玉钏没办法,这才含着泪把酒一饮而尽。

周旅长坐下,赵会长立起,酒杯端到玉钏面前,又要敬。

玉钏仍是推辞。

周旅长又替赵会长劝道:"喝了我的酒,也得喝赵会长这酒。不说赵会长几次剿匪出钱出力了,就说当年你救下他的性命,这杯报恩酒你也得喝。"

赵会长便改口说:"不错,是报恩酒哩!"

玉钏只好喝了,喝毕,已是泪如雨下。

周旅长这才长长叹了口气道:"咱们都别提往日在匪手里的那些伤心事了,今日徐福海匪患终是剿平了,大家都高兴,我看还是多多喝酒吧!"

玉钏却再也不喝了。

周旅长没勉强,起身对众人说:"那我们喝吧,就让玉钏姑娘为我们弹琴助兴!玉钏那《高山》《流水》弹得好哩!当年大伙儿都说刘小凤的琴在观春楼是头块牌子,我偏就只认玉钏!"

琴拿来了,玉钏不弹。

周旅长怪难堪的,又对众人解释:"几年没摸琴,玉钏怕弹不好,让你们见笑,我看就让玉钏唱支歌吧,玉钏的歌也是一绝呢!"

玉钏对周旅长凄凄一笑:"你真要听?"

周旅长说:"是大家要听呢!"

玉钏冲着周旅长点点头,醉了似的,摇摇晃晃站立起来,极有风采地环顾着四周,笑问道:"众位绅耆长官,今日周旅长抬举我,说我唱得好,要我唱,我不得不唱,只不知谁人点歌,谁人赏钱!"

周旅长笑道:"别闹了,今日不是当年,你再不是郑刘氏观春楼里的妮儿,你想咋着就咋着,谁还能花钱点你的歌?"

玉钏益发站不稳了,双手撑着桌面,又问周旅长:"我爱唱啥就唱啥么?"

周旅长点头道:"那当然!"

玉钏努力稳住身子,愣了好半天,泪水滚落下来。

这时,周旅长和众绅耆、军官已觉得哪儿有些不对劲了。

没容周旅长多想,玉钏便和泪唱道:

点金地,点金地,
豪杰啸聚有粮米。
坏皇上,好总统,
俱与草民无关系。
唯愿老天多保佑,
峡如宝盆聚财气。
……

唱罢,在周旅长、赵会长和众人的惊愕之中,玉钏再也支持不住,身子向后一个踉跄,轰然倒下,连带着把身后邻桌一个长辫老绅耆也挤撞倒了。

玫瑰厅即刻大乱。

周旅长忙派手下军官去喊医官。赵会长也叫人到教堂请洋大夫。

后来,周旅长又亲自携起气息微弱的玉钏,把她送进了女客专用的内室。

众人都急,却又无人知晓玉钏是患了何种急症。

约摸半小时的光景,先是医官来了,后脚洋大夫也来了。二人围着玉钏看了好半天,出来后都摇了头,说玉钏吞了鸦片,已无可医救。

周旅长呆了,当即失态大怒,问身边副官长:"谁他妈的把大烟膏子给了玉钏?"

副官长讷讷道:"这……这谁知道?!也……也许根本不是谁给的,是……是玉钏从匪那带来的,山里这玩意还不多……多得是么!"

周旅长打了副官长一个耳光:"我若查出是你手下人给的,就崩了你!"

医官小心地说:"旅长,先别管了,这……这玉钏好像要见些人的,快给她找吧,再晚就、就见不着了!"

周旅长骤然想起:玉钏是不是有啥话要和自己说?

进了女宾内室,守在玉钏身旁,周旅长道:"玉钏,有……有啥话,你……你就说吧!"

玉钏不说。

周旅长哭了:"玉钏,你……你就是再气我,也……也不该走到这一步呀!你要知道,我当时只是个小小的团副,就是不走,想为你赎身也是做不到的。可……可我终没骗你,今日,我做了旅长,有了力量,不就拼着死伤几百口子弟兄的代价,把你从山里救出来了么……"

玉钏这才叹息似的说了句:"当年你……你毁了我,今日,你……你又毁了我……"

周旅长实是惶惑,怎么也听不懂玉钏的话。

却也没时间去弄懂了,凤鸣城的一代娇女就要走了,作为当年给这一代娇女破身的男人,他再不能留下遗憾了。

周旅长又急切地问:"玉钏,那我……我还能为你做什么?你说,你快说……"

玉钏一字一句地说:"给……给我备口棺木,要……要红棺,送……送我回山里……"

周旅长连连道:"好,好,我会去办!"

玉钏无力地挥挥手,要周旅长走开。

周旅长只得心灰意冷地走开了。

走到外面宴会厅,周旅长马上想起了白少爷,以为白少爷和玉钏当年曾约好私奔,必是情义深重,便极是大度地派人去传。

白少爷来了,扑在玉钏身上哭。

玉钏已不行了,口中喘着粗气,怪吓人的大睁着眼,看着白少爷,想笑一下,却笑不出。

白少爷眼光也直了,竟拉着玉钏的手,想把玉钏拉起来,嘴上还说着:"玉钏,咱走,咱们走,我……我把船已准备好了……"

玉钏这才说了一句:"晚了……"

白少爷手忙脚乱,想把玉钏抱起来:"不晚,不晚哩!"

玉钏用手推了白少爷一把,最后说了句:"你走吧,咱们……没……没缘分……"

奉命守在玉钏身边的副官长手一挥,让人把白少爷拖走。白少爷这当儿已现疯相,死活不走,头直往地下撞,抓住赵会长的手喊玉钏,赵会长使了好大的劲才把白少爷甩开。

赵会长甩开白少爷,壮着胆对副官长说:"快让玉钏再见见山里的那几个匪吧!方才她不还在唱什么点金地么?!不让她见到那几个匪,只怕她会死不瞑目的!"

果然,玉钏眼睛仍是大睁着,像在找什么人,嘴唇也在微微颤动,已很难发出声音了。

周旅长当即吩咐副官长把押在镇守使署的刘三生四人带来。等待刘三生四个小匪的当儿,周旅长又守在玉钏身边,期待着玉钏再和他说几句话。玉钏却一句没说。

没一会儿,刘三生四人来了,围着玉钏哭,口口声声称娘娘,问娘娘有啥话要说。

玉钏眼中有了一丝神采,紧盯着刘三生,用尽最后的力气,断断续续地说了短促一生中的最后一句话:"送……送……我回……回家,回……回点……点金地。"

言罢,玉钏眼中的神采迅即消失,一双睫毛黑长的美丽眼睛终于合上了,永远结束了一个因美丽娇艳而引发的让人心碎的故事……

周旅长于无限痛悔之中,满足了玉钏最后的愿望,在城中举行过大殓仪式后,允诺刘三生四人将玉钏送回点金地安葬。入殓更衣时发现,玉钏贴身穿的内衣短裙全用线连上了,连得密密麻麻,有些地方戳破了肉。几个奉命给玉钏更衣的女人大为感叹,一个个都落了泪,还议论说,这个玉钏若不是有过为娼的生涯,实可立贞节牌坊的。

大殓仪式在镇守使署门前举行,官军禁了三道街。周旅长亲自主持入殓,玉钏白绫包裹的尸身由四个官兵抬着,一步步走向大红棺木,尸身往大红棺木中轻放时,几百杆枪举向空中,轰然爆响。

白少爷在爆响的枪声中真就疯了,把赵会长的三太太当作了玉钏,一把搂住赵会长的三太太,要她与他私奔,又大喊大叫说船都备好了,得快走。周旅长实在无法,只好再次让卫兵把白少爷暂扣起来。

红棺出城更是隆重庄严。从镇守使署,到城南门,大街两旁立满持枪官军。盛殓着玉钏的红棺,不是放在灵车上,而是由官兵们抬着,一步步向前走,走得很慢。棺木前,有骑马开道的兵,还有徒步打幡的兵。周旅长骑着他的青棕马走在队伍中间,像座青铜塑像。

城中百姓直到这时才知道,周旅长和死去的这个玉钏原是旧日相好,那李圩子一仗与其说是为城中百姓打的,倒不如说是为一个青楼女子打的。私下便有许多人说,这真不值得,打绝了李圩子八九百口老少爷们,又伤了这么多官军,有点太那个了。

私下议论倒还罢了,正当棺木向城南门进发时,竟有人公开在路边说:"什么土匪、旅长、镇守使,还不都是一路货!都拿国家大事当儿戏,就如当年的昏君,为博红颜一笑,不惜戏弄三军!"也巧,这时周旅长正走到近前,偏又听到了。周旅长二话没说,在马上拔出枪冲着那人连打三枪。那人一头栽倒,当场毙命。周旅长头都不回,又在"得得"蹄声中向前走。

在城南门,抬棺木的官军,换成了四个山里打扮的人。

双方交接时,聚在四周的官军们又对空放了枪。

枪声响过后,城头升起了一片淡蓝的烟雾,挺好看的。

……

也就是在枪声大作、烟雾升起时,不知从哪儿飞来颗子弹,在周旅长古铜色的脑袋上打出个血洞,让周旅长立马倒毙在挂着徐福海人头的城门外口。徐福海的头挂了几天,被山风吹歪了,大睁着的双眼正瞅着躺在地上的周旅长。许多官军弟兄惊叫起来,说是看到徐福海的人头在笑,笑得瘆人。

谁打死的周旅长,一直没弄清。有人说,是一个在李圩子之战中死了亲兄弟的卫兵打死的。有人说,是个家居李圩子的副官下的手,为李圩子一村父老乡亲和自己的爹娘报仇。还有人说,匪未绝根,向周旅长开枪的是个穿了保民军军装的匪,此匪官称二先生,和徐福海并那三阎王是割头不换的把兄弟,文武双全,两手能使快枪,功夫不在徐福海之下……

城门口起乱的时候,四个身穿重孝的山里人已抬着红棺,口称娘娘,一步步沿城外的黄泥大道奔山里走,竟无一人回头看上一眼,好像这座凤鸣城,好像周旅长的死,全都与他们毫无关系。

这让城门口的绅耆代表大为感叹,都道,匪终归是匪,本就无法教化,周旅长这般重情重义,倒落得做个冤死鬼,实是可悲可叹!又说,周旅长也还算英明,对匪不编只剿,是做对了的。

于是,绅耆们于义愤中结束了为玉钏送行的仪式,团团围着周旅长的尸身长吁短叹……

只赵会长一人在那片叹吁与混乱之中,目送着玉钏进山。

赵会长孤独地立在包裹着周旅长的人圈之外,昏花的眼睛一片朦胧,四个山里人的身影,和躺着玉钏的大红棺木,都于模模糊糊中,变得一片血样的鲜红。

红棺之中,有歌声隐隐响起。

是玉钏在唱哩。是玉钏最后的绝唱。

赵会长觉得自己真幸运,别人没听到这绝唱,只他听到了——他就是在听到宴会上玉钏的绝唱声后,才知道自己一次次张罗着剿匪是多么愚蠢,多么荒唐可笑。

现在,玉钏还在唱,一声声,一句句,歌声竟是那么真切,凄婉清丽,而又动人心魄:

　　点金地,点金地,
　　豪杰啸聚有粮米。
　　坏皇上,好总统,
　　俱与草民没关系。
　　唯愿老天多保佑,
　　峡如宝盆聚财气。
　　……

在那一代娇艳的绝唱声中,赵会长突然觉着自己一下子老完了,浑身的骨头架都要散了,似乎只一阵风便能吹倒。

这才觉得人生的可笑。赵会长心里直说,这人世也真没道理哩,祸即是福,福就是祸,祸祸福福,福福祸祸,谁也说不清道不明。你娇艳绝世也好,你拥有万贯家私也好,到头来全都是一场空,好死歹死总免不了一死。

这才恍然大悟。

赵会长不由自主摇摇晃晃去追玉钏,追了没多远,在玉钏过三叉河上一座石桥时,一头栽倒了,倒在一块青石旁。

……
携着灰土黄叶和片片纸钱的山风,送来一阵凄哀的声音。
是四个抬棺的山里人在唤:
"娘娘,过桥了!这是出城的头座桥!"
"娘娘,往前看,拐弯还有两道沟!"
"娘娘,你记清,会俺大哥别迷路!"
……

2017年8月修订

沉沦的土地

民国八年秋,兴华煤矿股份有限公司大规模开采黄河故道流域的刘家洼煤田,造成采矿性地震,地表陷落。初时坍陷土地约十余顷,生荒三两处。乡人闹至公司后,双方商定赔偿约法。嗣后公司借口办矿之初,银根吃紧,未予履行。九年二月,土地继续陷落,地中民坟亦被波及,棺柩出土,白骨露天,总计受害者数千家。坍陷危及村落,部分民舍倒坍,寨墙拉裂多处。至此,公司仍未实施赔偿,乡人极为愤慨,发誓与之一拼。三月初,各村民众秘密集合,以民间武器竞相武装,推出乡绅刘叔杰为首领,拟以武力争斗。形势严重,民变迫在眉睫。情急之下,兴华公司被迫派员勘察坍陷土地之惨状……

一

刘四,刘四麻子,刘四爷,没有一片瓦,没有一垅地,却透着硬气,愣是敢称爷。四爷爱喝高粱烧,爱吃猪头肉,更爱凑热闹。偌大的西河寨少了任何体面的人物都可以,独独少不得他。你办红白喜事,若不邀他,他敢在你洞房的梁头上上吊,敢在你祖坟上掘洞。他理直气壮地认为,他生来就是吃世界的。恁大的世界,不让他吃,还留着干球?! 从满清到民国,他硬是拳打脚踢,横啃竖咬,闹得个两腮冒油,脑满肠肥。

民国九年,四爷来到这个世界已实实在在地度过了五十个洋洋得意的年头。昨日,在乡绅刘叔杰刘三先生宴请乡民代表时,他又饱饮美酒,顺便庆贺了自己的五十大寿。在酒席上,听说兴华公司要来察看矿区周围坍陷的地亩,便自告奋勇做了向导兼乡民代表。

眼下,四爷正代表四村乡民,比其他随从更卖力地陪着刘叔杰刘三先生和兴华公司矿长王子非,视察广袤的旷野。

路不好走,黄泥大道上四处是砂礓、浮土。入冬以后便再没落过一星儿雨雪,空气干燥得很,纷杂的脚步踏下去,灰蒙蒙的浮土便沸沸扬扬地腾起来。没出五里地,四爷已累得气喘吁吁,灰面人儿似的了。汗珠子开始从保养得很好的皮肉中往外钻,从额头、脸颊、脖子上往下流,贴身穿着的黑乎乎油腻腻,分不清本色的对襟小褂已被汗水打湿。

四爷委实辛苦了。

他不停地揭帽,用那软坍坍的破毡帽扇风擦汗。他感到浑身刺痒,仿佛养在身上的虱子一时间举行了总暴动。四爷有点烦躁了,出村时那点可怜的得意,已被无端的仇恨所替代:"他奶奶的,累杀了四爷,要卖爷肉?不孝顺的东西!"

敢这样想,却不敢这样讲。四爷并不是所有人的爷,在三先生面前,他就不敢称爷。三先生是什么人?在晚清中过举,名流!在名流面前称爷?呸,什么东西!四爷不是那种不识好歹的东西!要不,他何以从满清吃进民国?!矿长王子非就不算啥了,他给四爷做孙子,四爷还作兴不要哩!四爷有四爷的优越感,四爷光棍一条,通吃两代公司。甭看王子非现刻儿西装革履,油头粉面,人模狗样的,在四爷看来,通通是三寸厚的膘子肉,大白面的馍——遭吃的料。

从民国初年起,四爷就开始吃工业了。

后山庄的杨老大打水井,七尺见煤。一下子,这块闭塞的土地唱大戏一样热闹起来。先是当地乡民开小窑,后是南方过来的资本家打大井。黄河故道北岸的刘家洼,原不过有十几户山东过来的灾民,转眼间变成了一个繁华的经济政治中心,两代煤矿公司均在这儿安营扎寨。为了又多又快地运煤,煤矿公司拓了一条二十多里长的小铁道,沟通了津浦线的河口车站。十年间,刘家洼以及刘家洼周围荒芜的土地上,吸引了几千户人定居谋生。

这块土地下埋藏着富饶的宝藏,浅部煤层厚两三米,深部煤层竟厚达五六米。当国外资本几乎垄断了中国能源的时候,有多少企业家想做这块土地的主人呀!这令人垂涎的宝藏给了多少人发财的梦想。

不过,在这里发财很难。第一代公司——刘家洼煤矿公司,投银二万两,建了三座大井。出煤不到两年,适逢洪水暴发,大井淹没,资方无力维持,旋以一万五千两白银盘出。第二代公司——振亚煤矿有限公司,办矿五年,打井五座,终因军阀混战,劳资纠纷,捐税勒索,濒临倒闭。民国八年初,折洋六十万,盘给现在的新资团——兴华煤矿股份有限公司。

四爷和这三家公司都有缘分。

刘家洼公司开办之初,他找到三先生,请三先生保荐他到公司做事。那时,三先生对办矿的危害尚无深刻认识,又当着公司地方顾问,便在公司经理登门造访时,提起了此事;经理碍着三先生的面子,捏着鼻子收了他。可四爷也太不争气,吃喝嫖赌,盗卖器材,不到三个月,便被撵走了。

拿不到公司俸洋,四爷还不辞劳苦地为公司操劳。其时,适逢井下窑木紧张之际,他便走家串户四处扬言:谁敢卖窑木给公司,他就放火烧谁的房子。吓得当地乡民无不战战兢兢。后来,公司无奈,重又收用了他。

振亚时期,公司说什么也不要他了。这时,公司的后台很硬,公司的主事人是袁世凯袁总统的亲戚,公司从北京调来十余名大兵做骨干,成立了矿警队。一般的无赖都收敛了,四爷却不。公司为煤矿前途计,决定修建直通河口车站的小铁道。四爷听到消息后,用双倍的价钱买下了铁道必经线路上的十五亩薄地,连夜撮了几堆黄土充作坟茔。公司征买了所需的土地,独独买不下这十五亩,逼得公司工程搁置。四爷声称:祖坟在此,这十五亩地千金不卖。搞到后来,还是当地乡绅出面调停,公司旋以高出原价二十倍的价钱买下土地,并让他当了挂名的土木股副股长,每月老洋十块,洋面一袋,一直养了他五年。

去年初,兴华新资团接办公司。总经理秦振宇盛气凌人,根本不把四爷看在眼里,毫不客气地砸了四爷的饭碗,并扬言:此类人等,兴华将永不录用。这着实伤了四爷的自尊心,偌大的公司竟不养着四爷,这委实太不合乎情理了,很有些天地不容的味道哩!四爷生气了,发誓要给公司一点厉害瞧瞧!

盼了一年多,机会终于盼到了:兴华公司开采地下煤,造成了大片未征土地的坍陷,激起了四乡民众的愤怒。好,总算轮到四爷露一手了。

想到这里,四爷有了点小小的兴奋,扭头看了看弥勒佛一般端坐在轿子里的三先生,酒糟鼻子越发红亮起来,凸凹不平的麻脸上挤出三分得意,七分谄媚的笑。

三先生十分悠闲,白胖的手上懒散地捧着个油亮的紫陶砂壶,嘴角上噙着王子非敬奉的洋烟卷,在轿子里一颠一颠地摇头晃脑。他慈善的面孔对着左首的轿窗,两只眼睛眯着,眼皮像两扇没关严的门,瞳人透过门缝扫视着春天的旷野。

暖暖的太阳当顶照着,阳光下,极目望去,大片大片的土地因严重的干旱而龟裂了,地里的麦苗枯黄干瘦,像老人下巴上的胡须。这枯黄中又套着醒目的白色——那是浮在土表上的盐碱,使人不由得想起没有洗净的尿布。这里的贫穷活生生地写在广阔无垠的土地上,没法掩饰,也没有谁想来掩饰。土地能够供奉给人们的最高收获,远远不能满足人们肚皮的最低需求,于是便产生了合乎情理的贫困,而这贫困却又是三代煤矿公司赖以生存的牢固基础。贫困,为公司提供了大量的廉价劳动力。

渐渐地接近了矿区,坍陷的土地开始进入一行人的视野。坍陷是严重的,本来就缺乏绿色生命的土地,在这里又被强大的外力扭曲了。

一行人停了下来。三先生、王子非走下轿子,二人一前一后,在四爷的引导下踏入了一块坟地。

坟地位于坍陷土地的斜坡上,半数以上的老坟遭到了不同程度的破坏。有些坟穴露出了腐朽的棺木,有些葬得较浅的墓中露出了白骨。坟地上的树木倒没有因此死亡,大都歪歪扭扭地立着,仿佛以自身的存在证实着这罪恶的变化。

指着裸露的白骨,四爷终于找到了发泄仇恨的机会,脖子上凸起蚯蚓般的青筋,声音颇为洪亮饱满:"你们缺德哟!奶奶的,把人家祖宗抛骨旷野,这要断子绝孙的!"

王子非没说话,他根本没把四爷当作什么东西。要紧的是注意三先生的脸色,不要惹出他的不快。在最后解决这块坍陷土地问题时,三先生是举足轻重的人物。王子非居高临下地瞥了四爷一眼,眼光中很有几分轻蔑。

三先生挥挥手,很威严地打断了四爷的话头:"好了!好了!不要说了说了。"

他转身对王子非道:"坍陷确乎很严重,很严重哇!"

"是的!这是敝公司开采小湖系煤层所致,敝公司与鄙人确有不可推卸之责任。"

"事前为何不和地方协商,征买矿地?"

王子非稍一沉思,"敝公司根据采矿法及省颁条例之规定:'矿业用地,只需得到官厅许可,即可供用,损坏地容时,则负赔偿之责。'况且,采矿之初,我们并没有估计到会有如此严重之坍陷,故没有征买矿地。"

"哦!"三先生吟哦一声,点了点脑袋,又问:"贵公司现有已征购的矿地多少亩?未征之坍陷土地多少亩?"

"敝公司从振亚手里接过矿地计八千七百亩,刘家洼三千七百亩,东大乡四村两千亩,东原镇三千亩。未征购的坍陷土地么,尚未做详细测量。初估一下,约有三千亩左右,主要分布在东大乡四村及刘家洼西部。"

王子非系振亚公司高级职员,后被兴华公司留用,肚里自有一本账,说出话来总是有根有据。

三先生冷冷一笑,不以为然地摇摇头。

"三千亩怕打不住吧?鄙人近月来连接乡民、乡绅之报告,坍陷之地,怕有五千亩以上吧?"

"还不止五千亩呢!"四爷立即挺着脖子证实道,"光咱东大乡就四千,三先生的地,一半坍陷区!"

王子非道:"口说无凭,我公司有采矿地图,坍陷区标得明明白白!"

"哦?有图?有图就好!不过,王先生,鄙人有一言相劝:此地不同你们上海,民风慓悍得很哪!早年,乾隆皇上对此地曾御批八字:'穷山恶水,泼妇刁民'。每逢灾荒,即有暴民闹事。对坍陷土地一事,公司还要通融些哟!"

三先生这彬彬有礼的话语里已带了些威胁的意味。王子非立即察觉了,然而,他并未料到,这威胁转眼间便成了事实。

从坟地里走出来,一行人继续东行。

五里之外便是东原镇。东原镇名为镇,实则是一个规模较大的杂姓村落,素有武乡之称。早年,这村里出过一个武举。在东原镇村头上,一行人被乡民们围住了。

为首的是个中年汉子,方脸大嘴。一口黑黄的大牙,满脸短须,熊掌似的手里攥着根锄柄,浑身上下透着杀机。身边身后,男男女女聚了一群。他们衣衫褴褛,男的在前,女的在后,女的手牵着面黄肌瘦的孩子。

四爷走在前面,最先迎着那汉子。

汉子一抱拳:"四哥来了?"

"来了!来了!"

"公司的龟孙子在哪?"

"喏,那个坐在前面轿里的!"

汉子腾地提起锄柄,几步冲到王子非轿前,未等轿子停稳,便撩开轿帘,老鹰掏鸡一般把王子非揪了出来。

王子非蒙了。一瞬间,脸上变了些颜色,一丝掩饰不住的恐惧,闪电似的在瘦削的脸上现了一下,一时竟不知该作何反应。轿后两个持枪矿警冲了过来,操起枪托对那汉子便抡。不料,枪托未能触到汉子身上,汉子已猛转过身,躲开了,抡起锄柄,对左边的矿警回敬了一下,却也打空了。

短暂的交锋之间,王子非已恢复了常态,恢复了一个公司代理人的尊严。他厉声将矿警喝住。他明白,在这里打将起来,他决不会占什么便宜,而且,事态闹大更难收场。

三先生也从轿子里走出,就势将那汉子骂了一通:"干什么?你们想干什么?万事礼为先,兵家还讲究先礼而后兵。青天白日之下,你们招呼都不打一声,竟敢持械行凶!没有规矩了?"

汉子顺从地垂下头:"是,先生,小的粗鲁!"

接着,汉子扑通一声跪下了:"先生,您老人家可得为咱地方的小民百姓做主哇!"

一群人全跪下了:"三先生,您可得为俺们做主哇!"

三先生大大受了感动,弓腰驼背,一一扶起众人,颇动感情地道:"父老乡亲们,刘某一定为你们据理力争!看着你们深受公司之害,我亦有切肤之痛!我当会同各乡代表,与公司交涉,尽快订出一个对得起诸位的赔偿方案。"

王子非心里也很不是滋味。看着面前这群被逼疯了似的穷苦乡民,心头也掠过一丝痛楚。他们确有难处呵!祖祖辈辈赖以生息、繁衍的土地,突然在一个早晨下陷了,沉沦了,而且久久不予赔偿,自己处在这个地位上也是不能容忍的。土地是农民的命,损坏农民的土地不就是谋财害命吗!

他整了整被汉子抓乱了的衣领、衣襟,谨慎而真诚地道:"乡亲们,公司对不起大家,鄙人对不起诸位。鄙人在此愿以人格保证,公司将在最短的时间里着手丈量土地,对你们的损失予以赔偿。也望诸位广为传告,以息众怨。"

说毕,王子非对着众人深深鞠了一躬,钻进了轿子。

一个满脸污垢、披散着头发的老妇人,拉着两个瘦猫似的女孩儿,扒着轿杆哭道:"公司大老爷,你们说话可要作数哇!呜——呜——我们孤儿寡妇就这十五亩薄地哇!俺们只要赔偿,不能卖地呀!呜——呜——呜——"

三先生摇摇头,长长叹了口气:

"流年不利,今年怕又要闹饥荒哩!"

安慰了老妇人几句,三先生也上了轿。

……

在回去的路上,四爷自行撤销了向导的职务,从队伍之首,退到队伍之中,渐渐地,他又从队伍之中,落到了队伍之尾。

肚子开始咕咕地响,身上的汗已被旷野上的风吹干了,饿中带冷,四爷不禁把老蓝布腰带杀了杀,正正经经地打了两个寒战。他开始咽着唾沫,一厢情愿地设计自己的晚餐,梦想着半斤老白干、一斤猪头肉。一阵倦怠之意接着袭来,四爷打了个很响亮的哈欠。冷饿之中又加上了困,他奶奶的!

这是四爷最辛苦的一天。

  兴华公司的成立带有偶然性。宣统三年前后的收回利权运动,推动了中国企业家们实业救国的野心。民族工业开始把目光投向能源的开发。民国七年秋,振亚危机,濒临倒闭,英商雷斯特·德罗克尔觊觎矿权。消息传到上海,引起通达轮船公司、华生电厂、大西洋公司等十余家用煤公司的极大兴趣。他们找到曾在外商煤矿当过买办的秦振宇,商讨办矿事宜。十一月董事会成立,十二月遵照有限公司组织条例,公司宣告成立。八年一月,公司买下了振亚在刘家洼煤田的全部资产,推出秦振宇为总经理走马上任。英商大为恼怒,令其资本控制的开萍诸矿大幅度削减对兴华入股办矿者供煤。日商控制的北方诸煤矿也趁机提高煤价。入股办矿者叫苦不迭,旋向秦振宇施加压力。

二

  秦振宇颇具气势地在大转椅上坐下了。不错,挺舒适,坐垫的弹簧很好地发挥了自己的功能,颤悠悠地托起了一具一百八十余磅重的身体。椅子的扶手和靠背上的牛皮蒙面还是崭新的,散发着一种淡淡的革制品特有的气息。他把肥硕的身体扭动了一下椅子转动了九十度,平稳、自然,没有声息。很好,振亚公司总经理的转椅仿佛是专门为他设计的。

  把油亮的脑袋向椅背上一仰,宽厚的嘴角挂上一丝浅浅的微笑,他抽着粗大的雪茄,轻松而懒散地道:"讲吧,子非兄,可以开始了!"

  矿长王子非坐在对面的办公桌前抽烟,颧骨高耸的脸上笼罩着深深的倦意,一对深邃的眼睛少了些光泽,两片沉重的眼皮总想往一起合。尽管是坐轿,也还是够辛苦的。坑坑洼洼的道路差一点儿没把他一身骨头架颠散。他揉了揉太阳穴,打起精神道:

"总经理,陷地问题非解决不可了!三天来,兄弟遍察了矿区附近的陷地,耳闻目睹了许多事情,尤感危机深重。"

王子非随手拉开了正墙上的绿绸遮帘,一幅矿区总图呈现在秦振宇面前。总图最上方,尚标有振亚公司字样。

"振亚倒闭前,部分未征土地已有坍陷之迹象,历年遗下的大片采空老墟已沦落在即。而我公司接收日子并未注意到这一严重事实,在某种程度上是吃了振亚的亏,代人受过。当时,振亚急于将矿盘出,此乃重要原因之一。接办之后,振亚所留出煤井仅三座,其中一座井位选错,距煤田较远,我公司费时三月,打通石门,开采小湖系煤层又造成新的面积坍落。目前,总坍陷面积已达三千余亩。而地方申报与我方实测相距甚远。"

"地方申报多少?"

"五千八百亩!"

"荒唐!"

秦振宇站了起来。随手旋了一下转椅,将半截烟头抛在地上,恶狠狠地一脚踩灭了。他抖动着不甚灵便的肥胖的身体,在办公桌与文件柜之间踱起步来。

"这帮土顽劣绅存心敲我们!他们把我们当作一块无主的肥肉了,都想扑上来狠狠啃上两口呢!"

"是的!总经理!这正是兄弟想和您商讨的问题。我公司接下振亚计一年零三个月,最初投资六十万,年前的董事会又追加三十万,维持至今,才基本达到收支相抵。眼下三个煤井均正式出煤,日产一千三百吨,正是行情看涨的时候,万不可为陷地一事激起民变,毁了我们办矿大计。"

秦振宇在办公桌前停住脚步,手托下巴凝望着王子非,眼神中注满期待:

"你的意思是——"

"痛下决心,马上解决陷地问题!"王子非胸有成竹地道,"要想平安办矿,唯此一举而无它策。"

"这我知道！问题是按谁的方案来解决。按我们的实测土地与赔偿方案解决，他们是断然不会答应的。而按他们申报的土地数字和要求来解决，我们无异于被敲诈、被抢劫！另外，你也知道，即使按照我们的方案来赔偿，公司的财力也几乎难以承受！"

王子非淡淡一笑："当然是按我们的方案来解决，财力难以承受也要承受，这是没有办法的事。而要按我们的方案解决，下一步要做的事情是：分头拜访各村寨乡绅，以期通过他们，平息四方民愤。在乡间，他们的话比你我的话用处大，还有青泉县府尹文山处，也要打点一下才好！"

秦振宇想了一下，皱皱眉："也只好这样了！"

"据我所知，在青泉县最有势力的要数刘叔杰刘三先生。总经理大约是知道的，在青泉县刘家系大族，号称刘半县，县境内刘姓乡民几乎占了半数，杂姓户族与其联姻者甚多，历任县太爷都不敢得罪他们。振亚办矿时，曾重金聘请刘三先生为地方顾问，而我们……"

"是的，是的！"秦振宇打断了王子非的话头，"我们确该在这家伙身上花费些钱钞，"他话锋一转，"可是，我们刚刚起家，每一块钱都来之不易，我们养不起，也不能养！我们的董事们要起煤来，胃口大得很，掏起钱来，手就在口袋里哆嗦，唉！"

近几个月来，秦振宇心情烦躁得很。初到矿区时的骄横、狂妄、自信，被严酷现实的猛烈冲击掠去了大半。他的心一步步沉下来，冷下来，甚至有了些受骗上当的感觉——他自己也为这倒霉的公司投资二十万！这几乎是他前半生的全部积蓄。

刚踏上这块土地，他的心像雨后的蓝天一样高远、开阔，仿佛整个世界是为他的存在而设置的。第一次踏上这座振亚修建的经理楼，他在心里便暗对自己说，他要征服这块土地，并把这块土地作为最初的基石，建起事业的大厦。他选中了王子非做矿长。王子非在振亚时便做过总矿师，有丰富的管理经验，他破格留用了他，而把董事会派来的矿长赶回了上海。王子非自然感激涕零，做起事来更加认真负责。正是在他的建议下，公司接办后即行整顿，压缩了庞杂的机构和大量不必要的开支，并在管理上实行了包工柜制。把以往矿方直接管理生产劳工，改为各包工柜管理。一个有实力、有威望的人包下一条巷道的开掘或者一块煤层的开采，矿方只认一个人讲话，既减缓了资方和劳工的直接冲突，又节约了精力、时间，生产效率也大大提高了。这些，都使秦振宇感到满意。

但是，对用一笔钱交结当地土豪劣绅，秦振宇十分反感。王子非提了几次，秦振宇均婉言回绝了。以他多年做买办的经验，此类开支纯属浪费。在德、日、英的企业里，他均很少碰到地方上的麻烦。不料，待到他来办矿，事情就不那么简单了。

现在看来，王子非是对的。

秦振宇颓然坐倒在转椅上，长长嘘了口气，又点燃了一支雪茄。

"子非兄，现在我们来算算细账吧！收买或赔偿坍陷土地，以我们实测的三千亩计，每亩八元，需洋两万五千余。交际打点各方土地，也需几千。添置、更新矿井设备，费洋更巨。而我们手头可供调拨的仅有两万余，加之日前销煤盈利一万九千，总数也就是四万块的样子。如此下去，公司只有关门大吉。"

王子非道："这只是事情的一面。另一面，煤价看涨，南方混战，南煤难以抵沪，只要我们地下的煤能采得出，运得出，年底经济形势会出现转机，这一点总经理尽可放心。"

秦振宇点点头，认可了王子非的分析，转而又焦虑地道：

"可这四万我们也不能一下子用光，以兄弟之经验，办矿决非交易股票，能够买空卖空。手头无钱，是难以应付意外之变的。"

王子非笑而不答，起身推开身边的窗户，深深吸了口气，像是自言自语，又像是对秦振宇道："久旱无雨，今年的夏收怕是没指望了！总经理，您说呢？"

秦振宇疑惑地望着王子非："这话是什么意思？"

王子非一笑避之，又未回答，转而道："民国五年，振亚煤炭路运受阻，银根吃紧，公司两次削减窑工工资，最后竟以煤票抵作工资，而窑工并未群起反抗。"

"原因何在?"

"很简单。那年蝗灾加水灾,乡间颗粒无收,四乡民众都不甘饥而毙命,宁可容忍矿方的苛刻!"

"好!"秦振宇拍案而起,"你的意思我懂了,值此灾荒之际,暂时压低窑工工资,适当延长工时,以期渡过危机! 仅此一项,每月便可有万余盈利,好!"

沉思了好一会儿,王子非又道:"此事可由各大柜出面实行,我们只需削减各包工柜包工费用即可。另外,还要多少考虑一下可能引起的骚动。"。

"顾不得这么多了!"秦振宇一挥手,"这事就这么定了! 下午,你会同各方先拿出个草案来。另外,代我准备一下,近日我要亲自拜访刘三先生。"

"也好!"

王子非应了一声,准备告辞,秦振宇又亲昵地将他拉住了:"子非兄,矿上的生产还得抓紧,煤炭产量得上去。开萍已大部断绝了对各股东的煤炭供应,股东们恨不得把我变成煤填进炉膛里。我这里每天接到两三份电报催煤,没办法呀! 你好好干,待渡过眼前的危机,我将建议董事会提高你的薪金!"

王子非走后,他在明亮的窗前站住了。这间经理办公室位于经理楼的第三层,也是最高层。此楼是青泉县至今为止的最高建筑,它曾装载过另一个企业家的发财梦想。如今,在旧梦的废墟上,秦振宇酿造着属于自己的新梦。他望着窗外明净的天空,陷入了不着边际的遐想中。

广阔的天空下是几座灰色的井架,井架的天棚上铁铸的天轮在飞快地转动,伴着绞车有节奏的轰鸣。从地下运出的矸石,已堆得像山一样雄伟了。歪歪车一上一下地蠕动着,远远望去像个正在爬行的甲壳虫。井架、矸石山赖以扎根的,是这块古老而贫穷的土地。秦振宇没来由地想起了《圣经》,想起了基督和上帝。他不信教,可他从洋人那里认识了基督,认识了上帝。他觉着面前这块土地就像上帝创造人类世界时用剩的一块烂泥。

然而,这烂泥包裹着黑色的宝藏,这里四处都是煤!把这些煤一个早晨同时挖出来,足以重新安排半个中国的工业秩序。

这很值得干一番。

他要和这块土地格斗,他要做这块土地的真正主人,他要为暮气沉沉的中国民族工业锻造一轮崭新的太阳……

然而,片刻的自我膨胀之后,秦振宇又回到了面前的现实中。

他重在转椅上坐了下来,随手翻起了刚到的报纸。这里远离都市,消息闭塞,了解外部世界的情况,唯有看报。京、沪出版的《时报》《申报》《民国日报》往往要晚到十余天,新闻永远是旧闻,而这些旧闻又总是使人十分沮丧。政府无能,列强霸道,巴黎和会搅起的风波经久不息。每读报纸,皆有罢工、罢课、罢市、请愿、示威之报道。北京徐世昌政府,明里三令五申,要发展经济,倡导国人办矿;暗里钩心斗角,争权夺利,乃使开办实业总不见多少实绩。广州军政府也怵惕军阀东征西讨,气得孙中山两次电告同会参众二院,发誓辞去军政府总裁一职。国家前途实难预测,在这种气氛中办矿,真真是举步维艰。

全国形势越来越糟。翻开《申报》,一条醒目标题,炸弹一样爆入秦振宇眼帘:

天津学生会致电北京政府内务部,称云:"山东交涉,现交阁议,望力持到底,万勿通过,本会誓作后盾。"内务部以"狂妄"二字批之。

其他几份报纸的头版,几乎全是罢工、罢课的报道:上海三新纱厂四千余工人罢工,上海南北市绳索工人罢工;天津学生集体罢课;河南印刷工人罢工;湖南各界公民驱张,通电北京政府,控告张敬尧十大罪状,"迫恳大总统(钧院)迅将湘督张敬尧撤任查办,以全民命"……

秦振宇摇摇头,心灰意懒地放下报纸,无意中又在《时报》二版左上角看到一条消息:

本报曲阜快电：孔子七十七代孙孔德成出生，徐总统亲电恭贺。

无聊之至！秦振宇突然间对坐镇北京的那位徐总统产生了一丝怨恨：国事艰难，政令不一，民怨天怒，这位大总统居然还有心管这等闲事！

他一挥手将报纸扫下桌面，从笔筒取出一支毛笔，开始草拟给上海董事会的回电。他要告诉董事们，秦某不是吃干饭的，兴华煤矿股份有限公司将在这块土地上起飞，但是，他需要钱，需要更多的钱！

公司挖肉补疮，削减各大柜包工费用。各大柜旋即变本加厉向窑工转嫁危机。工钱由每工三角六分，降为两角八分，工时由十小时升为十二小时。窑工中怨言顿生。然而此时尚系农闲，且春荒已露端倪，乡间青黄不接，下窑人数有增无减。公司以为得计，却不料，危险已潜伏在静默之中……

三

以兴华公司为中心，刘家洼四周的土地上聚集了四千余名窑工以及他们的近万名家属。窑工区分两大片，一片在公司西大门外，一片在新开的七号井附近的黄河故道堤岸旁。西大门外的，叫西窑户铺，七号井附近的，叫东窑户铺。窑户铺里几乎没有多少正规房屋。好一些的，是干打垒的草房，二流的，数秫秸夹过后抹上泥的草棚；最次的，是那种坐入地下一二尺的三角马架。搭眼便能看出，这些建筑最初都是临时性的，直到如今，它们的主人也还多多少少把它看作临时性的。窑工大都是无产或破产的乡下农民。有的破产以后，家里还有老宅基，还有亩儿把八分的地，农忙时也还要回去侍弄两天庄稼哩！他们最终的希冀还在于脚下的土地，无不企盼靠一双乌黑的手从深深的矿井下刨出自己的地契。然而，能如愿者，千儿八百里也挑不出一两个，他们中的绝大多数都在这年复一年的失望中变成了矿井的奴隶，变成了彻底的无产者，——发家致富的希望总还算得一笔可观的精神财富,他们连这希望也丧失了。于是,他们开始修补自己的草棚、马架,开始认真地考虑,如何正儿八经地做一个真正的窑工……

窑工与农民,是你中有我,我中有你的。农闲时,有地种的农民也成了窑工,提着豆油灯,扛着煤镐,一天挣上几角现洋。农忙时,没地的窑工却成了农民,——他们放着窑不下,宁可在烈日下曝晒一天,挣半斗几升的新麦、红高粱,也借此机会和久违的乡土亲近一下。每逢这辰光,公司便将工钱提高三分、五分,出勤率往往也难得上去,公司对这不可救药的农民习气极为憎恶,农闲时,也常常寻机拿捏窑工一把。

实行包工制以后,这农民习气便也带进了包工柜。各柜柜头原都是些带有无赖气的各方地痞,现在,各用一方人马,自然是好鱼得水。但各柜之间则矛盾重重。因为每个柜下的窑工大都出自同村、同寨,宗族势力便自然而然地带入柜中。各柜之间经常大打出手,大械斗三六九,小打闹天天有。在旷日持久的对抗、角逐中,以刘姓乡民为主体的周家柜王家柜渐渐占了上风,刘三先生的远房侄子刘广田靠其家族势力,凭借一对老拳,在东西窑户铺打出了一个任其独往独来的世界。

刘广田是个四十岁上下的壮汉子,车轴儿个子,并不高大,粗眉大眼大嘴巴,鼻子有点坍,说起话瓮声瓮气的,相貌并不威武,就是一副拳头硬实,经常给那些不驯服的对手一些相当出色的教训。连出名的无赖刘四爷也惧他三分。各柜窑工都称他"二哥",只要说是和二哥沾亲带故,拜过把子,监工、柜头都得敬着点。刘四爷敢玩命,二哥也敢玩命。刘四爷玩命往往不站在理上,歪搅蛮缠,二哥玩命却是光明正大,处处在理,仿佛二哥是代表世界打抱不平。久而久之,大凡吃了二哥老拳的,便很难得到众人的同情了。你说挨了揍,大伙儿嘴一撇,鼻子一皱,保不准会说:"谁揍的?二哥?二哥会揍错人么?你狗日的欠揍!"

二哥天经地义代表了真理。

无理不惹人,得理不让人,是二哥的处世原则。忠孝礼义信,是二哥的最高信仰。这信仰来自早年刘三先生的谆谆教诲,来自说书艺人的信口雌黄,来自村前寨后那一年一度的古装社戏。二哥尽管不能识文断字,那机灵的脑袋里却融汇了这庞杂的传统思想的精髓,几乎成了大半个思想家,而这思想偏偏又是广大窑工乐于接受的。于是,二哥一跃而成为实际的窑工领袖。

昨日,全矿十三家包工大柜采取统一行动,同时压低工价,延长工时,在几千窑工中造成了一场混乱。一时间,叫骂声顿起,各柜窑工中的头面人物均找到刘广田门下商讨对策。刘广田对此自是愤怒难当,首先提出要以全体罢工予以对抗,各大柜的头面人物当即响应。但王家柜刘姓窑工刘广银却提出了罢工后大伙儿的衣食问题。这把大伙儿难住了,遂不欢而散。偏偏这日,周洪礼包办的周家柜发生了另一桩意想不到的事,酿出了一场巨大的风波,引爆了这填满怨愤的火药桶。

这日下午,刘广田带着十余名窑工在六号井上巷掘石门,发现迎头有一大拇指粗细的小孔向外喷水,气味很大。刘广田揣摸是透了开小窑时采过的老墟,老水里一定有脏气。果然,进窝不到半晌,便嗅着一股难闻的气味,手上的豆油灯,灯光异常明亮,炽黄的火苗仿佛喝了酒似的,兴奋得一窜一跳,体弱的弟兄嚷着头晕。刘广田是个老窑工,颇有些窑下经验,自知情况不妙,便猫着腰钻出洞子,找到了管上巷的二头子,要求撤人,对窝子进行通风处理。

不承想,柜头周洪礼偏偏来上巷查窑,一口回绝了刘广田的请求,要他们继续做透。

周洪礼拍着刘广田厚实的肩头道:

"二哥,你带着伙计们放宽心干,没事!那点老水,流完不就结了?有啥了不起!你二哥也不是吃一天、两天窑户饭了,这还没数?!"

刘广田眼一瞪,破口骂道:

"放你娘熊屁!挣那两个屈钱,犯不上这么卖命!"

周洪礼知道二哥的脾气,挨了骂并不生气,赔笑道:"二哥,嫌钱少是不是?兄弟我减别人的工钱,能减二哥你的么?自掏腰包,咱也不能亏待二哥呀!二哥,架架势!"

二哥吃软不吃硬，见周洪礼尽说好话，火发不起来了，疑疑惑惑地折回了头：下来就是卖的，卖气力，也卖性命，怕死就甭下窑！二哥不怕死，倒是死神怕他，前年一次掉水，去年一次片帮，要了十几个窑工的性命，二哥硬是连汗毛都没伤一根。

　　回到迎头，二哥感到闷热异常，把补得看不清本色的破窑衣往棚梁上一挂，光着脊梁装起了木车。装了两车，更觉着热得难熬，索性连裤子也脱了下来，赤身裸体地干开了。迎头的窑工们半数以上是光着屁股，无遮无拦的，煤灰、岩粉扑啦啦落在身上，像野人身上长了一层毛。人类的进化历史在这里是确凿地倒退了，一个推木车的老窑工在拖着怪腔唱：

　　　　一贩私盐二犯抄呀，
　　　　千条路走绝，
　　　　来把那黑炭掏哇！
　　　　……

　　"看，这火苗蹦得多欢！"有人吼。
　　"二哥，不能玩了，这热不是好热！"
　　"不干了，大爷不要这班钱了！"
　　刘广田想想也对，便把一拨人带出了洞子。
　　周洪礼不答应了，在大巷头上堵住众人：
　　"不要工钱也不行。你们现在下了窑又不干了，我哪找人去?！下煤窑又不是逛窑子，想来就来，想走就走！不干也行，一人倒扣三个工！"
　　刘广田憋不住了，反问：
　　"洞子里有脏气，脏气爆炸，你给我们爷们抵命?"
　　"抵什么命？我说没事就没事！我周洪礼敢包大柜，就敢说这个大话，出事我负责！"
　　"屌毛灰！"刘广田骂道，"把性命交给你去负责，爷们一百个不放心！"
　　周洪礼甩开刘广田不理，转身对挤在身边的其他窑工喊道："干不干，你们看着办,不进五米窑,你们明儿个都给老子滚蛋!"

五六个胆小怕事的,你看看我,我瞅瞅你,最后,还是畏畏缩缩地进了洞子。

不承想,洞子里老水直淌,脏气越积越重,走在前面的窑工刚到迎头,脏气碰到明火便轰然爆响。走在头里的两个窑工惨叫一声,被掀倒在地,身上披的麻袋片,头上的头发,全着了火,洞子里的浮煤也燃起了火苗。走在后面的工友虽然没被火烧着,那爆炸时引起的浓烟、气浪,也把他们撩得东倒西歪。

他们跌跌撞撞冲出了洞子。

这时,刘广田还在和周洪礼争吵,一见脏气果真爆炸,二人都吃了一惊。周洪礼自知理亏,转身想溜,可哪还溜得了!刘广田一个箭步冲上前去,伸手揪住他的衣领,对着他的脸便是一拳。拳头打下,那高耸的鼻腔里开河的水似的流出许多鲜红的血来。

随周洪礼同行的二头子慌忙拽住刘广田的胳膊:"二哥,息怒!息怒!"

刘广田胳膊肘一拨,怒道:"少管闲事,滚开!"

二头子一个踉跄,脑袋在煤帮上撞出个青疙瘩。

刘广田两只眼睛睁得滚圆,宽阔的脑门上耸着几道青筋,挥拳乱打。今天的事,确实把刘广田气坏了。洞子里有脏气,怪不得大柜,如若大伙儿没发现,糊里糊涂地死了,也怪不得大柜。可是,已经发现了脏气,向柜上报告了,姓周的还让大伙儿玩命,这就是不仁不义了!刘广田眼里最容不得不仁不义之事,不仁不义之人,拳头下去益发有力,直打得周洪礼连讨饶的力气都没有了。

众窑工也一拥而上,你一拳,我一脚,发泄怨气。不一会工夫,好端端一个周洪礼躺在鼻涕、口水、血泊里,成了一堆瘫软的烂肉。

……

第二天一早,兴华公司属下的十三家包工柜柜头,联名向总经理秦振宇递了帖子,要求公司惩办凶手,杀一杀窑工中的彪悍之风,否则,包工柜将无能挟制劳工,效力公司。

秦振宇大为恼怒,即令矿警队查办。

王子非冷静地劝阻:"区区百余人的矿警队,对付几千窑工,力量悬殊未免太大了吧?刘广田背后有刘三先生,有刘氏家族,手下有无数窑工把兄弟,只怕抓起来容易放出来难吧?再说,削减工资已怨言四起,此事还要以安抚为主吧?"

"不抓他,我们要得罪十三家包工大柜哇!"

"就此事而言,大柜确有不是!为了赚钱,拿窑工生命视同儿戏,简直是混账!"

"这我不管。我只要出煤。况且又没死人!"

最后,王子非提出,如真要抓,也不宜由矿警队出面,而应通过县府,尽可能避免扩大事态。秦振宇同意了。

当天上午,公司将此事作一要案,呈报青泉县府。下午二时许,刘广田在西窑户铺兴隆酒馆被捕获解县。众窑工闻讯追截,未获成功。当晚,西河寨窑工刘清伦火速返村,将此事报知刘三先生,请求先生出面保人。

……

与此同时,矿区周围发生下列事件:东原镇乡民五百余人,以巨石万斤置于小铁道沿线,阻碍公司煤炭运输,并对押车矿警施以暴力。公司矿警队队长王德山被绑架,绑架者将黑帖子贴到矿门口,要求公司付洋五百。河口车站公司煤场被抢……秦振宇极为震惊,急访县知事尹文山,出洋五百,索得一纸批文,文曰:"嗣后,乡民如再有破坏交通,绑架矿警,聚众滋事之行为,准由兴华公司之矿警队查明首犯,拘解来府,以便惩办。"云云。绑架者慑于县府威胁,放了王德山。其时,陷地的全部测量、复测,以及赔偿的准备一一落实,秦振宇带着公司的赔地方案,首次拜会三先生刘叔杰。

四

刘三先生是个极易接近的慈祥老人。脸庞圆圆胖胖的,白中泛红,保养得很好。他爱喝青茶,用一个能握在掌心的紫陶砂壶凑着壶嘴斯文尔雅地慢慢呷。呷一口,存在嘴里"咕噜、咕噜"漱一下口,打嗝一般很响亮地咽下去,然后,再来一口。偶尔,他也抽点大烟,脸上却看不出一丝烟色。先生眼见着是六十岁的人了,面庞上却没有多少皱纹,脑后那黑白相间的小辫似乎多少还有些生命的活力。近年来牙齿倒是脱落了大半,布着细长黄须的嘴巴已有了些瘪缩的迹象,这益发加重了渗透整个面容的慈祥。

三先生肥肥的、冒着红光的脸上,明明白白地宣告着内心的满足。心满意足的人,自是心平气和。慈祥,便在这心平气和中诞生了。然而,这慈祥之中又透着威严,一种凛然不可侵犯的威严,好像他那两只时常眯着的眼睛,不但能传播阳光,也能发出电火似的。

他辈分不高,因排行老三,早年中举后又在自家府上办过两年义学,人们便一律称他三先生。开初倒有人叫他举人、乡长的,他听着都觉着不顺耳。举人么,已时过境迁,仿佛古董店里的破烂了,乡长么,又确实算不得什么官职。他实际的势力,已远远大于一个县太爷了。现今南北对立,军阀混战,徐世昌徐大总统都无力号令四方,区区县太爷也就更没有多大的威势了!他的土地扯扯连连遍布三个县。这三县的知事无不与他称兄道弟。自打办矿以后,他兼任了两代公司的地方顾问。这顾问他是不愿做的,因为他对办矿颇有成见。可人家三请九邀,非要他做不可,他有什么办法?只好捏着鼻子做,否则,就是瞧不起人了。

三先生不愿瞧不起人,也最恨人家瞧不起他。

对兴华公司,三先生是很憋了一些气的。别的不说,兴华接办刘家洼煤矿一年零几个月,居然不派人到西河寨走一走,到他舍下坐一坐,这就很使他不平。那日勘察陷地,王子非的言语又一次触犯了他的尊严:你有矿图?你那矿图算屁!先生根本不予承认。就凭公司看不起先生这一条,先生就完全有理由实施其"不承认主义"。

这日午后,三先生喝了点高粱烧,头脑有点晕乎,仰靠在正堂太师椅上剔牙,——先生的貌相无可挑剔,独独一口牙齿长得不好。

剔完了牙,托起砂壶抿了口新沏的青茶,很响亮地咽下去,先生伸了个懒腰,想小憩一番。这时,管事的祁先生进门禀报:兴华公司总经理秦振宇、矿长王子非来访。

三先生托着下巴凝神片刻,低吟一声:"请!"

三先生对一切人都是彬彬有礼的,万事礼为先么!他尊重人,尊重一切人。不懂得尊重人,便无以在这个世界立足,先生一贯这样认为。

整衣正帽之后,三先生把秦振宇、王子非迎进了门。分宾主坐定,他便招呼奉茶,上点心,弥勒佛般笑眯眯地望着来访者。

与长袍马褂的三先生相比,秦振宇和王子非是地地道道的新派装束:西装洋铁片似的笔挺,皮鞋又黑又亮;脑袋油光光的,能滑倒苍蝇,脖子上还预备上吊似的拴着个花布带。这很使先生不舒服。三先生对西装革履是深恶痛绝的。深恶痛绝的原因,就是三先生看了不舒服。三先生看了不舒服的东西,绝不是好东西。

例行的寒暄过后,王子非首先开口:"先生乃本县名流、开明绅士,一直对敝公司办矿极为赞助,前不久还不辞劳苦随敝公司代表勘查矿地。我们总经理十分感动,今日专程拜访,以致谢忱!"

"哪里!哪里!"三先生谦虚地道,"鄙人不才,耳目闭塞,不过,实业救国的道理也还略知一二!"

"正因如此,总经理还想请您老在坍陷地亩一事上为敝公司出谋划策呢!"

"噢,好说!好说!"

三先生连想都没想,便习惯地应道。在他看来,这个世界上没有不好说的事,关键在"好",不在"说"。什么叫好?三先生认为好就是好。兴华公司就不好,伤天害理,败坏世风,不把先生这个大伟人看在眼里。

"据悉,先生也有地亩在坍陷区里?"秦振宇道,"兄弟要向先生道歉了！"

"唔,好说！好说！"

这回的"好说",有点打哈哈的味道了,似乎答非所问,仔细品品,却别有风味——三先生的外交风味,纯属没有任何诚意的礼貌应酬。

"先生坍陷的土地大约有多少亩呢?"

三先生开始掏耳朵,用一根细长的银针似的耳勺,轻轻地,慢慢地,庄重严肃地掏。当冰凉的耳勺触到耳壁的嫩肉时,先生眯着眼睛打了一个很舒服的冷颤,细长的辫子亦随之一摆。

"不多,也就是千把亩吧！"

王子非一怔,抬眼看了看秦振宇。千把亩?怎么可能?！根据公司掌握的情况,最多也就是七百余亩,这明明是在敲竹杠。

"您打算如何向公司索取赔偿呢?"秦振宇谨慎地问。

"我? 噢,我么,好商量！好商量！"

"如今的地价是个什么数?"秦振宇又问。

三先生呷了口茶:"这不好说,很不好说！这土地有好有坏,有厚有薄,有生荒,有熟地,岂可一概而论呢?就拿东大岗我那三百多亩地来说吧,振亚公司每亩出洋二十,我都没卖！"

王子非心中一紧,知道三先生又在要挟公司了,看来,今天的谈判将是十分艰难的。其实,王子非早已把土地价格摸得一清二楚,生荒地三四元一亩,上等熟地不过十元左右。

秦振宇并不计较,笑着道:"先生的地,公司将另作处理,包先生满意。我们现在想谈的是所有坍陷土地。我们拟定了一个方案,根据公司掌握的地价,每亩以八元计,我们准备收买所有陷地,作为矿用,地权永属公司。另外,如地主不愿出卖地权,公司则只负赔偿之责,每亩土地的收成,公司每年赔洋二元。这个方案还请先生过目、指教。"

王子非打开公文包,将拟好的方案递给三先生。

先生接过后并不去看,抓在手里拍打着膝盖,晃荡着脚尖道:"我还是那句话,我个人么,好商量,问题是要各乡受害之地主、乡民认可！你们觉着这个方案乡民百姓会认可么?!"

秦振宇意味深长地道:"这就盼先生替敝公司做些疏通工作喽!"

王子非看了秦振宇一眼,适时地从上衣口袋里掏出一张公司银票,放到三先生面前的茶桌上:"为表示敝公司一点小小的敬意,这五百元操劳费,还请先生笑纳!"

"哦?"看到硬扎扎的浅绿色银票,先生眯乎着的眼睛睁大了,黄眼珠里放出炯炯光芒。他晃动着脑袋,缓缓站了起来,把那银票捏在手上,仔细盯了半晌,像古董商鉴定古董似的,翻来覆去摆弄着,折叠着。

突然,"啪"的一声,先生将手连同银票有力地按在茶桌当中。

"二位小瞧刘某了! 刘某自己标标价,也不止卖上五百! 二位用这区区五百元收买刘某,真是笑话!"

王子非、秦振宇都被先生的举动搞愣了,他们万万想不到,此君的胃口会这么大。

王子非赔笑道,"公司目前尚有困难,待日后小有发达……"

"哈! 哈! 哈!"

三先生仰面大笑,细长的辫子在脑后索索抖动,一张少牙的嘴洞似的敞开着,脸颊上的肉向上耸着,把两只眼睛挤成了两个小小肉弧:"雪里送炭,一文能值千金,不义之财,千金不如一文! 刘某知道二位的意思了,二位看我能在乡亲父老面前讲几句算数的话,想用这五百元买我的嘴,讲你们的话,对不对? 我不妨再告诉你们一桩秘密:日前,四乡父老已委托鄙人为全权代表,向公司交涉赔地一事,鄙人这里也有一份方案呢! 祁先生——"

管事的祁先生应声从偏房跑进来:"有啥盼咐?"

"把前日乡民代表们议定的赔地约法拿来,请公司的老爷们过目!"

"是了!"

祁先生取出一份小楷手书的约法草案,笑嘻嘻地递给秦振宇。

秦振宇一目十行看了一遍,随手将约法草案递给王子非,气急败坏地道:"这个方案,公司断然不可接受! 据我公司实测,陷地总数决没有五千九百亩！不出让地权，可以。但，一年一亩地损失赔偿，决不能支付八元！"

王子非匆匆看毕，笑道："先生和代表们拟订的方案，是否可以再修改一下？目前看来，确乎是苛刻了一些哩！"

三先生冷冷地道："受人之托，忠人之事，方案鄙人无权修改，也无意修改。二位赞同与否，签字与否，和鄙人并无干系！"

说毕，三先生拿起银票，很礼貌地还给了秦振宇："总经理的一片真情，鄙人心领！"

秦振宇简直气得七窍生烟，将银票往怀里一塞，立起身便往门外走。王子非也站了起来，随之出去。走了几步，才像想起了什么似的，转身向三先生抱拳："打搅了！"

"好走！好走！恕不远送！"

望着秦振宇和王子非的背影，三先生笑了，笑得很含蓄，很得体，很有意味。仿佛这一笑便决定了兴华公司的命运。至少三先生这样认为。

然而，先生还是有些郁郁不快，有一种无端受辱之感。那张巴掌大的浅绿色银票，老是在眼前恍恍惚惚如怪影似的晃……先生躺在椅上闭上眼，那浅绿色的纸片便穿过眼皮，在瞳人里飘！

先生千真万确地受辱了。

东大乡四村，青泉县境内，提起刘叔杰刘三先生，谁个不佩服？谁个不竖大拇指？先生仗义疏财，品格虽不敢说惊天地，泣鬼神，至少不像兴华公司想象的那么低下。从祖宗手里接下的产业，先生从未看得十分金贵。民国二年，出银两千架了座沟通西河寨南北二村的大石桥，人称"功德桥"。民国五年，出资修缮了寨圩子和寨楼。民国七年，先旱后涝，庄稼颗粒无收，先生打开粮仓，将陈年谷麦尽数取出，接济乡亲父老。还不还，他根本不在乎，开初连账都不上。后来，还是族长出面，记下了账目，才使先生大致收回了放出的陈粮。没还的，先生再也没催过。钱算什么？先生不稀罕！

三先生只要个好，只要面子。只要给了先生面子，只要在先生面前真

沉沦的土地 ∥139

心诚意地说声好,行,先生包办一切,能把世界许给你一半,——假如这世界是他的。

对自己在坍陷区里的七八百亩土地,先生大可不在乎的。不就是五六千块钱么?白给又怎么样呢?!问题是公司没给他面子,这是其一;其二,也是最根本的一条,先生不主张办矿。

对办矿的危害,先生最初是没有料到的。早年开小窑的时候,先生也挖过几座。后来,办矿的规模越来越大,铺铁道,竖大井,用机器;烟囱、洋楼,扑啦啦立了起来,才搞得先生目瞪口呆。民国六年深秋,振亚公司的小火车第一次沿着西河寨的寨圩子驶进刘家洼。隆隆前进的车轮碾碎了这片土地的沉寂,也给先生带来了莫大的恐慌。先生有一种预感:这片贫瘠的土地似乎要发生点什么事情。

果然,在汽笛的震颤中,在天轮的旋转中,在公司锅炉房大烟囱的滚滚黑烟里,要发生的事一一发生了:乌黑贼亮的皮鞋,把一个个深深的印迹嵌进了这块古老土地的胸膛,洋服出现了,一年年增多了,不时地在先生困惑的眼前飘荡,后来,居然堂而皇之地飘进了县衙,飘进了县城的大街小巷。刘家洼奇迹般地繁荣起来,这时候,先生已经比较清醒地认识到:随着这块土地的日益热闹,自己的尊严、权威、名声,将成为明日黄花,一文不值了。

先生有了点小小的悲哀。

不仅于此。

更使先生愤怒的是:打出招牌的妓院在这里出现了,公开的赌场出现了,——不是羞羞答答、扭扭捏捏出现的,而是大大咧咧、得意洋洋出现的。事先,也绝没和先生打个招呼,让他有个思想准备。这妓院叫"一枝香",在刘家洼西窑户铺的深巷里。开张不久,刘四爷便逛过两回,据说是十分销魂。头一次,四爷没有经验,受了婊子的捉弄,宽衣之后未能大显身手,便被婊子的纤手骗去了全部资本。第二次,嗨!……尽情地玩了一回之后,四爷义不容辞地替"一枝香"做起了广告,在西河寨圩子里大肆张扬,毫不知耻地大谈婊子的红唇、奶子,以及三先生都不忍说出口的部位和动作。更可恶的是,这四爷居然还买了一套淫画,其画面简直不堪入目,而竟广为流传,以至于在圩子里搅出了许多伤风败俗的男女勾当。为这事,先生打了四爷两个极响亮的耳光,打过之后,却情不自禁地落下两滴英雄泪。

三先生有了一种英雄感、使命感,先生要拯救没落的世风。是的,在先生看来,偌大的青泉县只有他能挺身而出了⋯⋯

这次土地坍落,进一步激起了先生的仇恨。先生一贯认为:"民以食为天,食以地为本"。土地乃万物之本,可以毁坏一切,独独不能毁坏土地。毁坏了土地,上对不起列祖列宗,下对不起子孙后人。可兴华公司,为了掏地下的煤,赚黑心钱,竟不顾这浅显的道理,实有伤天害理之嫌的。如果要先生在这重大问题上也一味让下去,那么,先生宁可拿根绳子去上吊的。

地亩纠纷出现以后,三先生成了众人瞩目的人物。前前后后找到他门下,请他与公司交涉者不下百人。后来,县境内的乡绅也相邀来访,一致推他出面为地方作主,商量方案时,几乎是异口同声授予他全权。众人知道,只有先生能和公司抗衡,要想狠狠啃公司两口,非先生出面不可。先生因此却产生了一种鄙薄:这些土头土脑的家伙似乎只认得老洋,世风的沦落好像与其无关。如此下去,只怕是赶走了公司,也无法根除其祸。

现在,先生和公司摊了牌,下一步就要采取行动逼迫公司就范了。在行动之前,先生要好好考虑一下具体步骤。首先,他想到,要稳住县知事尹文山,只要官府装聋作哑,公司便失去了一半的依靠,而稳住这位县太爷,先生是极有把握的,最多不过破费两个钱财罢了!下一步,要把各村寨的民间武装集结起来,必要时予以统一调动⋯⋯

三先生歪在太师椅上认真地想,那张浅绿色的银票强加给他的污辱已经淹没在纷乱繁杂的思绪中⋯⋯

就在这时,刘清伦满头大汗冲进门来,向他报告:刘广田被县府抓捕。

刘广田解至县城的同时,以兴华公司名义起草的诉讼状递至县府。罪名计有四条：一、行凶伤人；二、聚众滋事；三、破坏生产；四、煽惑窑工。公司要求：严以法典，以遏乱萌。县衙当即开审。其时，刘家洼窑工百人聚至门前，齐声呼冤，要求释放刘广田。工友称：刘并未打周一拳一脚，周系醉酒下窑，被载重拖筐撞伤。庭审欲当场验伤。遂发传票，传周洪礼。下午五时，周被四名矿警抬入县衙，验证有伤，系钝器所击。刘广田称：双方冲突，自己手里并无钝器，由此可见，县衙断事不公。刘力陈大柜草菅人命之事实，反告周洪礼。六时许，县衙门前聚众已近两百，激愤之词顿生，有窑工呼："打进县衙去，揍那狗官！"形势一触即发。七时，刘清伦带刘叔杰刘三先生手书，拜见尹文山，请求保释。蒙准。刘广田遂被庭训开释。

五

三先生亲自出寨迎接刘广田。

西河寨是东大乡最大的一个村寨，寨圩子保持得最好，一律青石到顶。圩子东、西各有一座寨门，四角四个寨楼子，远远望去，俨然一座古代的城堡。圩子外，是一道护圩河，河水早已干枯多年，河沿上的土已坍入河底，实际不起什么防御作用了。但，它的存在还是给西河寨增加了几分威严，将寨墙衬托得愈加有气魄。寨楼的顶层长年支着几门黑锈斑驳的铁铸土炮，黑乌乌的炮口虎视眈眈地盯着通往村寨的每一条黄土大道，随时准备给贸然闯门者一个热辣辣的教训。宣统元年，出名的土匪祁六爷率百余匪徒深夜劫寨，竟未得手，一时传为美谈。寨内刀枪棍棒样样俱全，足以武装千儿八百的乡民百姓。正因为有这牢固的根基，三先生才敢于和兴华公司摊牌叫板。

三先生亲自出寨迎接刘广田，对刘广田来说可谓万分荣幸了。在寨子里，先生的威望远在年迈的族长之上，实际上是这个一统天下的真命天子，真命天子和普通臣民是不能同日而语的。尽管先生礼貌待人，一般乡民还是对他十分敬畏，决不至于幻想与其平起平坐。祖宗传下来的古老的规矩告诉他们:平起平坐是不合情理的。

这里的一切都是古老的,同时又是自然的。森严的寨墙有效地隔断了寨子和外部世界的联系,把任何反叛的思想和企望通通挡在外面。民国以前,这里简直可以说是一块人世间的净土。可叹的是:自从办矿以后,一些古老的规矩开始受到冲击,连续三年,寨子里跑了四五个姑娘、媳妇,搞得先生简直无脸见人。后来,这干枯的护圩河里也闹起了鬼,时常出现一对对痴男怨女,做些不明不白的勾当。那风化了的河底土层上,甚至出现了裹着烂棉花的死婴,气得先生恨不得对着河床轰上两炮!

正是十五前后,月色很好。先生在几只灯笼的引导下,走出寨门,登上圩堤。身前身后,簇拥着一大帮家族人等。登上圩堤时,刘广田一行已蜂拥而至。先生稳步迎上前去,以一种长者的慈祥和天子的威严向刘广田点头微笑,继而用女人般细白的手爱抚地拍了拍刘广田的肩头,连连道:"吃苦啦!吃苦啦!"

"没啥!"刘广田一脸疲惫之色,眼圈发青,嘴唇发干,"多谢先生关照!"

"这是应该的!应该的!"先生和蔼地拉着广田的大手,"进家谈去吧!"

人们众星拱月般地拥着先生和广田走进了寨子。先生和广田边走边聊。

"你真打伤了那个姓周的柜头?"

"不假!"

"唔,这就是你的不是了,有话好讲么,咋能动不动就抡拳头?'忠孝礼义信,万事礼为先',老叔不时常向你们讲么?"

"先生,姓周的欺人太甚,明明洞子里有脏气,我们再三向他报告,他狗娘养的还逼我们玩命!妈的,爷们的小命就这么不值钱么?!"

"哦?有这事?"先生沉吟片刻,"这就是柜上的错了,你们应该和公司交涉嘛!"

"公司还不是和他们穿一条裤子!"

"也是!"先生道,"不过,单枪匹马,可是胳膊拧不过大腿呀!这不,人家说抓你就抓你!"

广田不语。

刘广田是三先生的远房侄子,在先生眼里原无特殊地位。他家境贫寒,无钱无势,和先生交往甚少,再加上生性倔犟,先生对他更无好感。民国七年,先生开仓放粮,全寨人几乎都接受了先生的恩惠,唯有刘广田没有接受。公司办矿以后,刘广田成了西河寨的第一个窑工,硬是在那弱肉强食的世界里摔打了出来,渐渐享了些名声,先生才被迫刮目相看了。

先生知道一国无二君的道理,对在下窑乡民中很有影响的刘广田有了些小小的怨恨。这怨恨,最终又归到了办矿上。设若不办矿,刘广田不会去下窑,而不下窑,今天这个有力量、有独立精神的刘广田将永远不会出现。西河寨王国也就会世世代代相安无事。然而……

得知刘广田被捕,先生开头是很有些幸灾乐祸的。但,转念一想,不对了,祸根是公司,刘广田好坏是自家的远房侄子,公司敢唆使县衙抓刘家的人,本身就是对刘氏门庭的蔑视。姑且不说刘广田被放出后会不会成为自己和公司抗衡的帮手,单就面子这一点讲,先生也得出面帮忙。当然,保释广田,先生还另有想法的。

回到家中,先生请老族长等人作陪,盛宴款待刘广田。刘四爷闻讯赶到,趁机又闹了个肚儿圆。酒宴吃到午夜时分,陪同人等相继告辞,先生和广田才言归正题。

先生开门见山:"广田,这个窑你不能下了!你还是老老实实回家种田吧!免得老叔整日价为你提心吊胆!"

说毕,先生从怀里取出两张发黄的地契,轻轻放到桌上,用尖细的手指一弹,那两张折叠得方方正正的薄纸,便滑落到广田面前。

"这是你父亲在世时典给我的北坡十三亩地的地契,你带回去吧,好生侍弄,千万别再转手卖出。民以地为本哇!"

广田感激地望着三先生,粗黑的手却并不去摸地契。片刻,眼中的感激之光黯淡下去,代之而来的是一种裹着冷漠的孤傲:"先生是可怜我?"

"哪里话啊!"三先生道,"老叔只是不想让你再下窑了!这地,你如不愿收地,可日后有了积蓄再折洋还我,如何?"

先生表情、声调极为恳切。

广田固执地摇摇头:"我不要!爹在世时常跟我说,人要活得硬生!施舍的东西,我是决不收受的!"似乎觉着伤了先生的脸面,广田又说,"先生千万不要误会,我这绝不是瞧不起先生,先生的一片真心,广田领了!"

先生长叹一声,摇摇头:"那就罢了!"

"广田还是准备回矿下窑!"

"也好。我不拦你。不过,老叔有一言相劝:在矿上,干得来则干,干不来就走!最好拉着大伙儿一齐走,遇事和大伙儿千万抱成一团!切记!"

刘广田点头称道:"先生所言极是。只要大伙儿铁心抱成一团。不怕公司横行霸道!这事不能这么拉倒,广田也不是这么好抓的。广田要联合各柜弟兄,罢他娘的工!"

"好!"先生拍案而起,"此一招最绝。公司别的不怕,最怕罢工!只要罢起工来,要什么条件,他们非答应不可。"先生满面生辉,"若是时机成熟,你们不妨马上闹腾起来,罢工工友,我等乡亲父老包你们吃穿,你们罢工一天,我等资助一天,老叔我就是倾家荡产,也成全你们!"

刘广田一把攥住先生的手:

"此话当真?"

"当真!"

"决不食言?"

"决不食言!"

"好!广田我实话实说了:公司唆使各大柜削减工资,已激起窑工众怒,即使不抓广田,我们也准备罢工了!只是考虑到罢工后衣食无着,所以,迟迟未敢动作!"

"呀!呀!你们为何不早说一声?!"先生道,"好的不敢说,粗茶淡饭,老叔就包得起!"

沉沦的土地

"窑工还有一惧:怕事情闹大,县府干涉。"

"这也包在老叔身上! 明日我就去拜拜那尹大老爷,明打明地告诉他:让他少管闲事就是了!"

刘广田双手抱拳,单膝着地:"谢先生!"

先生拉起广田:"不! 不! 倒是老叔要谢你们哩! 你们闹腾起来,对咱四乡民众也是个支援! 势必迫着公司尽快解决陷地问题! 你们的罢工,既争得了自身的权益,也有助于矿乡纠纷的解决,好事一桩哇!"

广田诚挚地说:"我们本来也是庄稼人么!"

"对极! 乡民、窑工,原本是同根同利,唯有联合一致,同心同德,方可战胜这作恶多端的兴华公司! 罢起工来,公司若是施之武力,我等民间武装誓作后盾,你们不必忧心!"

"那么,明日我就回刘家洼,串联一下,闹腾起来,拿出我们的条件!"

"好!"

刘广田随即告辞。

先生送至门楼外面,连声嘱咐:"保重! 保重!"

刘广田回身抱拳:

"先生保重! 刘家洼四千窑工还要仰仗先生……"

在彼此的嘱咐声中,天渐渐沉了下来,大而圆的银月跌入了阴云布成的深渊,再也没有挣扎出来。老更夫用竹梆敲出了又一个三更,那梆声在黑乌乌的静夜里,传得很远、很远。昏暗中,梆声里,西河寨寨墙屹立,寨楼高耸,愈加威严。

这一天是民国九年三月二十日。

三月二十二日,三先生亲赴兴华公司,以青泉县乡民全权代表的身份再办交涉,并提交更加苛刻的赔地条款。条款要求:一、全部陷地以六千一百五十亩计,每亩赔青苗费八元半,共需赔银洋五万两千两百七十五元。二、如若征买所有土地,不论厚薄、好坏、熟荒,一律以每亩十六元计,应付银洋九万八千四百元。公司无力支付,秦振宇惊愕之下，予以拒绝，并电告董事会。次日，公司属下的十三家包工大柜同时罢工。窑工们推举刘广田、刘广银为罢工总指挥，并提出复工条件：一、恢复原工资三角六分，并提价六分；二、不许大柜草菅人命，威逼窑工从事不安全之劳作；三、不打骂虐待窑工；四、迅速赔偿坍陷之土地；五、罢工期间，工资照发。当日下午，四千窑工在公司西门外升旗开会，历数公司祸国殃民十大罪状。与会者除窑工外，还有四乡乡民代表。会上募捐数百元，粮百余石。公司速向县府告急。县府称："力作之苦，未有苦于窑工者。公司理当体察劳苦，考虑合理之要求。且窑工集会，无越轨之举，实难干涉。"由于三先生支持，县府装聋作哑。公司万般无奈，被迫远走它县，聘请邻县乡民下窑。

六

刘家洼陷入一片混乱中。井架上的天轮停止了转动，昼夜不息的喧嚣声中断了。往日轮番生活在深暗地下的窑工们，一股脑涌上了地面，把刘家洼所有的街巷塞得满满登登，使刘家洼显得空前地狭小。窑工们在躁动中喝酒、骂人，放肆地向世界发泄他们的不满与愤怒……

罢工给公司造成了极大的压力。最初一阵惶恐过后，秦振宇首先想到矿井的安全，立即命矿警队长王德山率队员倾巢出动，武装护矿。当天下午，东西矿门的门楼上架起了机枪，通往矿内的所有吊桥全部拉起。

刘家洼煤矿早在两年前便城堡化了。如果说办矿的热潮多多少少改变了这块古老土地的精神面貌，那么，这块古老的土地，也把自己顽强生命的某些触角伸探到矿井的腹部，并在潜移默化中改造了矿井。办矿初期，在这片寨墙屹立的土地上，只是孤零零立着几座井架，像瘦弱而天真的孩子，跻身于一群城府颇深的老人之间。当时，这孩子不知道如何保护自己。渐渐地，这孩子大了，从老人那里学得了经验。于是，便在自己周围拉起了类似寨墙的高高的矿墙，并学着老人的样儿，在矿墙外边开拓了护矿河，——成功地创造了又一个密封的王国。

现在的刘家洼,已是一个规模颇大,防备甚好的独立王国了,县境内任何一个村寨均无法与之相比。矿墙料石打底,抹着洋灰,四五米高的顶端拉着铁丝网。墙外,是条宽约两丈的护矿河。河中长年灌满水——这水是从矿井里抽上来的,河的一头通向矿西排洪道;井中的黄水便由排洪道导入古黄河。矿内建筑以经理楼为中心,北部是工厂、货场、煤场;南部是矿井、锅炉房,以及煤炭运输的地面设施。南部、北部,各有二十米高的瞭望塔一座,塔上昼夜有矿警看守,将矿区周围的动向尽收眼底。

担负矿区保卫任务的,是以王德山为首的矿警队,这是振亚留下的班底。振亚时期,矿区曾遭土匪祁六爷抢劫,并时有地痞、乡民骚扰。公司从北京聘来十八名大兵为骨干,逐渐发展到百余人,除长枪、短枪外,还配备了捷克机枪两挺。兴华接办后,留用了全部人员,并适当扩充。眼下,已有一百四十人左右,足以应付一般袭扰。

秦振宇估计,罢工初期,窑工尚不敢于施以暴力,所以,关上矿门,拉起吊桥之后,心便安了几分。他心里明白,窑工的行动不是孤立的,他们的背后,有几万乃至十几万乡民,有宗族观念极重而又很有势力的刘氏家族。他开始后悔,觉着不该在这种千钧一发之际削减窑工工资,更不该意气用事,呈请县府抓捕刘广田。事实又一次证明,他过高地估计了大柜的作用,过低地估计了窑工的反抗精神,更没想到窑工、乡民的迅速合流。这是他不可挽回的大错误。作为兴华公司在刘家洼的最高领导,他缺乏一个冷静、明智的头脑,发财的梦想把他搞得呆头呆脑,睁着眼睛跳进了三先生布下的陷阱。

然而,尽管这样,复工条件他是不能答应的。工钱提价六分,意味着公司将每月损失几千元。按照乡民的要求赔偿陷地损失,又是他无力做,而且不愿做的!他不是那个混账的三先生,他不是慈善家,不想为自己建功德林。他是企业家,实业家,要赚钱,要盈利!若是企业毫无希望,终日赔钱,他宁可立即关门。这是他全部经济思想和办矿宗旨。

他点燃了一支粗大的雪茄,狠狠吸了一口,呛得咳嗽起来,眼里滚出了泪。他掏出洁白的真丝手帕,轻轻揩着眼睛与脸颊,心头不由得升起一丝哀愁。

他可怜自己。

他原来也是个乡下人。祖上曾经很有些产业,传到父亲那辈,家境便破败了。父亲抽大烟,把仅有的一百余亩水田全换成了烟泡儿。留给他的,除了一座空旷破落的古典式农村庭院,便是两个不谙事理的弟妹。那年,他十四岁,被叔叔送进城里刚刚开办的一所教会学校念书。从进教会学校开始,他脱离了土地,带着一种求知的惶惑,进入了一个全新的领域。从学校出来,他完全是另一个人了。到汇丰洋行做职员时,他的雄心几乎要撑破胸膛。这时,发财的念头像一颗极有生命力的种子,播进了他空白的心田。他要发财,他要做一番大事情!在他看来,通观世事,再也没有比发财更容易的了!汇丰的洋人,以五百万港元创办了银行,十几年间,几乎垄断了中国金融。德国商人卡尔,以七百元的资本创办了一个煤矿公司,五年就赚银十万两!他潜心研究有关发财的所有学问,最后,选定了自己要走的道路。

当他付出了二十年的光阴,积蓄了三十万两白花花的银子的时候,他曾动过买地的念头。他是地主的儿子,他离不开土地!进城二十几年了,乡土上的景色,还时常在他眼前飘动,那泥土散发出来的带着淡淡腥气的香味,往往钻进他的肺腑,撩起一段乡思。哦,土地……

然而,他毕竟是另一个秦振宇了。

他决定投资办矿。当几大股东找他合资办矿时,他丝毫没有犹豫。他知道,随着工业革命的兴起,煤炭——这一中国的主要能源,将会愈来愈占重要位置,国计民生缺此不可。若想赚大钱,发大财,就要在这方面投资。当然,办矿的风险,他也曾考虑过,只是从经济的角度考虑得多,从其他方面考虑得少。地方纠纷、工人罢工,几乎没进入他的思维程序,现在,他才感觉到自己太傻了,把中国的事情想象得太简单了。

现实问题就摆在眼前:窑工一天不上班,就要少出一千八百吨煤,而这一千八百吨煤就是几千块银元。他可怜自己,更痛惜自己的金钱。

矿长王子非带着各股职员分赴各县募集窑工,此一举成败,将关乎公司的安危存亡。如果招不来足够的窑工,渡过危机,公司唯倒闭而无它途,他大半生的努力将化为一场春梦。

"唉!"他长长叹了口气。

假如当初他用这些钱买成土地,假如他不来这儿办矿,假如……

"砰!砰!"——响起了叩门声。

秦振宇振作精神,用手指拢了拢头发,在转椅上坐正了,脸上的哀愁与沮丧被一丝庄严的冷漠取代了。

"进来!"

报务员出现在大门口,手里拿着一张收报纸:"总经理,十分钟前,接到王矿长发自萧县的电报一份。"

"快念!"

报务员念道:"萧县春荒,招工异常顺利,月内可望募集窑工三千。头批八百,将于今日抵矿。子非。"

秦振宇长长吐了口气,欣慰地点点头,肥胖的脸上绽开了笑纹。——他终于走对了一着棋……

三先生说话是算数的。罢工一开始,先生便成了窑工们的可靠后盾。起初,东原镇和邻县的部分工友不愿介入工潮,先生硬是靠着自己的威势,多方面施加压力,迫使他们就范。最后,少数几个顽冥不化者,也被刘四爷一帮弟兄打得屁滚尿流,烟消云散了。在这块土地上,先生再一次成功地显示了自己的实力。罢工之后,三先生组织了四乡民众,用募来的粮食为工友们烙煎饼,——仅西河寨就一排溜支起了几十只大鏊子。烙的好煎饼,每日数次提篮挑担送到刘家洼,着实保证了窑工们的肚皮。

窑工情绪日益高涨。

刘广田、刘广银坐镇刘家洼。开初,把罢工指挥所设在东窑户铺。后来,先生以个人名义借下了西窑户铺街面上的兴隆酒馆,指挥所便随之挪去。酒馆的屋脊上,堂而皇之地升起了红色三角旗,把三里长街映照得一片火红。

酒馆照常营业,店主人只是把东厢房腾出来,供二刘使用。二刘住进去后,窑工似乎特别照顾酒馆生意,兴隆酒馆实实在在地兴隆起来。昨日,干脆用秫秸搭了个临时棚子,摆开了几张八仙桌,日夜伺候。窑工离不开酒,罢工之后,天天无事可做,精力过剩,对酒的需求量自然便增大了许多。店老板借此机会,很捞了点外快。

三先生对窑工的关照可以说是无微不至的,甚至连二刘未想到的许多细节问题都考虑到了。窑工中几乎没有识文断字者,先生便自掏腰包,出钱聘请了一位拖着长辫的私塾先生,专门舞弄文墨,为窑工张目。老先生昨日上任,便草拟了"一告窑工书",誊抄十余份,张贴出去。其中一份,由二刘派人送至县府。

现在,老先生在二刘的虎视之下,正恭而敬之地起草"二告窑工书"。二刘不时地搅扰着老先生,搭配着粗言村语向他灌输着自己的高见。老先生穷于应付,热汗直流,脸上还不得不赔着笑。折腾了大半天,大功总算告成,老先生摇头晃脑对着二刘朗诵了一遍:

"四方窑工、父老兄弟:

兴华公司办矿逾一年三月,实行包工制,利用走狗,作威作福,置吾窑工于苦不堪言之境地。殷盼吾人一致同心,群力群策……"

老先生正抑扬顿挫念得动情,敞胸露背的刘四爷打帘子进来了。他额头、麻脸上布满汗珠,破毡帽湿漉漉地歪扣在脑袋上,粗气直喘:"二哥呀,广银兄弟,大事不好! 公司从萧县招来工了,小火车装着八百口子,从河口车站发车了!"

刘广田一怔,即问:"你咋知道的?"

"三先生让我来报信,河口站有先生的耳目!"

"先生的意思是——"

刘四爷脚一跺:

"先生的意思你吃不透?募集工一到,咱们的罢工就完尿了! 有人下窑,公司还把咱当爹敬着？先生让我转告你,要挡住,无论咋说都要挡住,不能让小火车进矿！这不,让我带着一伙弟兄来给二哥帮忙了！"

广田搭眼一看,酒馆门前果然站着十余个地痞无赖,一个个横眉竖眼,东倒西歪。这就是四爷的把兄弟。

四爷只崇拜三先生。先生看重二哥,四爷自然看重二哥,先生让四爷帮助二哥,四爷拼死也得帮助。而四爷的把兄弟又是极其忠于四爷的,为四爷拼命,十分地光宗耀祖哩！

四爷把贼亮的攮子从腰间拔出来,"啪"的往桌上一插,吓得端着羊毫墨笔的老先生一哆嗦。

"二哥,你发话吧！该死该活屌朝上,四爷我这回豁出去了！不听话的,老子让他见点腥味！"

"四爷,好样的！"广田拍拍四爷肌肉丰满的胸脯,言不由衷地赞了句,便对广银道:"先生言之有理！若是有人下窑,罢工定败无疑！这狗日的公司看来要和咱们作对到底了！事不宜迟,你马上招呼大伙顺小铁道往前堵,在柳河湾截车！我和四爷他们先走一步！"

"好！"

广银应了一声,打开门帘就走。

"慢着！"广田又吩咐道,"先给大伙儿交代一下,截下火车后,没有我的话,任何人不得先动武。万事礼为先,咱们要先向募集工们讲道理,假如他们不晓事理,再动武也不迟！"

"知道了！"

广银走后,刘广田带着四爷也出了门,临出门,又恶狠狠地对老先生交代道:"马上再写个帖子,警告各方:凡不听老子命令,自己复工的,揍断他狗日的腿！"

广田引着四爷一行,顺着小铁道,风风火火地向前扑。小火车已从河口开出,情况十分紧迫。如果堵不住这帮募集工,罢工局面就难以维持,而要堵他们,则离公司远一些才好。远一些,公司的人马接应不上,也可避免意外的流血冲突,成功的希望就更大一些。所以,广田把堵截地点定在柳河湾。

柳河湾,在刘家洼西北三里外的柳河边上,是个百十户人的小村落,村里的人半数以上在矿上下窑,小铁道就贴着村头的柳河大堤扯向河口。小火车马力不足,开上柳河大堤非减速不可。从这一点上讲,对堵截十分有利。

广田、四爷一行到得柳河湾。气未喘匀,汗未擦净,已远远听到了小火车汽笛的吼声,路基和铁轨也微微震颤起来。往后瞅瞅,广银和大批窑工尚不见踪影,广田急了,大叫道:"他娘的,来得这么快,咋办?"

四爷道:"先叫狗日的火车停下再说!"

"那,只好卧轨了!"

"对!卧轨!弟兄们,都趴下!趴在铁道上!"

说毕,四爷身先士卒,第一个把汗津津的肚皮紧贴着冰凉的铁轨,肥胖的屁股,炮一样朝天撅着,油光光的脑袋探出老远,紧紧盯着前方的火车。十余个地痞无赖纷纷效法,也将那胖的、瘦的、长的、短的,规格型号不一的身体贴近铁轨。不过,他们没有一个趴在四爷头里,全部远远地排在四爷后边,身体和铁轨也未像四爷那样贴得紧紧的,随时准备溜之大吉。

倒是广田当仁不让,向前蹿了几步,伏在四爷前面。

四爷大叫:

"不行!二哥,你快闪开!这不是你日弄的买卖!截下火车,还要你来办交涉,快闪开!"

广田不理。广田不是怕死的孬种。

四爷更不示弱,骂了一句脏话,疾速爬起,越过广田的身体,竟迎着火车跑去,边跑边吼:

"停下!奶奶个熊!停下!"

小火车根本没有停的意思,车轮轰隆隆转动着,汽笛憋着劲吼,气势汹汹地压了过来。

一瞬间,四爷有了点本能的恐惧,差一点想拔腿跳下路基。然而,看看身后的二哥和众弟兄,想着三先生的信赖和重托,四爷定下了心神。他一屁股坐在道木上,脑袋枕着铁轨,仰面朝天睡下了。四爷就是死,也要死出个人模狗样来。

铁轨在剧烈颤动,道基在剧烈颤动,大地在剧烈颤动。汽笛和轮声混杂成一股强大的声浪,几乎要震破四爷的耳膜,四爷的脑袋嗡嗡直响,继而,天和地也旋转起来……

——完了。四爷完了。世界的末日到了!

四爷闭上了眼睛……

然而,忽然间,震颤停止了,声浪弱了下来。四爷睁眼一看,嘿,小火车停了!妈的,它敢不停!不过,也险,最前面的一对车轮距四爷只有五六步的样子,司机晚几秒钟刹车,四爷便要完球了。

火车司机将铁青的面孔探出车门:"妈的,找死哇?"

"操你姥姥,你狗日的才找死哩!"

四爷依然躺在铁轨上不起,拧着脖子回骂。

这时,广田带着四爷的弟兄,迅速爬上了火车头,命令司机下车。司机不从,四爷的弟兄便动了武,三拳两脚把司机打出了车门,摔倒在路基上。小司炉一看情况不妙,乖乖地跳下了车。

小火车拖了八节运煤的车厢,每节车厢有一至两名矿警或公司职员押车。小火车突然停下,引起了他们的警觉,待听到那可怜的司机被摔下车后的惨叫,他们纷纷持枪跳下车来,将广田、刘四一伙围了起来。车上的募集工不明情况,一时未作反应,只是扒着车帮向下边看。

一个小头目模样的矿警,将手中的枪对着四爷。厉声道:"让开!通通离开铁道!要不,老子开枪了!"

四爷冷冷一笑,哗地撕开上身的短衫,袒露出长满黑毛的胸膛,脸上横肉直拧,拳头把胸脯打得砰砰响:"来,龟儿,在大爷这儿试试枪法!"

小头目不敢开枪,手竟有些抖。

四爷首先在精神上压倒了对手。

四爷看那小头目乱了阵脚,又是一阵笑,笑声未落,猛地从腰间抽出贼亮的攮子:"你不动手,老子可要动手了!"

"你……你敢!"

小头目慌乱之中,枪口抬高半尺,向空中放了一枪。

四爷并没扑过去,却用攮子在自个儿袒露的胸肌上划了一刀,鲜红的血立时涌了出来,顺着黑毛丛生的肚皮流到腰际,把老蓝布腰带浸湿了……

这是四爷的传统战法,具有十分完美的无赖艺术色彩。

广田并不阻止,他知道,四爷素来十分爱惜自己的皮肉,不到万不得已,决不轻易放血;即使放点血,下刀也十分有数,决不至于出现生命的危险。过去,广田对此很有些鄙视的意思。今天却不然,今天,四爷是为了缠住矿警拖延时间,血是为窑工弟兄流的,尽管低贱,却也透着几分伟大。

对峙、纠缠之间,广银已带着七八百名窑工怒吼着顺着铁道扑了过来,眨眼间便将八节车厢围了个实实在在。接着,窑工们蜂拥而上,呐喊着、咒骂着将车上的人往下拽。车上的人被这突然而来的袭击惊呆了,一瞬间不知该作何反应。后来,车上的人在挣扎中向窑工们动了拳头,窑工们立即予以有力的反击。一会儿工夫,局面便无法控制了,双方人员打成了一团。车上车下,四处是扭动在一起的身体。那几个矿警景况更惨,往往被三五个窑工同时开打,哭喊求饶声响成一片。

这是一场无组织、无纪律的原始的战斗。战斗的双方,完全凭拳头、脚板和身体的实际力量攻击对方,就像他们的祖先在万余年前用来攻击野兽一样。人类的长久进化和时代的日益文明,并没有根除人们自身的野性,所以,在很多时候,很多场合,人也会像野兽一样,为了自己的生存做出许多疯狂的事情。

刘广田开头还试图控制局势,制止住这场疯狂的打斗。他拼命地喊,气势汹汹地骂,然而,没人理他。后来,他身上也挨了募集工的拳头。他火了,小褂一脱,赤膊上阵了……

四爷和一帮弟兄更是英勇,攮子、短刀胡飞乱舞,直往对手们的肉里钻,不一会儿工夫,便捅倒了十几个。四爷的麻脸、身体也理所当然地吃

沉沦的土地//155

了对手们的拳脚,胳膊和嘴角挂出了血丝,半边脸庞发面馍似的肿胀起来。但是,四爷不怕,否则,四爷便也不是四爷了!他越战越勇,开头,还只是捡人家的臀部刺,末了,干脆不认这最佳放血部位了,逮着什么攮什么!

混战由铁道渐渐移到路基,又从路基移到荒野上,直打得尘土飞扬、声嘶力竭,尚不分胜负。从人数上讲,双方相差无几,要想一下子控制局面都不大可能。

一小时后,刘家洼增援的窑工又到,新来的窑工手持棍棒、矿斧,黑压压推了过来,一下子把募集工镇住了。募集工开始实行战略撤退。一个个光着脚丫子向南飞逃,荒地上抛下了几十个受伤的伙伴。

刘广田爬上火车,大声喊话,阻止了窑工们继续追打募集工的企图和举动。

战场渐渐平静了下来,刘广田命窑工们将躺在地上呻吟的受伤的募集工抬回刘家洼治伤调养。他心里十分内疚,自觉着没能很好地担负起领导的职责,没能对募集工施之以礼。

他暴怒地追问众人:"他娘的,哪个王八蛋先动的手?把老子的话当耳旁风?!"

沉默了好一会儿,刘四爷才道:"好像是他们先动的手!"

"那也不该如此无礼!你们再这样闹下去,老子不干了!"

说毕,跳下火车,骂骂咧咧往回走。

走了没多远,刘广银建议道:"二哥,为防后患,咱们干脆把小铁道掀了吧!看它狗日的火车再开?!"

刘广田眼睛一亮:

"有理!"

于是,千余名窑工一拥而上,棍撬,手扒,肩扛,硬是把两千米铁道掀了个底朝天。

募集窑工受挫。沪电紧急催煤,董事会令秦振宇恢复原包工费用,维持窑工日工资三角六分,确保工人复工。秦也意识到不能两面受敌,遂于二十八日和二刘谈判。由于三先生作祟,谈判未获成功。三十日,日资控制的北方煤矿煤价又升,董事会内吵成一团。秦负压力愈重。四月一日,王子非再访尹文山,力陈利害,请县府斡旋。二日,尹文山拜访三先生,三先生坚持原赔地条件不变,并引尹观其饥民日常之苦。斡旋失败。二日下午,矿警队和窑工发生冲突,窑工被打伤三人。三日,三先生以村寨所藏之枪炮器械武装窑工。武力械斗已在所难免。其时,大名鼎鼎的绿林人物祁六爷介入纠纷。

……

七

祁六爷大号祁天心,直隶省元氏县人。光绪三十年,率众抗捐,捣毁税局。被官府通缉在案,三年后窜入青泉县境,打着杀富济贫的口号抢劫店铺,绑架富户,闹得地方不宁。六爷在其事业鼎盛时期,拥有好马几十匹,枪手近百名,动作起来,如江堤溃决,势不可当。那时辰,六爷马蹄所到之处,寨寨关门,家家闭户,上至知县,下到乡民,无不战战兢兢。宣统元年,六爷的活动区域已扩至苏鲁豫皖,在四省交汇的广大地区驰骋辗转,形成了一股不可小觑的势力。他们专和官家作对,打得赢便打,打不赢便走,时而深山密林,时而鲁南、苏北,哪里的防范力量薄弱,他们便出现在哪里。他们的窝村、窝寨很多,青泉县境内的周楼便是一处。

宣统二年,会党起事,派人传帖联络。祁六爷欣然前往,结果,起事失败,会党首领被杀,六爷兵马折损大半,流入鲁南深山。也是这一年,内部危机出现,手下发生火并,兵马一分为三,六爷愤而退隐。退隐时只留亲信家人六名。直到民国三年前后,军阀混战,局面再次出现混乱,六爷二次出山,带彪悍之徒数十人,继续干起打家劫舍的勾当。

六爷武艺高强,刀枪棍棒样样俱精,骑得烈马,使得快枪,更加上浑身是胆,官府也怯他三分。相传,民国五年,北京政府向青泉县委派了一员知事,前呼后拥赶来上任,不料,在大路上被六爷截住了。六爷孤单一人,身着一件破长衫,两手插在腰间的口袋里,手里攥着短枪,枪口隔着布衫,活生生地指着马上的县太爷。

县太爷伏在马背上大气不敢喘。

六爷冷冷一笑:"害怕么?"

县太爷连连点头:"怕……怕……"

"大爷就是祁老六、祁天心!"

"久……久闻大名!久闻大名!"

"那还不快给我滚下马来?!"

县太爷翻身下马,垂首立在一旁。

六爷骗腿一跃,跳上县太爷的坐骑。

"天热么?"六爷问。

"热,热!"县太爷道。

"热,给你根黄瓜吃!"

六爷将手从布衫里拿出,那手里攥的不是短枪,却是两根弯弯的黄瓜。六爷摔下一根给县太爷,打马便走。待六爷走了好远,县太爷这才想起命随从开枪……

后来,这位县太爷四处张榜,赏洋千元,买祁六爷的狗头。不过,这笔买卖却未做成。倒是县太爷自己吃了暴乱饥民的刀子,一命呜呼了!

六爷再度入境,引起了一个无足轻重的小人物的注意。这人便是罢工前夕被刘广田打伤的柜头周洪礼。

周洪礼恰是窝村周楼人,和六爷有过一面之交。光绪三十一年前后,六爷被清兵追剿,周洪礼的父亲曾救过六爷一命,这回公司罹难,周洪礼想到了此人。

周洪礼对公司并无感情,但他的财源、前程却系之公司。工人罢工不但在最大程度上损害了公司的利益,也损害了他自身的利益。窑工一天不复工,他便一天无钱可赚。因此,在劳资纠纷、乡矿纠纷这两个问题上,他和每一个柜头一样,毫无保留地站在公司一边。昨日在村里见到六爷之后,他心里便萌发了一个恶毒的念头。随即,拖着带伤的身体来到了公司,向矿长王子非和盘端出了自己的阴谋。

王子非立即将周的想法报知秦振宇。

秦振宇正处在进退维谷、焦头烂额之际,然而,一听到周洪礼的建议,还是大惊失色:"你……你是说搞掉三先生?!"

"对!怕只有这一条路了!"王子非不慌不忙地分析道,"眼前,劳资纠纷和乡矿纠纷实际上已合为一体。窑工罢工能长久坚持的唯一原因,是有三先生及四乡民众的支援,而四乡民众支援他们,也是为了自身利益。我们若想争取主动,唯有立即割断窑工与乡民的联系,分而治之,迫其就范。"

"那也不需要杀人嘛!"

"总经理,容兄弟说完。鸟无头不飞。乡民乡绅之头,就是刘叔杰,幕后操纵窑工的,也是此人。据兄弟所知,一些乡民、乡绅原不愿捐钱、捐粮支撑罢工,但碍着刘的威严,不得不捐。县府方面,也是因为刘的出头,才对我们不管不问,任其地痞流氓胡作非为。杀了此人,所有风波皆可平息大半,我们才可企望窑工、乡民认真谈判。"

秦振宇沉思良久,点点头,"这个分析确有道理。子非兄,真难为你对我,对公司的一片赤诚之心!不过——"他颇有些惶恐地看着王子非,"这杀人,而且是杀这么一个人……"

王子非意味深长地说:"有一点是越来越清楚了,在这里,兄弟提请总经理注意:刘叔杰的目的绝不仅仅是敲公司一笔竹杠,而有其更加险恶的用心,他是想借纠纷搞垮公司!所以,你不杀人,人当逼你自杀呀!"

秦振宇额头上出现了冷汗。王子非的话不是耸人听闻,确是有根有据的。但是,对动手杀死这么一个名声显赫的人物,他还是有点不敢想象。他不愿公司被搞垮,他做梦都想发财,可他不愿杀人。不过,若是把杀人和自杀联系在一起,他还是不愿意自杀的。

"子非兄,这事就由你来办吧!权当我没听说!事成之后,兄弟决不会亏待你的!"

王子非马上意识到，秦振宇想逃脱干系，不以为然地苦笑了一下："也好！这样，我们二位中间，就有一个干净人了！"

秦振宇脸庞红了一下，有些窘迫，继而，亲昵地拉着王子非的手："子非兄，你可要体谅兄弟的难处哇！演戏，总要有唱红脸、唱白脸的。如此重大的事情，兄弟我不能不考虑后果。万一事败，总还要有人出来收场呵！"

"是的！"王子非语调平淡，但却十分尖刻地道，"这话也有道理。可我还是要告诉你：你我的双手早就不那么干净了！办矿以来，发生大小事故十余起，已有几十名窑工假你我之手丧身窑下，毙命于饥寒交迫之中。不客气地说，窑工的罢工是有其道理的！"

"你怎能这样讲？"秦振宇有了点小小的恼怒，"他们死于采矿，非我秦某杀害，岂能同日而语？！"

王子非既不激动，也不反驳，只是继续自顾自地讲："此举可否实施，请总经理定夺。公司存亡与子非并无干系。如总经理迁怒子非，子非即可辞职，敬请另聘高明。"

秦振宇一听这话，马上明智了许多，笑道："子非兄此言错矣！敲掉刘叔杰正合我意！只是我们要完全不担干系才好。当然，如果要担干系，秦某义不容辞，我是总经理么！"

王子非叹了口气："总经理对子非的恩义，子非自知，我岂能坐视公司危难而袖手一旁呢？！且让子非会会祁天心再说吧！"

次日，王子非改装打扮，溜出了刘家洼。在周洪礼的引导下，步行二十余里，赶到了深山凹中的周楼，在周家会见一下祁天心。

祁天心是个身材瘦长的白脸汉子，猛看上去，缺少一些绿林英雄应有的凶悍、英武之色。但，脖颈左侧有一处长长的刀痕，迤逦至下巴上方，说起话来，那长长的疤痕便随之抖动，平添了几分恶相。

会谈异常顺利。祁天心提出：只要公司出洋两千，愿保证在三天内干掉刘叔杰。王子非代表公司欣然应允，当即支付银票。

当场拍板，绝不是祁天心的鲁莽、草率。他应承此事有三个原委：一、可报当年周父救命之恩；二、可报西河寨一刀之仇，——宣统元年，祁六爷率众劫寨，曾被刘姓乡民砍过一刀；三、可得公司现洋两千。

最后，王子非婉转地道：

"六爷，此事不论成败与否，万不可走漏风声，如若走漏风声，六爷一走了事，公司可吃罪不起！"

祁天心大笑道："全他娘的鸟话！六爷我杀人越货也不是一回两回，好汉做事好汉当，哪怕五花大绑上杀场，爷一人顶了！"

王子非鞠了一躬："鄙人代表公司先谢六爷了！"

祁天心满不在乎地道："不谢！不谢！你们要人头，六爷要现洋，一桩公平买卖，谈不上谁谢谁！你们回去听消息好啦！"

当晚，六爷便派了两名弟兄潜入西河寨，打探刘府的情况，摸清了刘叔杰的行踪。第二日夜里，祁六爷便带两名枪手，一式短打装束，骑马奔袭西河寨。三人除短枪外，绑腿上插着匕首，怀里揣着绳子，——准备作翻越寨墙之用。这一夜夜色极浓，偌大的世界黑实了心，三五步外便看不见人影了，实在是杀人放火的好时光。

马蹄"嘚嘚"，一路生风，六爷和两名枪手闪电似的在荒山野地里奔驰……

祁六爷的脑袋里没有任何权威的位置，三先生的权威更不在六爷的眼皮里。六爷生来便是和权威作对的。谁有权威，他便出谁的洋相，给谁以难堪。六爷认为，这世界早已不是权威的世界了，所以，以两千块钱的价格售出三先生的脑袋，六爷毫无愧色。

六爷和所有的富人都有仇，"为富则不仁"，六爷一贯这样认为。

到得西河寨三里外的一道小树林里，六爷翻身下马，将缰绳交给一个枪手，自带另一名枪手，步向村寨。

寨门早已关闭，枪手踩着六爷的脑袋爬上寨墙。而后，扔下绳子拉上来六爷。进寨之后，沿着寨墙根摸了一段，穿过两个短胡同，便来到了三先生的府第。六爷和枪手遂越后墙，潜入三先生卧房窗后。卧房内一片漆黑,六爷有些疑惑,未敢贸然下手。

这时,已是深夜十一时左右。

六爷低声嘱咐枪手到后墙外望风接应,自己独身一人进了前院。前院厅堂里灯火未熄,从窗格上可以望到一个拖辫老者的身影。那老者正和一个戴瓜皮帽的胖绅士谈着什么。

六爷破门而入。

"谁是刘叔杰?"

拖辫者正是三先生。先生刚一应声,尚未看清来者面目,六爷已将一把雪亮的匕首猛掷出去,正中先生前胸。先生痛叫一声,捂着匕首颓然倒地。胖绅士不禁厉声呼叫:"救命啊——"

六爷原不想要那胖绅士的命,一听呼叫,便顾不得许多了,随即掏出短枪,"砰"的一枪将那竖着的一堆胖肉打倒。而后,又在三先生身上补了一枪。

随着呼喊和枪声,前厅后院的家丁人等尽数跑出,捉拿凶手。罢工之后,各村寨乡民早有防备,寨楼日夜有人守候,不曾想,就在这防范之中,祁六爷竟十分便当地下了毒手,这不能不使刘姓乡民大为震惊。当下,村寨里火光一片,手执火把、刀枪的乡民百姓堵住了村寨的每一条通道。六爷翻出刘府后墙后,被一帮村民截住,枪手毙命,六爷受伤被捕。

经过大风大浪的祁六爷,在小河沟里翻了船。这一次不同于宣统元年,是彻底地翻了,六爷自知,此次是必死无疑了,这或许便是蔑视权威的下场。

六爷给自己一生的历史打下了句号,这是他自己亲手打下的。他犯了对西河寨村民来说不可宽恕的罪恶:杀死了德高望重的三先生。他不知道,这三先生代表着乡民的真理。

六爷杀死了真理,自然是死有余辜。

行刺成功,乡矿联系一时中断。四日、五日、六日,四千窑工在饥饿之中度过。七日,刘广田亲赴西河寨,募集粮款,看望三先生,并为之准备后事。公司借机秘密召见刘广银,答应罢工窑工部分条件,同意恢复原工资、工时,并许诺,复工后将让广银白包大柜。广银应允,遂于七日下午自作主张宣布复工。几个大井的天轮同时转动,截至下午六时,已有八九百名窑工下了窑。罢工遇到了严峻挑战。公司宣称:罢工问题已大部解决。

八

三先生却没死。

三先生就像脚下他赖以扎根的这块古老的土地,具有极顽强的生命力。

昏迷三天之后,先生活过来了。

祁六爷太不走运,一刀伤及先生肺叶,一枪伤至左肩,除给先生肉体造成一些痛苦外,并未能将他置于死地。

醒来之后,先生镇定自如,命家丁将凶犯押至面前,予以审问。

祁六爷面不改色,大大咧咧地道:"爷,姓祁名天心,直隶省元氏县人,排行老六,江湖人称祁六爷。宣统元年,打劫过这鸟寨,该杀该砍,随便吧!爷早晚要吃这一刀的!"

一听是祁六爷,仰靠在被垛上的先生立即命家丁松绑。

被松了绑的六爷并不道谢,也不等任何人邀请,便自由自在地在太师椅上坐下了,继而抓起先生专用的紫陶砂壶对嘴就喝,喝毕,抹抹嘴边的水珠道:"刘老三,你不怕六爷逃跑?"

先生苍白的脸上浮现出一丝掺杂着苦味的笑,说话声音极其微弱:"你我本来无冤无仇,我何必一定要杀死你呢?人生来不是为了杀人的,想走,你只管走好了!"

六爷愣住了。三天来,他已吃了乡民、家丁们几顿饱打,原以为先生审问时也会给他点厉害尝尝,最后处死他。却不料,他竟这么随便地将他放了。他疑惑了。

"放了我,你不后悔?"

先生艰难地摇摇头:"不会!刘某从来不干后悔事!"

"你也不想知道点什么么?"

先生勉强笑道:"想不想知道,是我的事,想不想说是你的事,你是出名的硬汉子,你不想说的事,我决不为难你。谁没有难处呢?要是没有难处,你也许不会来杀我,唉……"

"走吧!"先生又挥了挥手。

六爷再也挺不住了,泪水从深陷的眼窝里滚落下来,打湿了脚下的砖石:"先生,老六有罪!老六两千块钱将你卖了!是兴华公司周洪礼、王子非唆使老六干的这混账事!"

周洪礼、王子非?先生一惊,马上平静下来,轻描淡写地道:"不要说了,我刘某决不怪罪于你!我还是那句话:你我原本无冤无仇嘛!"

六爷拍胸顿足道:"先生,老六这就去找公司的王八算账!一个个敲掉他们!"

"非也!非也!"先生道,"他可以不仁,我却不能不义,人当爱人哇!你先回周楼,如需请你帮忙,再当奉告!"

祁六爷千恩万谢告辞了。走时,先生命家丁将短枪、匕首交还六爷,六爷铁硬的心肠第一次受了感动,他膝头一软,直挺挺地在先生面前跪下了。

六爷走后,家人埋怨先生道:"您的心肠也太软了些!就说不杀祁老六,也该扎他两刀出出气!"

先生叹口气道:"杀掉祁老六容易,杀光所有的土匪蟊贼难呵!杀了他,咱们寨子以后就甭想安宁了!好了,不要说了,我要安静一下!"

除了贤惠的老妻留在身边,家人尽数退去,先生重又闭上眼睛。

先生的心里一阵绞痛。他着实没有料到,王子非、周洪礼敢向他下如此毒手!由此看来,这个世界的变化当是千真万确的了,他的存在,显然阻碍了世事变化的进程,人家才下狠心除掉他。

伤口愈加疼痛,缠裹了十几层的纱布又渗出了暗红的血色。疼痛是阵发性的,他苍白的脸变得蜡黄,宽阔的脑门上呈现出密密匝匝的细小汗珠,太阳穴突突跳个不停。在这难忍的阵痛之中,先生再次进行深刻地反省。他要替对手找出杀害他的理由,假若能找到站得住脚的理由,他相信自己会饶恕他们。他历来都是宽宏大量的。

然而,没有。

是他们侵犯了他。

他和所有世世代代居住在这块土地上的乡绅、乡民一样,从脚下这片贫瘠而深情的土地上觅取食物,觅取钱财,觅取应该得到的一切。他和他们,从未损害过兴华公司一分一毫的利益。倒是公司对不起他,对不起他们。这帮油头粉面、人面兽心的东西,强盗般地闯到这里,掏窑开矿,不顾一切,搞得土地坍落,天怨人怒。这帮混账东西,破坏自然,破坏世风,将一块平静的乐土推进了动乱的漩涡,当这漩涡最终要吞没他们自己的时候,他们竟敢把黑手伸向他,——伸向以善待人的三先生。可恶的东西!

先生发誓报复。

先生深信,上苍会原谅他,他是忍无可忍呵!

一阵剧烈的疼痛使他又一次昏了过去。

醒来时,刘广田、刘四爷已守在床前,他们已知晓了先生被刺的真实情况,脸上的表情十分沉重。

先生睁眼看了看广田,似乎想笑一下,但嘴角抽动了一下,却未笑成。他用眼神示意广田坐下。

刘广田没坐,急不可耐地道:"先生,您说,咱们该咋办?您的血,是为我们罢工窑工流的,我们要替您报这个仇!"

先生声音平和地说:"个人事小,罢工事大,你们万不可为老叔一人坏了罢工大计!"

刘广田哭道:"先生被打成这个样子,我们于心何忍?!再说,公司敢加害先生,未必不敢加害我等?我们要和公司结结账了!"

"是的!你们……你们确该多多防范才好哇!"

刘四爷凑过一颗汗津津的脑袋:

"先生,祁老六要不要敲掉?只要你说句话,我找帮弟兄摸他的老巢。"

先生艰难地摇摇头:"罪在公司。此次行刺,系周洪礼穿针引线,王子非出面参与,这二人是罪有应得!"

刘四爷大叫:"老子送他们上西天!"

先生赞许地看了刘四爷一眼:"老四,这可是杀人的勾当,事情败露,只怕老叔也救不下你的命来。三思!三思!"

刘四爷挂着血丝的眼里滚出两颗真诚的泪珠,顺着凸凹不平的脸颊流入嘴角,四爷毫不理会,失声道:"先生,老四这条狗命是你给的!没有你的帮持,几十年前,老四也许就冻死在谁家的屋檐下,饿毙在荒郊野地里了!没吃的时候,您供我吃的;没穿的时候,您给我衣穿;您让我住在您家,相待如宾,没有一丝一毫瞧不起的意思。您让我学好,教我做人。先生,老四不是玩意哇,每每愧对了先生的好心,吃喝嫖赌样样都干,您劝我,骂我,我也不知悔改。我常想,老四这辈子大约和先生有缘分,注定要使先生受累。万万想不到,老四还有报答先生的一天!先生,老四知道这事人命关天,可老四非干不可!权当老四还报先生的一片孝心!"

先生的眼睛也湿润了,嘴唇哆嗦了好一会儿,才断断续续地道:"老……老四,你……你的孝心,老……老叔心领。只是,此事还……还望再想想!"

刘四爷眼中的泪流得更急:

"先生,老四父母早亡,不敬鬼神,上没跪过天地神灵,下没跪过父母高堂,今日里,老四我为您跪下了!"

刘四爷扑通一声跪在床前。

"先生,您不答应老四,老四就跪死在这!"

先生见状,挣扎着要起身,被刘广田拦住了。隔着广田粗大的臂膀,先生哽咽着道:"老四,平身!老……老叔我答……答应也就是……是了!"

刘四爷抹了把泪,站了起来,双手抱拳,向先生深深鞠了一躬,转身就要告辞。

先生将他唤住:"切记:事情要做得干净,万不可留任何蛛丝马迹!"

"老四记住了!"

刘四爷走后,刘广田和先生谈起了罢工事宜。广田谈及因先生被刺,乡绅、乡民中断了和刘家洼的联系,窑工已断粮三日。先生震怒,将那帮势利乡绅痛骂一番,最后,表示道:"好在他们并未杀死老叔,罢工老叔还要不遗余力地资助下去,直至成功!"

正说着,两个窑工匆匆赶到,问候了先生几句,便当着先生的面报告了刘广银擅自复工一事。

刘广田大惊,当即辞别先生,急忙赶回刘家洼。

就在这时,一些乡绅、乡民代表前来看望先生。这些人大都有地在坍陷区,对先生寄以重望,他们都不愿先生死,为着自己,他们也需要先生活着,哪怕只有一口气。

先生这时也几乎只有一口气了。几个小时内,他经历了几次感情上的大起大落,浑身的精力几乎用尽,他想歇一歇,闭一闭眼。然而,不行!当几位绅士在老妻的引导下走进房内的时候,先生马上意识到自己肩上的责任。他要在这关键时刻挺住,不顾一切地挺住。

确乎是关键时刻。此时,先生伟大的头脑里已产生了一个伟大的念头:趁窑工、乡民斗志旺盛之际,组织他们武力围矿,一举挤垮公司,从根本上解决一切问题。他要和这些只认得大洋的土财主们谈一谈,好好谈一谈,有人的出人,有钱的自然要出钱么!

忍着伤口的剧痛,先生竟坐了起来。

四月八日上午,周洪礼在自家门口被刘四爷用炸药炸死。当日下午,刘广银在西窑户铺街上被黑枪击毙,已复工的部分窑工重返罢工队伍。公司的复工计划再次破产。九日,刘四爷代表三先生向公司递交最后通牒,限公司二十四小时内答复赔地条款。当日,窑工也推出代表和公司进行最后谈判。公司以请示董事会为由,拖延时间。

十日凌晨，四千窑工、万余乡民，从四面八方涌来，武装包围刘家洼，将公司人员尽数围在矿墙之内。县知事尹文山再度斡旋，三先生态度强硬，尹自知无力左右形势，只得袖手旁观，等待收拾残局。十一日，窑工、乡民开始攻矿，公司招架不住，遂掏出现洋二万，召请直系军阀王占元部十五团武力解围。

九

一场发生在北方土地上的近乎原始的战争拉开了序幕。战争是流血的政治。

三先生是政治家。是这块土地上土生土长的政治家。他伟大脑袋里的全都政治就是把公司打垮，打烂，使它和它的影响在这块土地上消亡。现在，三先生庄严的政治以排山倒海之势，在小小的刘家洼全面铺开了——

长矛、大刀，土枪、土炮，从各个闭塞的村寨冒了出来。手持长矛、土枪的人们听命于三先生的政治，服从于三先生的政治，因为，他们还没有自己的政治，三先生们的政治便理所当然地成了他们的政治。

窑工、乡民将刘家洼里三层、外三层地团团围住，十余门生铁铸就的土炮，将黑乌乌的炮口伸向东西两个矿门。大刀片在阳光下折射出波动而刺眼的光亮。鸟枪，猎枪，土造的粗铁管火药枪，在沉默中等待爆发。姑娘、媳妇、老太婆，用古老的木轮手推车，用油亮的扁担，为前方勇士运送着煎饼、咸汤、稀粥。她们自己，却把裤带勒了又勒。她们知道，男人们是在为她们的温饱，为她们的家庭而战，她们是自豪的，是骄傲的，她们和她们的男人们一样，毫不怀疑这场战争的正义性，也就是说，毫不怀疑三先生的伟大政治。

在乡民百姓们看来，领袖这玩意，是万万不可缺少的。生活中没有领袖，那还成其为生活？！从古到今，他们一贯把三先生这类领袖看得比柴米油盐贵重得多。领袖是上帝，是神灵，是主心骨，人们早已习惯于把它祭奠在心灵深处最神圣的地方。脖子上不骑个领袖,谁给你领路?人们就要惶恐不安了。不可设想,若是没有三先生这类领袖人物的强有力领导,这场即将开始的战争将如何打下去。

这一天,三先生拖着带伤的身体,忍住两处伤口的疼痛,被家丁用轿子抬着,来到了刘家洼。他要亲眼看看一个叛逆王国的覆灭。家人曾死死劝他不要来,他不听,他听命于天,他觉着是上天派他来打赢这场战争的。

轿子从东门走向西门,三里长的街面上塞满了武装的民众。太阳懒懒地吊在天上,一束阳光透过轿帘,斜铺在他的膝头,暖暖的。他感到从未有过的心旷神怡。置身于拥护他、崇拜他、支持他的人流中,他觉着自己像一叶扁舟,浮在安全平静的海面上。

轿子被迫时时停下。熟识的乡民、窑工,争先恐后地和他打招呼,询问他的伤情,用急切的、真挚而朴素的,然而又是极简短的话语,向他表示他们的感激、尊敬和关切。他也向他们招手、微笑、抱拳。他同样感激他们,他知道,作为一个领袖,没有拥戴的民众,那么,这个领袖的价值决不会高于一张可供充饥的白芊干煎饼。

有时,他也把脑袋艰难地探出小窗,向人们询问些什么。从他们口里,他知道了自己的部署已全部完成,乡民们以村寨为单位,窑工以大柜为单位,全部进入了战位。

他满意地笑着,笑着,几乎完全忘记了伤口的疼痛,忘记了自身的存在。

在西大门外的空地上,他被周家柜王家柜的刘姓窑工们围住了。人们把他的轿子抬到了兴隆酒馆的高台阶上,向他欢呼,向他致意。他激动了,不听家丁的劝阻,从轿子里挣扎着走出来,在刘广田、刘四爷的搀扶下,向人们频频抱拳,苍白如纸的脸上,挂着虚脱的汗水。

"先生,向大伙儿讲点啥吧!"刘广田建议。

先生点点头,将两只无力的手伸向前方,又颤巍巍地向下压了压,示意人们安静一些。他的动作已有了些老态龙钟的味道,仿佛身上的两处伤口,使他一下子失落了许多年的光阴。

人们感动了。

人们安静了。

人们用忠诚的眼睛凝视着为自己付出了鲜血的领袖,一瞬间进入了无私的忘我的境界。他们都希望自己的领袖用强有力的号召,去点燃他们心中的疯狂。他们希望他们的领袖会大呼一声:"打呀,和王八蛋们拼呀!"

先生深深凹进去的嘴唇嚅动了半天,环顾四方看了半天,只用中气不足的声音说道:"我们……你们……要保住土地!"

先生说不下去了,眼泪很响地摔在地上。

面前的人们确乎是土地的儿子,那些窑工身上,现在还是一身农民装束。他们或者过去,或者现在,或者将来,都势必要和土地发生血肉相连的关系。下窑的窑工,又有几个不想发财买地呢?!先生理解他们,懂得他们!够了!这就够了!

欢呼、吼叫、混杂的声浪把空气震撼得发热、发烫,把人心蛊惑得发痴发狂。

炮声响了。西河寨前清铸就的土炮,向新生的矿井重重地轰了头一炮。这一炮点响的时候,俄国阿芙乐尔号巡洋舰攻打冬宫的炮声已静寂了两年……

一百四十余名矿警凭借坚固的矿墙、岗楼,顽强地捍卫着兴华煤矿股份有限公司的尊严。在人数的对比上,他们无疑处于劣势,一百四十与一万四千是不成比例的。然而,他们有他们的优势,他们有现代化的德国步枪、捷克机枪,有足以把几万人送上西天的采矿炸药,有无法攀附的高墙,有不可逾越的矿河,有道义上的信心和力量——他们不是侵略者,而是自卫者。

公司不是他们的上帝。但是,他们在为公司而战,愿为公司而战。公司有钱,——刚才,王子非已代表公司宣布:只要矿警队能坚守到下午二时,矿警队所有队员将分别获洋五十元,作为特别警务报酬。钱是上帝,他们在为上帝而战。

直系王占元部已于今晨电告秦振宇：所派部队将于下午二时抵达刘家洼，弹压暴民动乱。有正规武装作后盾，区区乌合之众有何可畏?！这也是矿警们勇于坚守的原因之一。

土炮轰响的时候，东西矿门的矿警们立即作出了强烈反应，架在门楼子上的机枪即刻喷着火舌吼叫起来，把雨点般的子弹射向黑压压扑过来的人群，给了愚昧的窑工、乡民们一个清醒而实在的教训，使他们丢下了十余具尸体，狼狈退缩。

进攻者总结了经验教训，用装满土的麻包筑起了简易工事，躲在麻包后面用炮火猛轰矿门。在炮火的掩护下，手持大刀，光着脊梁的壮汉们分散成无数个蠕动的黑点，迅速向护矿河迂回，到达护矿河后，便跳入水中，向对岸强行泅渡。这时，子弹便也跟踪而来，在水面上溅出点点水花。知趣者慌忙回头，鼠窜时却也难免亡命于纷飞的流弹。不知趣的，逼到矿墙下，无遮无拦自然找打。

泅渡失败。

一时间，万余名怒气冲冲的汉子，在激烈而有效的反击中退却了，畏缩了。然而，转身看看脚下倒地的父老乡亲，征战的勇气重被复仇的烈火点燃，二次攻打重又开始。

这回，他们把攻击的重点转移到防守力量薄弱的矿墙，十几里同时发起猛攻。

一百多条枪显然不能同时击毙猛然涌上来的几千条不怕死的汉子。在强大的攻势面前，南面的矿墙首先被突破。攻到墙下的乡民，用炸药将矿墙炸倒了十几米，手执大刀、长矛的乡民怒吼着杀进矿来。

矿警队的防线全面崩溃。

仅仅一个小时零几分钟，——也就是说，距下午二时尚有三个小时，刘家洼被愤怒的窑工、乡民攻克。

开始了真正的大杀戮。

交战的双方均不是正规武装集团，不受任何战争规则的束缚，他们完全凭借自己简单的头脑,指挥着强有力的四肢,执行杀戮的责任。失去了优势的矿警们,四处奔逃着,躲藏着,他们逃到哪里,躲到哪里,刀枪便追到哪里。举手、交枪是没有用的,乡民、窑工们不吃那一套,他们只懂得一个道理:杀人偿命,欠债还钱。既然矿警们杀了他们的人,他们理所当然地要让他们抵命。

在迅速的杀戮中,进攻者逼近了小小的经理楼,接着,包围了经理楼。

秦振宇、王子非对自己的命运已失去了最后的支配权,他们做梦也想不到,配备着现代装备的矿警队会垮得这么快,甚至使他们来不及安排一下自己的后事。

把经理楼团团围住后,窑工、乡民没有贸然行事。这是三先生的命令,他们不能违抗的命令,因为,他们知道,最后收拾局面的是三先生,而不是他们。他们不是政治家。

踏着窑工、乡民用鲜血开辟的道路,三先生坐着轿子过来了,轿子两旁是众多的乡绅,乡绅的长袍马褂中间,夹杂着罢工窑工的首领刘广田和袒胸露背的刘四爷。二刘的衣着十分寒酸。和绅士们身上的绸缎服饰混在一起是极不协调的。然而,没有人注意到这种差别。

人们主动让开了一条路。

三先生的轿子在人的小巷穿行。

到得大门口,轿子放下了,先生威严地从轿子里钻了出来。两个绅士上前去搀,先生抬手推开了。

经理楼前刹那间鸦雀无声,静得怕人。人们把目光的焦点全集中在先生身上,急切地关注着他的一言一行、一举一动。在笼罩一切的静寂中,一种庄严的神秘产生了……

人们等待着一个结论的诞生。

秦振宇、王子非走下楼来。

"失敬!失敬!"

三先生郑重地挽了挽肥大的袖子,双手抱拳,上身微微躬了躬,彬彬有礼地道。

秦振宇脸色难看，面部肌肉紧张地抖动着，满头满脸的汗水。曾经是油光闪亮的头发，蓬乱成一团，有一撮紧贴着前额，沾在湿漉漉的面皮上。他望着三先生，不知该说些什么，嘴角抽动了半天，竟未吐出片言只语。

王子非倒还镇静，声色柔和，但却不失尊严地道："先生，你胜利了！可你大约也知道，这场导致你胜利的械斗会给你，会给四千窑工、父老乡亲带来什么。"

先生微微一笑："这不是你该关心的问题。"

王子非也笑了笑，笑得极不自然："可我要提醒你：总有那么一天，这块土地上的人们，会像今日对待公司一样对待你！"

"就这些了？还有什么要说的么？"

王子非看看腕子上的手表：

"这还不是最后的结果，两个半小时后……"

"哈！哈！哈！哈！"先生大笑道，"你还指望那一个团的大兵？那些大兵都是贱货，谁发饷银他们为谁卖命！你们不是出了两万么？我刘某出三万！如何？"

王子非怔住了。

就在这时，响起了一声沉闷的枪声，一颗子弹从先生身边的人群中飞出来，准确无误地穿过王子非的脑袋，像一根大钉，将他死死钉在先生脚下的水磨石台阶上。鲜红的血，从崩开的脑壳里涌了出来，顺着台阶往下缓缓地流。王子非的脚抽动了几下，猝然死去。咽气时，两只眼睛还大睁着，嘴还微张着，仿佛要向人们再讲点什么……

人们循声望去，夹在众绅士中的刘四爷正慢慢将冒烟的长枪重挎到肩上。

三先生仿佛不知道这一切，柔声对秦振宇道："秦总经理，现在，我们该好好坐下来谈谈条件了吧？"

秦振宇几乎是魂不附体了，连连点头应着："好！好！一切按先生的意思办！"

先生回首命令道："广田、刘四，把复工条件书和赔偿约法拿过来，请总经理签字!"

秦振宇老老实实签了字。

人群中爆发出长时间热烈的欢呼!那一个个粗野的嗓门里发出的声音,汇成了一股强大的气浪,直冲天宇。

窑工、乡民在三先生的领导下,赢得了这场战争的全面胜利。然而,悲剧也由此而开始了。

两个小时后,王占元一团兵马开进刘家洼。

三先生捐洋三万,充作军饷,力求军方主持公道。军方应允。嗣后,县知事尹文山以军方做后盾,亲自处理这场大规模的械斗事件。刘广田、刘四旋即被捕,判处死刑。为履行公道原则,县府宣布:复工条件与赔地约法因秦振宇已自愿(!)签字,当即行生效。董事会得知详情,自知办矿艰难,前途渺茫,纷纷釜底抽薪,要求抽回股金。秦振宇内外交困,无力支持,宣告兴华煤矿股份有限公司倒闭,四千窑工失业……

十

一切都过去了;一切都平息了,在战争中倒下去的英雄豪杰长眠于地下,他们的血肉之躯,最终和脚下的土地融为一体了。活着的人担负起了沉重的责任,这责任既有死者的,也有他们自己的,现在,却一古脑算到他们头上。于是,刘广田、刘四爷,刘姓门下的两条汉子被抓捕了,被判处死刑了。这段历史的最后一个标点,冠冕堂皇地打了下来。

死刑定于次日晨在县城东大门外执行。

当天下午,三先生带着一桌八大皿的宴席,亲临牢狱探望,向两位刘门好汉表示自己深深的敬意。

毕竟是民国了,狱政也随着时代的进步,向现代文明迈出了大大的一步。刘广田、刘四爷身上戴的已不是沉重的木制枷锁,而是国外进口的钢手铐、铁脚镣。

看到面目慈祥的先生,刘广田,刘四爷着实惊讶,痴痴地看了好一会儿,刘广田眼里滚出浑浊的泪水,刘四爷直直地跪下了。

"先生!"

"先生!"

三先生捂着左肋的伤口,艰难地弯下腰,伸出一只手拉起了刘四爷,也不由得老泪纵横泣不成声了:"广田、老四,是老叔害了你们!老叔让你们受累了!"

"甭说了,先生!您老人家能在这时候来看望我们,我们就知足了!"

"先生,这怨不得您的!"

先生用袖子揩去脸上的泪水,深沉地道:"你们这样想,老叔心里更不安宁!你们是我们刘氏家族的骨血,是无愧于我们这块土地的英雄好汉,老叔救不下你们,该遭天谴哇!"

刘四爷不让先生再说下去,诚挚地道:"先生哪能这么说呢?!能这么轰轰烈烈地去死,是老四做梦也想不到的!老四一辈子骚扰邻里,祸害四乡,混吃混喝,做了数不清的混账事,招人恨哇!今日里,我能为四乡父老堂堂正正地死上一回,实乃一大幸事!先生哇,老四倒要好好谢您才是,谢您老成全了老四!老四来世变牛变马,也要再到这世界走上一回,报答您老的洪恩大德!"

先生连连点头:

"是的!是的!你们不是为自己死的,你们是为东大乡、刘家洼、青泉县的父老乡亲死的!老叔要给你们立碑传世,让人们世世代代记住你们的忠烈义举!你们的家眷亲人,将会得到父老乡亲的接济、帮持,你们尽管放心!尽管放心!"

说到这里,先生命家丁将酒菜抬进牢内,顺序摆在地上,自取海碗一只,倒满高粱烧,高高举过头顶:

"来,二位贤侄,老叔代表四乡父老为你们饯行!"

"谢先生!"

沉沦的土地 // 175

二人泪流满面,双双跪下……

探监归来,先生当即请人接来土匪祁老六,恳请他星夜带人劫狱。祁老六有愧于先生,巴不得有一个报效的机会,一口答应下,遂带所有弟兄倾巢出动,当夜奔至县城。

却不料,先生早已将劫狱的消息告知官府,祁老六和几十个兄弟遭到王占元部大兵的伏击,祁老六拒捕毙命,手下的人马除几个侥幸逃生外,大部被歼。次日晨,在二刘被枪杀之前,祁老六挨了五枪的尸体已被大钉钉在东门外的城墙上,暴尸三日,以儆效尤。

祁老六被钉上城墙不一会儿,刘广田、刘四爷被押出牢狱,执行枪决。

时代的进步也体现在行刑的手段上,砍头已被官府明令禁止,据说,砍头有碍观瞻,也很有些洪荒时代的野蛮味道。官府将杀头改为枪决。枪决固然有了文明的气息,却给围观者带来了极大的失望,枪决确不如杀头耐看。

上午九时,刘广田、刘四爷被五花大绑押出东门,两旁围观者不下千人。官府、军方出动了几百名荷枪实弹的大兵肃立大路两旁,预备弹压可能发生的骚动。

然而,什么也没有发生。

人们的热情全在这场旷日持久的械斗中消磨殆尽了。

这是刘广田想不到的。望着道路两旁木然的人群,他似乎一下子悟到了点什么,有了一种被出卖的感觉。他的神情有了些恍惚,脸色一时间白了许多,他突然产生了一丝求生的欲念。他觉着自己的死并不值得,他上当了,受骗了,被人家当枪使了……他想停下脚,赖着不走,后面的兵丁便恶狠狠地推他,用沉重的枪托打他那被捆绑的失去了知觉的肩。他被迫走了几步,又停下了,这蓝蓝的天,青青的地,马上便再也看不见了,他为一些无价值的东西,失去了眼前的一切。他将去死……

一阵恐惧闪电似的袭来,关于死的许多丰富的联想,使刘广田不禁颤抖起来,他觉着脚下发软,腿发绵,每向前走一步都战战兢兢。裤裆里湿漉漉的,破烂的夹裤筒里流出了一些热乎乎的液体……

"这一个熊了,吓尿了!"

一个伟大的发现,围观者叫了起来。

完了。二哥那包打天下的伟大形象在这一秒钟内彻底完了。

广田被围观者的叫声惊醒,立刻理智起来,他强令自己的腿不要抖,身子不要晃,然而,不行。他终于被身旁的兵丁架起了胳膊,身不由己地被拖着向前走……

产生了被出卖的念头,他的信仰便全面崩溃了,精神支柱倒了下来,过去的那个刘广田已经死去。

一个新的念头萌发了:假如他再活一回,他决不这样活,决不!什么三先生,什么仁义道德,什么纯朴世风,全滚他娘的蛋!他再也不会成为任何人手中的枪,再也不会为一些古老的破烂去拼命流血!他将只属于自己,只属于自己找到的真理和信仰……

枪声响了,一个崭新的思想,伴着鲜血,倒在古老的大地上……

刘四爷是条硬铮铮的汉子。一路上挺胸昂头,和身旁押解他的兵丁插科打诨,骂爹骂娘,间或,看到围观人群中的熟面孔,还大大咧咧地点下头。

有人喊:"四爷,唱一个!'

四爷五音不全,素来不爱唱,此时此刻更不知该唱些什么。他犹疑了一下,对那呼声没作出积极响应。

那人极其恶毒地道:"四爷也熊了!"

"放你娘的臭屁!"四爷破口大骂,"四爷见过虎,见过狼,还没见过熊是啥样哩!"

骂过之后,四爷咽口唾沫,暗自思忖起来。

得唱!唱得不好也得唱!单是为了证明四爷没熊,就值得唱一回!可是,唱什么呢?唱什么好呢?《小寡妇哭灵》?《十八摸》?娘的,太软,显不出四爷的气派。猛然间,他混乱的脑壳里蹦出了几句戏文,奶奶的!这真是上好的戏文!对;就唱它。是哪出戏里的?记不住了,反正好,气派!

四爷清清嗓子,粗声粗气地吼了起来:

叹英雄失志入罗网，
大将难免阵头亡！
我主爷洪福齐天广，
刘伯温八卦也寻常。
……

"好哇！"
"四爷是条汉子！"
"四爷硬气！"
"来，为四爷再喝个好！"
"好哇，四爷！"

这最后一声"好"喝得极有气势，应者云集，声调浑厚，余音缭绕，经久不散……

喝好声中，一粒炸子从四爷后脑钻进去，在脸颊上炸开一个巴掌大的血洞。四爷挺着身子居然又站立了三五秒钟，才扑通一声，直挺挺地倒下了，——不是脸朝黄土，而是仰面朝天。四爷死得值，四爷死了也敢面对青天。

许多年后，人们还说：四爷是条汉子！

行刑的枪声扣响的同时，秦振宇告别了刘家洼，告别了这块贫穷而可怕的土地。一路上，大地上的沉沦而破败的景象，一次又一次扑进秦振宇的眼帘：那风沙迷茫的土地，那古老森严的村寨，那背对苍天的弯曲的脊梁，那沿着深深的车辙沟吱吱呀呀艰难行进的独轮木车，那一副副因为贫血而显得苍白无力的面孔，那风沙声中的破茅屋……那不堪入目的一切哟！

奇怪，他过去从未如此深切地感受到这些。他把这块土地想象得比实际存在的要美好得多。他是带着一个伟大的梦想来的，这难道不也是他的一个悲剧么?！现实和梦想毕竟是两回事呀。

这块土地的力量太神奇,太强大了。它简直可以改造一切。秦振宇无疑被这块土地改造了,他的梦想、野心,全变成了夹杂着悲哀的缕缕惆怅。这便是他的收获,他的报偿。

离矿越来越远了,矸石山,大井架,曾经那么生机勃勃的兴华公司,渐渐离开了他的视线,淡了,远了,不见了。他揉揉眼睛,眼窝里竟聚着湿漉漉的泪。他感到浑身疲乏,像一个卖尽力气的牛,想卧倒在地,好好睡一觉,好好地……

不!他还要最后看一眼这块大地,这里毕竟埋葬着他的一个梦想呵!他要弄明白:他的梦想是如何被埋入泥土里的,是为什么被埋进去的?!假如一切重来一次,他会怎样再一次开始?

痛苦的反思,像蛇一样噬咬着他的心,纷杂的不相关的思绪,流萤般地撞入正常的思维轨道,把他的头脑搞得昏昏欲裂。

他破产了。工人失业了。乡民们支援罢工也并没得到足够的报偿。三先生自己更没捞到好处,几乎因为这场械斗失去了一半家资。那么,谁得到了好处呢?秦振宇横竖弄不明白,他知道个"能量守恒定律":能量不灭。那么,这能量上哪去了?为什么看不见?……也许,像地壳运动时的沧海桑田之变。大片、大片的森林卷入地下,强大的外界作用力,将它们压成了几万年后的薄薄的煤层,使能量以火的形式再次出现。

秦振宇想:假如日后他有能力重新开始,那么,这些表面已消失的能量,也许会重新聚到一起,以一种崭新的形式,推动新的历史进程……

在三先生眼里,这是一块乐土。

送走祁六爷的当天夜里,三先生便倒下了,毕竟是上了岁数,身上又两处受伤,奔波操劳了这么多天,他再也坚持不住了。第二天,他便发起了高烧,整日价说着胡话。从第三天开始,进入半昏迷状态。

先生预感到死的降临,他安然地等待着死亡。现在死去,他可以瞑目了。公司垮台了,土地又回到了他的手中,回到了乡民百姓手中。公司的影响,将随之消亡。先生上对得起祖宗,下对得起后人。他用鲜血和生命护卫了日渐沦落的古朴世风。他尽可以义无反顾地去死了。

第四日,先生精神突然好了起来,执意要到土地上走一走。

家丁在轿子的座位上铺了一床厚被,先生依靠在被上,被抬了出去。走出寨门时,许多乡民恸哭失声,他们无不担心先生此去再不归来。

在先生自家的土地上走了一会儿,家丁将轿子抬上了一个高坡。先生用微弱的声音命轿子停下。

先生从轿子里走了出来,望着蓝天,望着蓝天下广阔无垠的大地,望着地里的麦苗,深深吸了口气,仿佛要把这带有泥土芳香的空气一下子全吸到博大的肺叶里,先生的眼睛出奇地明亮起来。

土地,他的土地呀!祖宗先人辛勤开垦的土地呀!你没有在先生这代人手上丢失!你们再也不会沦落、坍陷了!

先生昂首对天,一声长啸:

"苍天有眼……"

先生悲壮地颓然栽倒在脚下沉沦的土地上,两只手深深插入泥土中,牢牢抓着两把松软的土壤……

先生融入了大地,强化了大地。

然而,倒下了一个伟人,必然地结束了一个时代,这片土地的命运将不是三先生之类可以主宰的了。过去的,永远过去了,不管是悲惨的,还是悲壮的,无论是渺小的,还是伟大的,后人们一概把它叫做历史。

兴华煤矿股份有限公司的历史就这样结束了。民国九年六月,北京徐世昌政府以"资方不轨,参与械斗,且积欠矿区税又巨"为由,将刘家洼煤矿收归国有,交由省办。省府重新勘探后声称藏煤不多,质量低劣,旋将矿权卖与英商。是年大旱,庄稼无收,饿殍遍野。失业窑工景况更惨,刘家洼十室九空,竟有老妇烹食幼子。七月,饥民暴动,县城粮仓、店铺被洗劫一空,四乡绅士均遭劫难,三先生府第也未幸免。这片土地和这片土地上的古朴世风日渐沉沦了。这是三先生生前没有想到的……

── 荒　天 ──

一

时间仿佛凝结了,坟墓般的气氛笼罩着第七方面军司令部。设施齐备的会议厅里,除了暖气包发出的"嗞嗞"声,和偶尔响起的呷茶声,几乎听不到任何放肆的声音。摊着大地图的会议桌前,坐着新六军和绥靖九师的二十余个将校军官,军官们都冲着桌首的龙国康总司令看。

龙国康镇定自若,没把任何感情色彩表露在脸面上。他让下属们坐着,自己偏巍巍然立着,肩上披着皮大氅,俨然一尊塑像。

外面冰天雪地,会议厅里却暖和得近乎燥热,有几个军官悄悄解了棉衣的扣子,敞开了怀。

龙国康手按桌沿站了一会儿,似乎感到了屋子里的沉寂,扬了扬宽下巴说了句:

"喝茶嘛!"

第七方面军副总司令兼新六军军长米传贤率先捧起了杯子,唏唏嘘嘘地喝,众军官也随之捧杯唏嘘起来。一时间,会议厅竟因着一道热情的命令,有了些热烈的气氛。

龙国康于难得的热烈中甩了大氅,在身后的椅子上坐下,对副总司令米传贤道:

"把独立旅的情况说一下吧,绥九师的凌师长他们可能还不知道呢。"

米传贤放下茶杯,站了起来:

"诸位,情况是这样的:黄少雄的独立旅背着龙总司令图谋不轨,计划在今天上午龙总司令和川本旅团长巡视四林绥靖区时,在四林镇独立旅旅部扣押龙总司令和川本少将,挟持龙总司令宣布七方面军起义,向重庆反正。万幸的是,川本少将及时得知了这一情报,通知龙总司令取消了巡视计划。黄少雄机密败露,铤而走险,于昨夜十二时许,仓促率驻扎四林镇的旅部和八六四团西下柳河,脱离我七方面军。该独立旅所辖另两个团,因驻扎地距旅部太远,行动不便,又突然和其旅部失去联系,未敢妄动……"

龙国康摆了摆手,米传贤识趣地住了口。

龙国康缓缓站立起来,两眼紧盯着绥九师师长凌福荫,话却是对着会议桌两旁的众人说的:

"我没想到黄旅长会如此负我!这独立旅旅长,不是我龙某逼他当的,是他自己要当的。对此,凌师长清楚,你们在座诸位也清楚。三十年八月,黄少雄和凌师长被日本人逼得走投无路,奔我来了。我收下了他们,放了饷,给了枪。凌师长,您掏心说,大哥我对得起你们吧?"

凌福荫师长站起立正说:

"龙大哥对我们归顺的弟兄恩重如山,这……这是没话说的,黄少雄的事,兄弟一无所知……"

龙国康挥挥手,让凌福荫坐下。

凌福荫不坐,恳切地望着龙国康:

"总座,兄弟指天发誓,独立旅的事兄弟确实不知道,如果知道……"

"你坐下。"

凌福荫这才坐下了。

龙国康继续说:

"你要走也行,我龙某人不会拦你。时下日本人行情看跌,你怕南京靠不住,改投重庆蒋委员长,也情有可原!你给我打声招呼,好说好散,我送盘缠,摆酒给你送行嘛!黄旅长偏连招呼都不打,还要劫持我和川本少将,过分了嘛!这我就不能不打了!你不仁,岂能怪我不义?!"

"龙大哥说得是!对这种不讲情义的家伙,只有打他个龟儿子!"

一二四师师长傅西海率先表态,大骂黄少雄。

在座的军官大都随着骂,都说早就看出黄少雄不是玩艺,吃在锅里屙在锅里。只有凌福荫师长闷闷坐着,没吭声。

龙国康扁平的脸上有了些笑意,重又坐下来,点着大烟斗,缓缓吸着,让副总司令米传贤继续介绍情况。

米传贤制止了众人的议论,指着桌上的大地图道:

"龙总司令已于昨夜事发后,将新六军一二四师三七八旅、三七九旅从白蒲、旧县调往柳河,拟南北夹击,将窜入柳河的黄少雄部叛军歼灭。川本旅团也已在河南布防,准备击溃可能前来接应黄部的重庆李汉铭军。布置万无一失,柳河河面的封冰已被炸碎,有可能渡河的地段都被炸碎了。就是有少部分人过了河,也逃不脱川本旅团的歼击。但,龙总司令的要求是:不使一名叛军越过柳河!"

龙国康冲着众部属,扬了扬手中的大烟斗:

"这样做不为别的,只是想让日本人少插手咱的事!"

"这……这么说,独立旅要葬送在咱自己手里?"

凌福荫师长痴痴地问。

"这没办法!龙总司令认为,如果我们不自己解决独立旅,而是让日本人来解决,事情会更糟。其一,必将增加日本人的疑虑;其二,也会让日本人小瞧我们;其三,四万人的一个方面军,连一帮叛匪都对付不了,还有啥实力可言?况且,叛乱的情报也是日本人得到的,龙总司令事先没听到任何风声,这本身就很难向川本少将和郸城的高岛司令官说清楚了……"

凌福荫打断米传贤的话头,对龙国康道:

"总座,兄弟的意思是说,这里面会不会有啥误会?日本人的情报是不是有诈?大哥您知道,黄旅长往日当游击司令时,打日本人打得挺狠……"

龙国康把烟斗往桌案上狠狠一敲,沉下了脸:

"日本人的情报没错!黄少雄的旅部和八六四团早已出了四林镇!"

凌福荫固执地坚持着:

"即便真是如此,咱就非下毒手不可么?咱不该为自己留条后路么?"

傅西海师长很吃惊,猛然立起:

"凌师长,你是不是也想反哇?!"

龙国康瞪了傅西海一眼:

"坐下,让凌师长说!"

凌福荫显然意识到自己的话不合时宜,叹着气,摇摇头,不愿再说下去了。

龙国康却和蔼地道：

"福荫老弟,有话不要憋在肚里,但说无妨！只要不是背着我说的,对了,错了,轻了,重了,都没关系！第七方面军这块天,得靠诸位弟兄共同来撑！"

凌福荫苦苦一笑：

"都说完了,定盘星总座拿吧！您定了的事,我凌福荫执行就是！当初不是总座您护着,我这颗头可能早就卖给日本人了！"

龙国康点点头,光脑门上的皱褶叠了起来。他又装了一锅烟,让勤务兵点上火,缓缓吸着,一口口吐着烟雾：

"眼下的情形,对日本人确是不利。欧战一败涂地,意国完了,德国的崩溃只怕也近在眼前。太平洋战场,美军登陆吕宋岛,攻陷马尼拉,攻击琉球,情况确实不妙！这些情况福荫老弟就是不说,我心里也有数。我这么说,不是要自灭威风,而是要向诸位表明,我龙某人并不糊涂！日本人蒙不了咱！我龙某人敢当这个总司令,就敢对这支队伍负责,对在座诸位负责！"

龙国康扶着烟斗站起来：

"今天我在这里说句大话,信得过我龙某人,愿意跟我龙某人走到底的,我包你们一个个都有好前程！不信我这话的,现在就可以走,我龙某奉送现洋八百块给你安家养老！"

一个个都打起了精神,都说要追随龙总司令走到底。没有谁提走的事,都知道那八百块现洋不好拿。就连凌福荫也郑重表示自己没有要走的意思。

"这就好,很好！"龙国康说,"现在我们接着谈独立旅的问题。独立旅八六四团被黄少雄拉走了。八六三团和八六五团今天上午被包围缴械,独立旅番号取消。现在,本总司令决定,以八六三团、八六五团为基干编建绥靖军暂八旅,交由绥九师凌师长节制。"

众军官们都吃了一惊。

凌福荫慌忙站起来：

"总座,这……这合适么?兄弟一个绥九师已经……"

龙国康淡然道:

"有啥不合适呀?暂八旅的弟兄是黄少雄的老部下,也是你凌福荫的老部下嘛!你带顺手些,况且,绥靖部队也要扩编的,中央不是一再要我们扩编么!"

凌福荫笔直一个立正:

"是!"

这时,电话铃响了,找一二四师师长傅西海。傅西海大步走到电话机旁,抓起了电话:

"对,是我!唔!唔!知道了。"

放下电话,傅西海得意洋洋走到龙国康面前说了些什么。龙国康点点头,随即对众军官道:

"柳河前沿打来的电话。独立旅旅部和八六四团已经完蛋了。副旅长王天明、八六四团团长金良明均被击毙。黄少雄估计也被打死,尸体正在寻找。二百多人被俘,除局部地区外,战斗已经结束。最重要的是,没有一个人越过柳河,没有一个……"

龙国康的话简短而机械,且越说越慢,语调越说越低,闹不清心里究竟想的啥,连素常了解他的副总司令兼新六军军长米传贤都闹不清。

最后,龙国康挥挥烟斗,宣布散会,众人刚站起来,他又说了两句:

"今天凌师长讲的留后路的话,谁敢传到日本人耳里去,本总司令剁他的头!谁敢瞒着我,走黄少雄独立旅的路,本总司令也剁他的头!"

军官们全体立正,异口同声应了声:

"是!"

应过以后,凌福荫心里沉沉的,脑瓜昏昏的。他讲过什么话,已完全忘了,想来想去只记着一件事,独立旅完了,黄少雄完了,没有一个人越过柳河,没有一个……

外面在下雪,天地一片苍茫。

二

柳河就在眼前,冰面被炸碎了,河水恢复了无情的涌动。涌动的河水载着浮冰,也载着弟兄们的尸体悄然南去。雪无声地落,在浮冰上,在弟兄们露出水面的尸体上积下了一片片醒目的惨白。

黄少雄欲哭无泪。他做梦也想不到自己会面对这么一场惨败。反正前,他考虑到了许多可能出现的后果,却怎么也想不到自己会败在这条大冰河面前。按他和副旅长王天明的设想,能在四林镇旅部抓获川本和龙国康,迫使伪七方面军并绥靖部队三师一旅三万八千人一起反正最好,最不济,也可把自己的独立旅拉出去。不曾想,一个副官走露风声,他只好只带着一个八六四团仓促行事,踏上反正之路。原以为抢在龙国康和日本人前面,是有把握从结冰的河面上越过柳河的。又不料,龙国康和日本人竟一夜之间炸毁了近十里冰面,迫使他不得不背依冰河和新六军一二四师决战。

决战是惨烈的,一二四师的钢炮队都拉上来了。柳河东岸这片作为最后阵地的坟丘被炸得昏天黑地。一些坟头被抹平了,许多棺木、尸骨被掀了出来。弟兄们一片片倒下,鲜血染红了旷野上的积雪,渗透了他们脚下的土地。一直到死,弟兄们都不相信反正会失败,都以为李汉铭的国军部队会从河西赶来接援。河西的枪声偏一直没响,结冰的河面又被炸碎了,最后百十号人在绝望之中跳下了柳河。

他也想跳下去的,不料,跃上河堤的一瞬间,一颗小钢炮的炮弹在身边爆响,迸飞的弹片、泥土把他掀翻了。他觉着那当儿是被谁猛推了一下,爆炸结束后,还晕头晕脑地想爬起来往河下冲。

却没能爬起来。热乎乎的血从腰上、腿上直往外流。他精神一下子崩溃了,认定自己必死无疑。一个参谋跑来救他,他竟毫不领情,竟用手枪对着他,逼他快走。

他料定自己走不了了,得在这柳河东岸和龙国康总司令结结账了。

这真有点不好意思,他想象不出,这当儿见了龙国康还能说些啥。

适时地记起了十九年前的一个早晨,那个早晨,是他军旅生涯的开端。他当时只有十五岁,冒冒失失在县城的招兵站吃了人家一个白面馍。一个当官的抓住了他的手脖子,说:"馍不能白吃,要吃馍得当兵。"他愣都没打就应了,冲着那吃不完的白面馍,当天便穿上了直鲁联军的军装。那当官的很喜欢他,留他在身边当传令兵。

当官的是龙国康,当时是团长。

龙团长对他贴心,他对龙团长也忠诚。次年秋,和北伐军在津浦线上打了一仗,龙团长受了伤,昏迷了三天,他守了三天。隆冬腊月,光屁股下河给龙团长逮鱼吃,闹得大病一场,差点把命送掉。年底,龙团长升了副旅长,他被提为班长,当班长时,他才十六岁刚出头。后来,龙副旅长又变成了旅长,他也从班长升为排长。再后来,军阀垮台,北伐成功,龙旅长输诚三民主义,成了国民革命军的副师长、师长,他便顺理成章成了连长,没多久又升为营副。在最初的岁月里,他的命运几乎都和龙国康的命运密切相关。

他当营副的时候,龙国康犯事了。那是民国二十二年秋,师里奉命对云崖山里的土匪进行围剿。龙国康只围不剿,还通匪分赃,私贩烟土,被人告发了。南京军法处派人捉拿。龙国康得知消息,带着手枪连几十个靠得住的弟兄,起了赃银、烟土,连夜逃了,一逃就是七个月。

七个月后,是第二年正月,剿匪结束,他们营从云崖山跟前开到白集城外马店。龙国康突然来了,穿着便装,身后还带着手枪连的那帮弟兄,一见面就要酒喝,要饭吃。他找凌福荫商量——当时凌福荫是营长。凌福荫说,龙师长是南京通缉的要犯,得扣下来,交给上面。他觉着不妥,说,龙师长往常对弟兄们不错,如今落难了,咱得帮一把,就是帮不了忙,也不能落井下石。

凌福荫笑他傻,说他被龙国康蒙了。

凌福荫问他,龙国康得的那些昧心钱,可分给哪个弟兄了?他赚足了,屁股一拍,走人了,咱犯得着窝这老兄背黑锅?凌福荫看中了龙国康的枪,提醒他说,龙国康的枪不错,那支勃朗宁是特制的,另一把六轮,枪柄嵌银,不可多得,手枪队弟兄的枪也不赖,都是德国二十响。

冲着那些枪,他动心了,决定干。这并没有什么不对,龙师长不做师长了,还要那么多枪干啥?他不算计龙师长,更不算计龙师长的钱财,只算计这些枪。当天夜里,他和凌福荫带着一连弟兄,包围了龙国康的住处,缴了龙国康和手枪队弟兄的械。龙国康大惊失色,以为他们要把他抓起来,拼命大骂他和凌福荫。凌福荫说,这是没办法的事,上面通缉你,我们也不得不做做样子,不做做样子,不好交账。他也跟着说,我们咋会抓自己的师长呢?我们放你走,过后再给上面说,你从我们这儿逃了,好不好?

龙国康转忧为喜,说,那好!那好!快给我枪,我走!

他和凌福荫都说,枪不能给,通缉犯被抓住,又带着枪逃了,咋也说不过去。

无奈,龙国康只得带着几个愿跟他走的人,空着两手地走了……

原以为和龙国康的缘分到此也就结束了,却不料龙国康通过老军长胡荣生四处活动,一直活动到何应钦部长那里,竟把那犯的事活动没了。二十三年底,何部长说,龙国康会带兵,能打仗,国难期间尚可一用。二十四年春,龙国康官复原职又当了师长,二十六年"八·一三",升任副军长,二十七年在徐州打得不错,做了新五十六军军长。

然而,也就是从徐州撤出去没多久,黄河花园口决堤,队伍陷在黄泛区寸步难行。龙国康下令新五十六军向日军投降,并奉日本人之命,率部开往郸城、白集附近休整,从而结束了自己的抗战历史。

那时,他和凌福荫没跟龙国康往郸城、白集走。他们旅拿到日本人拨下的第一批给养开出黄泛区之后,突然调转行军方向,插入熟悉的云崖山区,做了游击司令,从此和龙国康分道扬镳。

游击生活在极其困难的情况下坚持了两年,和日本人打,和共产党游击队打,还要和龙国康的伪七方面军打,抗日的名声打出来了,队伍也打垮了。三十年冬,日军铁壁合围,对云崖山进行清剿,一支队八百多号人投奔共产党,三支队在后山被川本旅团吃掉,余下三个支队两千余号人在山里站不住脚了,他和凌福荫才不得不违心地投靠龙国康。

牵线人是史二奶奶。史二奶奶神通广大,操纵着洪门许多堂口,打游击时就给他和凌福荫不少帮持。二奶奶说,大丈夫要能屈能伸,打不下去,就先到龙三爷手下混着,待情形好了,再把队伍拉出来不迟。他和凌福荫怕受龙国康暗算。史二奶奶说,有我在,谁也不敢动你们一根毫毛!

果然,接受龙国康改编后,龙国康对他和凌福荫都不错,直夸他们有骨气,还和他们拜了把子换了帖。这时候,他黄少雄在龙国康眼里已经不是当年那个只认得白面馍的小侉子了,他在四面受敌的云崖山坚持了两年多,脑袋被日本人标价三千大洋,龙国康不能不刮目相看了。

龙国康私下对人说,要用自己的人格感化他和凌福荫。黄少雄觉着十分好笑,怎么想怎么觉着龙国康没人格。有人格会通匪分赃么?有人格会率着一军人马当汉奸么?反省往昔,黄少雄认为自己并没有什么错,当初缴龙国康的械是应该的,在黄泛区把队伍拉走也是应该的。

凌福荫却被那莫须有的人格感化了,常对人说自己过去如何对不起总司令,而总司令又是如何宽厚义气,不计前嫌。凌福荫吹总司令,总司令也捧他,结果,两年之中,凌福荫的势力迅速膨胀,手下人马扩编为一个绥靖师,凌福荫做了师长,还兼了绥靖副主任,原先说定的反正话题再也不提了。决定行动前,黄少雄曾试探过凌福荫的口气,凌福荫无动于衷。

现在看来,凌福荫是聪明的,反正的时机还不成熟。就是他的计划实现了,成功地抓住了龙国康和川本,促使整个第七方面军起义也不可能完全实现。凌福荫的绥九师动不动没把握,新六军能不能听龙国康的也没把握。就是龙国康下令起义,新六军也未必干。新六军军长是米传贤,这人老奸巨猾,极有可能借机踢开龙国康,以新六军为资本,向南京政府和日本人讨价还价,从而出任第七方面军总司令。

他错了,把复杂的事情看得太简单了,他和独立旅的弟兄们爱国,新六军和绥九师的汉奸们不爱国。尽管日本人和南京政府像堵危墙,推一推就倒,那些舒舒服服当汉奸的家伙却不敢推,都怕墙倒砸了自己的脚。这是他黄少雄和独立旅的悲剧,也是国家和民族的悲剧。这一悲剧的现实,决定了他今日这场明明白白的失败,决定了八六四团八百男儿的壮烈殉国。

败就败了,账他不赖。如果活着落到龙国康手里,他希望自己能堂堂正正去死,让那声销账的枪声,把第七方面军从昏睡中震醒……

总觉着自己要死了。身下的草丛已印出红红的一片,把积雪都融化了。周身疼痛难忍,像被无数大钉牢牢钉在了堤埂上。手中的枪不知飞到了何处,他对自己的生命已丧失了主权,就是想利利索索死一回都办不到了。他只能慢慢地死去,浑身的血流光而死,或者在这冰天雪地里被活活冻死。

身后的坟丘地带还零零星星响着枪,隐隐约约能听到杂沓的脚步声。脚步声恍惚很远,像在空中飘。他把麻木的双肘支在堤埂的草地上,拼力举起沉重的脑袋,想辨明脚步声响起的方向。无意中发现,不远处一个满脸是血的弟兄正向他身边爬。那弟兄手里攥着根汉阳造,枪托在地上犁出了一道深深的凹坑。他想喊他,徒然地张了张嘴,什么话也没说出来。

那弟兄人没到跟前,汉阳造先推了过来:

"长……长官,帮……帮个忙……"

他挣扎着把枪拖到怀里,却没能拉开枪栓,两只手冻僵了,像硬硬的熊掌。

他费了好大的力气,才近乎耳语地说:

"兄弟,留着你那条命……命吧,没……没准咱……咱还能看到他……他们完屎哩!"

这时,河西方向响起了猛烈的枪声和隆隆作响的爆炸声。他怔了一下,眼泪骤然涌了出来,哆嗦着僵硬的手,向河西方向指,要那弟兄看,嘴里却什么也说不出。

河西的旷野上一片连天接地的白雪,什么也看不见,可他知道,河西打响了,李汉铭的接应部队来了,玉珠姑娘没辜负他的重托……

只是太晚了,一切已无法挽回了。

三

史二奶奶待副官卫兵和闲杂人等一退出去,脸皮当即撂了下来,两眼直直地盯着龙国康足有三分钟,一句话没有。龙国康有些慌,亲自动手给二奶奶烧烟泡,二奶奶也不吸。

"二姐,这……这是咋着了,动这么大的气?"

二奶奶哼了一声:

"我一个老太婆,敢在你这总司令面前动气?何况你还有日本人撑腰!"

"二……二姐,这……这是哪扯哪呀!"

"哪扯哪?"

二奶奶眼一瞪:

"我的独立旅呢?"

龙国康觉着很奇怪:

"这……这独立旅啥时候成你的了?"

二奶奶冷冷一笑:

"不是我的,倒是你的么?四年前,二奶奶我亲自上山把黄少雄他们接下来,放在你这儿,这账你龙老三敢赖不成?"

"那是我看在二姐您的面子上成全他们。二姐您也知道,黄少雄并非仁义之辈,二十二年我落难时,他一个小小营副,就敢缴我的械;二十八年在黄泛区,他又和凌师长拉着我的一个旅跑了……"

"那是人家不愿当汉奸!"

"也是,这我不怪他。我当时接受日本人的改编,也是事出无奈。"

"这回也事出无奈么?"

"确乎无奈!日本人知道他的反正,我不能不打。"

"是你的你打,不是你的,也能打么?打到我独立旅头上来了?"

龙国康憋不住了:

"二姐,这独立旅咋着讲也不能说是你的!军国大事,岂……岂能儿戏……"

二奶奶从太师椅上站了起来,手指差点儿戳到龙国康鼻子上:

"独立旅半数的弟兄都是我忠义堂的人,你知道不知道?黄少雄是我的执堂,你知道不知道?黄少雄和我四姑娘玉珠的缘分,你知道不知道?"

"就是知道,我也不能不打!都像黄少雄这么干,我这第七方面军迟早得玩完!"

"早玩完早好,你龙老三完蛋,日本人也垮得快点!现在你不完蛋,我独立旅七八百号弟兄完了,被你葬送在柳河边了!你想想,你还像个中国人么?对得起你二哥在天之灵么?!"

二奶奶眼圈红了,不知是为那七八百号弟兄,还是为二哥。

二哥是二奶奶表哥,又是二奶奶的丈夫。宣统元年率白集三县会党起义,事败被杀,尸体在白集城门口挂了三天。那工夫,二奶奶和龙国康都在二哥的会党里,为反清复明东奔西走。二奶奶后来显赫的势力,也是在那阵子垫的底。辛亥年,义旗再举,三县光复,二奶奶手刃白集知府,为夫复仇,一时间,英名传遍天下,成了会党中有名的巾帼英雄。

"当年,二哥领着咱们打满人,今个儿,你龙老三却带着几万人马当汉奸,还对我们弟兄这么下毒手,百年之后,你还敢到九泉之下去见二哥么?!"

龙国康似乎觉着惭愧了,垂下花白的脑袋愣了半天,才讷讷地道:

"二姐,我……我愿当这个汉奸么?这前前后后的事,别人不知道,你也不知道么?在黄泛区接受改编后,你知道我流了多少泪?!你不也劝过我么?留着青山在,不愁没柴烧,人在屋檐下,不得不低头。米传贤那个师,不也是你介绍过来的么?!我龙老三指天发誓,我都对得起他们!从来没难为过他们!"

"那为啥不对独立旅网开一面?"

"黄少雄起事的情报是日本人得到的,不是兄弟我得到的。如果日本人不知道这事,我能眼睁眼闭,放他一马,日本人知道了,我有啥法?"

"那也不能真打呀?"

"我的好二姐哟,操持咱十八家堂口,您算是没话说,我龙老三服您,可玩枪杆子打仗的事,您就不懂啦……"

二奶奶被激怒了,刚刚缓下的怒色重又爬到了脸上:

"玩枪杆子打仗我不懂?辛亥年攻打县道衙门,是你领的头?白集知府赵白毛是你杀的?不是我揭你的短,当初你还就是和女人厮混行,动刀动枪真不行!"

"二……二姐,您……您扯远了吧?"

"嫌远?嫌远,咱说近的。你想想,二十九年底,你带着新六军刚到咱这地面上来是啥模样?谁把你这总司令的架子支起来的?还不是二奶奶我!没有我,米传贤那师会过来么?黄少雄、凌福荫三个支队会过来么?你总觉着你成全了人家,就没想过人家也成全了你!"

二奶奶越说越觉着委屈。掏心说,二奶奶对龙国康不薄。二哥死后,二奶奶相中了龙国康,变着一百个法儿成全他,连龙国康赖以起家的民团,都是二奶奶给凑的班底。靠这最初的班底,龙国康满世界乱闯,越混越大,到二十年底,竟成了国民革命军的师长。那当儿,龙国康可不敢在二奶奶面前拿大,所以,二十二年犯事了,黄少雄、凌福荫缴他的械,二奶奶却收留他。当了汉奸,二奶奶很生气,私下里却也真心替他想过,觉着怪不得他。二奶奶把米传贤、黄少雄部的弟兄们送到他门下。既是为了保护弟兄们,也确是为了成全他。可现在,龙国康竟说二奶奶不懂,这分明是小瞧了二奶奶。二奶奶是妇道人家,心肠软,有时啰嗦,但大事绝不糊涂。

"龙老三,你想想,你这伪军的总司令能一直当下去么?重庆中央回来,你咋混?今天,你黑下手打独立旅,就不怕明个人家跟你算账?"

龙国康几乎要哭了,手提军帽摆弄半天,突然大步走到正面墙上的军事地图前,"刷"地一声,拉开了上面的遮帘:

"二姐,你懂,你啥都懂!你……你过来看!喏,黄少雄部驻扎的四林镇在这里,那边是柳河口,川本旅团的一个联队卡在那里!你再看这边,界碑店一线日军的布防。黄少雄的出走路线是,从四林镇到柳河口,途中可能发现情况不对,临时改变方向,想从章王村斜插界碑店,结果倒好,没能越过柳河河面,就被一二四师围歼了。一二四师不打,他们就要被界碑店的日本人打掉!说穿了,他们根本走不出去!我龙老三正是看清了这一点,才不得不自己动手收拾!"

二奶奶愣了,痴痴地盯着地图看了许久,才说:

"不……不是说李汉铭有一个旅接应么?"

"接应个屁!日本人有准备,李汉铭那个旅一接火就垮了,川本的一个少佐参谋刚才来电话说,连旅长都打死了!"

二奶奶没话说了,哆嗦着手去摸烟枪。

龙国康忙去给二奶奶烧烟泡,边烧边说:

"二姐,黄少雄要反正,我龙国康又何尝不想反正?打从二十八年挑起日本膏药旗,我没有一天不骂自己的。可骂归骂,这汉奸总司令我还得当!为啥,为了对咱这三万八千弟兄负责!为了把这三万八千弟兄都带着归顺中央,我不能不忍!'小不忍则乱大谋',圣人说的!所以,我不能像黄少雄这么鲁莽!不客气地说,黄少雄这不是反正,是他妈的捣乱、送死!"

二奶奶想起了什么:

"听说黄少雄还活着?"

"活着,伤得挺重,医官在给他治!"

"唔!把他放了!"

二奶奶说得极轻松。

龙国康摇头道:

"不行!川本正问我要人呢……"

二奶奶"啪"地一声,把烟枪摔在案子上:

"你听川本的,还是听二姐我的?!我说放了,你就给我放了!玉珠不能没有他!今个儿,我就是为四姑娘玉珠来的!"

四姑娘玉珠是二奶奶的干女儿,身份非同一般,龙国康只得点点头应诺:

"也……也好,只……只是川本那边,还得想法应付!"

"那是你的事,我管不着!你说他跑了也行,死了也罢!我担保他不在你的绥靖区露面就是!"

"他的伤现在还很重,只怕……"

"这不用你操心,有我!"

"好,就这样吧!我听二姐您的!"

这日,二奶奶在白集第七方面军司令部耗得很晚,只得极不情愿地在司令部用餐。晚餐很丰盛,新六军军长米传贤、绥九师师长凌福荫都来陪了。二奶奶要弟兄们把独立旅的事忘了,跟着龙总司令好好奔前程。众弟兄唯唯诺诺,都说听总司令的,听二奶奶的。后来,又有几个执堂大爷闻讯来拜,二奶奶却已带着保镖、随从悄然出城,回了蒲镇老营。

四

二奶奶人已走了,脸孔却还在龙国康眼前晃。龙国康咋想咋觉着二奶奶没道理。二奶奶叫放黄少雄便能放么?放了他,咋向日本人交账?说他死了,拿不出尸首;说他跑了,更属荒唐,一个站都站不起来的重伤员,竟能跑掉,纯粹是讲故事!

不放又不行。被迫打掉独立旅,已经惹恼了二奶奶,再把关玉珠的相好旅长送给日本人,二奶奶不会和他轻易拉倒。当然,他手握兵权,不会怕什么,可日后这队伍就难带了,地方就难肃静了,七方面军全体将士向中央反正的大计没准也要泡汤。

事情全坏在黄少雄手里,这个不知天高地厚的小子,把七八百号弟兄葬送了不说,还把他拖到了陷阱边缘,就冲着这条,枪毙他十次也不为过。

当初真该让黄少雄冻死在柳河大堤上,黄少雄自己死在柳河大堤上,他就能向两方面交账了,日本人和二奶奶都没话说。现刻儿,黄少雄偏死不了。医官说,他腿上、腰上的三处伤口都不致命,虽说失血过多,也缓过来了。他只想着黄少雄忘恩负义,想亲手毙了他,却没想到毙他会带来的麻烦。

一连抽了几烟斗烟,反反复复思虑了好久,还是决定连夜和黄少雄谈谈。解铃还须系铃人,解决黄少雄的问题,还在黄少雄自己。黄少雄犯的是死罪,他不杀他,他也活不成,只要黄少雄明白这一点,主动放弃生命的主权,事情就好办了。

他认为黄少雄应该明智一点,为第七方面军,也为未来的光复大局,献身许国。

赶到医院已快十点了,十几个看押黄少雄的卫兵还挺精神地在病室门口和楼道四周立着。为首的一个副官向他报告,他摆摆手阻止了,吩咐他把好楼梯,不要放任何闲杂人员上来。吩咐完,独自一人进了黄少雄栖身的病室。

黄少雄没想到他会来,开头有点不知所措,后来就对他大骂不止,一口一个"汉奸",大概想逼他在盛怒之下拔枪把自己毙了。

他不傻,强压着心头的火,不动声色,一直等到黄少雄骂够了,精疲力尽说不出话了,才从怀里掏出镶银的六轮手枪,放在正对着黄少雄病床的桌案上。

黄少雄一看到那六轮手枪就呆了。这小子曾冲着这支枪,背叛过他,后来他重做师长以后,才把枪还给了他,他这时候拔出这把枪,黄少雄该知道意味着什么。

他在桌案前踱着步,脸对着那枪,根本不看黄少雄,说出的话平平和和,却带着明显的嘲讽:

"你骂我老龙是汉奸,你黄少雄不是汉奸呀?你这第七方面军的独立旅长当了几年呀?"

黄少雄吼道:

"我……我他娘是被迫的,没办法!"

他冷笑道:

"那么,我龙某人是自愿的么?二十八年在黄泛区的情况你们不知道么?我不背着汉奸的恶名签字接受改编,八千号人就葬送了!我不能像你和凌师长那么不负责任!过去,你们为了两支手枪,敢动手抓我;今天,你黄少雄为了自己做反正英雄,敢把这么多弟兄往坟坑里送……"

黄少雄争辩道:

"我……我不是为自己!我……我是为国家,为民族!我黄少雄是中国人,弟兄们也是中国人,都不愿当……当汉奸!"

他紧盯着黄少雄失血的面孔:

"不对吧,黄旅长?你这么干有个人想法吧?你三次背叛我,都是有个人想法的吧?"

黄少雄高傲地一笑:

"没啥个人想法。民国二十二年,你身为师长,带我们弟兄剿匪,自己通匪,难道不该抓么?悔只悔当初放了你,才给今天八六四团的弟兄种下了祸害!后一次和今天这一次更算不得背叛!为一个中国军人的良心,为国家和民族,你就是我的亲爹,我也得反你!"

他愣了一下,又问:

"那么,为中国军人的良心,为国家、民族,你黄少雄是不怕死喽?"

黄少雄脑袋一昂:

"怕死老子就不起事了!"

他笑了:

"好,说得好!可事先你咋就不和我这个总司令通个气,商量一下?"

"你?你这铁杆汉奸会同意反正?"

"为啥不呢?我龙某不是中国人么?"

黄少雄迷惑了,一时不知该说啥。

他走到黄少雄身边,压低嗓门道:

"小老弟,不瞒你说,为第七方面军全体反正,大哥我已做了安排,可你在四林镇这么一闹,我整个计划泡汤了!"

"你……你骗人!"

他郑重而庄严:

"我不骗你,我今天到这儿来,就是想和你商量一下,如何在这种困难情形下,完成第七方面军的反正!"

黄少雄警觉地问：

"现在和我说这些有啥用？我和独立旅都完了！"

他摇摇头：

"不！你没完，你还活着！为国家、民族，你不惧一死，所以，我要借你的头用用！"

黄少雄怔了一下，继而，哈哈大笑起来：

"绕了这么大圈子，才扯到正题！龙老三，你也他妈的太娘们气了！落到你手里，老子压根没想过要活！八六四团这么多弟兄都死了，再加上一个我又算尿！"

说罢，又是一阵大笑。

他待黄少雄笑够了，才叹着气道：

"少雄老弟，我不会杀你！你十五岁在洪峪县城吃了我的馍，跟我出来当兵，二十多年来恩恩怨怨虽说积了不少，可都没把我逼到杀你的分上。我想，你也不会杀我，就是昨天真的在四林镇抓住了我，你也不会杀我。所以，你要怕死，不愿死，我会放你走！可你走以后，日本人会问我要人，会怀疑七方面军不稳，会加强对我们队伍的防范……"

这都是真心话，他不知道能不能感动黄少雄，但他自己是被感动了，说到后来，眼圈竟有些红。

黄少雄默然了，好久，才不无凄凉地说了句：

"你不杀我，日本人还是要杀我！"

他宽慰道：

"这倒不怕！大哥我敢放你，就敢保证日本人抓不到，况且，还有史二奶奶和郸城、白集两市十八县各堂口的弟兄帮持！"

黄少雄痴呆呆地想了好一会儿，又问：

"不是我多心，我怎么才能相信你龙总司令会反正呢？这事你过去从未提过！"

"问得对。我要是你，也会这么问的！"

他从怀里掏出事先写好的一份反正通电稿，摔到黄少雄面前：

"看看吧,上面有本总司令的签名,如果我不在时机成熟的时候,率七方面军全体弟兄向中央反正,任何人都可以砍我龙某的脑袋以谢天下!"

"当真?"

"当真。这字据给你,你可以交给任何靠得住的弟兄收藏。你也清楚,这不是儿戏,落到日本人手里,这张薄纸就是我的催命符。为国家、为民族,你小老弟押上了身家性命,我龙国康也敢押上身家性命,这,该公平了吧?!"

黄少雄相信了,泪眼蒙眬望着他,终于点了下沉重的脑袋:

"大……大哥,我……我答应你!我……我黄少雄不是孬种!"

他把桌案上的六轮手枪轻轻推到黄少雄面前:

"你喜欢这把枪,这把枪你就带走吧!大哥再也没有什么东西好送你了……"

泪水从黄少雄深陷的眼窝里溢了出来,顺着鼻根缓缓流下,打湿了掩在身上的被头。

"大……大哥,别……别记恨我……"

他也想哭,为黄少雄,也为被迫打掉的八六四团的弟兄。他极真诚地想:他们都是好样的,都把一腔爱国热血洒在了曲线救国的战场上,就冲着他们的仁义和英烈,他龙国康还有什么个人恩怨不可抛弃呢?!

他动情地抓住黄少雄的手,哽咽道:

"少雄小老弟,大哥不记恨你!大哥为啥要记恨你呢?你给大哥长了脸,大哥眼见着你从一个光认识白面馍的傻小子,出落成一个抗日英雄,敬都敬不过来呢!四年前大哥收容你,既是看史二奶奶的面子,更是看在你打日本的能耐上!"

"我……我错怪大哥了!"

他抚摸着黄少雄的手:

"这也不怪你,带领整个七方面军反正是桩大事,我不好和你讲,你不知道。"

黄少雄点点头,又说:

"光复以后，别忘了叫弟兄们到我坟头摆碗酒！"

"成！我亲自带酒去看你！"

"还……还有一桩事要拜托大哥！"

"你说。"

"玉珠有了，是我的。大哥务必要把关玉珠当我的家眷看待。"

"成，不但有我，还有二奶奶，二奶奶待玉珠可比自己亲闺女还好！"

黄少雄满意地笑了：

"好，这样，我就放心了！"

最后，黄少雄提出，要和关玉珠见一面，他一口答应了，说是马上派人去请……

会面的情况异乎寻常地好，他感动了黄少雄，黄少雄也感动了他；他觉着自己人格伟大的同时，也感到了黄少雄人格的伟大。

走出医院大门，龙国康鼻子一酸，落下了两滴英雄泪。

五

关玉珠对自己的身世一直存在着深刻的怀疑。从不谙人世的幼年到长大成人的今天，她身边只有一个史二奶奶。

恍惚是有过一个父亲的，父亲恍惚是姓关。记不清是六岁还是十岁那年，她随二奶奶到父亲家去，父亲背着二奶奶捏她的脸，眼睛阴阴地看着她，似乎想在她脸上找寻什么秘密，吓得她哇哇大哭。这事过了许多年，她总也忘不了，每每忆起，总觉得这人不像是她父亲，她这关字姓得有点不明不白。后来，不明不白的父亲也死了，她的身世就益发难以弄清楚了。

还有母亲。母亲是谁也不知道。二奶奶说，她母亲走了，到很远的地方闯世界去了，把她托付给了她。大了以后，二奶奶却不提这话了，大约二奶奶是找不出一个这样的母亲来的。细细回想一下，觉着自己实在早该看破二奶奶的瞎话：她既有一个关姓的爹，又有个闯世界的妈，为啥却总呆在二奶奶身边？这本身就没道理。

二奶奶对她不错,把她当亲闺女看,二十三岁上给她找了个好婆家,绫罗绸缎、披金挂银把她送出了门。各堂口送来的喜钱,全让她带去做了陪嫁。

绞鬓那天,她对着二奶奶直直跪下了,非叫二奶奶说出自己的身世不可,她不能这么糊里糊涂到夫家去。

二奶奶哭了,哭得很伤心,末了才说:她父母在她出生三个月后就双双殉难了。那是宣统二年,一次流产的会党起义,殃及了十二村寨的上千号男女。

她呆了,泪人儿似的哭着,给二奶奶磕了三个响头,谢过二奶奶的养育之恩,一轿去了夫家。

在夫家的最初日子里是美满的,后来就不行了。三年没开怀,婆婆的黑眼珠变成了白眼珠。丈夫也嫖上了,那年冬天争风吃醋被恶人打断了腿,瘫在床上。婆婆把账都算到她头上,打她、骂她。二奶奶知道了,带人上门问罪,吓得婆婆、公公、丈夫、小叔子全跪下求饶。二奶奶说,只听她关玉珠一句话:要还愿在这过,别的话就不说了;只要说走,这三进三厢的院楼就给它点把火。她觉着咋说还是怪自己没能怀上娃,怨不得人家。遂扶起婆婆,劝起公公,反要二奶奶息怒。二奶奶见她如此,也只好作罢,悻悻地起轿回去了。那把火没烧起来。

也是天意,两年过后,日本人打过来了,飞机轰炸,三进三厢的院楼还是毁了。公公、婆婆和瘫痪的丈夫都炸死在炮火中。小叔子带着自己的妻儿去跑反,她只好孤身一人回到二奶奶身边。

那当儿,二奶奶很忙,先是忙着打鬼子,后又忙着迎鬼子,拥护汪主席。龙国康的队伍奉日本人的命令一开过来,二奶奶就把许多站不住脚的弟兄,全都拉扯到龙国康那去了。她不解,问二奶奶为啥这样干。二奶奶说是为了让那些弟兄不吃眼前亏,留着力量将来光复天下。

她信二奶奶的话。二奶奶的话对她来说,就像神灵的启示。她也跟着二奶奶干了。三十年冬,和二奶奶三上云崖山,接下了黄少雄千余号人马,也结下了一段真正的好姻缘。

黄少雄开初把她当作二奶奶的亲闺女了,说她脸盘、眉梢都像二奶奶。她大吃一惊,后来给二奶奶梳头时认真对着镜子看,果然觉出有些像。她几次想问二奶奶,又都没敢。

黄少雄说,不要问,有些事是问不清的。二奶奶本是女中豪杰,一生风流英雄,那本孽情账必是乱得很。理不清,怕也不想理,你老挂在心上,倒徒生烦恼。其实人本来就是那么回事,谁也说不出自己从哪儿来,到哪儿去,重要的是,到这个世界上走了一遭,活得舒心,活得实在,就算够了。

这话深深打动了她,她记了许久。她在黄少雄宽阔可靠的胸膛和脊背上,找到了自己的那份舒心,那份实在,竟觉得以往的岁月是白过了。和死去的丈夫比起来,黄少雄才真叫男人。

更让她欣喜的是,黄少雄给了她做为一个女人的自信。她怀上了娃——确确实实怀上了娃,她不但可为人妻,也可为人母。她这才敢像个真正的女人那样,要黄少雄娶她过门。

黄少雄说自己做着汉奸旅长,已没脸没皮了,不能再害她。她说她不在乎。黄少雄说他在乎,不反正成功,决不娶她,他要她当国军旅长的太太,而不是汉奸旅长的太太。

这情义让她感动。她倾力帮着黄少雄谋划起事,瞒着二奶奶穿梭于绥靖区和国统区之间。甚至最后改变起事计划,要李汉铭手下的队伍紧急接应,也是她连夜赶到界碑店,让仁义堂金三爷送的信。

万没料到,起事竟败了,黄少雄身负重伤落到了龙国康手里。她听到消息,立马要二奶奶起驾进城,向龙国康要人。

二奶奶很吃惊,黑下脸来骂她,说她大胆、莽撞,把几百号弟兄葬送了!二奶奶流着泪说,如果她早一刻知道此事,决不会闹到这种糟糕的地步!

然而,二奶奶毕竟是二奶奶,老人家知道她和黄少雄的那份情义,骂了她之后,还是去见了龙国康,金口一开,救下了黄少雄的一条性命。

她喜出望外,连夜套了大车,进了白集城,去接黄少雄。

黄少雄却没有要走的意思,见她来了,又是要她喝茶,又是要她吃点心。她哪吃喝得下！马上招呼一起来的随从家人扶黄少雄起来。黄少雄不起，说是要和她单独坐一会儿，歇歇，说说话。

家人出去了。她坐在床沿上。是上午八点来钟的光景，天是晴的，没风，白白的日光一直照到床沿上，让人从心里觉着暖。

黄少雄拉着她的手说：

"反正没成功，对不起死去的弟兄们，也对不起你关玉珠。"

她说：

"还提它干啥？谋事在人，成事在天，这话二奶奶常说。反正不成，也是天意，怪不得你！"

"死了那么多好弟兄！"

"那也没法子，又不是你黄少雄害的，都是为国家，将来，国家会记着他们的！"

黄少雄点点头，不无悲凄地看着她，问：

"玉珠，这次我若是死在柳河岸边，你还会记着我么？会带着孩子到坟头来看我么？"

她眉梢一扬：

"那自然，我这辈子活得不明不白，咋着说也不能再让孩子活得不明不白——咦，你说这干啥？"

黄少雄没回答，又问：

"怀上有三个月了吧？"

"不止，快四个月了，二奶奶给算的，她是过来人，懂。"

黄少雄"哦"一声，把手摆在她的小腹上，轻轻地抚摸着：

"没有我，你能把这孩子带大么？"

她一怔：

"你……你这是啥意思？"

黄少雄凝思片刻，板起面孔道：

"玉珠，我……我不能瞒你了，我……我从没打算娶你！我在洪峪老家有太太，还……还有三个孩子，两……两男一女！"

她的眼一下子睁圆了：

"你……你瞎扯！"

"不是瞎扯！我……我觉着对不起你，才不得不对你说实话！三年来，你对我的好处，我……我黄少雄永生永世也不会忘了，可今天，我不能跟你走，日……日后也不会跟你走！"

她又恨又气，眼泪刷地出来了，站起来，劈面给了黄少雄一个耳光。

"那你当初咋说的？你当初为啥要哄我喝酒，脱我衣裳？我关玉珠来得不明不白，你还想让我肚里的孩子也来得不明不白么？你现在就说，我到哪给这孩子认个野爹，姓哪个野爹的姓？"

黄少雄默默看着她，一言不发。

她软了下来，满面泪水，扑倒在黄少雄面前：

"少雄，就……就算这样，我……我也认了，我给你做小，我……我不在乎……"

黄少雄呆了半天，终于说：

"好……好！待……待我伤好以后，我们就……就回洪峪老家办……"

她抹干泪，决然道：

"收拾一下，赶快走吧！免得龙老三变卦！"

黄少雄淡淡一笑：

"老龙不会变卦的，他不是坏人，我跟了他二十多年，知道他！"

她摇摇头。

"这年头，谁都靠不住！"

黄少雄把一封封了口的信递到她面前：

"这是老龙给二奶奶的信，很重要的，亲手交给二奶奶，只要这封信在，老龙就靠得住！"

她接过信，揣进怀里。

"走吧，车在楼下门外候着呢！"

"等等，我要尿尿，你……你到门外给我拿……拿便盆。"

她刚要走,黄少雄抱住她,亲了下嘴。黄少雄的嘴唇很凉,还有些抽颤。

她没想到这是最后的诀别,脱出黄少雄的怀抱后,她真的到门外去找便盆了。

就在这时,闷闷地响了一枪。在身后响的。回转身,黄少雄的脑袋已搭到了床沿下。鲜红的血落在床上、地下,也溅到了雪白的墙上。

她扑过去,扶起黄少雄,想让黄少雄睁开眼,问问是咋回事,咋刚才还谈得好好的,一转眼就走上了绝路?她不相信这是真的,她摇撼着黄少雄的脑袋,哭喊着,手上、身上都沾满了热呼呼的血……

涌进了许多人,有随从家人,也有当官的、当兵的。人家硬把她和黄少雄分开了,硬给她脱掉了红缎袄上的罩褂。她木然地让人摆弄着,浑然不知自己置身何处,直到那些当兵的弟兄要抬走黄少雄时,她才号啕一声,栽倒在地上……

六

看到黄少雄浑身是伤的遗体,凌福荫师长不知咋的就落了泪。他决不相信黄少雄会自杀,认定这其中必有名堂。

黄少雄不是那种怕担责任的软骨头,他敢率众反正,就敢在反正失败后,面对龙国康和日本人的枪口。就是他凌福荫自杀,黄少雄也不会自杀,在云崖山游击战最艰难的时候,黄少雄不止一次对他说过:他每一颗子弹都是打鬼子的,要敲碎他黄少雄的脑袋,非得鬼子们掏子弹不可。

现刻儿,黄少雄偏死了,偏是自杀死了。傅西海说,黄少雄是被龙总司令的人格感召了,一死以谢罪。米传贤说,黄少雄是觉着对不起倒在柳河岸边的起事弟兄,不得不走上自毙的绝路。更有人说,黄少雄归根还是怕事,怕龙总司令把他交给日本人凌迟处死。

人死了,竟还落得这许多歪曲!如此一个铁血英雄,其结局实在太让人伤心难过。

必有名堂无疑。一看到那把六轮手枪,凌福荫就明白了。那把六轮手枪他太熟悉了。民国二十二年冬,他和黄少雄合谋缴了龙国康的械,得了两把好枪,黄少雄要了这把六轮,他要了勃朗宁。后来,龙国康重做师长,收服他们时,又把两把枪都收了回去。当时龙国康还说呢,你们二位喜欢这两把枪,我龙某完全可以送你们,可你们不义硬取则不行,恶例不能开。现在,龙国康的六轮咋又回到了黄少雄手里?黄少雄咋又用这把枪自杀了?

事情实在蹊跷。

由黄少雄蹊跷的死,想到了自己,觉着自己也处在极度的危险中。这一次,龙国康用这把六轮干掉了黄少雄,下一次必定会用另一支勃朗宁除掉他凌福荫。龙国康把黄少雄手下的部属弟兄交给他节制,无疑是欲擒故纵。老家伙一来表演自己的所谓宽厚,二来也是为了麻痹他和绥九师的弟兄。老家伙不把暂八旅交给亲信傅西海,偏划入绥靖部队,交给自己,根本说不通。

会开得也有问题。黄少雄和起义弟兄已出了四林镇,龙国康已把新六军的一二四师两个旅调出去打了,却偏还要开会,其目的显然不是为了作战,而是为了恐吓:谁敢走黄少雄独立旅的路子,就是这个下场!在轴心国欧战失败,南京政府忧心忡忡的情况下,龙国康担心军心不稳哩。

黄少雄反正的谋划,他是有所耳闻的。黄少雄本人也多次试探过他的口风,他都一味装傻。他既怕起事失败,送掉身家性命,又怕对不起龙国康——一直到黄少雄起事前,他都真诚地认为龙国康忠义大度。

那一阵子,他陷入了从未有过的矛盾境地。一方面想保全自己,忠于龙国康;另一方面,又确实觉着这汉奸师长再也不能当下去了——中国人的良心不允许,自己的前程也不允许。他也给自己留了后路,通过小舅子张一江和云崖山根据地的共产党取得了联系。云崖山他熟悉,早年在那剿过匪,又在那打过游击。共产党那边的情况他也是熟的,他和共产党的抗纵交过手,也联合在一起打过鬼子,打过龙国康的新六军。他觉得,自己唯一的出路,只有投奔共产党的抗纵。将来光复,重庆中央不会原谅他,共产党则会原谅。共产党的队伍打鬼子,也打国民党。

荒 天

在黄少雄探他口风时,他原想把投共产党这层意思和黄少雄说的,可话到嘴边又没敢。黄少雄的情况和他不一样,这老兄在二支队的两个拜把子兄弟死在共产党手里,又和共产党有过一次恶战,因而和共产党积怨很深,说啥也不会投奔共产党的,再说,那当儿黄少雄又和国军李汉铭的副官取得了联系,箭在弦上,已不得不发。

也认真考虑过和黄少雄携手再干一回,把绥九师和独立旅两支箭一齐发出去。想来想去觉着不妥,黄少雄的独立旅在四林镇,他的绥九师师部在白集城里,黄少雄走得掉,他走不掉。

这样一来,黄少雄只得单箭射发,以至于兵败柳河。

现刻儿想想,自己实在是对不住黄少雄和独立旅的弟兄。只因着要保全自己,竟把这么多好弟兄的命送了,无论咋说,也是愧对良心。倘若黄少雄起事时,他也干了,哪怕在白集城里和龙国康的部属形成僵持,多少也会对独立旅有所帮助。

悔也无用。要紧的是今后的路咋走。昨天属于黄少雄,今后则责无旁贷地属于他。黄少雄的死,使他痛悔,更使他警醒,他要把黄少雄未竟的举义真正完成。从民族大义和朋友情义上讲应该如此,从保全自己的角度上讲也应该如此。他得赶在龙国康下手之前,先把队伍拉走。

从黄少雄的丧礼上一回来,凌福荫师长马上把当副官的小舅子张一江找来了,吩咐厨子老刘烧了几样下酒菜,说是喝两盅,要张一江作陪。张一江知道姐夫心绪不宁,未敢多言语,规规矩矩在凌福荫对面坐下了,看凌福荫喝,自己也喝。三盅酒下肚,凌福荫睁着血红的眼睛问:

"一江,最近见着抗纵的钱部长没有?"

张一江摇摇头:

"没!上个月您说要我少接触,我就再没和他们联系过。"

凌福荫哼了一声,夹了块肉在嘴里缓慢地嚼着,又呜呜噜噜问:

"最后一次见面是啥时候?"

"大约是两个月前,钱部长想搞点盘尼西林和外伤用药,我通过军需处给他们弄了。盘尼西林还是从日本人那弄来的,就是那个坂西少佐,你见过的……"

"咋不和我打声招呼?"

"姐夫,不是您说的么?对这些小小不然的要求,我办就是!"

"你胆子也太大了些!敢从坂西手里去弄盘尼西林!弄出事咋办!"

"坂西不知道盘尼西林是抗纵要的。"

"废话!他要知道是抗纵要的,你现刻儿也甭坐在这儿喝酒了!这事谁具体办的?"

"副官处赵宗林!"

"靠得住吗?"

"绝对靠得住!"

凌福荫不作声了。

"姐夫,你现在打听钱部长干啥?有啥事要他们帮忙吗?"

"随便问问。"

"钱部长说,咱只要遇着啥为难的事,他们准帮忙,还说……"

凌福荫扬了扬筷子:

"吃鱼吧,凉了怪腥的。"

张一江把筷子插在鱼上拨弄着,又说:

"钱部长还想和您见见面。"

"你咋说的?"

"我……我说一时怕不行。"

"对,我一时不能见他。"

"以后见不见呢?"

"以后的事以后说。"

一时无话。二人又相邀着喝起了酒。

给姐夫倒酒时,张一江试探着道:

"黄旅长他们怪冤的。他们咋想着过柳河,走界碑店的呢?就是过了柳河,突破界碑店,距李汉铭的国统区也还有几十里平川地。他们若是反方向,向东北迂回,绕过新六军一二五师的防区,就进云崖山了,抗纵会欢迎他们的。"

凌福荫摇了摇头：

"怕未必吧？新六军一二五师的防区并不好绕，抗纵也未必喜欢黄旅长。"

"钱部长说，黄旅长打鬼子很棒……"

凌福荫苦笑道：

"他打共产党也不赖。那当儿，他在山南，我在山北，他打共产党比我狠，人家叫他摩擦司令。"愣了下，又说："黄旅长举义殉国，共产党怕没想到，他们怕也不能不承认黄旅长是条汉子！"

"是的，钱部长常说，抗日爱国不分先后。"

凌福荫突然问：

"一江，如果咱们绥九师重进云崖山，他们会咋对咱？"

张一江一愣：

"钱部长从未提过这事，您不吐口，我也不敢提。可……可我想……"

凌福荫手一挥：

"我不想听你咋想，只想听共产党咋想！你可试试他们的口气，不要讲是我的意思。"

"是，姐夫！"

"要尽快办！还要保密，知道的人越少越好，尤其不能透到老龙耳朵里去！"

"那自然。"

凌福荫感慨道：

"人哪，还是要活口气的！咱们不能到死还戴着顶汉奸帽子！一江，不瞒你说，姐夫想把绥九师和暂八旅全拉到山里去，哪怕共产党日后不让我再带兵，我也能安心回家种地了！"

张一江想了想：

"这么大的事，是不是先和曲副师长还有那些旅团长们商量商量，听听他们的意思？"

凌福荫摇摇头：

"先听听共产党的意思再说吧！和曲副师长他们商量早了反而坏事。"

"那，要不要征求一下史二奶奶的意见？二奶奶和老龙不是一回事……"

凌福荫想都没有想，便打断了张一江的话头：

"更不必了，这二奶奶越老越糊涂，眼看着独立旅死了那么多弟兄，她老人家还要我们跟老龙好好奔前程哩。"

"可咱绥九师和暂八旅不少弟兄都在她的忠义堂里……"

凌福荫筷子一摔：

"弟兄们不管在什么堂，都是我的兵，也都不会甘心当汉奸，到时真有敢炸翅的，军法从事！"

张一江一惊，不吭声了。

七

从后门送走一二四师师长傅西海，龙国康吩咐传见凌福荫。不巧，凌福荫刚坐下，寒暄未毕，副官处长就来报告，说是川本少将来见。

龙国康略一沉思，叫副官处长带凌福荫到另一个房间喝茶，自己到门厅去迎。

往门厅走时，龙国康心绪很乱，甚至有些慌。原想一下午和傅西海、凌福荫、米传贤三人分别谈谈，稳住军心，也就全体反正的事探探他们的口风，没想到突然冒出个川本，安排好的事全打乱了。难道川本得到了啥风声不成？

想想又不像。那张草拟着通电稿的字据原是做戏，且又从关玉珠那里抄回来了，他亲手将它烧了，就是关玉珠说他背叛日本人也没根据。反叛的独立旅是他打掉的，黄少雄也死了，川本绝对找不到他什么茬儿。

因此镇定了许多。在门厅里见到川本时，龙国康脸上笑得极自然，还和川本的副官梅津中佐开了个玩笑，夸梅津中佐变得腼腆文静，像个东洋姑娘了。

川本是从郸城日军司令部来的,说是路过白集城看看老朋友。他做出一副很高兴的样子,请川本到客厅坐下,吩咐卫兵沏了茶,上了烟,又照例摆出棋盘,要和川本下围棋。

川本围棋下得很好,今日却没心思下。一坐下就说,局势不好,欧战一塌糊涂,皇军在太平洋也接连失利,也许将被迫在日本本土和登陆的美军作战。又说,已获得情报,罗斯福、丘吉尔、斯大林三巨头聚会雅尔塔,商讨最后摧毁德国,结束欧战。同时,也将对远东战事作出决断。

龙国康显得很惊讶,似乎这些情况闻所未闻,还很恳切地道:

"不至于这么糟吧?皇军在中国可是打得很漂亮哩!前不久还打通了粤汉铁路。"

川本来了点精神:

"不错,皇军在中国大陆的根基是很牢固的,倘若美军登陆日本三岛,三岛不守,军部也可以满洲国及中国大陆的几百万帝国军人和美军决一死战。目前,关东军几个师已陆续移驻上海等地,加强海岸防卫。"

龙国康点头附和道:

"如在日本本土及中国大陆作战,对美军就十分不利了。日本和中国同根同种,血肉相连,可以说是同一民族,自然能够一心一意对付异族美军的。"

川本叹了口气:

"都像您龙将军这么想就好了,圣战就有希望最后胜利了!情况并非如此。在日本,我们没有必死决心之政治家,仅军部苦苦挣扎,奋力前行,以致时局如斯。在中国,则军人也无德行,看风使舵,勾挂三方!"

龙国康不由一惊:

"您是指黄少雄的独立旅吧?这也怪我大意了,养虎成患,差点儿把命送到他手里。"

川本摇摇头:

"不仅是独立旅,也不仅是个黄少雄,恐怕对整个方面军,龙将军都要小心掌握才是！我们东有共产党的抗纵，西有国民党李汉铭的五个整编师，新的哗变不是没有可能。"

龙国康想了想，很认真地道：

"川本将军提醒得好，我们是要多加小心。不过，从目前来看，可能性不大，黄少雄的独立旅已在柳河边给他们留下了教训，谁敢哗变，本总司令一律格杀勿论！"

"对哗变的独立旅，您处理得好，高岛司令官准备到南京陈公博主席面前替您请功！"

"哪里！要说有功，还是您川本将军有功，若不是您送来情报，只怕不是我杀了黄少雄，倒是黄少雄杀了我呢。"

说罢，愣了一会儿，似乎意犹未尽，又道：

"川本将军，您知道，我对汪主席是极为景仰的。当年，汪主席少年英雄，刺杀摄政王，我龙国康也率会党参加辛亥起义；后来汪主席主张和平，我也主张和平，中日之战本是误会么！现在汪主席不在了，我龙国康自然要把拥戴汪主席的那份心，用来拥戴公博、佛海二位。"

川本冷不丁道：

"您对蒋委员长、何总长就不拥戴了？何总长当年可是很器重你呀！还有您的老长官胡生荣将军。"

龙国康呵呵笑道：

"拥戴呀！只要他们主张和平，我龙某人都拥戴呀！"

川本也笑了：

"说得好！不过，指望重庆主张和平是没希望喽！听说他们物色的谈判对手不是我们军部，也不是日本政府，而是在野力量，一帮政治废物！"

龙国康打起了哈哈：

"好了，川本将军，这些话都不说了，还是谈点实际的吧！我托您帮的忙怎么样了？"

川本一时记不起了：

"帮什么忙？"

"帮我把老母从湖南战区接来呀!"

川本恍然大悟:

"哦,这事高岛司令官直接帮你办了,派中村上尉冒险跑了一趟,还说待老夫人到郸城以后,要设宴为你们母子庆贺哩!"

龙国康笑了:

"代我谢谢高岛将军,请他放心,七方面军有我龙国康在,独立旅之类的事断然不会再发生!"

又扯了几句别的,川本告辞了,说是到界碑店有事。他把川本和梅津中佐一直送到大门口,眼见着川本的座车和护卫的摩托车轰隆隆发动起来,开到大街上,才如释重负地舒了口气,转身回去。

日本人对他的忠诚显然已有怀疑。川本的眼睛是极犀利的,对中国军人简直是看到了骨头里。当初,日本人得势时,归顺日本人的官兵多如牛毛;如今大局对日本人不利,哗变自不可免,川本和他一样清楚。好在他是镇定的,末了还提出了个老母的问题,对此,川本和高岛都该明白:他龙国康是靠得住的,在这时候把老母从国统区接到郸城,就是靠得住的明证。

因其对日本人的靠得住,却不知该和等候已久的凌福荫谈什么了。反正归顺中央是不能谈了,传到日本人那里不得了。再想想,觉着把暂八旅交给凌福荫也属失策。当时决定把暂八旅交给凌福荫,是因为想着七方面军全体反正,认为在反正这件事上,凌福荫比傅西海靠得住。傅西海对他忠诚不错,对日本人也同样忠诚,连军长米传贤都骂这人是日本人的奴才。先前和傅西海谈话时,傅西海还一口一个大皇军哩。

还是硬着头皮和凌福荫谈了——没谈反正,只谈治军,要凌福荫把暂八旅的一些营团长和绥九师的营团长对调一下,以防发生新的不测。还嘱咐凌福荫在警惕李汉铭国军策反的同时,警惕云崖山里的抗纵。他告诉凌福荫,抗纵比李汉铭的国军更危险,一朝煽出祸事,势必难以收拾。

送走了凌福荫,新六军军长米传贤应约来了。他留米传贤吃了晚饭,愁眉不展地把一切顾虑和设想都和米传贤说了,征求米传贤对反正的意见。米传贤想了一晚上，直到临走才说：

"大哥，此事兄弟认为还得再看看，再等等！咱这不是欧洲，日本人的气焰还凶着呢！"

这正对他的心思，他一边听一边点头，觉着米传贤英明，自己也英明。

八

从龙国康那里一回来，米传贤马上意识到，他期待已久的机会终于来了。他在龙国康这条老狗面前的所有忍耐，都将在他举起反正大旗时，化作谈笑之间的飘渺记忆。

已是十点多钟了，米传贤还是把副军长金大来、参谋长李运勤、一二五师师长申双英、一二四师副师长赵君利一齐召来，面授机宜。为防发生意外，军部院里院外布下了手枪团两个排的便衣卫兵巡视值夜，内客厅的桌上还摆了副麻将。

人一到齐，米传贤便开门见山道：

"这么晚了，还请诸位到军部来，实出无奈。下午老龙找我谈了话，说是黄少雄的反正，搅乱了军心，要我警策各部，从严治军。还说日本人对整个第七方面军都已产生疑虑。"

四位部下盯着米传贤的面孔看，神情怪紧张的。他们都明白，没有重大的事情，军长不会半夜召他们来，也不会只召他们四个来。他们四个，除一二四师副师长赵君利外，都是军长原国军三六九师的老班底，都跟着军长十几二十几年。赵君利虽说是在编组新六军时才跟的军长，但因其和师长傅西海的矛盾，几年来屡屡求助于军长，军长给他帮了不少忙，因此也只认米军长，不认龙总司令。

"我们新六军和整个七方面军，可以说是险象环生。重庆国府和共产党方面，都把我们看作汉奸，日本人不信任我们，老龙又不负责任，我们不得不考虑自谋生路！"

米传贤故意把龙国康关于集体反正的设想贪匿下了。他认为，身为总司令的龙国康应该对第七方面军这段不光彩的历史负责，应该承担率三万八千国军弟兄做汉奸的责任,决不应该去做什么反正英雄。如果龙国康成了反正英雄,写在附逆历史上的这一笔笔血泪账就算不清了,他米传贤也就永无踢开龙国康一展宏图的机会了。反正英雄只能是他米传贤。他是新六军军长兼第七方面军副总司令,光一个新六军就握有两万兵力,足以控制绥靖区大局。

"事到如今,老龙还抱着日本人的大腿不放,还口口声声要我们注意日本人的脸色。诸位都知道,对付黄少雄的独立旅,老龙下手多狠!把整个一二四师都调上去了,炮队也调上去了!当时我就对他说,能不能不打?即便要打,是不是也只装装样子?没准哪一天我们大家都要走黄少雄的路。老龙不听,连夜驱车跑到一二四师师部,向傅西海下了命令,是不是这样啊,老赵?"

一二四师副师长赵君利点点头道:

"是的,当时,我也不主张打。老龙头脚走,我后脚就对傅西海说,小鬼子的日子长不了,咱得留条后路,狗日的傅歪嘴枪一拔,说我也想反……"

米传贤摆摆手,没让赵君利再说下去:

"到了这个地步,我们也只好对不起老龙了,用老龙的话说,这叫'你不仁,我不义'。你老龙对自己的弟兄下这么黑的手,叫仁吗?到这当儿了,还死心塌地当汉奸,叫仁吗?不叫仁嘛!叫害人嘛!害国家、害民族、害人民!"

一二五师师长申双英问:

"军长意思是——"

"我的意思就是你们诸位过去和我说过的意思:反正!起义!带队伍返归中央!唯此一举,方可对得起天下,对得起军人的良心!"

"好!太好了!军长,您……您早该带我们走这一步了!"副军长金大来说。

米传贤没作声,心里却觉着金大来不懂审时度势。早这么干,时机不成熟,搞得不好,非但不会成功,反而会造成极大的牺牲。就是现在有多少成功的把握,他心里也不是完全有数,他是因为龙国康动了反正的念头,才触发了以自己的反正取而代之的念头。

龙国康是南京政府中央军委委员,和陈公博、周佛海关系密切,对时局了解比他透彻。龙国康都想到了走反正的道路,他若还只知道有日本人,不知道有蒋委员长,那也就未免太傻了。

参谋长李运勤问:

"军长,您是否已和重庆方面联系上了?"

米传贤点了点头:

"就是在两军对垒的时候,我和国军李汉铭军长都保持着联系。我给他帮过忙,他也给我帮过忙。日本人打他们,我就把情报通过去;抗纵搞我的游击,只要他们知道的,也都告诉我。"

李运勤恍然大悟:

"怪不得那次打茅店时,您叫弟兄们按兵不动,原来是对李汉铭网开一面,让他撤?"

"你才看出来呀?"

"你当初只说是保存实力……"

"实力要保存,人情更要做足,实不相瞒,我那次就透了信去。我米某人就是自己不留后路,也为咱新六军两万弟兄留后路!那次老龙气坏了,说我黄了日本人的计划,差点儿扇我耳光……"

一二五师师长申双英道:

"那黄少雄独立旅起事,军长是不是事先也知道?李汉铭没让人带信给你么?"

米传贤不知该说啥。

李汉铭这人太狡诈,独立旅起义的事,竟不让他知道,骨子里还是没把他米传贤当曲线救国的同志看待。因此,他尽管确实劝了龙国康对黄少雄的独立旅不要真打,可龙国康要打,他也就眼睁眼闭,让一二四师去打了。这一仗便打掉了李汉铭的幻想。李汉铭通过黄少雄独立旅的柳河惨败,至少弄清了两个事实:其一,黄少雄担不起举义大任;其二,龙国康是死心塌地的汉奸,决不可能领导第七方面军的曲线救国,李汉铭所能选择的,除他米传贤绝无第二人。

这些话当然不能对申双英他们讲。

他说的是另一番话:

"独立旅起事的事,我是知道的。我托人带话给李汉铭,告诉他时机不成熟,李汉铭不听,结果,就闹出了这场惨剧!"

申双英又问:

"现在时机就成熟了么?军长可有啥周到的安排?"

米传贤道:

"这正是今天我要和诸位商讨的,我的想法是,以绥九师和暂八旅军心不稳为由,怂恿老龙对布防格局进行调整,让绥九师和暂八旅东移,我新六军则西进,确保对白集城和柳河大桥的控制,在可能的时候,一举突破日军界碑店防线,进入李汉铭控制的国统区,也可以和李汉铭的国军来个东西夹击,以歼灭界碑店日军的战果,作为给中央的见面礼。"

金大来击案叫道:

"好!以我两万兵力对付界碑店日军一个联队,成功有绝对把握,就是没有李汉铭军的配合,也有绝对把握。"

一二四师副师长赵君利不同意这观点:

"我们哪来的两万兵力?一二四师师长是傅西海,这小子和他拉扯上来的那帮旅团长是不会跟我们走的,除非是老龙也跟我们走!"

米传贤深思熟虑道:

"这事我也想过,傅西海翻不了大浪,到时,我要开会的,在会上宣布反正计划,不赞同的就地解决。我的手枪团绝对靠得住!当然,如果老龙能识时务,参与反正,我们欢迎,能出现七方面军全体举义的局面更好,那样,就不是我们过柳河的问题,而是配合李汉铭军过柳河的问题了,咱们这块天地就光复了!咱们就有大功于中央!"

大家都很兴奋,似乎反正已经开始,且已经成功,他们一个个都做了光复英雄一般。

倒是申双英还冷静一些,片刻的兴奋过后,又不无忧虑地问:

"布防的调整会这么简单么?老龙若是不干呢?"

米传贤自信地道:

"老龙非干不可,这老家伙也怕绥九师的凌福荫不听话,跟在黄少雄后面再过一次柳河。凌、黄二人过去就捣过老龙的蛋,老龙咋会信任凌福荫呢?你们想想!老龙把暂八旅交给凌福荫,不是信任他,是玩弄他。"

都认为有理。

"老龙信不过绥九师,那么,信得过咱新六军么?一二四师傅西海他信得过,申师长,你的一二五师就未必了。我若是告诉他:新六军长期和共产党的抗纵打交道,一些弟兄有亲共嫌疑,为防不测,把队伍调开,不是正对老龙脾胃吗?"

申双英道:

"这话不错,确有些人亲共哩!三七四旅就有十几个家伙往山里逃,被截住了,昨天吴旅长还问我咋办……"

米传贤手一劈:

"很好办,送到老龙的方面军司令部去,证明我米某人从来不讲瞎话!"

"可……可老龙的执法处没准要毙他们……"

"那这恶人就让老龙去当!"

最后,米传贤又说:

"国家存亡,匹夫有责,抗战已到最后关头,南京的汉奸们很难,重庆的中央也很难,我们反正只要成功,就是为抗日决战出了力。谁要怕死犹豫,现在就退出,不退出,就得走到底,共存共荣!"

众人很激动,发誓和自己的军长同舟共济,临散时还割破手指饮了血酒。

这一晚,米传贤军长很兴奋,自己五年来做汉奸的耻辱和罪恶,大都于慷慨激昂之中记到了真正的大汉奸龙国康的账上,剩下的,也被他一笔勾销了。他甚或觉着,五年前史二奶奶引着他去见龙国康,就是为了今天光荣的反正。那时,他只有三千号人,不到两千杆枪,而现在,他反正带出的将是两万人马两万多支枪,也许还有一块光复了的国土啊,他曲线救国功莫大焉……

九

凌福荫想来想去,还是在一个多月后带上两包上好的烟土到蒲镇拜见史二奶奶去了。

史二奶奶偏不在家。

四姑娘关玉珠说,二奶奶去了界碑店。界碑店仁义堂的金三爷带着一帮弟兄和川本旅团的两个鬼子翻译打起来了。翻译官仗着日本人的势力,把金三爷和四个弟兄抓了,关在鬼子宪兵队。仁义堂的弟兄忙来找二奶奶救人。二奶奶二话没说,启轿就走了。据关玉珠讲,走了已有三天。

凌福荫很吃惊:

"走了三天,咋不去找?会不会出事?"

关玉珠道:

"没事!界碑店的鬼子都知道史二奶奶是啥人物,不敢碰她的。"

凌福荫寻思二奶奶不在,放下烟土,想调头回去,关玉珠偏把他拦住了:

"凌师长,甭这么急慌,坐一坐,也叫弟兄们喝杯酒,我正有事要向你打听呢。你不来,我或许要到白集城里找您!"

虽说已开春了,天还是很冷,随行的副官卫兵们很辛苦,也确要喝杯酒驱驱寒的。加上关玉珠是二奶奶信得过的人,又是黄少雄的相好,从她嘴里也许能套出些话,他点头应了。

把副官、卫兵们安排在东厢房,让副官长张一江带着喝起来,关玉珠亲自把盏给他斟酒夹菜,还陪他喝了两杯。关玉珠显见得憔悴了,再无往日那种逗人的神采,一个多月前,黄少雄的死给了她极大的刺激,使她整个的像换了一个人。她头上扎着白缎带,脸是虚肿的,鬓发凌乱,刚睡醒似的。

他还没来得及说话，关玉珠先扯起了黄少雄，眼窝汪满了泪。说是黄少雄死了，自己也伤了身子小产了，骨血硬没保住，真对不起黄少雄。还说黄少雄死得蹊跷。她提到了一封信，说那封信是龙国康写给史二奶奶的，她没能看到，就被人偷走了，大概是在医院被偷走的。

"当时，我……我把信的事完全忘了，一身一手都是血，谁给我换的罩衣也不知道。待想起来，已经晚了……"

凌福荫问：

"事后你找过没有？"

关玉珠道：

"找过，找了老龙身边的那些副官、参谋，人家都说不清楚。我问老龙，老龙说不知道，问二奶奶，二奶奶也说不知道。你说怪不怪？少雄肯定是因为那封信死的，死了以后，那封信偏没了，而且谁也不知道。"

凌福荫断言道：

"老龙肯定在里面搞了名堂。"

"可老龙答应放少雄的，后来我找老龙时，老龙还说，没想到少雄会走到绝路上。"

凌福荫愤然立起：

"全是谎话！黄少雄自杀的六轮手枪是龙国康的，那把枪的恩恩怨怨，少雄在世时和你说过么？"

关玉珠摇摇头。

凌福荫把缘由说了，又道：

"老龙杀了黄少雄，还想搞我，我知道。"

关玉珠很震惊，切齿道：

"果真如此，四姑奶奶不会饶他！"

凌福荫闷闷喝了会酒，又说：

"我总怀疑老龙那封信是对付我的，他知道我和少雄的关系，怀疑我也参与了独立旅的起事，却又抓不到证据，所以……"

关玉珠却念念不忘黄少雄：

"我不能让少雄死得这么窝囊,姑奶奶非让老龙偿命不可。"

凌福荫仍自顾自地说:

"上个星期,老龙召集开会,调整了绥靖区的布防,把绥九师的一个旅和暂八旅一起调到了云崖山共产党根据地接壤地带,这里面是不是有文章?老龙是不是怀疑我和共产党抗纵有啥关系,故意试我?"

关玉珠不作声。

凌福荫明确问:

"二奶奶听到啥没有?"

关玉珠摇摇头:

"没听说。这种事老龙不会和二奶奶说。"

"老龙最近来过蒲镇么?"

关玉珠想了想:

"没有,只二奶奶去过一回郸城,和老龙一起去的。大约在半个月前,高岛、川本设宴为老龙母子团聚庆贺,要二奶奶一定赏光,二奶奶不好推辞。"

"二奶奶回来可说啥啦?"

"记不起了,好像没说啥。"

这益发证明了龙国康的阴毒,没准这老家伙连二奶奶一起要了——当然,也可能二奶奶和老龙穿了一条裤子,专对付他凌福荫。他对二奶奶的怠慢,二奶奶是有数的,二奶奶曾说过,绥九师弟兄的事她不管。真不管也好,只怕她给你往另一方面管……

正胡思乱想着,关玉珠却突然道:

"凌师长,若是我杀老龙,你可愿给我帮忙?"

他吃了一惊:

"这……这可不是开玩笑,若是传到老龙耳朵里去,只……只怕你我都难有全尸……"

关玉珠放肆地笑了起来:

"看把你吓的,姑奶奶只是开个玩笑!"

他认真地道：

"这玩笑开不得，有一件事我方才还忘说了，你说到那封信丢了，我觉着丢了倒好，若是你真把信带走了，只怕会搭上性命的。"

就说到这里，史二奶奶回来了，前院一片嘈杂喧闹。凌福荫、关玉珠忙出门去迎，在后院花坛前和二奶奶打了个照面。

二奶奶蒙眬的醉眼眯着，身边聚着不少家丁保镖：

"老凌呀，咋着把个绥九师的师部搬到我这儿来了？"

凌福荫忙道：

"来拜望二奶奶，拜望……"

二奶奶嘴一撇：

"亏你想得着，回屋坐吧。"

到屋一坐下，二奶奶便说：

"你们接着喝！叫后屋再炒点好菜，我累了，得歇歇。"

凌福荫问：

"界碑店的事可完了？"

二奶奶手一摆：

"早完了！那算啥事？钱翻译官和伍翻译官也是咱门里的人，只是仁义堂金三爷他们不熟罢了。鬼子宪兵队放了人，金三爷还不愿拉倒，我就把钱翻译官和伍翻译官叫来了，把金三爷也叫来了，桌子一拍，当场公断！"

凌福荫做出兴趣盎然的样子：

"咋着公断的？"

二奶奶手又一摆：

"简单！我让钱翻译、伍翻译赔仁义堂弟兄两天酒，在东亚酒楼，把日本宪兵队的本田小队长也请了。第三天，让金三爷他们请，硬是喝了个天昏地暗，星月无光。把本田小队长真真给镇了，这东洋小子恨不得认我个亲娘。"

"二奶奶英雄不减当年！"

"哪里,老喽,经不起折腾喽!"

"二奶奶还要多多保重才是!没有二奶奶,也没有我们这些弟兄的今天……"

"能记着就好!"

渐渐切入了正题,扯起了军中的事情,凌福荫把自己忧心的事都和二奶奶说了,直表白自己对龙总司令如何忠诚,黄少雄的事如何与自己无关。

关玉珠没好气地插上来道:

"那当然!你凌师长不但忠于龙总司令,也忠于日本大皇军,只黄少雄傻蛋一个,非要和龙总司令、大皇军对着拼不可!"

二奶奶长叹了一声。又说,"少雄是个好后生,我们四姑娘的眼力不差,只可惜……"

凌福荫有些尴尬。顺着二奶奶的话头,谈起了自己当年和黄少雄的交情,说到动情处,眼圈都红了。

二奶奶说:

"我知道!当初打游击那阵子,你带着三个支队在山北,黄少雄带三个支队在山南,黄少雄落得如此结局,你老凌是既伤心,又害怕。"

"也……也不是怕。"

"你不要怕,也不要疑,不说你和黄少雄没瓜葛,就是有,龙总司令也不会对你下手的!龙总司令的宽厚别人不知道,我是知道的,你们只管跟着他大步往前奔好啦,到头来,你们都没亏吃!"

"可……可他最近突然把我的绥三旅和交给我没多久的暂八旅东调……"

"这也疑惑吗?!没准是日本人的意思,龙总司令也不乐意呢!"

"他不会疑我和抗纵有啥牵连吧?"

"越说越荒唐了!老龙不知道你们当年是被共产党的抗纵挤出云崖山的么?不知道你们和抗纵拼得头破血流?若是真疑你,倒不把你们东调才是哩!"

也有道理。凌福荫想，也许龙国康正是信得过他，才把他东调的。他担心龙国康下手，东调以后，和共产党频繁接触，倒是急匆了些。

如果龙国康真的信任他，他是不是非走投共这一途呢？投共以后又有啥好处呢？这是不能不认真加以考虑的。他身为师长得负责任，对自己负责任，也对弟兄们负责任，别弄得一败涂地，再落个不义的名声——当然，为防万一，抗纵的那条线还牵着，情况不对，马上可以拉起队伍走人，至少绥三旅和暂八旅能拉走。

局势不明朗，真得再瞅瞅。

十

赵宗林副官放下电话马上意识到，他将独得一个销魂的夜晚。副官长张一江在电话里说，凌师长今晚不回来了，凌师长不回来，张一江副官长自然也回不来，今夜到张家和张太太过夜是绝对保险的。

想起张太太就热血盈沸，免不了一阵莫名的冲动。

和张太太有这层关系已大半年了。大半年前的一个夏日，也是在一个张一江深夜未归的晚上，他到张家找张一江商量一笔生意，碰上了张太太。张太太要他等张一江，他便等了，等的过程中就被张太太调戏了。

张太太夸他面皮白净，脸孔英俊，说是要给他画像。他老老实实答应了。可张太太别有用心，他这样坐，张太太说不好，那样坐，张太太还说不好，一张脸被张太太的柔手摸来摸去，竟自红了。那当儿，他就明白，张太太的画是决无成功道理的，搞得不好，非得出点事不可。

真出事了。张太太白皙的手在他脸上揉来揉去，越揉越软，越揉越无力气，最终，勾下乌鬓飘飞的俊脸，在他唇上亲起来。

他本能地做出了反应，从椅子上站起来，紧紧搂住张太太，让张太太亲，也亲张太太。还把手插进了张太太薄如蝉翼的睡裙里，摸张太太，搞得张太太如痴如醉，情不自禁地撩起了裙子……

却没敢造次下去。一来，那夜张一江随时有可能回来；二来，也怕被院中的家人发现——他进门找张一江，家人是知道的。

后来还是造次了——不是他赵宗林想造次,而是张太太非要他造次不可,几乎每一次都是张太太主动约他,哪怕一两个小时,张太太都能给他极大的满足。张太太懂得很多,且温存耐心,使他很长见识。

和张太太好上以后,副官长张一江对他更好了。显然,是张太太在张一江面前说了他不少好话。张一江几乎啥事都不瞒他,连和云崖山抗纵打交道的事,都放心让他去干。

他对张一江唯命是从,啥事都好好干,觉着只有这样,才能弥补自己的亏心。有时想想,也感到后怕:副官搞副官长的太太,咋着也说不过去,万一哪一天被张一江发现,只怕是要用性命去抵这笔风流债的。因此,他几次暗下决心,要和张太太断了这层关系,张太太偏不依,他自己也挡不住张太太热烈的诱惑,一次次抗拒,又一次次去了,在感情上越陷越深,到头来,双方都弄得难解难分。

张太太既文静优雅,又质朴华贵,在绥九师和第七方面军众多的太太中,是堪为楷模的。长得也俊,三十五六岁了,还像二十五六岁的样子,走到哪里,都引来一片艳羡的目光,连川本少将都说她是典型的东方美人。

谁也不知道她生活的另一方面,只他赵宗林知道。关了门,上了床,她就变成了另一个人,会像蛇一样紧紧缠住你,用顺从、温柔榨干你,让你获得一种被彻底榨干后的深刻欢愉。

带着无穷的幻想和期待,赵宗林在那夜推开了张太太家后院的大门,悄悄进了张太太的卧房。

张太太已在等候。他一进来,张太太就把他推进了洗澡间,说是准备好了水,让他先洗澡。他脱衣服跳进浴盆时,张太太也把衣服脱了,与他共浴。浴盆挺大,放了大半盆热水,又有暖气,整个洗澡间雾腾腾的。

张太太渐渐把整个白皙诱人的身体浸入了水中,水哗哗漫溢出来,极响亮地往下水洞里流。他有些紧张,捏住张太太的一只白乳,示意她轻一点。

张太太莞尔一笑:

"不怕,老张不在,对过老妈子知道也不敢说的。今夜,这里一切都归你!"

  他压抑不住强烈的冲动,澡没洗完,先自和张太太在雾气腾腾的洗漱间里荒唐了一回。

  荒唐过后是空虚,觉着冒险和张太太过夜实无必要,为防万一,还是早走的好。张太太偏不依,自己光着身子,也不让他穿衣服,还两手绞在一起,硬往他的脖子上吊,一副让人怜爱的样子。他只好勉强同意留下,为安全起见,还把佩枪打开了保险放在床边的桌子上。

  张太太很高兴,扭动着细腰,给他倒茶,拿点心。张太太赤身裸体的样子很美,不禁使他又一次怦然心动,最初同意留下来的那一丝勉强也自然抹去了……

  正正经经上床,是十二点多了,一直到快三点都没睡。良宵难得,他知道,张太太也知道,他们都不愿浪费这一夜时光。于是乎,荒唐复荒唐,缠绵复缠绵,竟把外间的世界全然忘却了,连副官长张一江深夜回来,走到卧室门口都不知道。

  当张一江用自己随身带着的钥匙开卧房门锁时,他恍然警醒了,没去拉床头的灯,先跳下床,抓起了桌上的枪。恰在这时,张一江开了门,还开了灯。

  张一江呆了。

  他也呆了。

  双方在各自的震惊中默立了不到几秒钟,均自犯过神来。张一江骂了一句什么,抬手掏枪,他却已率先把手中的枪抠响了,连续三枪,硬把副官长鲜血淋淋撂倒在副官长自己的卧室里。

  对过老妈子和大门口的卫兵听到枪声,跑来看,他狠下心,一枪一个,把他们全击毙了。

  良宵被他被迫抠响的枪声击碎了……

  下一步该咋办,他不知道,张太太也不知道。张太太毕竟是女人,眼见着自己偷汉子闯下弥天大祸,几乎吓呆了,连个囫囵话都说不出,只是哆哆嗦嗦让他快走,也带她走。

那当儿,他也糊涂了,自己怎么穿衣裳,怎么拉着张太太走出卧室门口的都不知道。该带着张太太上哪儿去,更完全没底。他从未想过要带张太太远走高飞,过去没做过这方面的安排。况且,他一急之下杀了副官长和卫兵、老妈子,师长凌福荫会和他没完,准要四处抓他,他想走也走不了。

他清楚副官长张一江和师长凌福荫的裙带关系,更清楚师长对张一江的信任,师长敢让张一江代表自己和共产党的抗纵商谈起义,实际上是把自己的脑袋都托付给了张一江,因而,对在这种时候打死张一江的人是决不会饶恕的。

想到了师长和张一江等人的密谋起义,突然来了主意,在客厅门口甩开了张太太的手:

"不能走,这样走不了!"

张太太脸色苍白:

"那……那就等明天让他……他们抓……抓咱?"

"你放心,不会抓你!也不会抓我!龙总司令要抓凌师长他们!"

"为……为啥?"

"你甭问,只当今夜的事没发生!"

他不管张太太如何恐惧,转过身,撒腿就跑,连夜闯进了城西关的第七方面军司令部,声称有重大情况要向龙总司令报告。值班参谋骂骂咧咧磨蹭了半天,抖抖呵呵给龙总司令打了电话。

龙总司令是明白人,知道绥九师的一个小小副官没有紧急事情,是决不敢深更半夜打搅总司令的,在电话里就对值班参谋说:"这人要见!马上见!"

快五点的时候,他在龙总司令的客厅里,见着了身着睡袍的总司令,张口结舌地对总司令道:

"总……总、总座!要……要出大……大事!绥……绥九师要……要叛皇军,叛……叛您……"

总司令让卫兵给他倒了杯水:

"别急,慢慢说。"

"总座,是这样的,黄少雄独立旅起事前,我们师长凌福荫和他小舅子张一江就和共产党的抗纵勾搭上了,给抗纵搞盘尼西林,还……还搞电讯器料,都……都是凌师长让张一江干的!"

总司令皱了皱眉:

"哪个张一江,是不是绥九师的副官长?"

"是的,现在,他……他们又要把队伍拉进云崖山,都……都和抗纵的人见过三次面了。今个儿……哦,不,算昨个儿了,昨个儿,凌师长出城到蒲镇史二奶奶那去探口风,张副官长就和两个旅长在家密商,被……被我撞见了,他们要……要杀我,我……就就开枪打死了张副官长,还……还有一个卫兵,就跑到这……这里来报告了!"

龙总司令很震惊,手托烟斗想了半天,问:

"凌师长现刻儿在哪?"

"在……在蒲镇还没回来。"

"他们和抗纵啥人联系?"

"好……好像是一个姓钱的敌工部长,城里还有他们的联络点,就……就是关南街上的永庆粮行,粮行的掌柜……是共产党,那些伙计,可……可能也都是共产党!"

龙总司令当即抓起电话,要通了侍卫处孔处长:

"马上通知司令部守卫团,包围关南街永庆粮行,把粮行的所有人员一起抓捕!"

说罢,又要了一个电话:

"接米军长,再接一二四师,找傅西海。"

等电话的当儿,龙总司令托着烟斗在客厅里踱步,一副心事重重的样子。电话接通后,龙总司令在电话里也没说啥,只叫米军长和傅西海赶快到司令部来一趟。

末了,龙总司令举着花白的脑袋,深深给他鞠了一躬,说是谢谢他了,要他回去。

他不敢回去,再三讲因为自己忠于总司令,凌师长和绥九师的人必不能容他。龙总司令明白了,极感动地拍了拍他的肩膀,让他留在了七方面军司令部里,当场吩咐值班参谋给他安排地方歇下。

直到这时,他才舒了口气,才再次记起了张太太的缠绵温柔,且不无自豪地想:只怕从今以后,张太太就要变成赵太太了,他赵宗林的太太!他会接受张一江的教训,决不让赵太太守空房,弄得个红杏出墙,惹出杀身之祸。又想,因着自己的告密功劳,龙总司令事后会好好赏他的,没准能让他顶替死鬼张一江,做绥九师的副官长,如此,则未来的赵太太依然是副官长的太太。

唯独没想到多少人将为此流血。

十一

夜里和二奶奶聊得晚了,早晨便睡了个懒觉,九点钟光景才起。起来后,吃过早饭,拜别二奶奶,已过了十点。二奶奶说,干脆吃过午饭再走吧!凌福荫没答应,说是走哪吃哪吧,不吃也没啥,反正有俩钟头就到白集城了。

根本没想到会出事。史二奶奶没想到,凌福荫自己也没想到。

骑在马上往白集城走时,凌福荫还一厢情愿地想,一切看来都不坏,老龙对自己还算得上信任,而且听二奶奶的口气,看老龙的样子,似乎对时局是有底的,没准老龙也和重庆或共产党方面挂拉上了。开会时,老龙说过几次:他并不糊涂,日本人蒙不了他,他敢继续当这个总司令,就敢对弟兄们负责。老龙真能对弟兄们好好负责,他自然没必要再冒险多操一份心。故而,昨夜已经很晚了,他还是坚持要副官长张一江回去,让张一江取消今日下午和抗纵代表的见面。

细想想,投奔共产党也未必是好事。共产党玩权谋一点不比老龙差,当年在云崖山被共产党挤兑的滋味真不好受。共产党口口声声代表老百姓,操纵老百姓坑你,还让你有话说不出——当然,如果真带了队伍奔了共产党,成他们的人了,他们就不坑了,可那山里生活也苦,中央方面又不认,最终还是难成正果。最好是以静待动,和抗纵形成默契,你不打我,我不碰你,遇事相商着办,既不伤体面,又各自保存实力。可以让张一江和抗纵讲,现在不能动,老龙盯得紧……

天很暖,日头在半空中高高吊着,路边的冻土全融化了,青嫩的小草钻破了地皮,麦苗儿一片沉沉油绿,真个如泼如洗。凌福荫和十余个副官、卫兵骑在马上,悠悠荡荡向前走,宛如飘浮在清新温暖的春风中。

从蒲镇到白集不过七八十里的路程,抄近道走界碑店至多六十五里地。一个副官倒是提议走界碑店的,凌福荫没同意。一则他不想和界碑店的日本人多打交道,二则也想看看换防后新六军的设卡情况。往国统区捣弄私货,非过新六军的卡子不可。往天河柳河东面的卡子都归绥九师管,绥九师东调后,新六军的一二四师接了防。一二四师师长傅西海倒是说过,要是想捣腾点生意他不反对,只是得给他手下的弟兄留点好处。

十一点多,赶到了柳河大桥哨卡。哨卡上的弟兄不少,一个个荷枪实弹的,对过往行人搜查得极为仔细,还逼着凌福荫师长和十余个副官、卫兵全下了马。

凌福荫问:

"出了啥事?"

卡上的弟兄们都摇头,只一个带班连长说:

"上峰叫查的,俺们听喝。"

正说着,一二四师师长傅西海在随从的簇拥下过来了,大老远就抽动着歪嘴子大呼小叫:

"哎哟哟,是凌师长哇!失敬,失敬!"

凌福荫忙抱拳:

"傅老兄,哪阵风把你也吹到桥头来了?"

傅西海笑道:

"来迎你老兄大驾么!"

凌福荫一惊:

"你咋知道我到蒲镇去了?"

傅西海收敛了笑容：

"开玩笑么！天气挺好，又刚调了防，来看看，可巧，偏碰上了你！"

凑过扁脑袋，又低声说了句：

"西边有问题，李汉铭又派了暗杀队过来，正查呢？"

凌福荫"哦"了一声，没再多问。

傅西海把手搭到了他肩上：

"走吧，到桥头寨周团长的团部喝点去，十一点多了，你们赶到白集也过了饭时。"

真不想去，心里还惦记着下午和抗纵代表见面的事，尽管张一江已提前回去了，还是放心不下。可傅西海不由分说，硬把他和随行的副官、卫兵推走了，前呼后拥进了桥头寨周团长的团部。

在团部看到了一二四师副师长赵君利，赵君利神色黯然，瞧他时眼神不无悲戚，他以为赵君利和傅西海又为啥事干上了，也没在意。赵君利和傅西海的不和他早就知道。

酒席分了两桌，他并三个随行副官和傅西海及一二四师的几个旅团长一桌。八个卫兵被赵君利带着到隔壁房间，由周团长和团部的人陪着另喝，一直到喝起来了，都没发现有什么名堂。

这期间，赵君利过来了一次，说是来给他敬酒，敬酒时，不知是有意还是无意地在他脚上踩了一下，他这才觉着可能要碰到麻烦。

却已晚了。赵君利刚走，门外就涌进了十余个手提驳克枪的一二四师卫兵。十几支黑洞洞的枪口对准了他和三个随行副官的脑门、心口。他和三个副官的佩枪挂在门口的衣帽架上，根本来不及拿，只得老实坐在椅子上一动不动。

在那危急时刻，他还是镇静的，竟笑着问傅西海：

"咋演起鸿门宴了？莫不是兄弟啥事得罪了你？"

傅西海阴阴地看着他：

"不是得罪了我，是得罪了龙总司令！你的事，龙总司令全都知道了！"

他呷了口酒,又问:

"啥事得罪了龙总司令啊?"

傅西海桌子一拍:

"啥事?通共!想把绥九师拉到云崖山去!"

他傻了,咋也想不到如此机密的事竟捅到了老龙耳里!老龙连黄少雄向中央反正都不能容忍,岂能容忍他通共?!他自知麻烦惹大了,想躲也躲不了,索性豁了出去,尽量坦荡地道:

"就是和共产党的代表见见面又算啥?共产党是不是中国人呀?是不是打鬼子呀?和共产党商量一起打鬼子算啥罪?你们把我带去见老龙好了,我当面和他讲:我凌某人和绥九师的弟兄们当了四年汉奸,如今要抗日打鬼子了!要毙我,让老龙亲自毙!"

傅西海从怀里摸出一把漂亮的勃朗宁,冷笑着将枪口指向他脑门:

"龙总司令不愿见你,要老子替他结果你!这支枪你该认识吧?龙总司令的!龙总司令要老子用这支枪给你送行!这笔账你要算,就到九泉之下找老龙算!"

说罢,愣了一会儿,傅西海手里的勃朗宁响了。

他在枪响之前只骂了句"傅歪子,你他娘就是老龙的一条狗……",便被打趴在杯盏狼藉的桌案下,连人带椅子一起栽倒了……

清洗迅速开始了。

绥九师和暂八旅二十三名营以上军官被捕,关南街永庆粮行掌柜、账房、伙计十一人被捕,就连曾在不知情的情况下为抗纵搞过盘尼西林的坂西少佐,也被郸城日军宪兵司令部拘捕。

接踵而来的是大屠杀。

三个星期后,二十三名军官和永庆粮行十一名掌柜、账房、伙计,加上新六军三七四旅十九名通共弟兄被集体处决。处决是秘密进行的,地点在城东监狱围墙下,两挺机枪同时扫射,五十多名人犯像麦个子似的被打翻在地,腥湿的血肉糊满了一面墙。

凌福荫师长和他徘徊不定的起义至此结束,而一周之后,抗纵沿接壤地带对绥九师三旅和暂八旅发起攻击,促使绥三旅火线起义,则是凌福荫师长无法知晓的了……

十二

张太太过了好长时间才细细回忆起那个夜晚的每一个细节。那个血腥的夜晚不是在她匆忙度过时被留住的,而是在她抽泣着追思亡夫时一点一点记起的。

那夜她真是疯了,完全陷入了缠绵危险的肉欲中,以至闯下一场弥天大祸。当赵宗林用枪口对着丈夫时,她咋就没想起夺枪?她又咋着能让赵宗林把枪压上子弹,打开保险放在桌上?如果当时赵宗林一把摸不到枪,又如果枪没打开保险,或没压子弹,那么死在枪口下的,就不会是丈夫,而是赵宗林了。若要在丈夫和赵宗林这两者之间任选一个,她宁要丈夫,不要赵宗林。通过那个夜晚,她算看清楚了,赵宗林太歹毒,杀了她丈夫,还害了凌师长和绥九师的几十号弟兄!

她认定凌师长和那几十号弟兄是赵宗林害的,他打死了自己的副官长,怕凌师长他们和他算账,才到龙国康那里告了密。如今想想,他的话是够明白的。他说过,龙总司令不会抓他,也不会抓她,而要抓凌师长。凌师长和丈夫商量的那些事她都知道,也赞成。丈夫不愿当汉奸,她也不愿做汉奸太太。她若是当时就想到赵宗林是就那些事告密,她拼着一死,也不能放他走。

她放他走了,使他又欠下了一笔血债,也使自己欠下了一笔血债,只怕到死都还不清。她现刻儿完全是个坏女人了,为肉欲谋害亲夫,还毁了凌师长和亲夫的正直中国人的事业。她活在这个世上真没道理,不但别人觉着恶心,就是自己也觉着恶心。

梦中常梦见丈夫回来,有时候丈夫又会变成赵宗林。赵宗林身上、手上全是血,好几回把她从梦中吓醒。还梦到过凌师长和那些弟兄。一会儿,凌师长和那些弟兄拿枪瞄着她;一会儿,凌师长和那些弟兄们又死了,血淋淋的尸体一具具往她身上压,直压得她透不过气来。

真怕,半夜醒来,她常直愣愣地靠床头坐着,不敢合眼。不合眼也要命。衣柜旁会突然冒出老妈子飘飞的白发,房门口会突然响起丈夫的敲门声,眼见着丈夫破门进了屋,再瞧瞧,又没了。

只有赵宗林来时,她才感到安全——不管怎样怨恨赵宗林,她还是需要安全感。躺在赵宗林怀里,她才能暂时把过去的一切忘掉,只记着自己是个女人。她拼命放纵自己,在床上翻滚着,扭动着,呻吟着,把每一回荒唐都视为自己的全部人生,都视为末日来临前的最后欢乐。

她无数次想过,这是最后一回,最后一回,完事之后,她就把赵宗林杀掉,用他杀死自己丈夫的枪杀掉。而每一次的欢愉都使她对自己的生命和赵宗林近乎完美的躯体生出深深的眷恋。

她没救了。她唯一的出路大概只能是带着愧疚和罪孽,去做赵太太。赵宗林现在是春风得意,由副官一举而副官长,她依然是副官长的太太,只不过,是由张太太变成赵太太罢了。

想到做赵太太,却不免感到恐惧。那夜打死丈夫以后,赵宗林竟甩手跑了。只把她空落落地甩在这座空室里,和三具尸首做伴。那一刻他表现出的卑劣面孔,她只怕永生永世都难忘记。可以想象,在做了赵太太之后遇到麻烦,他也会这么甩手的,这个人压根没有责任感。

丈夫不是这样。在云崖山打游击时,那么难,丈夫也没忘了她,常托人从山里带钱,带东西来。一次挨了飞机轰炸,自己毫毛没伤,丈夫还是辗转一个多星期赶到家看她。丈夫从不在危难时把她丢下。

愧疚益发深重。愧只愧当初不该挑逗赵宗林,诱他上床。如若没有自己最初的轻狂,丈夫断然无此灾祸,凌师长和那些弟兄也不会死于非命。祸根还在她,她咋着说都是不可饶恕的。她没有任何借口再活下去。

使她最后下决心的,是赵宗林的催促。

赵宗林在北关布衣街找到了一处房子,要她搬过去住。她恐惧这座阴森的张宅,赵宗林也恐惧。她答应了,约赵宗林最后来一次。赵宗林来了,风度翩翩的,俨然一个将军。做了副官长之后,他脸膛明显扬高了,继

荒 天 // 235

接往昔的温存中多了股男人不可或缺的傲气,益发显得英姿勃发。

她照例请他吃饭,请他喝酒,请他共浴。

他在浴盆中翻腾着,像条快活的大鱼,把盆中的水哗哗地搅到盆外,再无往日的胆怯与猥琐。她往他身上打香皂,让自己的手在他肌体上轻轻滑动着,不知不觉眼睛就聚上了泪,她简直不敢想象自己将如何击碎这具美好的躯体。他也给她洗,一双结实的大手几乎抚遍了她全身,她甚至觉着,她一颗破碎的心都被他摸到了。

她俯在他湿淋淋的脊背上哭:

"我……我怕!"

他不经意地说:

"怕啥?咱明天就搬走,再也不来了。"

这个傻瓜!他不知道,一点也不知道。

在洗澡间他就按捺不住了,她却不答应。她想,这是最后一次,真正是最后一次了,她和他都应该到床上去,像一对真正的夫妻那样。

那日,他真精神,仿佛预感到了啥似的,尽情享受着最后的好时光,把一个近乎辉煌的境界给予了她。她在他的驾驭下,于无言的默契中一次次步入了迷乱而醉人的幽径。现刻的赵宗林再不是往日那个赵宗林,他什么都懂了,再不需要她的暗示和指点了,她已彻底造就了他。

后来,很累,很累……

她在极度的疲乏中静静躺着,恢复体力,也恢复决心,压上子弹打开了保险的枪在床边的桌案上放着,一如那个恐怖的血夜。只要她翻身下床,一伸手就能拿过来。自那夜以后,赵宗林更忧心自己的性命,怕凌师长手下的人杀他,几乎日夜枪不离手。可他做梦也想不到要杀他的人中会有她。

他也在床上躺着,健美的躯体上热气腾腾,眼睛细眯着,似乎还没从刚刚逝去的狂乱中醒来。他的胸膛剧烈地起伏着,长满胸毛的皮肉,像块于春风中复苏的土地,使人不由得想摸一摸。

她把手搭到他胸脯上,轻柔地抚摸着,向这具曾给她带来了无限欢愉的肉体暗暗道着永诀。

泪水又一次聚满了眼窝……

突然感到自己的情绪很危险,感到自己又可能再次放弃杀他的念头,这才把手从他胸脯上抽回来,翻身下了床。

他并没有意识到迫在眉睫的危险,甚至在她走到桌前,拿起他的手枪,用枪口瞄着他的脑门了,还睡眼惺忪地说:

"开啥玩笑,把枪拿开。"

她双手握枪,一动不动。

他这才认真了,睁大眼说了句:

"小……小心走火!"

泪水从眼窝里缓缓流了出来,在她白皙而俏丽的脸上滚:

"不是走火,是……是要你死,和我一起死!"

他骇然坐起:

"为……为啥?"

她含泪微笑着:

"为我死去的丈夫,为凌师长他们,更……更为咱们这笔风流债!"

"你……你疯了!"

"没有!我想了好长好长时间了!这是咱们的最好出路!"

"龙……龙总司令抬举,让我……我当了副官长还没几天,你……你总得让我……"

她凄婉地道:

"别提你那副官长了,那都是身外之物!你……你今天必须跟我走,你知道我……我离不开你,就……就是死了也离不开你!"

他试图从床上下来夺枪,嘴里却说:

"要……要死也……也不能让我这么死,让……让我穿上衣服……"

"不必了,我……我就喜欢你不穿衣服的样子!"

她眼一闭,将枪抠响了,一声、两声、三声。枪在手中颤着,她看到他倒下了,像跌了一跤,半侧着身子歪在床边,脑袋上被击穿一个血洞。她至少打了三枪,可他脑袋上只一个洞——千真万确,只一个洞。源源不断的血正从那洞里冒出来,夹杂着白乎乎的脑浆。

她满面泪水俯下身子,在他那鼻息尚存的嘴上深深亲了一下,鬓发沾上血也不知道。

现在轮到她了。她慢慢站起来,机械地将枪口瞄向了自己的太阳穴。

这时,无意中在床边的穿衣镜里看到了自己最后的容貌和躯体。

多么姣好的容貌!多么漂亮的躯体!为了它,多少人倒在了血泊中!今天,为了补偿那些死者,也为了不再祸害以后的生者,她要亲手击碎它……

枪响了,她颓然栽倒在赵宗林的尸体旁,镇定自如地完成了一个始于罪恶终于英勇的故事。

十三

这个世界已陷入了最后的疯狂。在短短两个月里,杀人的枪声持续不断,逮捕和处决接二连三。共产党的抗纵趁第七方面军内部倾轧之际,频频发动进攻,一举将游击区推进到距白集城仅三四十里的段庄,搞得整个县城人心惶惶。

国际战局也益发糟糕。苏联红军攻陷柏林,德国无条件投降,欧战以轴心国的彻底败北而告终结。美国太平洋舰队总司令尼米兹发表谈话,声称,不日将率其庞大舰队在中国沿海登陆,开辟远东第二战场。南京政府虽表示与日本一致进退,力保东亚秩序,但也近乎公开地和重庆中央来来往往,以求在反共的基础上,实现全面和平……

米传贤军长一想到这些就心烦意乱,在军部和家里都时常走神。有一次还引起了龙国康不怀好意的探问。亏他机智过人,巧妙地应付过去了。

自从出了凌福荫通共事件以后,龙国康变了一个人,对任何人都不敢相信,就连他米传贤也不相信了。有时龙国康会突然越过他,把一个电话挂到新六军某个团里;有时又会事先不通知,突然出现在旅部和师部。搞得傅西海都抱怨龙老头子有毛病,这总司令越当越不像样子了。

　　日本人对龙国康是满意的,高岛司令官和川本少将都夸老龙这总司令当得好。南京政府对龙国康也是满意的,前一阵子,陈公博亲抵郸城,召见第七方面军高级将领时,就开宗明义说:"七方面军有龙国康这种经验丰富的总司令,中央是深感欣慰的!"陈公博还正正经经训了话,说是"党不可分,国须统一",不管时局如何艰难,都决不改变汪先生既定之"和平反共救国"方针。

　　这颇耐人寻味。"党不可分,国须统一",大约是真话,不改变汪先生的既定方针,怕就靠不住了。尼米兹的太平洋舰队一开过来,汪先生的"既定方针"非改变不可,重庆中央统掉南京中央也就是个时间问题了。

　　他得争取时间。得赶在南京中央垮台之前把新六军拉过去,争取完全的主动。同时,也免得夜长梦多,被老龙暗算。事情十分清楚,老龙老了,也疯了,任何风吹草动,都会使老龙做出如临大敌的反应。绥九师就是一个实例,只因着一个肇事副官的密报,就杀了师长凌福荫和二十三名营以上军官,实在太过分。如果现在有啥人也告了他米传贤的密,他只怕也难逃老龙魔掌的。这老家伙对任何敢于背叛的人,敢于蔑视他权威的人,都是绝不留情的。

　　他的计划已安排得十分周密,和绥九师的调防在凌福荫被杀前一周就实现了。和李汉铭的代表秘密见了两次面,连具体接应步骤都谈好了。为防重蹈凌福荫的覆辙,他行动小心,轻易不迈出军部大门,手枪团日夜待命,随时准备对付任何突发事变。

　　原不想杀掉老龙,现在却不能不杀了。他不杀老龙,老龙就要杀他,他一面派人到蒲镇不断挑唆四姑娘关玉珠为黄少雄复仇,以图假帮党之手除龙,另一方面,又不断寻找时机,准备在任何一个可能的时候,狙击或生擒龙国康。

　　龙国康狡猾得很。平日保卫严密,外出重兵相随,且毫无规律可循,如旋风一般,忽东忽西,让人摸不着头脑。方面军司令部开会,已不准任何人带枪,会议厅门口专设了存枪处,你就是有胆量在会上搞他,老龙也不给你机会。

把队伍都拉走也不容易。老龙调防时候就防了一手,硬要他把傅西海的一二四师摆在柳河一线。傅西海则隔着柳河和日本人打得火热。他可以以开会为名,抓捕或干掉傅西海,却无法保证整个一二四师对反正的忠诚。

和李汉铭的代表最后一次商谈时,作了退一步的打算,被迫放弃了刺杀老龙,率领整个七方面军起义的计划,决定以申双英的一二五师为主力干。具体做法是,由一二四师副师长赵君利拉出他可以控制的一个团,确保柳河大桥的畅通,接应一二五师并配合李汉铭军完成对界碑店日军的夹击,而后,进入李部控制的国统区。当然,如果一二四师也能顺利反正更好,整个新六军就都拉出来了。

李汉铭的代表走后,他日夜坐立不安,随时担心大难临头。他和李汉铭军的私下来往,老龙心里是清楚的,老龙没动他,是因为他还没走到黄少雄那一步。今天,他决定了走这一步,也就决定了必然和老龙决裂。

李汉铭的代表走了三天了,咋说也该有个回音了,问题并不复杂,只要李汉铭拿出个确定的时间就行,咋着这时间就这么难确定?莫不是出了什么意外?莫不是李汉铭的代表被抓了,落到了傅西海或日本人手里?

都不像。

如果李汉铭的代表真落到了傅西海或日本人手里,没能按时赶回,李汉铭会再派人告知的,老龙和日本人也会有所动作,局面不会这么平静。凌福荫出事时,老龙就在接到密报的早晨五点给他打了电话,召他到司令部去。老龙这人是急性子,沉不住气。

那么,会不会是李汉铭动摇了呢?如今,宁渝已有合流趋向,面对共产党势力的日益壮大,南京不安,重庆更不安。重庆现在的对手已不是南京的和平军,而是共产党和日本人,重庆方面会不会因为考虑合作反共的目的,和南京和平军并肩图存,以求统一?如是,则自己的冒险对南京和重庆都是笑柄。

再想想,又觉着不对。

黄少雄的反正仅仅是四五个月前的事,李汉铭的国军很真实地接应了。四五个月来,局势虽有变化,但变化还没大到使重庆方面进行一百八十度大转弯的地步。只要南京一天不放弃汪兆铭的既定方针,重庆的中央就一天不会放弃对南京和平军的瓦解政策。

这么一想,心里稍稍坦然了些,晚上喝了些酒,早早睡了,临睡前,吩咐参谋长李运勤守住电话,有事随时叫醒他。

不料,刚上床,电话就响了,是老龙亲自打来的。老龙说他明天下午要到南京军委开会,想在走前和各部旅以上军官见个面,交代些事,要他通知新六军两个师的旅师长和军部有关人员,在明晨八时赶到方面军司令部准时出席。

他应了,随意问了声:

"到南京开啥会?"

老龙在电话里不高兴地说:

"谁知道呢!该不是尼米兹的舰队开过来了吧?!"

他又问:

"咱们明天开会的内容是啥?"

老龙更火了:

"调防!川本旅团驻界碑店的那个联队要调到云崖山参加扫荡抗纵!抗纵太猖狂了,搞到了段庄,再不扫荡,人家就进城了!我们的人太没用!"

他小心翼翼地问:

"日本人撤走后,界碑店谁守?那地方可是咽喉要道,万一丢了,李汉铭就推到柳河边了……"

老龙叹着气道:

"是呀,是呀!界碑店只好交给你老弟了!我打算叫一二四师傅西海调一个旅去界碑店接防,一二五师抽一个团顶一二四师在河东的缺口,你看怎么样呀?"

他恭顺地道:

"我听大哥您的!您咋说咋好!"

他还想再恭维老龙几句,顺带也给老龙表示一下忠诚之意,不料,那边老龙已挂断了电话。

放下电话,他脑子又翻腾开了。

真是天意,老天爷在成全他。他决定了反正,老龙就到南京开会,机会太难得了。老龙不在家,他所掌握的就不仅仅是新六军了,他还是方面军副总司令,还可以调动整个方面军的绥靖部队,闹好了,把绥九师和暂八旅顺便全拉走都有可能。绥九师和暂八旅历经了两次失败,几十名军官被老龙杀了,对老龙必无忠心。调防也是机会。趁着调防的乱劲,傅西海的那个旅没站稳脚,就会被反正的队伍一举冲垮,界碑店定无大战。

自然,也想到了老龙的狡诈。让参谋长李运勤通知开会的时候,就派人接了副官长金大来过来。和金大来、李运勤又商量了一下,决定明晨金大来称病不去赴会,一来等李汉铭的代表回话,二来准备应付不测,一俟会场出现意外,即率军部手枪团包围方面军司令部,武力解决七方面军的归属问题。

十四

是一个燥热的早晨,八点多钟就穿不住夹衣了,朝南的大窗射进了火爆爆的阳光,益发烘托出燥热的深邃来。许多人大大咧咧敞开了怀。刚赶到会议厅的一二五师师长申双英揭下帽子当扇子扇。都抱怨天气太闷。傅西海一口咬定其热不合时令,说是五月刚过,不该这个热法。米传贤却说,按节令倒是该热了,只是一大早不该这么热。正胡乱瞎扯着,龙国康进来了,身后跟着几个卫兵、参谋,众人都站起来,给总司令敬礼。龙国康没还礼,随便冲着众人点点头,走到会议桌上方站住了。这时,大家才注意到,龙国康的脸色极难看,他揭下军帽,"啪"地一声拍放在桌上,两手按着桌沿,默默地盯着众人看,目光冷峻而凶恶,如同受了摆弄的困兽。

申双英注意到,龙国康按在桌沿上的手微微发颤,身后的卫兵参谋全拔出了驳克枪,门口存枪处也突然站满了持枪卫兵。

情况有变。

都感觉到了。都不敢说。屋子里的空气静得吓人，其紧张程度远胜过黄少雄起事那日。

申双英凭直觉认定，这一回轮到新六军了，显然是米传贤军长行事不慎，露出了风声，才招来了今日这场危险的难堪。闹得不好，他和米传贤、赵君利，还有李运勤的性命都要葬送在这间燥热的会议厅里。

汗默默地流，从他脸上、额上流下来，也从对过米传贤军长、李运勤参谋长和赵君利副师长脸上、额上流下来。都不敢擦，极怕抬头移足的不慎，会引爆龙国康潜意识下的炸药包。

龙国康的目光在会议厅里扫视了一圈，把威严和恐怖的气氛全造足了，突然挥手宣布道：

"米军长和新六军的人留下，其他人散会，各回防区待命！"

傅西海傻乎乎地问：

"总……总座，又……又出了啥事？"

龙国康冷冷道：

"不该知道的事别问！"

傅西海不敢吭声了。

米传贤这时大约已完全清楚了自己的处境，怕傅西海留在这里使事情变得更糟糕，也说了句：

"傅师长，你回去吧！今天的事与你无关！"

龙国康注意地看了米传贤一眼，朝傅西海挥了挥手。

傅西海站起来，想随绥九师和暂八旅的师旅长往门外走，脚却不动，疑疑惑惑又问：

"究……究竟是出了啥事？"

龙国康"哼"了一声：

"没啥事！我要和米军长他们聊聊！"

傅西海这才出去了。

傅西海一走，一二四师副师长赵君利也极聪明地跟着要走，似乎米传贤的谋划与他毫无关系,竟做出一脸天真而糊涂的样子。

龙国康不糊涂,手一指:

"您往哪去呀,赵副师长?不愿陪我这总司令聊聊么?"

赵君利一脸尴尬,支支吾吾地应着,乖乖坐下了。

申双英这时就认定,总司令大概是把一切秘密都掌握了。

果然,龙国康什么都知道,不但知道新六军方面参与谋划反正的所有高级军官,而且还知道李汉铭一共派了几次代表来,几个代表的姓名、军衔、军职,乃至反正和接应的几个方案和全套布置,使人觉得,这不是新六军在谋划,简直是龙国康在谋划,谋划一场反对他自己的兵变。

这真怪,也真神。

龙国康阴笑道:

"不怪,也不神!你们诸位太小瞧我龙某人了!尤其米军长,简直把我当傻瓜了!"

米传贤急忙站起来,想解释。龙国康不听,抓起面前的茶杯在桌上狠狠一顿:

"喝茶!都他妈抱好茶杯给我喝茶!这阵子你们明里暗里说得太多了,今个儿得听我龙某人好好说说了!"

大家只好老老实实抱起茶杯,听龙国康说。

龙国康偏不说了,慢吞吞地坐在椅子上装烟斗,装好了,点上火,又托着烟斗悠悠然地吸,一副猫玩老鼠的样子。

龙国康身后的参谋、卫兵和门口的卫兵们一个个塑像般地立着,面孔毫无表情,张开了大机头的枪,直指着他们和他们已被击碎了的预谋,申双英的腿禁不住在桌下抖了起来。

电话铃响了,一个高个参谋接了电话,急促地对着话筒说了几句什么,跑过来和龙国康嘀咕。

龙国康摇了摇手中的烟斗:

"大声说!大声点!米军长他们也不是外人!"

高个参谋这才声音洪亮地报告道:

"新六军手枪团占据军部,拒不缴械,孔处长问您,是不是打?现刻儿新六军军部已被包围,整个北关都禁了街!"

龙国康点点头,将一张皱巴巴的老脸转向他们,用商量的口气问:

"诸位看是不是打呀?"

满面汗水的参谋长李运勤脱口道:

"当……当然不能打!"

龙国康近乎亲切和蔼地问:

"那么,谁给金副军长打个电话呀?"

米传贤站起来:

"我……我来打!金……金大来这是胡闹!"

龙国康稍稍有了点满意:

"米军长还算聪明!"

米传贤在电话里把金大来痛骂了一顿,言来语去中仿佛根本不知道军部有手枪团似的。还严厉地命令说,为了避免进一步误会,手枪团即刻自行解除武装。

打完电话,重回到桌前坐下,米传贤又解释:

"总座,打从二十九年底我米传贤就跟了您,鞍前马后,风里雨里,已是五年多了……"

龙国康桌子一拍:

"喝茶,我说过,今个儿我龙某人要好好说说,你狗日的奉承话老子听腻了!"

这回,龙国康真说了,说得沉重而缓慢。据这位总司令说,他出任伪方面军总司令,是重庆中央特许同意的,是在极其艰难和危险的情况下,从事曲线救国斗争的。二十八年在黄泛区率新五十六军向日本人投降,接受改编,是迫于无奈,不如此,就不能为国军日后的光复保存实力。做了伪总司令后,他尽力为中央工作,所做的一切,现在还不能披露。他收编米传贤、黄少雄、凌福荫的人马,完全不是为了扩充自己的实力,而是为了壮大中央的光复队伍。

荒 天 // 245

这简直像神话故事,申双英不相信,李运勤、赵君利显然也不相信,可都做出一副相信的样子,认认真真地听。

龙国康最后交了底:

"因为我龙某人拥护中央,中央也支持我,你们的事,李汉铭奉中央命令和我通了气。李汉铭原不知道中央和我的关系,策划了黄少雄起事,又搅到你们新六军来了,如今知道了,就把有关情况告诉了我,直说是误会。"

米传贤讪讪道:

"确是误会!确……是误会了!"

龙国康定定地盯住米传贤:

"李汉铭是误会,在座其他弟兄是误会,你米军长怕不是误会吧?三个多月前川本登门那次,老子就和你谈过反正的事,你咋说的?你说时机不成熟,叫老子等等、看看!"

米传贤脸色很难看:

"当时你……你没说起和中央的关系……"

"没说起这层关系你就敢捣老子的鬼了?就敢做梦往老子头上爬了?你米传贤自己做事自己有数!你不是要反正归顺中央,是想把老子这总司令搞掉,自己当总司令!你觉着你装三孙子装到头了,机会来了,想称爷了!你他妈和黄旅长、凌师长不能比!他俩闹事,反老子,还说得上是为国家,你——你和绥九师那个死鬼赵副官一样,是为自己!赵副官的下场你知道,光着屁股被他的臭女人干掉了!你就是反老子反成了,下场也不会比赵副官好,没准在座的弟兄就会把你干掉!这叫以其人之道,还治其人之身!"

米传贤痛苦地喃喃着:

"不……不……不是这样,不是……"

龙国康桌子一拍:

"不是这样还会是啥样!你们在座弟兄说!"

申双英知道米传贤完了,决心跟龙国康去曲线救国,率先把米传贤三个多月前开的那次密谋会议端出来了。继而,李运勤、赵君利也把米传贤图谋反叛龙国康的种种言行一一道了出来,谁都没有丝毫的惭愧。

龙国康听后,宽宏大量地说:

"我知道,这些事与你们没关系,你们都是上了米传贤的当——过去,我龙某人也上了他的当,还把他当作最靠得住的人,现在……"

龙国康冷笑了。

米传贤在龙国康的冷笑声中完全垮了,"扑通"一声,跪倒在龙国康面前,声泪俱下道:

"总……总司令,龙……龙大哥,兄弟不该……兄弟实……实不该!还……还望大哥看在往日的情分上,也看……看在兄弟鞍前马后跟……跟了司令五年的分上,饶……饶兄弟一命……"

龙国康像打量一堆垃圾似的,打量着跪在地下的米传贤,打量了好久,才哼了一声:

"孬种!给我站起来!"

米传贤不敢站。

龙国康脚一跺,又一声厉喝:

"站起来!"

米传贤一惊,站了起来。

"我早说过,不愿跟我龙某人的,我决不勉强,要走的,我奉送现洋八百块,给你安家养老!我龙某人说话是算数的!"

龙国康手一挥,两个卫兵捧着两托盘大洋进来了,大洋都是用红纸封好的,一筒筒横躺在托盘里,码得很高,一眼就可看出,不止八百。

果然不是八百。

龙国康指着托盘说:

"你鞍前马后的功劳我没忘,你又是我的副总司令兼军长,我不能只给八百,这是一千二百块,我马上派人送到你府上去!三天内,你给我离开绥靖区,回老家,去重庆,上哪随便!"

米传贤颇感意外,挂着满脸泪花,再次拜倒在龙国康面前:

"总……总座,龙……龙大哥,兄……兄弟服……服了,兄弟谢……谢你了!"

龙国康厌恶地挥挥手,门外的卫兵进来,把米传贤带了出去。

米传贤一走,龙国康让身边的参谋、卫兵把枪都收了,让申双英三人继续喝茶,喝茶时又问:

"你们谁还要走哇?"

都说不走。

龙国康点点头:

"我知道你们都不会走,你们是上了米传贤的当。我不怪你们。人非圣贤,孰能无过?况且米传贤过去又是你们的军长,你们不听他的也没有办法。"

都说总司令英明。

"米传贤走了,咱们还是干下去,这新六军军长,你们看谁干合适?"

李运勤认定傅西海是龙国康的狗,最得龙国康信任,报出了傅西海。申双英却极聪明地想到了多疑而又狡诈的龙总司令,说是由龙总司令兼任军长最好。赵君利稍一权衡,站到申双英一边,拥护龙总司令直接执掌新六军。

龙国康哈哈笑着摇起了头:

"都不合适哩!我看呀,这军长申师长接最好!"

申双英几乎不相信自己的耳朵:

"我?"

"对,是你!你比傅西海合适!你有头脑,傅西海没有!你有一副爱国心肠,傅西海也没有!我们迟早是要归顺中央的,我们七方面军的实权,要掌握在拥护中央的弟兄手里!"

申双英感动极了,心头一热,眼中的泪夺眶而出:

"总……总座,您……您老既然这么信得过兄弟,兄弟就一定好好为您效力,把……把新六军替您带好……"

龙国康摇头道:

"不是为我哟！是为国家，为民族，为中央把队伍带好嘛！只要诸位忠于中央，就是忠于我龙国康喽！"

龙国康眼中闪着泪光，自我感动着：

"我老了，不想啥了，我苦挨到今天，也就是为了中央啊！中央要光复失陷的国土，我们都有责任啊，我有责任，你们也有责任啊！国难未已，我们弟兄之间不顾全大局，勾心斗角的事，再也不能出了，再……再也不能出了！"

申双英于极度激动之中站起来，"啪"地一个立正，向龙国康敬着礼道：

"是！总座！兄弟保证……"

李运勤、赵君利也忙站起来，和新任军长申双英一起保证，忠于总司令，忠于中央，为光复祖国，拯救沦陷区民众，赴汤蹈火在所不辞。

恰在这时，总司令部侍卫处孔处长进来报告，说是手枪团又生变化，团长赵修明拒不执行副军长金大来的命令，押起了金大来，宣布手枪团单独起义。

龙国康一惊：

"胡闹！就是我龙某人让他们手枪团走，他们也走不出去嘛！"

"赵修明要你和日本人让出从白集到界碑店一线通道，否则，就占据北关抵抗到底！"

龙国康顿足骂道：

"混账！他们是找死！"

申双英见表现忠诚的机会到了，当即表示，愿从一二五师调出得力部队，增援总司令部守卫团，消灭赵修明的手枪团。

龙国康不同意，说不能惊动日本人，更不能同室操戈。想了半天，突然问：

"这个赵修明是不是和史二奶奶很熟？"

申双英也记起了：

"对！他吃粮前跟史二奶奶当过三年保镖！"

龙国康打定了主意,对侍卫处孔处长说:

"老孔,马上去蒲镇接史二奶奶!坐我的车去!"

十五

陪史二奶奶一进入白集城里,关玉珠马上意识到,情况相当严重,血战随时有可能爆发。西关方面军司令部所在的一条街上聚满了武装士兵。司令部门口支起了机枪,通往北关新六军军部的所有通道都被切断了。北关周围的一些制高点也被守卫团占领,街上空无一人。总司令部也乱糟糟的,一些军官神情紧张地进进出出,另一些军官已在作武力攻打北关的最后准备。龙国康托着烟斗在他们身边来回踱步,二奶奶一进来,龙国康就像见了救星似的,忙把她接到内间密谈了。

谈了没多久,龙国康和二奶奶都出来了,龙国康走在前面,二奶奶走在后面,都很急匆。龙国康走到桌边,抓起电话,要通了新六军军部,让二奶奶说话。二奶奶对着话筒大骂赵团长,要他马上滚出来见她。赵团长大约是没买账,气得二奶奶摔了电话。

屋子里的气氛很吓人,都说非打不可了,龙国康却苦着马脸,迟迟不下命令。

憋了好长时间,龙国康才摔了烟斗,对二奶奶说:

"走,咱到新六军军部去会会他们!"

二奶奶赞许龙国康的胆量:

"好!只要你老龙不怕死,我奉陪!"

关玉珠心中一阵激跳,只要他龙国康敢孤身进入新六军军部,她就敢让龙国康有去无回。二奶奶是来为龙国康救驾的,她却是来为龙国康送丧的。她要亲眼看看龙国康的下场。

龙国康实属十恶不赦的大汉奸,双手沾满了爱国将士和无辜民众的鲜血,不管二奶奶怎么解释,她都决不相信这一切是为了什么曲线救国。黄少雄尸骨未寒,这老坏蛋就一气干掉了凌师长和那么多不愿当汉奸的弟兄,咋着都不能自圆其说。

龙国康又要通了赵团长的电话,又让二奶奶说。二奶奶又说了,说是你赵团长不来,二奶奶我就和龙总司令到你那去。

也不知赵团长在电话里说了啥,二奶奶放下电话就往门外走。

偏在这当口,一个军官来报告,说是郸城日军司令部来电话,问白集城里出了啥事,要不要郸城皇军紧急出动。

龙国康一惊,半天没作声。

二奶奶倒还镇静,果决地道:

"柳河边的那种事不能再出了!白集城里咋着也不能开战!快去和日本人说,咱是演操!"

龙国康铁青着脸,依旧不作声。

二奶奶急了:

"去说呀!真打起来,这一城百姓可咋办?你老龙日后如何向中央交代?"

龙国康苦苦一笑:

"二奶奶,您看这阵势像演操么?日本人会信么?高岛的司令部在咱这有联络官!"

"那你再编派个事由么!"

龙国康紧张地想了想,对那报告的军官交代道:

"告诉郸城日军司令部,就说新六军手枪团因发饷不足闹事,眼下已在解决中。"

"是!"

军官转身走了。

龙国康松了口气,和二奶奶一起往门外走,依旧按计划去新六军军部。

关玉珠也松了口气,随着往门外走。

二奶奶却把她拦住了:

"你去干啥?"

她从怀里拔出枪:

"给二奶奶护驾！"

"给我护啥驾，赵团长敢动我一个指头?！就在这呆着，我和龙总司令去去就回！"

她不干：

"不陪你去我不放心！"

二奶奶叹了口气：

"你这孩子，真犟！"

龙国康道：

"四姑娘真像当年的二奶奶哩！那会儿领着咱弟兄起义反清时，你不也是一股犟劲么！"

"那会儿是那会儿，这会儿是这会儿！"

"这会儿四姑娘一起去也好！我们的枪带不进去，四姑娘的枪没准能带进去，不防一万，还得防个万一，您可甭把赵团长想得那么好！"

龙国康竟傻到这分上，竟认为她这支枪是为他护驾的！

她心中暗自冷笑，脸面上却啥也没露出来，镇定自如地随龙国康和二奶奶出了总司令部，在一帮卫兵的簇拥下，径自奔北关去了。

在北关忠孝巷口，卫兵们被挡住了，到军部大门口，手枪团的弟兄又收了龙国康的枪。对她，手枪团的弟兄没问，他们确没想到她也会带枪，一个见过面的营副劝她留下别去。她没听。

按说，这时候，她完全可以拔枪打死龙国康。她没打，是把复仇的希望寄托在赵团长身上，希望谈崩之后，由赵团长打死他。这样，既无干系，又不会得罪二奶奶。

却失算了。龙国康不像她想象的那么简单。他敢去兵变的新六军军部，自然是有充分准备的。她根本没想到，龙国康和赵团长一见面，就从怀里掏出了一纸密函，硬把赵团长他们震慑住了。

龙国康冷冷地看着赵团长他们，闭口不提给手枪团让道的事，只一味要赵团长他们服从命令，退出军部，还拍打着手上的密函严厉地说：

"说你们胡闹，你们还不服！看看这个！都给我看看这个！这是重庆戴局长上个月亲笔给我写的证明密件！不相信本总司令,总得相信中央,相信戴局长吧！"

赵团长很吃惊,犹豫了半天,才接过那份密函,凑在灯光下看了起来。她和赵团长身边的两个军官也凑过去看:

密函云:

　　龙国康同志,字健牛,二十七年徐州会战期间,任我新五十六军中将军长,作战英勇,功勋卓然,同年秋,于转进途中受困泛区,处境险恶。为保存所部官兵生命,再图大举,龙同志征得中央谅解,率部暂受敌伪改编,转入地下,从事曲线抗敌工作。龙同志出任汪伪军职以后,多方掩护我敌后工作干部,收容接纳我陷入险境之抗敌官兵,传送重要军事情报,为光复大业屡有贡献。凡现伪七方面军爱国抗敌之官兵同志,均应在龙同志领导之下,勤勉努力,报效国家。凡我军政警宪同志,均不应在龙同志之伪七方面军从事策反工作,破坏龙同志和中央商定之抗敌大计。

　　兹予证明,并望有关各方一体执行。
　　此致
　　郸城白集地区军政警宪同志
　　伪七方面军全体官兵

军统局局长戴
三十四年四月二十日

真是开玩笑,南京汪伪政府的方面军总司令竟是重庆戴局长的人!怪不得龙国康这么有恃无恐,先打独立旅,再毁绥九师;怪不得二奶奶一再说龙国康不糊涂,原来龙国康一直是有底的。日本人和南京胜了,他是和平建国英雄,重庆中央胜了,他是曲线救国英雄,咋着都不亏本。

关玉珠想,黄少雄真是太冤了,只凭着一腔爱国热血,就和李汉铭搅在一起搞反正,搞到后来,既得罪了龙国康,又不讨中央欢喜。黄少雄不

荒　天//253

明白,这国家原不可随便爱,爱不好非出麻烦不可!要紧的不是热血,而是跟人,跟什么人去爱国。事情很清楚,黄少雄、凌福荫爱国,龙国康也爱国,可黄少雄跟李汉铭去爱国就得挨枪毙,跟龙国康去爱国便既有好处又有安全保障。

赵团长似乎弄懂了这一点,马上表明了态度。

"总座,这内情兄弟不知道,弟兄们只……只是想,到如今了,再不能当汉奸……"

另一个军官也附和道:

"是呀!要是知道总座拥护中央,弟兄们咋也不能走这一步!"

还有一个干得更绝,干脆把全部责任都推到军长米传贤身上:

"总座,这都是米军长策划的,弟兄们不干不行哇!"

龙国康叹着气说:

"是的!是的!你们不知情,本总司令不怪你们!不是逼到这分上,我也不会把底牌摊出来。为啥?为诸位!也为整个七方面军的安全!我是总司令,得负责任!日本人在太平洋战场虽说一败涂地,在咱中国可一点筋骨没伤。硬打,咱到现在也不是人家的对手,加上中央和共产党的军队也不行!所以,本总司令得沉住气,你们也得沉住气,得为国家、民族、为沦陷区的民族忍辱负重,不能逞一时意气!可你们偏就这么信不过我,偏就破坏我的计划,一次又一次!先是黄旅长,后是凌师长,今天又是你们!差点儿还引来了郸城的日本人!"

"假的!全是假的!"

关玉珠憋不住叫了出来,大睁着眼睛对赵团长他们喊:

"你们不要上他的当,那密函是他自己给自己写的!"

二奶奶和龙国康都没想到她会在这时候倒戈,脸色大变。

她未待他们作出进一步反应,便拔出了枪,对准龙国康的脑门,又对赵团长道:

"你们还愣着干啥?把这大汉奸抓起来,杀了他!你们想想,黄旅长是咋死的?凌师长是咋死的?还有那么多好弟兄是咋死的?你们的米军长现在是死是活还不知道呢!"

二奶奶惊慌地大叫：

"四……四姑娘！别胡来！"

她头一昂：

"我关玉珠今个儿就是专替黄少雄来为他送丧的！他欠弟兄们的一笔笔血债该还了！"

赵团长说：

"四姑娘,你弄错了吧？戴局长的信不会假,快……快把枪收起来！"

她不收,嘴角浮出一丝冷笑：

"你们不动手,姑奶奶就不客气了,姑奶奶要动手了！"

说罢,果决地抠响了枪。

然而,就在枪响的一瞬间,赵团长扑到了龙国康面前,用自己无辜的躯体,挡住了她复仇的子弹。几乎与此同时,身后手枪团士兵的枪也响了,她身不由己,一头栽倒在地。

直到这时,她还是清醒的,她听到了二奶奶和龙国康的叫喊声,听到了门外踏踏响起的脚步声,继而,又听到二奶奶的哭声。二奶奶半跪着,俯在她面前哭,浑浊的老泪一滴滴洒在她的脸上、脖子上,一口一个心肝闺女、苦命闺女。

她咋成了二奶奶的闺女？她的父母不是在当年会党起事时就殉难了么？是二奶奶糊涂了,还是她被骗了,她极力想弄明白。

却没能弄明白。二奶奶和几个士兵把她往担架上抬时,她眼睛一闭,陷入了一片永恒的寂静和黑暗中。黄少雄于那寂静黑暗的深处飘然而至,向她无声地招手、微笑……

十六

史二奶奶已流不出泪了,只痴痴呆呆地在女儿的遗体旁坐着。她总也不相信女儿会死,总觉着女儿是睡去了,醒来后会像孩子一样,搂着她的脖子亲亲热热叫一声娘。

她是她的娘。三十多年前,在她和龙国康相好的日子里,一夜放肆的欢爱,孕育了这条美丽的生命。那时她比现在的玉珠还年轻,和龙国康好,还和其他几个男人好,怀上以后,一时竟没弄清是谁的。她把这条小生命派给了一个姓关的少东家,编出了一套瞎话,后来,为掩饰少妇时代的迷乱和风流,又推卸了一个母亲的道义责任,以至今天在亲生女儿面前留下了无穷的遗恨。

女儿有权利知道自己的身世,她却没告诉她。出嫁时没告诉她,怀上黄少雄的孩子没告诉她,直到她中弹倒地,闭上眼睛也没告诉她。女儿就这么糊里糊涂来到人世,又这么糊里糊涂地走了。

如果她早告诉了女儿,像当年大胆投身于会党起义一样,大胆告诉她:母亲曾有过一个怎样的少妇时代,曾在怎样的一次迷乱中怀上了她。她想,女儿会原谅她的,一个过来的少妇和一个现在的少妇,是会有共同语言的。她却太爱面子,不愿在应该得到尊重的年龄,承担在女儿面前失去尊重的风险。她那八面威风的二奶奶在外面当惯了,在女儿面前也放不下二奶奶的架子。

当女儿的枪口对准龙国康时,她吓傻了,一生从没这么惧怕过。当时,她真想喊一声:"别开枪,他……他是你爹!"可话到嘴边,还是没喊出来。她知道,她就是喊出来,女儿也不会相信,而且那一触即发的时刻,又不容她细细解释。

她认定龙国康是女儿的父亲。伴着女儿的长大,那一夜放肆的情景时常浮现在眼前,许多细节都记起了。成人后的女儿脸盘长得和龙国康越来越相像,不是龙国康的,还会是谁的?!只是没说,没和女儿说,也没和龙国康说。

龙国康知道女儿是她的,却不知也是他的。他伴她守在女儿身边,像局外人一样安慰她,益发使她感到伤心。她原不想把心中的秘密告诉龙国康,原准备把死去的女儿和秘密一起葬入坟墓,可龙国康的安慰激怒了她,她终于不顾一切喊了出来:

"都是因为你,因为你……"

龙国康很茫然：

"因……因为我什么？是玉珠要打我，又……又不是我要打她！当……当时二姐你在场，要……要不，我真说不清了！"

她软软地站起来，斥问道：

"玉珠为啥要打你？还不是因为黄少雄么?!你……你毁了玉珠两口子！"

龙国康赔着笑脸道：

"我知道玉珠是你闺女，从没怠慢过她，黄少雄也不是我杀死的，咋把账都算到我头上？"

"黄少雄是你逼死的！"

"就算我逼了，他可以不死嘛，再说，我又知道玉珠是你闺女，能真逼？"

她再也憋不住了：

"你……你一口一个我闺女，咋就没想过她是你闺女？当年我们的事，你都忘了？"

龙国康一怔：

"我……我闺女？二姐，她……她爹不是合浦关老六么？"

她浑身直抖，颤巍巍的手指了指女儿的遗体，又指了指龙国康：

"你……你……你好好看看，她……她哪点像关……关老六！"

龙国康走到关玉珠遗体旁呆呆地看，看了好半天，泪水不知不觉落了下来，他噙着泪喃喃道：

"你……你咋不早和我说？"

她哽咽着道：

"早……早和你说，你……你就不杀黄少雄了？早……早和你说，你就和黄少雄一起反正了？我……我直到今天才知道，我……我一个妇道人家，做……做不了你的主。你……你想干的事，我……我都拦不下！你是用得着二姐想二姐，用不着二姐，就……就没二姐了！黄少雄的事，我……我和你这么说，你还是逼死了他！"

荒 天//257

龙国康膝头一软,在死去的女儿和伤心的母亲面前跪下了:

"二姐,玉……玉珠,我……我龙国康对不起你们母女俩,我……我只知有国,不……不知有家,才……才落得如此报应!"

二奶奶叹道:

"你哪是只知有国不知有家哟!你心中是既无国,也无家!只想着一个兵权,只想着一个人的风光,哪……哪还顾得上人家的死活?这……这也是我直到今天才认清的!"

龙国康似乎没听到二奶奶的话,俯下身子,在女儿额头上轻轻吻着,泪水洒到女儿的脸颊上、头发上,俨然一个昵爱骨肉的父亲。

二奶奶还在说:

"事到如今,我不怪你了,只怪自己!一个妇道人家竟这么看不开,竟认为这世界是为我设下的,啥都管,啥都插一手,还以为如今是会党起事的年月,拖带着亲闺女也搅进这是是非非里送了命……"

龙国康这才听到了二奶奶的话,从女儿身边站起,走到二奶奶面前说:

"二姐,这不怪你,也不怪我,国难当头,我们不能坐视不管。有一份力,就要出一份力,有一份心,就要尽一份心。玉珠和黄少雄都是死于国难,都是为国家、民族殉难的,这一点后人不会忘记的。"

二奶奶道:

"他们为国家、为民族殉难了,那……那你呢?你杀死他们,也是为国家、为民族么?"

龙国康点了点头:

"是的。我从二十八年出任伪军职到今天,所做一切,都是为国家、为民族,为了曲线救国的大业,为了中央日后的光复!别人不信,二姐你得信!我龙国康从没想过背叛中央,从没有!"

二奶奶苦笑道:

"什么中央?什么曲线救国?我是越来越弄不懂了,也不想弄懂了!我老了,再也不是三十年前的那个二奶奶了……"

那夜,二奶奶在痛苦与恍惚之中,和龙国康说了许多许多,仿佛把自己漫长的一生重度了。直到天亮,才在众多卫兵的护送下,载着女儿玉珠的遗体返回蒲镇。车出西关城门时,二奶奶想,她再也不会走进这座熟悉的城池了。从女儿倒下的那一刻起,这座城池已涂满罪恶的鲜血。她当年的风流和这座城池的风流,都将变成未来人们酒后茶余的笑谈。

一夜之间,二奶奶和她的世界一起飘走了。

二奶奶苍老了,仿佛走到了生命的尽头……

十七

马车过了柳河大桥后,新六军护送的队伍停住了脚。米传贤望着站满桥头的卫兵部属,强作笑颜,挥起了手臂:

"回吧,都回吧,弟兄们!"

弟兄们也挥起了手,要米传贤保重,祝米传贤一路顺风。一个侍卫副官跑过来,硬塞给他一支八成新的驳壳枪,要他留着路上防身。

米传贤很感动,谢过侍卫副官,却没收那把驳壳枪:

"这玩艺你留着日后打鬼子用吧!我……我用不着,若护身我……我……我有枪。"

侍卫副官坚持道:

"军长,手枪比不了这二十响,你带着它就当是我……我还在您身边!"

米传贤这才接下了,动情道:

"也好!你跟了我这么多年,尽听我的,今儿我也听你一回吧!枪我收下,光复后,你再到我家取!也欢迎你和弟兄们到我老家走走,尝尝我们家乡的八宝饭!"

侍卫副官红着眼睛向他敬礼:

"是!军长!我们会常去看您老的!"

米传贤习惯地举手还礼,可僵硬的手抬到半空中,马上意识到了自己身份的变化,手没向额头上靠,只呆板地挥了挥,再次说:

"回吧，都回吧！"

紧走几步，跳上马车，米传贤觉着眼中已聚满了水汪汪的东西，他很怕那水汪汪的东西会当着送行弟兄的面滚出眼窝，遂吩咐赶车的王老汉扬鞭催马。

三匹马在王老汉的鞭打之下，奋蹄疾奔，击打在路面上的蹄声，如阵阵暴落的雨点。六月的风扑面而至，温热而强劲，险些将他头上的遮阳帽吹翻。他一手按住帽子，一手趁机抹下了纵横的老泪。

没人看见。桥头上的弟兄们没看见，坐在车上的太太和小女儿也没看见。在桥头那帮重义气的部属弟兄眼里，他依旧是威严的军长；在太太和女儿的眼里，他依旧是威严的丈夫和父亲。他在方面军司令部，在那难堪会议上的一切，他们都不知道。

其实，他真该好好哭一场，哭出来心里会痛快些。男儿有泪不轻弹，实是未到伤心处。这话，他今日总算体会到了。对那帮和他一起谋划反正的同党，他真是伤透心了。这帮靠他一手栽培爬到高位上的家伙，一看到他失势，马上扎到了老龙怀里，远不如手枪团的那帮弟兄。申双英竟恬不知耻地取他而代之，做了军长。老龙干得绝，他那帮同党干得更绝；老龙脚踏重庆、南京两只船；他那帮同党也脚踏他米传贤和龙国康两只船。

当然，凭心而论，对这次流产的反正，他也是抱有私心的，确有搞垮龙国康，执掌第七方面军的意思。但他这意思并没有错，他执掌第七方面军，是要把七方面军拉到重庆方面去，为中央的光复做事情，不是像龙国康那样，看风使舵耍滑头。可中央偏就信不过他，偏就下令不准在七方面军搞策反，他一片真心可对天，天却不理不睬，结果，他就落到了卷铺盖告别军旅生涯的这一步。

他也怪，几个月前和申双英他们谈反正时，那么慷慨激昂，真觉着自己是抗日英雄，为啥到了龙国康面前会变得那么不堪一击？为啥老龙一道破他的私心，他就垮下来了？看来，他本不是英雄，骨子里也还不够卑鄙。如果他是英雄，任何危险的气氛都不该压垮他。如果他能更卑鄙一些——至少卑鄙到老龙的程度，也会把那点小小的私心视为正当的谋求，坦然面对老龙的怒喝。他的失败,既因为老龙的狡诈,中央的糊涂,也因为自身的善良和软弱。最初构想反正宏图时,他甚至没想敲掉老龙。

确是软弱。他无论如何不该当着那么多混账部下的面,给老龙下跪。如果知道老龙不会杀他,他决不下跪。这桩丢脸的事根本不该发生。他当时是吓糊涂了,丧失了基本的判断能力,忘了自己是个军长,忘了自己是向中央而不是向共产党反正,忘了自己和李汉铭的关系。老龙咋敢杀他呢?杀了他没法向李汉铭交代,也没法向中央交代。他向中央反正,老龙把他杀了,老龙这曲线救国是啥货色就一清二楚了。他这次和黄少雄那次不同,黄少雄的账可以往日本人的头上推,他这笔账却无法向日本人头上推,而且,黄少雄是轰轰烈烈干起来了,他最终还是纸上谈兵,没动干戈,老龙根本不可能杀他。

真跪冤了。

世事实难预料,人心不可揣摩,由此而忆及以往,觉出了天大的荒唐,仅仅七年前,国军众多将领们还人心思降,个个眼望南京,高歌"和平救国",倡导"思想决战"。仿佛各部开上抗日前线都是迫不得已,都是受了重庆中央的欺骗。如今,又整整翻了个个儿,甩了南京瞄重庆,一齐拥护起重庆中央来,好像个个都是身在曹营心在汉的关羽,为国家、为民族不得不做汉奸。真弄不清他们这其中的神神鬼鬼、真真假假。中国将军们的应变和适应能力太强了,后人书写这段历史时恐怕很难找到一两良心、半星天理。

他还是讲天理良心的。不管有多少私心,不管当初为保存实力如何投降,他毕竟是在日本人还大兵压境的情况下着手反正了,而且,为这场流产的反正付出了前程的代价,这是作为一个良知未灭的中国军人稍可自慰的——当然,这样的引退也许并不是坏事。前时听说,法兰西的贝当元帅已被法兰西最高法院逮捕审讯。老元帅自动从瑞士到法兰西自首,依然不为法民所谅。他留在伪军职上迎接光复,只怕下场也不会好。老龙领着大家奔的那个好前程很值得怀疑。没准中央回来,站稳脚跟,马上就会收拾龙国康们,清算他们当汉奸的罪恶。

到那时,机会会重新来临,他、黄少雄都将成为英雄,载入艰苦抗战的史册,而老龙和申双英这帮家伙却要像法兰西的老贝当一样,进监狱,上绞刑架……

苦涩的脸上有了些笑意,及时记起了"祸兮福所倚,福兮祸所伏"的前贤警句,自觉着悟透了一层人生。

面前是一片沉入暮色的田野。晚霞将天空压得很低,黄泥大道从飞转的车轮下和踏踏的马蹄下向前方伸延着,仿佛时刻可到天地的尽头,又仿佛永远没有尽头。路两旁田野里的麦子翻起了波浪,如涌如潮。新麦的香气和着泥土的气息,一阵阵随风飘来,使他突然生出了一种久违的情感,一种对田园、对土地的深深眷恋。他不禁眯着眼睛追忆起往昔的农家生活,想象着自己如何赶到界碑店,如何上火车回到江南老家,面对第一次收获……

是一个收获的季节。

是收获季节的一个傍晚。

意想不到的事发生了——

载满收获的土地上,突然冒出了十几条庄稼人装束的汉子。汉子们手里攥着明晃晃的枪,有长有短,有的还上了刺刀。驾车的王老汉还没弄清是怎么回事,汉子们手中的枪就"砰砰叭叭"地响了,受惊的马东挣西窜,转眼工夫就把大车拖翻在路旁的河沟里。他从河沟里爬上来,浑身湿淋淋的,没来得及找到那支二十响,汉子们已冲到面前,用刺刀对准了他的胸膛。

他很惊慌,也很意外:

"你……你们是哪部分的?"

一个满脸络腮胡的汉子道:

"抗纵除奸团,今个儿,来和你这老汉奸结账了!"

他不信,抗纵的游击区域在白集城东北一带,柳河至界碑店一线从未出现过抗纵的人马。

"你……你们瞎说!"

络腮胡一脚将他踢翻在沟沿上,"哗啦"一声,拽开了枪栓,拍着枪托道:

"瞎说不瞎说,你去问它吧!"

刚从沟底爬上来的女儿,哭喊着抱住了络腮胡的腿:

"我爸爸不是汉奸,他……他可是被龙国康赶出新六军的……"

络腮胡眼皮一翻:

"他们狗咬狗的事老子管不着,老子们只知道对这些罪大恶极的汉奸格杀勿论!"

女儿呜呜嘤嘤地哭:

"我求求你,求求你们,他……他真是好人!"

络腮胡问:

"什么好人!杀中国人的好人?为鬼子效劳的好人?小姐,你知道五年中有多少中国人死在他们手里?"

他冤枉极了,大胆地争辩道:

"那……那不怪我!要怪日本人,怪龙国康,我……我们也是执行命令,没办法!"

络腮胡手中的枪刺抵到了他的胸脯,穿透了薄薄的绸布大褂,扎进了他的皮肉中。

"执行命令?没办法?你他妈执行谁的命令?!没办法也没良心么?!"

枪刺越扎越深,像一根巨大的毒牙,一点点嵌入两肋之间。刀刃仿佛就蹭着他的肋骨,使他感到一种绞心撕肺般的疼痛。他本能地扭动着身子,喉管里发出了一阵阵绝望而凄厉的嘶鸣。扭动之中,血水渐渐渗了出来,把大褂浸得一片腥湿。

女儿拼命往他面前扑。两个高高瘦瘦的汉子硬把她拉住了。有一个还笑嘻嘻地将一只脏手插进了她的裙子里。

他看见了,于极度痛苦之中无奈地喊了句:

"别……别碰她……"

两个汉子理都不理,硬把女儿往麦地里拖,一边拖,一边拽她的裙子。女儿又哭又骂,拼命挣扎,两只绣花鞋都挣掉了。

络腮胡不管,拔出的刺刀再次对准了他的胸膛,他知道自己这一回是逃不出劫数了,没等络腮胡把刺刀再慢慢扎进他的皮肉,就双手抱住枪筒,死死压了下去。

偏在这时,远方响起了枪声。络腮胡叫了声"日本人",摔下他和他女儿,带着那帮汉子逃了。临逃时,想从他胸膛上拔出枪刺,却因他死死抱着枪管怎么也拔不出,只好连枪也舍弃了……

后来,果然来了日本巡逻队,开摩托车来的。恍惚有几十个人。摩托车在路上停了一片。

真荒唐,日本人将他救下了!

日本兵将他身上的枪刺拔了出来,把他和他女儿抬上摩托车的托斗,掉头要往界碑店开。他无力地摆着手,向鬼子兵询问太太和驾车王老汉的情况。在整个蒙难过程中,他一直没听到太太和王老汉的动静。

鬼子兵从河沟里拖出了他太太和王老汉的尸体,两个人的身上、脸上都糊着血水。他感到一阵浓腥扑鼻,眼前一黑,昏了过去……

在界碑店日军包扎所醒了一次,在一片晃动着灯影的天花板上又真切地看到了络腮胡杀气腾腾的脸。益发觉得他们不像抗纵的人,揣摸着他们的出现与老龙有关。极自然地再次想到了法兰西的老贝当,想到了监狱和绞刑架。他认定,他就是最终死在日本人的包扎所里,龙国康也逃不脱中央必定要对他进行的惩罚。而他只要活下来,就一定要赶到重庆,向中央乃至蒋委员长本人报告龙国康第七方面军的全部罪恶,加快促成这正义惩罚的施行。哪怕自己以汉奸的罪名陪着龙国康和第七方面军一起完蛋也在所不惜。

未来的历史必须为天理良心写下重重的一笔。

却没能活下来。三天以后,前新六军军长米传贤毙命于郓城日军医院。高岛司令官、川本少将和第七方面军以龙国康为首的全体高级将领参加了米传贤的葬礼。

葬礼隆重而庄严。高岛称米传贤为献身东亚圣战的勇士。南京政府称米传贤为和平救国的英雄。龙国康在葬礼上发表讲话,宣称,日内将配合日军向云崖山匪区发动猛烈攻击,以剿共实绩,慰第七方面军新六军故军长米传贤之亡灵。

十八

伴着阵阵热浪,胜利的八月终于来临了,来得迅疾而突然,搞得总司令龙国康手忙脚乱。

龙国康根本没想到日本人和南京政府会垮得这么快。

八月一日,陈公博在南京复兴节纪念会上致词时,还信誓旦旦地大谈统一。要各地伪政权统一于南京政府旗下,集中力量,和日本盟邦共同应付时局。不料,仅仅隔了一天,杜鲁门和艾德礼就发表了对日作战的联合声明。八月六日,美军在日本广岛投下了第一颗原子弹,同一天,苏联对日宣战,向满洲境内日本关东军发起猛烈攻击。十日,日本御前会议决定接受《波茨坦公告》,无条件投降,十四日,日本天皇发表《停战诏书》,将日本无条件投降的消息传遍世界。

短短十几天,局势竟发生了这么大的变化,日本帝国的大厦"呼啦啦"倾倒了,连带着压垮了南京伪政府,奇迹般地一举结束了中国历史上一个短暂的时代。

在这段时日里,龙国康既高兴又激动,眼巴巴地等中央,盼中央。中央回来,国家光复,他就可以结束提心吊胆的伪职生涯了。高兴与激动之余,也站在中央的立场上,对自己以往的一切进行了深刻的反省。

反省的结果,他很满意。从被迫接受改编到今天,他所做的一切都是问心无愧的。他真诚地拥护中央,保护了大量的同志,从没和国军方面玩命真打过,他打的是共产党,和日本人一起打过,也和国军方面默契配合打过。没有他这第七方面军的顽强抵挡,只怕抗纵的人马早已过了柳河,共产党的势力会更加强大。共产党不打鬼子,专抢地盘,发国难财,和中央捣乱,他打共产党,就是最实际的拥护中央。凌福荫一伙通共,自然该杀。米传贤先是胡闹，后又被共产党方面的武装干掉，也算活该。至于打黄少雄的独立旅，那是没办法，日后必能和中央解释清楚。他想杀黄少雄么？当然不想杀。黄少雄不但是个抗日英雄，还是他事实上的女婿。他女儿女婿都为中央的光复流尽了最后一滴血，他龙国康对中央的忠诚还会有疑问么？！

果然没疑问。

八月十九日，重庆中央的电令来了，委任他为郸城先遣军司令。电令称：

"奉谕，特派龙国康同志为郸城先遣军司令官，负责郸城、白集十八县治安防卫。所有该司令官原统辖之作战力量及区域内各种军警宪游击部队，统归该司令官节制指挥，防奸安民。"

电令是以军委侍从室名义发来的。

他当即行动起来，连夜起草了《安民告示》，连夜给云崖山抗纵拍发了令其原地待命的急电。次日，又率领着新六军傅西海的一二四师浩浩荡荡开进了日军盘踞的郸城。

在日军司令部，又一次见到了高岛司令官和川本少将。不过，这一次，他不是来听他们的命令和训示的，而是以战胜国先遣军司令官的名义，命令和训示他们的。他要他们协助先遣军，继续维持郸城及界碑店等地的治安秩序，同时宣布：没有先遣军司令部的命令，不得擅自移动，不得向任何部队接洽投降，不得破坏所驻地区之公私财物，不得非法拘押、攻击中国民众……

这许多"不得"，把川本少将惹恼了，川本少将偏着脑袋，不无讥讽地问：

"龙将军，胜利对你来说太容易一些了吧？"

龙国康一怔：

"什么意思？是不是不承认你们接受投降的事实？"

川本平静地道：

"我不否认事实，只是想说，对中国军队，尤其是对将军你的先遣军来说，皇军并没战败！如果我没记错的话，直到半个月前，你还在拥护圣战的陈公博先生麾下效忠，向将军您这样的对手投降，岂不荒唐?!"

龙国康坦然笑道：

"并不荒唐。这只说明川本先生太不了解中国，太不了解我们不可战胜的中国国民！"

川本冷冷问：

"中国国民哪点不可战胜？"

龙国康道：

"忍耐与期待。本司令官对此深有体会。您说的不错，直到半个月前，本司令官名义上还在陈公博麾下，但本司令官一直拥护中央，拥护蒋委员长，您就不知道了吧？本司令官和沦陷区的中国民众，在忍耐与期待中迎来了胜利，而您和贵军却在徒劳的行动中失败了，完全失败了！"

川本傲慢地道：

"打败我们皇军的，是美国人和苏联人，不是你们中国人！尤其不是你们这种中国人！如果没有天皇陛下的诏书，将军凭忍耐和期待是进不了郸城的！鄙人一个旅团，就可将将军和将军的先遣军在界碑店阻隔三个月！"

龙国康的心头猛然浮出了一种难言的耻痛，尤其是当着高岛司令官和这么多中国将领的面，更觉着十分难堪，不禁转脸怒视着高岛道：

"高岛将军，作为日军驻郸城最高司令官，你是否听到了川本先生的话？本司令官是否可以视川本先生的话为贵军拒绝投降的暗示？如是，则本司令官拟电请重庆武力解决！"

高岛知道这不是儿戏，狠狠瞪了川本一眼，极恭敬地对着龙国康哇里哇啦说了一通日语，让翻译官翻译。

翻译官道：

"高岛大太君说，大太君请司令官阁下原谅，并就川本将军的轻率言论,向阁下道歉。大太君说,川本先生因和阁下过去熟悉,所以说话随便了些,请阁下万万不要介意。郸城日军驻军绝无再战之意,诚心接受投降,并一定遵照阁下命令去做,继续协同先遣军维系地方秩序和治安。"

龙国康满意地点点头,叹了口气:

"也请高岛司令官原谅!我也是执行中央的命令,没办法!现实我们要承认,残局我们要收拾,不这样做不行!"

高岛表示完全理解。

龙国康最后说:

"对贵军各部,如共党抗纵或民间武装采取不法攻击,贵军可向先遣军司令部报告,或向本司令官报告。我将采取一切措施予以保护,同时,贵军也可于不得已时进行自卫!"

他说的是真心话。他决不希望郸城的日本人再遇到新的麻烦。能提供的保护,他一定会提供的。往日,高岛、川本这些日本人对他都不薄,几乎都把他当朋友和上宾看待。如果中央晚回来几年,他于那亲密无间的气氛中真的当汉奸也是说不定的。

幸亏中央及早回来了,又幸亏中央委任他为这一地区的先遣司令。如是换了别人,只怕凭川本的血性,一场恶仗是难免的,弟兄们在胜利的时刻还要流许多血。而有他和日本朋友们的这层关系,川本和高岛就不会打——川本说归说,打是真不会打的,这就避免了一场无谓的流血。

中央真英明。

于是,又说——是在离开日军司令部前,对高岛司令官说的:

"兄弟做这个先遣军司令,对贵军的朋友们还是有好处的。我了解贵军和诸位,只要贵军和诸位不胡来,遵从蒋委员长号令,我保证诸位都不会遇到麻烦!"

叹着气离去了,到刚布置好的先遣军司令部,便决然斩断了和那帮日本鬼子的感情联系,对涌进司令部的记者们发表了一番慷慨激昂的谈话:

"本先遣军司令官,奉蒋委员长和中央的命令,于今日到职。本司令官到职之日,即为我郸城、白集地区两市十八县光复之始。从今日——中华民国三十四年八月二十日起,法统重光,一统垂裳。暗无天日的伪时代结束了,郸城光复了。原伪七方面军全体爱国将士回归中央,并奉中央之命接管郸城光复区,防奸安民,报效国家。在此,本司令官代表中央,要求在座各位先生、小姐并各报馆,对本司令官的谈话广为传告,促请两市十八县所辖各机关,郸城光复区全体民众,恪守本职,勤勉努力,勿怠工作,慎遵常规,各安生理,严防奸人之滋扰破坏。倘有造谣生事,蛊惑人心,扰乱金融,操纵粮食,违反治安者,一体拿办,从严惩处!"

谈话一完,记者先生、小姐们纷纷提问。问题很多,有的显然不怀好意。有的问他,为什么伪七方面军直到今天才归顺中央?还有人要他透露一下伪七方面军在曲线救国方面有何贡献?更有人直截了当地问,作为前伪七方面军总司令,他对沦陷区民众该负什么责任?

他想都没想,便厉言正色道:

"这些提问均属刻意蛊惑人心,挑唆民众和本司令官本先遣军的关系!从根本上来说,是反中央的!本司令官于国难期间,率部假受敌伪改编,转入地下,中央是知道的!正是因为有了本司令官的忍辱负重,本地区相当民众,才没直接陷入日人奴役,才减少了生命和财产的损失,才有了今天的胜利和光复!"

众记者个个目瞪口呆。

他缓了口气,继续说:

"当然,本司令官不否认,在这六年间,本地区民众吃了很多苦头,做出了牺牲。本司令官都知道。但是,本司令官做出的牺牲你们也知道吗?本司令官亲生女儿、女婿都于国难期间,为中央,为民族献身于这片青天之下了!我本人两次险遭日人暗算,一次被抗纵偷袭!本司令官的独立旅,八百好弟兄,八百壮士为反正,惨死在柳河东岸的冰天雪地里!你们都知道么?"

在众人的震惊中,他突然不说了,宣布谈话会结束,极漂亮地完成了作为先遣军司令在光复区民众面前的第一次亮相。

当天晚上,接到了中央密电。密电要他尽一切努力阻止抗纵势力的西进，必要时可要求日军部队协同作战，把抗纵重新压进云崖山里。同时，又要他做好正式受降的一切安排，即日迎候中央代表胡荣生将军前来受降。

他不敢怠慢，连夜赶到日军司令部，找高岛司令官和川本少将商谈对付抗纵和迎接中央代表。正谈着，日本界碑店守军来电，说是遭到抗纵袭击，被迫自卫。凌晨，又接到白集城暂八旅电话。暂八旅旅长说，抗纵已从北关攻进城了，他很真实地听到，枪声在电话里响成一团。

真没想到，对日本人的受降还没开始，另一场战争又打响了，真是共党不除，国无宁日呀！他又要闯进一片风风雨雨中去了。在未来的风风雨雨中，他不知道自己还能挺多久，不知道还有多少人要倒在他和他的弟兄们的枪口下，又不知道自己最终将倒在谁的枪口下。他不禁一阵怆然……

要紧的还是今天。忙乱的一夜已过去，又一个早晨来临了，不管界碑店和白集城打得如何，不管日后是死是活，他都要赶快去安排受降事宜。安排好后，还要到日本人的军用机场去接老长官胡荣生将军。二十二年秋不是老长官护着他，找何部长说好话，他可能早就完了，再没有今日的风光。

六年不见老长官了，真不知老长官会变成个啥模样！二十三年冬在南京，老长官拉着他的手和他说的话，他再也不能忘记。老长官说："叫你剿匪，你就剿匪嘛！贪山里毛贼那些小利干啥？你正当干事的年龄，又有本领，会打仗，要贪的是一片青天，一片大地……"

如今，他有了一片青天，一片大地。他将把这片从日本人手里夺下来的青天和大地交给老长官，让老长官看看，当年那个被通缉的龙国康如何给老人家争了脸。他要组织盛大的欢迎会，要让老长官检阅他那近四万人的队伍，为全体弟兄训话，还要给老长官准备点上等的烟土。老长官没啥嗜好，就爱抽两口，三年前托人送了些云南面子去，也不知老长官收到没有。

咋也没想到，中央会派老长官来受降！率着车队往飞机场开时，他又一次极真诚地感叹：

"中央英明，真英明……"

作于1989年11月
2017年8月修订

——焦　土——

一

揣摸着要出事,果然就出事了。先是便衣队来报,说是叶瞎子的伪独立师有异动,继而,樊城开战的消息传来了。驻守樊城的一六八军中将军长李威把求援急电发到了河西游击纵队司令部,声称:日军山本师团主力会同河东各日伪部队逾四万兵力会攻樊城,要求游纵火速驰援。

在游纵司令部值班的参谋处长刘克山不敢急慢,接过刚译出的电文,便抓起扔在桌上的军帽匆匆往头上一扣,冲出司令部后门去见钱大兴司令。

是六月的一个下午,火辣辣的大太阳在了无云丝的空中悬着,天气燥热难忍。刘处长一边快步疾走,一边扣着军装的衣扣,待穿过后院的月亮门时,身上已经很利索了。

月亮门内一排南向大房子是钱司令员的官邸,月亮门旁照例有外勤卫兵站岗。外勤卫兵一见刘处长那副急匆匆的样子,就知道刘处长有要事找钱司令,想拦刘处长,又没敢,举起的手就势变成了一个敬礼。

刘处长心里急慌,忘了还礼,从卫兵身边走过后,才又回过头来问了句:"司令在哪房?"

卫兵道:"在……在书房吧?"

果然是在书房。

刘处长两眼在院子里一扫,便看到了书房门口的卫兵,是两个土头土脑的贴身卫兵,且都是钱司令的远房亲戚。这两个卫兵没等刘处长靠近书房,就迎上来将刘处长拦住了,说是司令吩咐过了,今日下午要用功哩,任谁都不见。

刘处长沉着脸说:"蒋委员长来了也不见么?"

一个卫兵两眼望天,只当没听见。

另一个卫兵胆子大,公然顶撞刘处长:"你又不是蒋委员长!"

刘处长挥扬着手上的急电:"误了事你们吃得消么?"

两个卫兵仍然无动于衷。

刘处长叹了口气："好，好，小祖宗，我认你们狠，那你们把电文送进去吧！"

两个卫兵你看看我，我看看你，都不敢接电文。

刚才顶撞刘处长的那个卫兵愣了好半天才说："刘处长，你别怪我们不好说话，司令的脾气你知道，闹不好他要毙人。你要有胆就闯吧，出了麻烦别怪我们没拦你！"

这就僵住了。

刘处长想着军情紧急，欲闯进门去，可心里也怯。钱司令的脾气谁不知道？那可真是说一不二，在整个河西游击区，钱司令的命令就是圣旨，蒋委员长的话、战区长官部司令官的话可不作数，钱司令的话却不能不作数。再加上钱司令原是一六八军李军长手下的副师长，和李军长的关系一直说不清道不明，如今则是一副瞧不起李军长的样子，他这时候来闯关，不是自己找事做么？！

正踌躇时，书房的门"吱呀"响了一声，陪司令"用功"的汤师爷，手托茶壶出来了。

刘处长心中一喜，迎着汤师爷走了过去。

不曾想，没容刘处长开口，汤师爷却已将花白的脑袋凑到近前，悄声道："刘处长，你可别进去，你们司令在画字呢！"

刘处长这才从没掩严的门缝里看到了钱司令。

钱司令果然在画字，画得正在兴头上，上身的中将军装和终日油腻的衬衣全不见了踪影，只光着汗津津的膀子穿了条马裤。马靴却又没穿，一只扔在屋子中央的八仙桌下，另一只也不知扔到了哪个角落。正画的字是一个大大的"虎"，有整个八仙桌面大小，字廓已被汤师爷用铅笔描出，钱司令双手握笔，扫地一般，既豪放又小心地把墨盒中的黑墨往廓好的"虎"头上扫。

一看这架势，刘处长的心凉了半截，自知这一下子算是完了，顶在樊城的李军长和一六八军万把号弟兄算是晾在这可恶的"虎"背上了。如此一来，刘处长就觉得惭愧，李军长毕竟是他的老长官，在李军长有难时，自己帮不上忙实在是很不成话的。可这也不能怪他,屋里这架势莫说他一个小小的参谋处长,就是他的顶头上司赵参谋长亲自来,只怕也不敢进去哩!

河西游击纵队一万八千多号弟兄都知道钱司令的底,钱司令原是个一字不识的大老粗,一年前在樊城一战成名,被捧成抗日英雄后,才决意斯文起来。司令自己学文化,也命令弟兄们学文化。弟兄们学文化,是由那些上海、北平来的男女学生教;司令学文化,却不让那帮学生娃教。司令学着当年的刘皇叔,三顾茅庐把个一把白胡子的汤师爷请到军中,认作先生。其实,汤师爷原本用不着司令"三顾"的,只"一顾"汤师爷就屁颠颠地要跟司令走,司令却不许,非要"三顾"不可。这文化学得也神秘,钱司令只要一在书房用功,书房里便时常有呼噜声传出来。据知情卫兵们说,钱司令可不是个好学生,学了半年文化,只学会了六个字。三个字是他的名字:钱大兴,另外三个字是:龙、虎、飞。

司令自己却不承认,大夸汤师爷是好先生,言下之意,自己自然也就是好学生了。司令能拿出自己是好学生的证据,最确凿的证据就是司令画出的字,时而是"虎",时而是"龙",时而是"飞",一个支队赏了一幅。六个支队长们谁也不敢说司令的字是画出来的,都说是写出来的,说钱司令画字,是河西游击纵队的大忌,而看着钱司令出洋相赤膊画字更是大忌中的大忌了。

天真热,蝉在树上无休无止地叫,叫得刘处长心烦意乱。两个卫兵也不是东西,自己在门口的阴凉处站着,对立在大太阳下的刘处长视若无睹。倒是汤师爷还算客气,从自己寝室窗内探出干瘦的枯脑袋,示意刘处长过去坐坐。

这倒启发了刘处长,刘处长突然想到,别人不能看钱司令画字,汤师爷却是能看的,自己完全可以让汤师爷把这份求救急电送到钱司令面前。

刘处长一把抹去脸上额上的汗水,带着满心欢喜走进了汤师爷的寝房,把自己的想法和汤师爷说了。

汤师爷直摇头,明白告诉刘处长:这不行,虽说他是司令的先生,也还是不行。他能进司令的书房不错,可干预军机却是司令不允许的。汤师爷建议刘处长晚上再来。

刘处长急了,拿着电文的手直抖:"这……这可不是儿戏呀,李军长不但是我的老长官,也是司令的老长官呀!老长官和几万鬼子汉奸在樊城拼上了,若是有个好歹……"

汤师爷一脸麻木,不慌不忙,军事上的事与汤师爷无关,汤师爷也就不想自找麻烦。不过,汤师爷还算热心,想了想,又给刘处长出了个主意:"那你就再等一会儿,待司令把字画得差不离的时候,你就进去,进门别往字上看,把电文送上去就走。"

也只好这样了。

刘处长攥着电文纸,重又站到了大太阳下,透过门缝看钱司令画字。

司令画得还算快,虎头上的那一竖和一横已全画黑了,眼下正在画虎皮。真让人惊喜:虎皮上的那一撇竟也画得差不多了——刘处长清楚地看到,那一撇的小半截拖到了八仙桌下,钱司令画着画着身子就蹲下了,怪别扭的。

真替司令揪心,也真替司令难过:你当司令就当司令呗,干吗还要硬充斯文?!这斯文就是那么好充!还有那个汤师爷,也实在是可恶,看着司令这么胡闹,不以先生的身份好好劝劝,反倒四处吹捧司令,说是司令的字好,司令画的"虎"强过当年曹大总统的一笔"虎"。

司令是背对着门的,刘处长能看到司令,司令却看不到刘处长。刘处长也不敢看到司令,司令只要一有转身的意思,刘处长就闪身去躲。两个土头土脑的卫兵更不敢朝屋里看,面孔对着南面的月亮门目不转睛。

书房里的司令终于把悬空的虎皮也画得很黑了,这才威武地站了起来,扭了扭粗胖的腰,又把笔伸进了墨盒。刘处长兴奋地想,这下子好了,司令满是黑汗毛的手臂抬起老高,手中的笔携着饱满的墨浆直捣虎心……

然而,不幸的事件偏在这当儿发生了,一大团墨浆在进入虎心之前,不可挽回地落到了白纸上,钱司令一怔,先是一声"哎呀",继而便大叫起来:"汤师爷,汤师爷……"

汤师爷应声从寝房跑出来。

刘处长那当儿并不知道屋里发生了什么可怕的事,只是有了某种不良的预感。待汤师爷走到面前时,刘处长避过司令的视线,拉过汤师爷问:"出了啥事!"

汤师爷哭丧着脸:"别问了,八成是那只虎白画了,必是……必是墨污了纸,救不下来了,我得赶快给司令重画字廓……"

刘处长攥着已经被汗水浸湿的电文纸问:"那……那这电报……"

汤师爷一声长叹:"今晚看来都不行了,我看你还是明日一早来吧!"

刘处长眼前一黑,差点儿没晕过去……

也就在这时,樊城李军长的第二封电报和战区长官部的电令又发过来了。

二

樊城战事的发动极为突然,完全出乎一六八军意料。在日军快速猛烈的打击下,一六八军反应迟钝,无力抵挡,近郊工事和外围阵地在极度惊慌中大部失守。仅仅四小时以后,樊城市区便笼入了日军的炮火硝烟之中。

炸弹爆炸的火光和阵阵腾起的气浪把樊城历时一年多的平静完全打破了。炮火从中午变得很猛烈,几乎没有间隙,天上还有几架飞机协战,搞得全城四处起火冒烟,城中军民惶恐不安。

原有战时"小上海"之称的樊城,在攻城日军的狂轰滥炸之下,一下子变得面目全非。繁华热闹的中心区老街头化作了一片火海,大祥国货公司的三层小楼和对门的华昌绸布店都中了弹,一个塌了半截,一个全塌了。靠近东城门的新市口,四处都是砖石瓦砾和横飞的血肉。伤亡人数尚来不及统计,想必不少,一六八军的军医院已住上了百十口子伤员。

更要命的是军心不稳。

一六八军的将校军官们没有几个把军部的作战命令当回事,私下里都认定他们的军长李威决不会在这座山城里焦土抗战,把一六八军最后这点本钱全打光。大家都揣摸着军长要撤,都做好了拔腿开溜的准备,还怕到时候军部忘了通知自己,便故意找着各种借口和军部保持电话联系。各部的长官们也不断伴着隆隆炮火在电话里相互提醒对方:谁也别做第二个叶瞎子!

叶瞎子就是现今伪独立师的叶良材,一年前日军发动夏季攻势,沿京汉线刚推过来,李军长就率领军部撤了,一撤三百里,待到想起樊城外丁家集还有个叶瞎子的守备团,叶瞎子和他的守备团已易帜投向汪主席了。后来,一六八军的军官们都认为,这事实在怪不了叶瞎子,叶瞎子被日本人围了个四面不透气,不投降哪还有活路可走?

这种说法很让李威生气,尽管李威是整个战区最出名的民主长官,也还是不愿再听部下这么胡说八道了。军长在后来的一次作战总结会上气呼呼地说:"叶瞎子投敌附逆,不是个打得下去还是打不下去的问题,而是个有没有民族气节的问题!我李某人不才,手下出了个叶瞎子,可不也出了个钱大兴司令么!钱司令带着三千弟兄守樊城,血战两天,造成大捷,不是出息成抗日英雄了么?!"

这倒也是事实。那当儿钱大兴还不是司令,只是李军长手下的一个副师长,远没有今天这么风光,可樊城一战竟让这愣种战出了名堂,闹得连战区司令长官和重庆蒋委员长都知道了他。战后不到一个月,重庆中央就把他从少将升为中将,还把他收编的人马从一六八军拉了出来,变成了独立的游击纵队,归战区长官部李长官直辖。

这好运气让一六八军的长官们一直羡慕到今天。

今天,军长说要好好打一回了,说樊城一年前没从钱司令手上丢掉,如今也决不能从一六八军手上丢掉。军长还说——在中午的作战会议上指着军事地图说,樊城是座山城,易守难攻,且有加固了的国防工事,钱司令三千残兵及一帮义勇队尚且能守住,今日一六八军守住它应该是没问题的。

然而,进行作战布置时李威和手下的将校军官们都没想到,日军攻城的炮火会这么猛烈,一轰就是一下午,根本不给人喘气的空。更没料到日军攻城的兵力竟达四万之众,重炮、飞机都使上了,大有不拿下樊城誓不罢休的意味。因此,原来还想按军长的命令好好打一下的官兵们,也无心打下去了,全等着军长也像他们一样改变主意,再来个三百里大转进。

这就从根本上动摇了军心,使得李威和军部的所有命令都在执行中走了样,军长聪明的部下们不是把命令看作"转进"前的托词,予以敷衍,就是公然抗命,按兵不动。

最荒唐的是二师七七一团,在中午的作战会议上,军长李威和副军长赵长江当面明确指令他们于下午二时前从城西赶抵城东,汇同七六八团固守城东国防工事,七七一团却到下午五时仍未到位,而且音讯全无。这就让同属二师的七六八团官兵们起了疑:七七一团团长吴长俊是李军长的小舅子,莫不是这小舅子得了军长什么底,先颠了吧?于是,七六八团便人心惶惑,下午五时,在日军的炮火和低落情绪的双重影响下,再行溃败,一段长达二百米的前沿阵地被溃兵弃守。

李威军长闻讯大怒,责令军法处派出了督战队,在阵前毙了七六八团团副周生贵和三个逃兵,才勉强稳住了七六八团阵脚。

守城北花市堡的一师七七〇团也不像话,说是被日军炮火打得抬不起头,且伤亡惨重,自说自话地要求退下来休整,几乎是三分钟一个电话,五分钟一个哀求,口口声声要找李军长为他们做主。平时很和气的军长,这当儿对着电话直跳脚,把七七〇团安团长的祖宗八代都骂翻了……

到了五时四十五分,失踪了整半天的七七一团终于有了音讯,团长吴长俊把电话打到了军部,对做军长的姐夫报告说:鬼子的炮火太猛,把队伍打散了,现在在他的努力下,队伍已重新集合完毕,并已前进到老街头……

从城西七七一团原驻地到老街头最多一千五百米,就算爬,也不用爬五个小时!手握话筒,李威军长气得浑身直抖,简直不知该对这不争气的小舅子说些什么。

立在一旁的副军长赵长江把电话夺了过来,对吴长俊说:"吴团长,先停止前进,在老街头就地待命!"

吴团长高兴了,在电话里大叫:"是不是要撤?"

赵副军长厉声道:"不要多问,就地待命!"

赵副军长刚放下电话,李威军长就醒过梦来,急急地对赵副军长道:"我的老弟呀,你还叫这混账东西待什么命呀,还不快叫他到城东去!"

赵副军长冷冷看了李威一眼,问:"大哥,你是要咱一六八军,还是要你那混蛋小舅子?你看看咱这支队伍还像个国军的样子么?这仗还能打下去么?"

李威军长这才从赵副军长脸上看出了杀机。

赵副军长一下子变得怒不可遏,宽厚的胸膛剧烈起伏着,满是络腮胡子的脸涨得血红:"想想吧,大哥,打从去年没见鬼子的面就一退三百里,这一年多来,咱一六八军变成啥样子了!咱'长腿军'的坏名声,搞得人所共知,害得全省百姓谁也看不起咱,老往咱军部寄花裤子、红裙子!带兵到这分上,大哥,咱……咱亏心不!"

李威的心被刺伤了,嘴角抽搐着,讷讷地道:"是的,是的,赵老弟!我……我说过,咱……咱这一次要……要打,要好好打!谁再想撤丫子,我就毙了他!"

赵副军长的目光紧盯着李威不放:"好!大哥,既然这么说,那就先来个大义灭亲,马上毙掉吴团长,看看谁还敢把军部的命令当儿戏!谁还想提撤的话!"

李威长长叹了口气,默认了赵副军长的建议。

在赵副军长和军部一帮副官随从的陪同下,李威在老街头后巷的樊城国立中学院里,找到了自己属下的七七一团。当着全团官兵的面,亲自下令处决团长吴长俊,并将军部参谋处长章洒之委任为七七一团新团长。

吴长俊被这突然的变故惊呆了,直到被军法处的卫兵捆上,还不相信军长姐夫的命令是真的,直着细长的脖子对军长大喊:"姐夫,你……你真要毙我!真要毙我?!"

军长不理自己的小舅子,只问:"吴长俊,还有什么话要对你姐姐说?"

焦 土 // 279

吴长俊眼里的泪下来了，不顾一切地对军长叫道："姐夫，你说我怯敌避战，你……你自己又算什么东西？谁……谁不知道你李威是长腿将军？！老子今天走到这一步，都……都是跟你学来的！今天你他妈的毙……毙了我，明天蒋委员长就得毙你……"

没容吴长俊把话说完，站在李威身旁的赵副军长手一挥，执法处长手中的短枪响了，连续三枪把吴长俊活生生击毙在距李威不到十步开外的东墙角。

继而，赵副军长宣布："下面，由军长训话！"

李威极力掩饰着满心愧疚，背对着吴长俊满是血污的尸体，对七七一团的弟兄们说："今天在这里，本军长向弟兄们申明：本军长和军部保卫樊城的决心不可动摇，一六八军要和樊城共存亡！谁敢违抗军令，扰乱军令，你们的吴团长就是榜样！别的话本军长不再多说了，现在，全给我跑步前进，立即进入城东国防工事阵地，准备战斗！借故拖延者，杀！怯敌避战者，杀！总之，就是一句话，我一六八军这回不能再退了，各位袍泽弟兄要抱着决死的意志，和鬼子血战到底！"

这番训话实可谓杀气腾腾，不论是在一六八军的历史上，还是在李威的军旅生涯中，都是绝无仅有的。在聆听训话时，弟兄们简直不敢相信，这番话会是他们军长说的。

看来军长这一次真要精忠报国了。

训话完毕，七七一团的弟兄们精神已为之一振，七八百号人在新任团长章洒之的带领下，轻装跑步，直扑城东国防工事。

这时，天色已暗，日军轰炸的炮火也渐渐稀落下来，而预计中的攻城战却没开始，这是非常令人不安的。

站在樊城国立中学的顶楼上，李威军长疑惑地放下手中的望远镜，问身边的赵副军长："这是什么意思？铺天盖地轰了这么久，咋就歇手了？鬼子们在搞什么名堂！"

赵副军长也不知道鬼子们在搞什么名堂，只望着在血红云霞下跑步前进的七七一团的队伍，欣慰地对李威军长说："大哥，看到了吧？只要你有决心,弟兄们就会有勇气!我看,咱一六八军报国雪耻的时候到了!"

李威点了点花白的脑袋:"但愿吧!如果弟兄们真能打好,真能守住樊城,我……我小舅子也就不算白死了……"

走下楼台时,李威突然想到了钱司令,一把拉住赵副军长的手说:"鬼子们不攻城,该不是碰到麻烦了吧?会不会是钱司令的游纵从鬼子后面抄过来了?"

赵副军长只一怔,便道:"不可能!从中午到现在,我们发了三份急电,钱司令都没回应。"叹了口气,又说,"人家现在是大英雄,早不把咱们这些老长官看在眼里了。"

李威军长却还心存幻想:"不会吧?钱大兴这小子是愣种,不是孬种,又喜欢出风头做英雄,这一回能看着咱孤军作战?能不来再做一回英雄么?"

赵副军长摇了摇头:"谁知道呢?!"

三

钱司令的那只"虎"是毁在自己手上的。

画虎时,钱司令的心思老不在虎上,却在樊城的战局上。

不用刘处长报告,钱司令就已知道樊城打响了,钱司令的秘密电台比公开设在游纵司令部的电台早三小时收到了樊城战局的密电。钱司令故意在书房里"用功",就是想暂避一下来自樊城的催命符。

鬼子攻樊城早有迹象。省城周围的日军调动频繁,两天前,叶瞎子伪独立师的内线就有情报递过来,说是鬼子将军山本要不惜代价拿下樊城,拔掉国军在河东地区的这个最重要的据点,一举将一六八军赶过流沙河,把我全部抗日武装的活动范围限制在狭长的河西一带。

这让钱司令十分头疼,李威的一六八军到了河西,他钱大兴的游纵上哪去?难道上山和共产党的游击队争地盘去?还有就是,李威好歹是他的老长官,老长官一来,谁听谁的?眼下,二人都是中将,手下的队伍又都是军的建制,平起平坐嘛!只怕到时候连战区长官部的李长官都没法安排。

　　钱司令的头脑绝不像局外人想象的那么简单,樊城打响后,钱司令就一直在想:出路不外乎这么三条:其一,李威这一次别跑了,在樊城玩命顶着打,把屁股下的老地盘按牢实,也给他自己和一六八军的部下弟兄长点脸。其二,附逆投降,变忠于重庆为忠于南京,到汪主席手下去做个方面军司令,或留樊城,或进省城——这不是没有可能,有情报说,一个月前汪主席的代表郑老先生就去过樊城。其三,装模作样,打一下就跑,一举退过流沙河,和河西纵队抢地盘。

　　在一六八军将来的这三条出路中,钱司令最希望看到的是第一条,希望李威军长抱定必死的决心打到底。最不可接受的是第三条,钱司令宁愿看着老长官走第二条路,投奔南京去当汉奸,也不愿老长官到河西来和他拍肩膀。

　　然而,钱司令太了解自己的老长官了,想来想去,都没能想出老长官有决死抗战的勇气,倒是想起了一大串和勇气毫不沾边的事:在华北,一退千里;在徐州,行动迟缓,差点儿被撤职;去年初到本省,三天丢了四个县,外加叶瞎子的一个守备团。不是他钱大兴看不下去了,一时性起,在樊城硬拼,只怕今日鬼子要打的就是河西了。

　　钱司令因而认定,老长官可能去当汉奸,可能逃到河西来,就是不可能死守樊城。他钱大兴和自己老长官彻底翻脸的日子就要到了——樊城决不会守过三天,不论老长官在三天内做了汉奸,还是老长官三天后逃过流沙河,他都得用枪杆子和老长官说话了……

　　越想心里便越乱,钱司令就想借画字来静静心,可心却咋也静不下来,老长官的面孔不时地在眼前晃,甚或能听到老长官那一口熟悉的烟台官话。

　　这就把那个"虎"字给画坏了,先是虎头上的那一竖描出了框,后来竟被一大团墨污了纸……

　　叫来汤师爷重绘字廓时,钱司令又赤裸着上身,在书房里踱着步想:老长官不想打,就能由着老长官的性子来么?他钱大兴眼下已不是一六八军的副师长了,他和老长官平起平坐,有人有枪有地盘,就不能逼着老长官打一回么?如果把队伍拉到流沙河西岸,切断一六八军的退路,那老长官就只有拼命或者投降了……

这思路对头!

钱司令眼睛一亮,不画字了,叫汤师爷把桌上的纸墨都收走,自己也麻利地穿军装,套马靴。

汤师爷收好笔墨,从书房里出来,外面才适时地响起了参谋处长刘克山一声嘶哑无力的"报告"!

钱司令既有了对付老长官的主意,脸上的愁云便一扫而光,听到刘处长的报告声,带着显而易见的兴奋,一声大叫:"报屌的告,快进来吧!"

刘处长一头大汗走进来,把几份电文纸一齐送到钱司令面前:"司令,樊城李军长急电,战区长官部急电,日军山本师团等部,计约四万兵力攻樊城,一六八军被日军攻得吃不消了……"

钱司令做出一副刚刚知情的样子,没等刘处长开念电文,就破口大骂道:"刘克山,你鸡巴日的长几个头?啊!妈拉个巴子,这么重要的电报,咋不早送给老子?啊?!"

刘处长被钱司令这一骂,立时脸色苍白,讷讷道:"兄弟……兄弟见司令……在用功写字,就……就没敢打扰……"

钱司令劈面给了刘处长一个耳光:写字?老子写字就把你吓成这个样子?老子就是在日女人,你也得给我来报告呀!"

刘处长几乎要哭了:"可……可是,卫兵也……也不让进呀?!说……说、说是您下了死命令,除了蒋委员长,啥人都不见……"

钱司令似乎想起了自己的命令,愣了一下,脸色缓和了些,把蒲扇般的大手摇了摇:"算了算了,饶你这一回吧!现在赶快传我的命令,让在家的四个支队长和司令部的同志都来开会,商量一下,咋着增援鸡巴日的李军长!"

刘处长笔直一个立正敬礼:"是!"转身走了。

这边刘处长刚出门,钱司令那边已叫来了秘密电台的报务员,要报务员立即电令驻守流沙河大桥一带的六支队队长方党军:严守流沙河大桥,并沿流沙河西岸布防,于临战状态下待命……

四

夜幕降临的时候,樊城已大致恢复了平静,若不是城东、城北还有几处地方大火没扑灭,时而还能听到三五声冷枪,这座十余万人口的山城决不像一场激战的战场,李威军长因此便觉得自己似乎是置身于一个不大真实的梦幻中。

一切真像在做梦,战争说来就来了,又是飞机,又是大炮,把樊城炸得个天昏地暗;说停也就停了,直到七点多钟天完全黑下来,日军根本没组织啥像样的进攻。

妻弟吴长俊的命算是白丢了。

这就有了些后悔的意思,一时间,李威对赵副军长的怨意油然而生。不论是城东国防工事里巡视,还是在军部作战室里研究兵力配备,李威咋看赵副军长咋不顺眼,总觉得是赵副军长害了吴长俊。

为了部署明日可能发生的激战,几分钟前李威已通知了团以上军官到军部大红楼地下室开会。在等待下属军官们到来的间隙里,李威看着地图,把自己对赵副军长的不满表露出来了:

"你看你,啊?鬼子攻城还没真正开始嘛,咱自己倒先乱成一团,还杀了人……"

赵副军长也在看地图,还在城东兵力薄弱地段用铅笔做着记号,一听军长这么说,愣住了,缓缓转过身子问李威:"大哥这话是什么意思?是不是怪我提出来毙吴团长?"

李威点点头,苍老的脸上满是戚哀,眼圈也红了:"你又不是不知道,长俊是我一手带出来的,从手枪队长,到团副,到团长,跟了我五年呀!今日就……就这么……"

赵副军长叹了口气:"大哥,你难过,我也难过。可大哥,咱是带兵的将军,在战场上是不能讲私情的!日后就是我赵长江怯敌避战,你大哥也得正我的法！要不,咱一六八军就完了！"

李威无话可说了,他知道,赵副军长没有私心,这个曾在北伐时救过他的命的盟兄弟的确是一心为他着想。况且吴长俊已经死了,再生气也没用了,眼下又面临着一场和日本人的大战,他最离不开的就是这个情同手足的盟兄弟。

摆摆手,李威道:"不说了,不说了！老弟,我没有怪你的意思,吴长俊不杀也真是不行,不杀吴长俊,咱手下的那帮滑头军官也不会相信,我……我这个军长真要打这一仗。"

看着地图,李威做出一副不解的样子:"奇怪的是,鬼子咋就不攻城呢？今日五时后,日军至少可以组织一次强攻。"指着地图,又说,"还有城西方山子,喏,就是这里,为什么不堵住？山本既调动了四五万兵力会攻樊城,就完全可以先以机动部队穿插方山子,切断我军后路嘛！"

赵副军长笑了:"大哥,您是真糊涂,还是装糊涂？"

"老弟,大哥在你面前还会装糊涂么？你说说看,鬼子到底打的啥主意！"

赵副军长苦笑道:"大哥,这还不是明摆着的么？日本人根本就没把咱一六八军当对手,只想把咱们一阵乱炮轰走了事。故意在方山子给我们留的退路,就是要我们自己识相撤退。"

"不会吧？再……再怎么说,咱一六八军也是抗日卫国的一支劲旅嘛,山本小鬼子咋会……咋会……这么轻易放过我们呢？"

"过去咱跑得太快了。"

这个姓赵的就是这么可恶,哪壶不开提哪壶,还没完没了地提！

李威看了赵副军长一眼,气狠狠地骂:"日他妈,老子……老子这回偏不跑了……"

不曾想,军长、副军长口口声声要打,来开会的团以上军官们却大都想撤;军长、副军长发现了方山子的退路,来开会的军官们也大都发现了这美好的退路。一个原本布置作战的会议,竟变成了个讨论"转进"的会议,会上撤声一片。

事情一开头还是被李威自己弄坏的,鬼子的炮不打了,炸弹不扔了,军长爱民主的老毛病便又犯了,不是直截了当地下命令,却先要田参谋长介绍情况,而后,要大家都说说自己的主张。

最有主张的是第二师师长来立本,来师长嘴一张就是:"要俺看,这仗打不得,只有一条路,撤!诸位想一想,山本这一回调动了近五万人马,兵力五倍于我,咱硬打,那就是拿卵子碰石头!咱这卵子是铁卵子呀,能碰过石头?反正俺老来的卵子是肉的……"

一阵哄堂大笑。

赵副军长气得拍起了桌子:"来师长,军长是要你谈谈咋打!"

来师长一向和赵副军长不和,眼皮一翻,对赵副军长道:"是呀,俺就是在谈咋打嘛!你着什么急?军长还没急呢,你副军长急个啥?难道咱李军长让位给你了?"

李威照例做起了和事佬:"好,好,不要吵,来师长,你继续说。"

来师长便继续说:"山本既然给咱留下了退路,咱为啥不退呢?就是不留退路,咱还得突围呢!俺一贯认为,抗战是持久战,不是一仗可以定输赢的,因此,不能计较一城一地的得失。今日我们先从樊城撤退,待力量大了再反攻,再光复嘛!俺就不信山本能把樊城扛到日本列岛去!"

师长一带头,二师的军官们都来劲了,纷纷进行呼应。

最明目张胆的是七七〇团安团长。

安团长原是蹲在条椅上的,竟一下子站起来说:"来师长说得太对了,三十六计里还有走为上呢!咱现在不走,更待何时?要我看咱马上散会,趁着这月黑风高之夜给鬼子来个'单于夜遁逃'……"

赵副军长黑着脸问了句:"只怕来不及吧?"

已是得意忘形的安团长几乎忘了赵副军长是一六八军最顽强的主战派,竟脱口道:"来得及!弟兄们都算定咱不会真打,早做好了撤的准备!"

赵副军长把左轮手枪往桌上一拍,指着安团长的脑门骂:"安麻子,我毙了你个孬种!"

安团长吓死了,一下子想起了几个小时前被处决的吴长俊——那可是军长的小舅子呀——急忙跳下椅子躲到了肥胖的来师长身后。

来师长也拍起了桌子,对着李威叫:"军长,是不是您叫弟兄们来谈主张的?赵副军长动枪是啥意思?如果不让我们说话,我们就不说么!真是,打也好,撤也好,还不都听你军长的!"

到这地步了,李威却还不愿收起民主的把戏,还要弟兄们说下去。

终于,一师四四四旅周旅长站了起来,主张好好打一下。

周旅长说:"弟兄们,咱是抗日军人!可说来惭愧呀,几年下来了,咱老想着保存实力,还真没好好和鬼子们拼过一场呢!人活一张脸,树活一张皮,咱不能做不要脸皮的军人!我说,咱要是早依了赵副军长的主张,去年就和钱司令一样硬打,今日说不准省城还在咱手上呢!"

一师的几个团长也顺着周旅长的话头,忆及了去年,纷纷议论说去年确是跑得太快了一些——当时若是打一打,不论是对今日的局面,还是对一六八军的声誉,都是有好处的。

赵副军长抓住大家的话头道:"好,既然周旅长和诸位都提到了去年,都提到了军人的声誉,那么,我和军长也不怕丢脸了,我把一首去年收到的诗,一个红尘女子写的诗,念给诸位听听。看看诸位作何感言!"

会场上的军官们都盯着赵副军长看。

李威这时还没想起那首诗的内容,只是本能地觉得这首诗好不了,想阻止赵副军长念出来,可目光只在赵副军长铁青的脸上扫了一下,就识趣地收回了这个不合时宜的念头。

赵副军长举止庄严地从口袋里掏出了一张粉红色的信纸,先在大伙儿面前晃了晃,说:"这首诗,兄弟一直把它揣在怀里,揣了整整一年零八天,揣得脸红心跳。现在,大家都听好了:诗的题目是《赠国民革命军第一六八军全体将士》。"

会场上一片沉静。

赵副军长清了清嗓子,一字一顿地念道:"妾本风尘女,沉浮花月里,国难心亦碎,更为尔军耻。番号一六八,二万不肖子,无勇何为军?不如早去死。来世重托生,再不为男子,月月女儿红,娇喘伴媚姿。"

李威听毕这首诗才想起:诗确是省城一个红妓寄到一六八军军部的,当时赵副军长非逼着他看,他也是看过的,看过后,曾很认真地惭愧过几天,后来就忘了。他再也没想到赵副军长竟会把它保留到今天,竟会在这个要命的会上把它念出来。这不是出他的洋相么?一六八军军长毕竟是他李威嘛!

赵副军长却不责备自己的军长大哥,而是对着弟兄们吼:"咱一六八军就这么孬种么?咱咋着变成'长腿军'的,弟兄们心里不清楚么?去年一退三百里,是军长的主张,还是我赵某人主张?咱们不是也开过这样的会么?不是你们大家都主张撤么?来师长不也讲反攻、光复的话么?如今,咱在哪儿反攻过?又把哪儿光复了?连这个樊城,也是钱司令讲义气,被长官部逼着,才让给咱的!不是兄弟我话讲得重,一六八军走到今天这一步,你们都脱不了干系!一六八军毁在你们手上,咱军长的名声也毁在你们手上了!"

这话讲到李威心里去了,李威便想:可不是么,他李威啥时主动下过撤退的命令?要撤的,还不都是来师长和手下的弟兄么?他这个军长讲民主呢!弟兄们民主后的意见要撤,他有什么办法!

说心里话,得知城西方山子还留着退路,李威死守樊城的意志就动摇了,可与樊城共存亡的命令刚发布,连自己的小舅子都给正了法,要说撤,也真是说不出口。正因为左思右想拿不定主意,这才灵机一动,在原本是布置作战的会议上闹起了民主。李威很清楚,只要给弟兄们民主一下,必有不少人提出撤的问题,那他也就好讲话了。

赵副军长却要毙了李威的民主,继续粗着脖子叫:"兄弟再次提醒诸位:现在我们在开的是阵前作战会议,根本不存在什么撤的问题!再说,咱们也无处可撤了,——还能往哪撤?过流沙河,和河西游纵争地盘?钱司令能答应么?就算钱司令答应,咱的脸皮又往哪摆?"

这倒是很实际的问题,李威想,真退到河西,只怕钱大兴这愣种不会答应。去年让樊城,是因为中央给这愣种升了中将,还让他从一六八军里跳出来,独立建制。这一次,中央和长官部再没啥好给他的了,他也就不可能用河西七县的粮税来养一六八军了。

来师长根本不买赵副军长的账,站起来反驳:"樊城也好,河西也好,还不都是中华民国的国土,啥时候变成钱司令的地盘了?蒋委员长早就讲过嘛,中日战端既开,就人不分老幼,地不分南北了,凭什么我们就不能去河西?!钱司令讲道理好说,不讲道理,咱手中枪是吃素的么?!"

真是无赖逻辑,连李威听了都觉得太刺耳。

赵副军长被来立本气得嘴唇直哆嗦,好半天说不出话来,后来,猛然把身子转向了李威:"军长,兄弟要说的话都说完了,这一仗咋着打,你当军长的说句话吧!"

这就不能不表态了,民主的把戏不能无休无止地玩下去。

李威缓缓站立起来,环顾着在场的将校军官们,不慌不忙地说:"诸位,大家的主张都有道理,但,我的主张却是要打——就算要撤,现在也不能撤,至少要认真打几天,不能让人家再骂我们是长腿军了。那么撤,又是问题,往哪撤呢?在这一点上,赵副军长说得不错,河西游纵的钱司令不会欢迎我们的。那么,不去河西,我们又能去哪里呢?这个嘛……"

赵副军长这才看出,自己的军长大哥又要变卦了,满脑袋已是一个撤字了,他这里认真打几天,底下这帮孬种就打不了几天,他说打一下,底下的人就连一下也不会打。

军长仍在说:"这个嘛,也不要急,本军长也留了后手:本军已给游纵的钱司令连发了三份急电,也给战区长官部发了急电,指调游纵驰援。钱司令会不会来驰援呢?我看不外乎两种可能,来,或者不来。他来,我一六八军和游纵就合兵一处,和鬼子拼他个鱼死网破,钱大兴有种,我李威也有有种嘛!若是钱司令的游纵不来呢,那咱打上个三两天,撤过流沙河,钱司令也就无话可说了,你身为抗日的队伍,在友军吃紧时不驰援,才造成今日的败局嘛,你也有责任嘛……"

就说到这里,军部机要副官走了进来,匆匆递给李威军长一份电报。

电报是河西游击纵队发来的,电文称:游纵五个主力支队,约一万四千兵力,已星夜集结,向河东前进,驰援樊城。预计其先头部队可望在十八小时后越过流沙河,进入河东战区。"

李威匆匆看毕电报,却没在会上宣读电报内容,心头窃喜着,偏不把这份喜悦拿出来和自己的袍泽分享。

李威脸上仍不动声色,继续着自己的讲话,只是口气已有了改变:"……不过,话又说回来喽,这个钱司令本军长还是了解的嘛!民国十三年四月,这小子从张大帅的队伍上拖出了一条枪和四个弟兄来投奔本军长。我当时就委了他个排长,北伐时升了连长,后来,因为能打能拼,才营长、团长,直到副师长。去年在樊城,钱司令打得多好呀!眼下人马越打越多,比咱一六八军都壮实了!钱司令一定会来驰援的,所以,我们不能孬种!要打,要好好打!"

赵副军长兴奋了,"呼"地站起来道:"大家听见了么?军长说要打,要好好打!"

来师长却糊涂了,不知李威军长又发了什么神经,不识相地问:"真打么?"

李威神情很庄严:"本军长什么时候说假打了?打仗是做游戏么?!本军长连自己的妻弟都正法了,这是在和诸位开玩笑么!刚才赵副军长的意思,其实就是本军长的意思。现在本军长把话给你们说明白了,本军长让你们说说主张,就是想了解一下,你们是不是和本军长一样也有决死一战的意志!一年前省城那个妓女送咱的诗,你们都听了,脸该红了吧?你们不要脸,本军长还要脸,赵副军长还要脸!这一仗打不好,都他妈的提头来见!"

直到这时,会议才进入正题,一六八军的将校军官们这才放弃了撤的念头,认真地对付起面前的局势了。作战会议一直开到是夜零点十分,兵力也由准备弃城的机动部署,改为固守态势的阵地部署,甚至在赵副军长的一再坚持下,还考虑了将来巷战的可能性。

散会后,披着星月到各前沿阵地去督察巡视,李威才把钱司令的电报给赵副军长看了。赵副军长在月光下看毕电报,方明白了李威态度突变的原因。

望着自己面前这位滑头而又善变的军长,赵副军长不禁一阵摇头苦笑……

五

河西游击纵队的五个主力支队并没有星夜集结,向河东前进。

抗日英雄钱司令在这紧张迫人的一夜间,连发了三个电令给驻扎流沙河附近七里镇的六支队队长方党军,要他就近直扑各渡口、桥梁,完全切断一六八军可能的退路。

第三份密电干脆直截了当地告诉方队长,要他在通往河东地区的流沙河大桥、二桥上派出工兵,在桥底下填满炸药,随时做好炸桥准备。

各渡口的船只,在钱司令的严令下,从河东岸全弄到了河西岸。沿岸的轻重武器全进了区防工事,炮口、枪口一律指着河东,那阵势像樊城已失陷了,鬼子就在面前一般。

把这副架式拉好以后,已是第二天一早了,钱司令在自己司令部所在的河西镇召开了有绅耆名流、各界代表参加的军民抗日誓师大会。

大会开得轰轰烈烈。钱司令、河西联县郑县长和游纵的军事长官们全庄严威风地坐在露天的主席台上。主席台后面高挂着蒋委员长的巨幅画像,画像两边是两句话:"委员长令咱焦土抗战","钱司令叫咱都当英雄"。头顶上是几丈红布扯起的会标,上书"河西游击纵队暨各界民众增援一六八军抗日誓师大会"二十余个斗大的黄字。

台下全是人,都在早晨的阳光下席地坐着,有钱司令驻扎在河西镇的队伍,有河西抗校的学生、教员,有当地的百姓,还有战区长官几天前派过来的慰劳团的男男女女。

大会的组织者是司令部文宣处处长梅定军,梅处长按钱司令的意思张罗了一夜,张罗得总算不错,钱司令走上主席台时就很满意,临到开会了,各界代表在梅处长的精心安排下,一一走上主席台致词时,钱司令就更满意了,不时地带头为致词的各界代表鼓掌。

各界代表都说钱司令是河西地区,乃至整个战区的抗日楷模,是当之无愧的民族英雄。一年前血战樊城,打出了中国军人的志气,打出了游纵的赫赫英名;一年后的今天增援一六八军,二战樊城,定会再造大捷,警策国人;日后三战樊城,必将逐日寇于省境之外,国门之外。

整个大会就这一个歌功颂德的声音。

这也是自然而然的事,就是文宣处梅处长不交代,各界代表们也都知道该咋说。一来,代表们确是敬仰着打鬼子的钱司令;二来,也知道钱司令搞独裁,容不得不同的声音。

最后一个献演词的,是抗校的阎校长。

阎校长是司令从北平请来的大学教授,最是疾恶如仇,阎校长先歌颂完司令的抗战功绩之后,又站在钱司令的立场上,带着一脸不屑的神气嘲弄一六八军和一六八军中将军长李威,算是给大会带来了一点点稍有不同的声音。

阎校长两只细小的眼睛从眼镜框的上方扫视着会场,嘴角撇着,也不读备好的讲稿,即兴说着:"……我们的钱司令誓师增援樊城,实是可敬可佩。其实,以本人的意思,这个一六八军也真不值得我们的钱司令去增援它。它不是腿长嘛!不是会跑嘛!那就再跑一次嘛!跑到我们河西来,我们也给它开会,开个什么会呢?开个驱逐会。凉水都不给它喝!当然喽,这话现在是不该说的,现在我们英雄的钱司令以抗日的大局为重,以博大无比的胸襟去增援樊城,本人就为钱司令感动了,就更觉得李军长渺小了。我们英雄的钱司令是大山,李军长就是个小小的沙粒。我们还能说什么呢?我们只能由衷地为钱司令,也为我们的游纵高呼一声万岁!"

台下一阵掌声。

在掌声中,阎校长结束了自己的演讲。

在更为热烈的掌声中,钱司令开始了自己的训话。

钱司令极力庄严着,也极力斯文着说:"各界抗日的同志们,弟兄们,刚才大家对兄弟,对兄弟带出的这支抗日队伍讲了许多鼓励的话,很好啊!兄弟听了很自豪!但兄弟现在还不敢说把日寇逐出国门这个大话,不敢说呀!这话得谁说呢?得咱们蒋委员长说。兄弟要说的就是,兄弟在任何时候都不会丢了防区,一退几百里。也不会坐视友军和鬼子开战自己袖手旁观。从公从私说,兄弟都得带着队伍增援一六八军李军长,不但要帮李军长守住樊城,还得想法打个大胜仗!"

副司令束孝时在钱司令身后站起来,死命鼓掌,台下的掌声便再次响了起来。

钱司令冲着掌声热烈处点了点头,又缓缓转过身子,指着正坐在台上的阎校长道:"在这里,兄弟也要批评阎校长!不像话嘛!我们开会出征,是为了救援李军长,咋能在这样的出征会上贬李军长呢?!李军长毛病再多,只要不像叶瞎子一样背叛中央,也还是我们的友军嘛!所以,兄弟在这里,要向各界父老乡亲提个醒:不论咋着,我河西抗日军民都要以大局为重,不能泄私愤!真要讲私愤,兄弟我敢说,我私愤最多!一年前的事谁不知道呀?兄弟我拼两天命,守住了樊城,可鸡巴日的李军长……"

钱司令拼命想着要斯文,一不小心,还是把个"鸡巴日的"带出来了,这便有点煞风景了。

钱司令自知失言,立在台上愣了一下,才又说:"李军长却又拿走了樊城!兄弟我气不气呀?当然气。气过之后,还是给他,为啥呢?就因为我钱大兴是抗日的革命军人,要听中央和长官部的军令嘛。军令不是儿戏呀,孔子曰:'军令如山倒'嘛!"

也真不知道钱司令的文化到底是咋学的,竟把文化祖宗孔老夫子都糟踏了。对司令这信口开河的胡说八道,还没人敢笑,没人敢给钱司令纠正——当面不敢,背后也不敢。

钱司令的训话便继续,话头已是针对自己手下官兵的了:"兄弟我听上面的命令,游纵的弟兄自然就要听本司令的命令,不能在本司令面前说个不字!这次东征,要像过去一样,做到令行禁止,违令者一律枪毙!班长抗命,排长不加阻止,排长、连长二级连坐,一样枪毙!哪个支队出问题,本司令就毙哪个支队长!好了,兄弟就说这么多,下面,让鸡巴日的弟兄们自己说吧!"

临到末了,竟然还带出一个"鸡巴日的",钱司令斯文的训话,终于在

焦 土//293

不斯文的意外中结束了。

接下来,各支队的代表上台誓言,纷纷表示要铁心追随钱司令,打好这场增援战。伴着台上代表的誓言,台下弟兄还振臂呼起了口号。

大会从始至终都很热烈,与会的各界代表和百姓们都对钱司令增援樊城的决心留下了深刻的印象,都对钱司令的大度无私赞不绝口。战区长官部慰劳团的王诗人还即席赋诗一首,并自己冲上台去朗诵。

王诗人的诗叫做《火光在召唤》,朗诵起来甚是好听——

　　樊城的枪炮声又响了,
　　星月笼上了烟尘战云。
　　火光在召唤呀,
　　召唤游纵无敌的官兵。
　　一六八军要雪耻,
　　昔日英雄更英勇。
　　东征,东征,
　　战火召唤着中华儿女,
　　东征,东征,
　　战火召唤着国人的良心……

然而,遗憾的是,钱司令没能亲耳听到王诗人朗诵的这首好听的诗。王诗人冲上台诵诗时,钱司令已在参谋处刘处长的招呼下,悄悄退下了主席台,到抗校阎校长的房里去听刘处长读电文了。

就在开会的这两三个小时里,机要室就接连收到了六份电报,四份来自战区长官部,两份来自一六八军军部,都说到日军的攻势凶猛,要求游纵尽快渡过流沙河,赶赴樊城。战区长官部的电文称:如游纵行动迟缓,樊城可能失守,甚至迫使一六八军易帜投敌,情况相当严重。

钱司令听罢电报,想都没想,就命令刘处长复电长官部和一六八军军长李威,再次声称,游纵五个主力支队已在增援途中,整个河西地区百万军民都在为樊城保卫战紧急动员,时下,各界正在召开抗日誓师大会……

六

日军的攻城战是在天刚麻麻亮时打响的,城东、城北两面同时动手,一时难以判断哪里是主攻,哪里是佯攻。理智地分析一下,军长李威和军部田参谋长都认为日军从城东主攻的可能性更大。城东地势相对平缓开阔,较少地理阻碍,便于大兵力的铺展。一年前日军打樊城时,就把主力方向摆在城东,差点要了钱司令的命。因此,李威对城东不敢马虎,把七六八、七七一两个团摆上去后,又令一师师长来立本亲自到城东督阵,确保防线的稳固。

来立本师长心里极不想打,甚至在接到军长李威的命令时,还试图最后努力一下,向军长陈明利害,劝军长放弃死守樊城的计划。然而,看到军长阴沉的脸,加之军长身边又立着副军长赵长江,来师长话到嘴边又咽了回去,只对军长说:"军人以服从命令为天职,既然军长这回真打,兄弟不敢说城东一定能守住,只敢说拼光算数!七六八、七七一两个团打光了,兄弟再填两个团上去,团长殉国,旅长填上去,旅长殉国,兄弟我也填上去……"

这话说得极是壮烈,首先把赵长江感动了,赵长江握着来立本的手摇着说:"来师长,你有这样的决心,我看樊城就守住了!真要到了你来师长都填上去的地步,我赵某人也陪你一起填上去!"

李威听了来立本的话,心中却不是滋味,颇有一种被出卖的感觉:这个来胖子真要赌气把一个师打光,那可就要了他的命了!这支队伍不是来胖子的,却是他的呀!是他李威三十余年的心血呀!

因而,李威便对来胖子说:"来师长,你老弟有这个决心很好,可我也把话给你老弟说清楚:我只要你守住,没要你打光!你真敢把我这几千号弟兄打光了,就他妈别活着来见我!"

来师长小眼睛一亮,问:"那我守到啥时候?"

李威说:"守到游纵钱司令来接防!游纵五个主力支队正在增援途

中，钱司令接防前，你丢了一寸阵地，我都拿你是问！接防后，就与你无关了。"

来师长心里有底了，赶到城东前沿指挥部，对七六八团团长肖长胜和七七一团新任团长章洒之交代说："钱司令的游纵正在赶来增援，我们要准备好好打十八个小时，最多二十八小时，这期间不能让鬼子攻进城来。另外，还要注意保存实力，不能把咱这点家底打光。"

来师长说这话时，城东守军正在和攻城的日军激战，七六八团团部也笼罩在炮火硝烟中，脚下的土地在震颤，悬在房梁上的马灯晃个不停，几部通往前沿工事的电话铃声不断。

根据前沿的报告，日军的攻势在城外的国防工事前暂时被遏止住了，但最终能否守住，实在没有把握，几处暗堡已被日军的炮火摧毁，如无后备兵力随时补充，防线可能出现缺口。

来师长想都没想就下令："如城外的国防工事确无法固守，则以退守城墙工事和城堡为宜。"

七七一团团长章洒之不同意，婉言道："来师长，以兄弟之见，城外的国防工事不可轻易放弃。就算我们只守十八小时，也仍不可轻易放弃。放弃了城外国防工事，将来钱司令就麻烦了……"

来师长反问章洒之："不放弃，你们有把握以最小的代价守住么？"

章洒之道："这要看军部和师部的决心！想保存实力，那必然守不住，若是不计代价，真心实意地和鬼子拼一场，我看至少可守三天。咱手下的弟兄也不是孬种！"

来师长捏着肥厚的下巴想了想，说："能守住最好，实在不行还是撤下来，我说了，咱们不能把这点本钱都拼光！拼光这点本钱，谁也不会把咱们当爷看了！"

章洒之还要说什么，来师长已不耐烦地挥了挥手，再不答理章洒之了。

七六八团团长肖长胜自认为了解来师长的心思，小心地向来师长报告道："师长的意思我明白，我还是做好了撤的准备，只要军部一声令下，我七六八团可在半小时内撤出来……"

来师长点了点头。

肖长胜又讨好地说："师长,兄弟还有两个后备营没派上呢!"

却不料,来师长一怔,破口骂道："混账!老子要你们保存实力,也要你们守住阵地!日他妈的,就这副样子,你七六八团也敢说能守十八小时?!马上给我先派一个后备营上去,加固前沿工事!"

肖长胜抹着一头冷汗,老老实实抓起电话下命令。

前沿指挥部是设在钟鼓楼城门洞里的,洞两头已被麻包堵死,只留了几个瞭望孔,来师长交代完毕,走到瞭望孔前看了看,啥也没看到,又顺着城门洞内临时搭起的木梯,爬上了钟鼓楼主楼。身后,随行的师部参谋、副官们和七六八团团长肖长胜、七七一团团长章洒之也接连跟着爬了上去。

钟鼓楼是城中的制高点之一,往日立在钟鼓楼上,大半个樊城都看得清,眼下,一切竟是那么朦胧了。弥漫的晨雾掺和着城东、城北四起的硝烟,掩却了城市昔日的容颜。密集的枪声、炮声、爆炸声,在远处近处响着,给来师长和众军官们带来了一片夹杂着恐慌的阴郁。

来师长极力镇静着,问肖长胜："肖团长,还记得咱们最后正正经经一仗是和谁打的,是啥时打的么?"

肖长胜想了想："是和蒋委员长打的吧?好像是八年前……"

来师长点点头："是呀,八年没正经打仗了,这仗又是和日本人打,咱真打得了?"苦苦一笑,摇摇头,又说,"但是,军长要我们顶一下,我们也只好顶一下,你们弟兄们多努力吧!"

章洒之说："师长,当年钱司令打得了,咱今天咋就打不了?兄弟还是那句话,只要军部和师部有决心……"

来师长火了："钱大兴是愣种,我们不是愣种!再说,当年钱大兴打这一仗的本钱是谁的?还不是我和李军长的?!现在要我用蒋委员长的人马打一仗,老子也会打好,十万八万人马都打光也不会心疼!"

提起今日钱司令,来立本的气就不打一处来。这钱司令当年只是来师长手下的一个小小团长,因着不驯服,来师长才报请李威军长同意后,夺了他的兵权,让他做了个挂名的副师长。没想到,一年前大撤退时,这小子竟敢抗命不撤,带着三千残兵和一帮义勇队在樊城硬拼了一场,用一六八军的本钱,做成了一笔"抗日英雄"的大生意,一跃和李威军长平起平坐了,这他妈的算什么事!

肖长胜这时也及时想到了钱司令,小心翼翼地道:"师长放心,只要钱司令真的能在十八小时内赶到樊城增援,咱这儿问题不会太大,怕只怕这位钱司令耍滑头……"

这也是来师长最担心的:如果钱大兴耍滑头,躲在河西按兵不动,一六八军就惨了,只怕到时候想撤都撤不下来。如今的钱司令已不是当年的钱副师长了,这愣种有了自己的本钱后,还会再大老远跑到樊城来做"抗日英雄"么……

正想着撤的问题,身旁一个随行副官把望远镜递了过来,且俯着来师长耳畔说了几句什么。

来师长一怔,接过望远镜,回转身向城西方向瞭望。

望远镜中的景致让来师长十分吃惊:通往城西的建国大道上,人流滚滚,挤满难民。逃难的人群中还夹杂着汽车、马车、人力车。这些汽车、马车让来师长疑虑顿生,来师长马上想到军部家属的撤退和军部的撤退,进而,又想象着逃难的人群中会有多少换上了便装的逃兵。

来师长不敢再想下去了,把望远镜往副官手中一塞,自己匆匆下楼,抓起电话要军部。

军部那边接电话的不是军长李威,却是副军长赵长江。

赵长江在电话里告诉来师长:全线情况都很好,城北攻城日军已被击退,游纵增援部队前锋已接近流沙河,如无意外,可在今日下午进入河东战区,今日晚抵达樊城。

赵长江接下来问起东线战况。

来师长信口开河道:"战况异常惨烈呀,老兄!日军攻城猛烈,炮火密集,几近破城。不过,由于我师各部官兵的努力,目前尚能暂保无虞吧!"

来师长一来不信任赵长江,二来心里仍想着望远镜中的景致,坚持要找李威军长说话。

赵长江这才吞吞吐吐道:"军长不在,半小时前,军长已去了亚洲旅馆,正和来自南京的一个郑先生会商要事。"

这位郑老先生来师长是知道的,一年中他曾三下樊城,代表汪主席和李威军长谈改编条件,据来立本所知,南京方面准备给李威一个方面军的建制,要一六八军先行易帜,而后退出樊城,驻守省城近郊。李威出于种种考虑,一直没同意。现在,日军兵临城下,大举进攻之时,这位郑老先生又来了,其意应是不言自察的了。

放下电话后,来师长心中一阵窃喜,自认为最艰险的时刻已过去,不论易帜,还是打下去,他都不怕了,易帜意味着立即实现和平;打下去,也将是钱司令游纵的事——游纵靠一六八军的本钱起家,替一六八军打好这一仗是义不容辞的——来师长非常坦荡地认为。

七

流沙河大桥上一片混乱,从樊城方向连夜逃过来的难民源源不断通过青石铺就的桥面进入河西七里镇。驻守大桥的游纵六支队官兵开始时还很热情,一边极力维持秩序,一边扶老携幼接应难民过桥。后来就麻木了,甚或不耐烦了,有些官兵先是对难民恶言咒骂,继而便对那些不规矩的奔逃者使上了枪托子。

难民中混有不少一六八军的逃兵,这些逃兵冲上流沙河大桥时,都以为自己就此摆脱了樊城的血火之灾。却不料,钱司令早就想到了他们前面,命令游纵六支队派出一个执法连扼守桥头,专抓一六八军的逃兵。

迄至中午,已有二百八十余名逃兵被拘捕,其中排以上军官十数人。这些临阵脱逃的官兵实可谓丑态百出:有的军装尚未及脱掉,有的上身穿着大褂,下身却穿着军裤、马靴;还有的竟只穿条大裤衩赤裸着上下身。除了两名军官还保存着匣子枪,其他人均把手中的武器扔在了逃跑的路上。执法连的弟兄把他们从难民中拉出来后,全用绳子捆着,押到流沙河大堤下,等待钱司令下一步的命令。逃兵们却又喊又叫,有的说自己不是兵;有的声称自己不是临阵脱逃,而是要投奔游纵;更有大胆者,冲着看押他们的游纵士兵骂,道是游纵管不了他们一六八军。

就在这乱哄哄的时候,六支队队长方党军接到了钱司令在三山县县城打来的电话。

钱司令在电话中说:游纵主力部队已从河西各处分头向流沙河一线运动,今晚大都可抵达各自新的防区。又说,据判断,一六八军有投敌附逆迹象,如斯,则战局将出现重大转变,增援樊城便失去意义,我游纵各部应据守流沙河沿线,和日伪形成长期对峙。因此,流沙河大桥和下游二桥均要立即炸毁。

方党军很为难,在电话里对钱司令道:"樊城难民正在过桥,只怕一时半会儿难以下手……"

钱司令说:"那你抓紧时间把难民放过去,三小时后,我就要向战区长官部和樊城发报:流沙河大桥、二桥均被日军飞机炸毁——桥是日军飞机扔炸弹炸毁的,你明白么?"

方党军结结巴巴道:"司令,咱七里镇距樊城三十多里哩,一直没出现过日本人的飞机……"

钱司令那边火了:"老子说有飞机就有飞机!"

方党军讷讷地道:"是……是……是,司令说有就有!"

钱司令交代:"另外,一定要注意保密,炸桥一事决不可让外面的人知道,坏了事,我拧你鸡巴日的头!"

方党军又是一连串的"是,是"。

最后,钱司令已要放下电话了,方党军才想起问:"司令,兄弟抓下了一六八军的逃兵咋处置?是毙掉,还是收编过来?"

钱司令道:一六八军的这些孬种咱不要——一个不要!毙么,也轮不到咱们毙,你鸡巴日的这么办:找些咱们的军装给他们穿上,一人发根老套筒,派两个连用机枪押着全给老子送到樊城去,放赖的就地处决!"

方党军不太明白:"为啥一定要送到樊城呢?还有,把咱的军装和枪发给他们,咱不亏了么?"

钱司令哈哈大笑:"不亏!老子才不会做亏本买卖哩!一六八军的这帮孬种和你那两个连的押解队就是我们游纵的增援部队,明白了么?"

方党军自然是明白了:钱司令压根就没想过过河去增援一六八军,从昨日下午到今日上午,钱司令的每道命令都透着阴谋的意味,当年那位死守樊城的抗日英雄因着实力地位的变化,再也不想重温血火旧梦了。

这很好,方党军认为,钱司令的决策是英明的。事情很清楚:樊城这一仗原本是一六八军分内的事,本不该游纵的弟兄来打。游纵的弟兄不是孬种,逼到头上了,该做抗日英雄,自然要做抗日英雄;可游纵的弟兄也不是傻瓜,没逼到头上,该保存实力也还是要保存实力的。

方党军放下电话,便在一帮随从人员的陪同下,策马驰出七里镇,来到了流沙河大桥桥头,准备落实钱司令的炸桥命令。方党军一直追随钱司令,知道钱司令的脾气,对钱司令的命令不敢当儿戏。

桥上的难民仍未断流,河东大道上,望不见尽头的人群还在往这边涌。立马桥头,方党军和游纵六支队的军官们对炸桥的举措都很犯难。就这架势,甭说三小时,就算十三小时,只怕也炸不成桥。

看了半晌,方党军终于狠下心来,对身边二大队大队长吴增田命令道:"派人过桥,到河东组成警戒线拦截难民,不许放过一个人!"

吴增田一怔:"那……那这么多难民过不了河怎么办?"

方党军道:"用船运过来就是!这任务也交给你们一大队了,把咱扣下的船全摇到河东去,接应难民过河,能渡过来多少算多少!"

吴增田看着河东持续不断的滚滚人流,又看看河堤下那十几条大小木船,讷讷地道:"这……这得渡到哪天呀?"

方党军不耐烦了:"别啰嗦了,执行命令!"

吴增田悻悻去了。

方党军又扬起手中的马鞭,指着河外堤下的二百多号一六八军逃兵,对一大队大队长王瑶说:"把他们全押到七里镇小学去,赏一顿饭,然后,让军需科发军装,发武器,子弹,暂时先不要发。"

王瑶道:"只怕一下子没这么多武器哩!"又气哼哼地骂,"这帮孬种,自己搞丢了手中的家伙,凭啥要咱们补给他!"

方党军说:"叫你发,你就发!这是司令的命令!没有老套筒,就发大刀片,发出多少,都记到游纵司令部的账上,多记一点,马上去办!"

方党军一提到司令,王瑶便不再说什么了,转身命令部下把一六八军的逃兵押走,同时,交代执法连的弟兄,一俟抓到新的逃兵,立即解送七里镇小学校,不得有误!

河堤下的一六八军逃兵们,在游纵一大队官兵的枪刺威逼下,开始向通往七里镇的黄泥大道上涌动,咒骂声、争吵声顿起。一个五大三粗的赤膊汉子死活不愿走,几个游纵士兵扑上去,用枪托子死命打,硬把他打上了道。还有一个瘦长的军官振振有词地叫,说是一六八军军部有附逆动向,他是不愿附逆才逃出来的,并声称要面见钱司令。

方党军对这瘦长军官的叫嚷产生了兴趣,手一挥,命身边的随从把他从逃兵的队伍中拉了出来,押到自己马前冷冷问:"姓名?军职?有啥话要说?"

瘦长军官点头哈腰道:"兄……兄弟沈力行,一六八军副官处少校副官,兄弟……兄弟要向钱司令报告一六八军附……附逆情报!"

方党军点点头:"好,沈副官,你说吧,我会把你的情报转告钱司令的!"

沈副官却又不说了,只道:"这情报很重要,不见钱司令,兄弟……兄弟是万不能说的。兄弟还要亲赴战区长官部,向长官部报告。如果长官您现在放兄弟到长官部去,让司令长官了解樊城真实情况,您老这功就立大了,兄弟可保证……"

方党军已不愿再听下去了,这番胡言乱语连三岁的小孩也哄不了,怎能哄得了他方党军?!这个孬种副官还不是想找借口逃走!

厌恶地挥挥手,方党军令手下人将沈副官押走。

沈副官被押着走了几步,又回过头来叫:"长官,兄弟……兄弟报告:鬼子已被李威放进了城,樊城这两天就……就要易帜了……"

方党军一惊,立时联想起钱司令电话里说到的情况,觉得这话的可信度很高,遂令一大队大队长王瑶把这位沈副官单独看押,待钱司令抵达后再做处理。方党军认为,退一步讲,就算这位沈副官全是胡说八道,钱司令也会用得着。钱司令既然不想增援樊城,就得为游纵隔岸观火的行为寻找足够的根据。

这时,冲过大桥的二大队官兵,已将难民拦在河东,流沙河大桥上的难民已断了流。空袭警报适时地拉响了,在空袭警报的长鸣声中,大桥附近的游纵官兵们全退到了各自的掩体里,桥面上一下子变得空空荡荡。

工兵队长跑过来请示:"支队长,是不是马上炸桥?"

方党军下意识地看了看碧蓝的天空——天空中绝无飞机的影子,可司令说有飞机,方党军就觉得应该有飞机,弟兄们也该看到了飞机,遂点点头,对工兵队长说:"好吧,炸!你们要记住了:鬼子飞机就是现在把炸弹扔下来的……"

在方党军策马返回七里镇的途中,流沙河大桥、二桥被游纵六支队工兵同时炸毁,已逃至流沙河边的近三万难民被阻隔在河东……

八

军部电台在隆隆炮声中接收游纵急电时,赵长江副军长正握着电话大骂七六八团团长肖长胜。仅仅一天的工夫,肖长胜的七六八团就丢了城东一段长达三百余米的国防工事,致使日军迫近东城门,且让协守国防工事的右翼七七一团两个营的官兵陷入敌阵。

赵长江硬邦邦地对着话筒道:"肖长胜,你这个孬种给我听好了:军部命令你,连夜组织夜袭敢死队,夺回阵地!否则,军法从事!"

肖长胜在电话里声辩:"我……我们并不是自己要撤,确实是……确实是敌人的炮火太猛烈了,挡……挡不住呀!再说,来师长也交代过的,实在不行,我团可退守城墙……"

赵长江道:"来师长也得听军部的!老子就不信没有军部的命令,来师长会叫你撤!会叫你不管右翼七七一团死活,自己撤下来!"

这话击中了肖长胜团长的要害:来师长不想打,却也没正式下过撤的命令,更甭说扔下七七一团的弟兄了。溃退时,来师长被军长叫到了亚洲旅馆,不在面前,他也没能和七七一团联系上——确实是溃退,傍晚,阵地在日军的疯狂打击下,一下子垮下来了,根本没办法控制。

肖长胜只好答应马上组织敢死队,争取今夜夺回阵地。

赵长江这才消了些气,对肖长胜说:"好,夺回了阵地,这事就算过去了,若是夺不回来,是自裁还是上军法处,你肖长胜自己揣摩着办吧!"

放下电话,报务员才将钱司令的电报递了过来。

赵长江看罢电报,眼前不禁一阵发黑。他决不相信流沙河大桥、二桥会同时被日军的飞机和奸细炸毁,事情很清楚:日军既想把一六八军迫入河西地区,就不会不给一六八军留下退路。切断一六八军的退路,只能逼使一六八军在樊城拼命,这是日本人不愿看到的结果,却是钱司令最乐于看到的结果。由此可见,流沙河大桥、二桥不是日本人炸掉的,而是钱司令炸掉的!这个所谓的抗日英雄,在本质上和李威没啥不同,全是不顾国家、民族利益的无耻之徒。

大怒因之顿起,赵长江三下两把,撕了手中电文纸,黑着脸对面前的报务员小姐道:"立即给游纵复电,电文如下:'游纵钱司令:我一六八军官兵正在樊城浴血苦战,上自军部下至士兵,均决意与樊城共存亡,绝无撤往河西之意。流沙河大桥、二桥既断,贵军大可隔河观望。然在此国难之际,面对河东友军惨烈抗敌之大仁大义,游纵将士良心安否?'"

电报刚发出,又接到了游纵钱司令亲自具名的电报。

电报称:"我游纵主力虽被流沙河阻隔,但增援樊城的计划未变,时下,正寻找渡船,抢修大桥,设法渡河,其先头部队仍将于明晨前后赶抵樊城战区,望贵军以决绝意志,固守待援,为国家民族恪尽职守……"

赵长江默默看罢钱司令这份冠冕堂皇的电报,自知这仗难打了。

钱司令显然已不准备为樊城保卫战做出重大牺牲,甚至完全可能隔岸观火,对钱司令电称的所谓先头部队,赵长江一笑置之,他根本不相信这个断了一六八军后路的司令会真的派兵增援。而钱司令不增援,一六八军就难以打下去,别人不清楚,他清楚,军长李威敢打这一仗,就是因为有钱司令的驰援诺言,否则,在昨夜的军事会议上李威只怕就要"转进"了。现在李威和来师长还在亚洲旅馆和南京的郑老先生泡着,若是知道流沙河大桥已被炸毁,钱司令过不来了,一六八军姓蒋还是姓汪,那可就说不准了。

赵长江惊出了一头冷汗。

然而,不管李威和来师长他们想些什么,赵长江都要打到底,哪怕打得一六八军全体玉碎,也在所不惜。这阴沉的心理没人知道,就连做军长的大哥李威也不知道。一年多了,死的念头一直缭绕于心,打从接到省城红妓小樱桃的那首诗,他就拿定主意要战死沙场以明心迹了。

小樱桃对李威来说,只不过是个偶尔听说过的挂牌妓女,对他赵长江来说,却是个不可多得的红粉知己。驻守省城那两年,他是小樱桃闺房中的常客,以其军职地位,和坚决抗日的决心赢得了小樱桃的一片真情。

却不料,一年前,日军炮声一响,一六八军在一番"民主"之后,全军溃退,把省城拱手让给了日本人。他在会上坚持要打,却没人赞同,气得他恨不得拔枪把一屋子的将校军官全毙了。

溃退之夜,赵长江想把小樱桃接走。

小樱桃冷冷拒绝了,把挂在房门后的月经带扔给赵长江,浅笑道:"你们都滚吧!滚之前,最好用我的武装带,换下你的武装带,别四处转着去丢咱中国军人的脸了!"

赵长江又羞又愧,红着脸向小樱桃解释:"不……不是我赵长江不要打,是……是李军长和那些带兵的军官不要打,我……我没办法呀!"

多才多艺的小樱桃这才当场写下了那首《赠一六八军将士》的讥讽诗。

嗣后,漫长而沉重的心灵折磨便开始了,无论走到哪里,赵长江都能看到小樱桃那俊俏妩媚的脸膛,和挂在那脸膛上的讥讽浅笑。随着思念的加深,愧疚也就益发深刻,越想越觉得自己不是玩意。带兵的大男人,不能给一座城市安全感,只会自己逃命,这个国家还有什么希望呢!

死的念头就是在那当儿适时产生的,赵长江无数次壮怀激烈地想:不管别人怎么样,苟且的军人他是不做了,他死国的决心已定。就算李威不愿打,他也要打下去,哪怕整个一六八军附逆了,就他一个人,也要打下去!他甚至幻想着,自己站在樊城东城门下,站在李威军长身边,用机枪对着在欢迎仪式中进城的日军官兵横扫,然后,身中数弹,壮烈殉国……

却不知道李威究竟在打什么算盘。在战事如此激烈之际,身为军长的李威不在军部,却跑到亚洲旅馆去和南京的郑老先生泡,且把来师长也从城东叫了过去,只怕凶多吉少。

这才打定主意,向李威封锁消息,不把来自游纵钱司令的电报告诉李威。

这时,李威却从亚洲旅馆把电话打了过来,问赵长江:"游纵方面有没有新的消息?"

赵长江只愣了片刻,便道:"刚收到钱司令一个电报,游纵主力一部已越过流沙河,正向樊城前进,据称,其先头部队可在黎明前进城。"

李威不满地道:"再发个电报给钱司令,就说我军伤亡惨重,已无法支持,且日军可能发动夜袭,如不加速驰援,则樊城随时面临失陷之危……"

赵长江口中连连应着,却反过来向李威建议道:"我军可否主动发起夜袭,把迫入城下的日军赶到国防工事外面去?"

李威沉吟了一下道:"钱司令援军未到,形势还不明朗啊,老弟!我意以自保为原则,但老弟以为夜袭一下对整个大局有利,也不妨一试。"又是一阵沉吟,电话里的声音坚定了许多,"搞一次夜袭……也好!南京的郑老先生说我们不经打,已到了走投无路的地步,我们就打给郑老先生和汪主席看看!事到如今,我们不但能守得住,也能打出去。只是出袭的人不要多,最多动用一个营,打一下就收回来——只要向南京证明一下我们一六八军还有实力就行了。"

这个滑头军长!他打一下已不是为了守住城池,却是为了向南京讨价还价了。由此可见,一六八军附逆的可能性已越来越大了。

赵长江压抑着心中的厌恶,问李威:"大哥和郑老先生谈得如何?我一六八军是不是准备投靠汪主席?"

李威呵呵笑道:"老弟,你放心,到现在,我还没这想法,真没有!不到最后时刻,咱是不能走那条路的。不过,咱也得为最后时刻留条退路哇!所以,我和来师长得先哄着郑老先生!"

赵长江问:"你和郑老先生都在亚洲旅馆么?"

李威道:"是的,今晚我和军部同志要在这里给郑老先生接风,你老弟过不过来呀?"

赵长江想了想:"我要组织夜袭,走不开了,你们谈吧。只是咱一六八军真要投汪主席,你大哥就先给我打个招呼,让我先走一步。我的主张大哥你是知道的:我是要打到底的!"

李威直打哈哈:"老弟呀!没那么严重!你要打,大哥我也要打嘛!我不是同意你组织夜袭么?!马上组织吧,我希望能在酒桌上听到你老弟夜袭成功的捷报!"

放下电话,赵长江却没马上去组织夜袭,而是把自己的警卫副官石方华叫到面前,直截了当地问:"石副官,你怕不怕死?"

石方华笔直一个立正:"报告副军长,只要是打鬼子,兄弟就不怕死!"

赵长江又问:"如果我军附逆,你会随之附逆么?"

石方华道:"决不附逆!兄弟全家人都死于南京大屠杀,兄弟和日本人不共戴天!"

"好,"赵长江命令道,"没有时间和你多说了,为了咱一六八军的前程,也为了咱军长的声誉,你给我找几个靠得住的弟兄,今夜除掉住在亚洲旅馆的郑老先生,打消军长附逆的念头!"

石方华又是一个笔直的立正:"是!"

赵长江最后问:"亚洲旅馆警卫严密,你此一去可能回不来,家里还有什么事要我办么?"

石方华摇摇头:"我家里人都死在南京了,没啥事要麻烦副军长的,只是希望副军长多多保重,为咱一六八军留下点抗日的决心,军人的正气!"

赵长江冲动地拥抱了自己这位在一六八军最可信任的弟兄,满眼噙泪道:"放心吧,老弟!只要有我赵长江在,樊城就得打下去!就是用枪逼着军长打,老子也得打!"

送走石方华,赵长江把军部人员召集起来开了个会,声称接到军长命令,要立即组织大规模全线夜袭,令城东、城北两面各以三个团,共计六个团的兵力同时出击,不但要夺回失守的阵地,且要给日军以沉重打击。

原想把夜袭时间定在零时,把准备时间留长一些,可赵长江又怕在亚洲旅馆欢宴郑老先生的李威军长和来师长他们在零时前回来,坏了他的大计,遂将全线夜袭的时间定在了二十二时。并自作主张拿出十万赏金,做夜袭奖赏。

按赵长江的设想,二十二时前宴会不会结束——李威也在演戏,他在电话里已明确说过,要在宴会上听到夜袭的捷报。而二十二时之后,那位来自南京的郑老先生将浑身弹洞倒在亚洲旅馆,樊城决战的大势就不可扭转了。

赵长江想不出他这位滑头的军长大哥还能往哪里滑?流沙河大桥已被钱司令切断,退往河西是不可能了;附逆的牵线人又死了,就算李威一心想投敌,也难以昭信于南京了。

把携着赏金的军部同志分头派往东、北两线各部,赵长江走出暗无天日的军部地下室,望着夜幕下的樊城默默想:也许他殉国的时刻就在眼前了,二十二时以后,当一六八军陷入血战绝境,一切都无法挽回时,他也许会死在自己这位军长大哥手里。为了国家和民族,也为了一六八军的声誉,他这一回算是彻底背弃大哥了,这于心确是不安的。

却又想,既然已走到了这一步,自己就该把事情干得更漂亮些,应该在全线夜袭打响之后,以李威的名义给南京发报,告诉南京的汪精卫,说客已被处决,一六八军决无接受改编的可能。另外,再给流沙河边按兵不动的钱司令发个急电,也以李威的名义发,要整个游纵做一六八军的督战队,任何部队胆敢退向流沙河,均可由钱司令就地正法!

这念头一出现,就让赵长江激动不已,赵长江觉得自己真是想绝了,也真是做绝了,如此一来,就算李威是他亲爹,也不能饶了他。那么,他与其死在李威手上,倒不如死在血火战场。

满天星光在夜空中闪烁,赵长江痴痴地想,不知他是天上哪颗星,李威和钱司令又是天上哪颗星,这场血战过去之后,这满天繁星将有多少会以最后的光亮划破夜空,永远陨落……

九

游纵参谋处长刘克山坐在七里镇小学校的一间教室里,伴着油灯昏黄的灯光和钱司令等人一起讯问一六八军沈副官。沈副官坐在钱司令对面的长凳上,半个脸孔被油灯的灯光映着,神情有些局促不安。钱司令却镇定得很,山也似的在沈副官面前立着,时而走上几步,不动声色地听着沈副官的供述。副司令束孝时和刘克山则坐在一侧陪审记录。

沈副官只认钱司令一人说话,一脸真诚地看着钱司令,两只小眼睛随着钱司令的脸孔溜溜转动着说:"……钱司令,您是一六八军老前辈,对一六八军和李威军长自然比兄弟要了解得多。一六八军何曾有过抗战的决心?去年不是司令您在樊城顶着打,樊城早就沦入敌手了……"

这话十分入耳,钱司令听得高兴,却也听得明白:面前这白脸副官在讨好他,妄图他放他一马,不追究他临阵脱逃的罪责。钱司令想到这里,话也说到了这里,摆摆手道:"您鸡巴日的别捧我,我只要你说实情!说得好,老子不治你的罪,说得不好,老子就替李军长毙了你个孬种!"

刘克山怕沈副官为了开脱自己,对钱司令胡说八道,害了老长官李威,遂提醒道:"沈副官,军中无戏言,你若是对我们钱司令和束副司令编瞎话,今夜你可就算活到头了……"

束孝时点点头:"对,你小子编一句瞎话,老子就给你一枪。"

钱司令不满地看了束孝时一眼,又冲着刘克山眼一瞪,把火发到了刘克山身上:"刘处长,你他妈少多嘴,让这鸡巴日的说!"

沈副官却不敢说了,他知道,游纵是从一六八军分出来的,游纵队伍中不乏一六八军的老人,这些老人中有不少对李威是有感情的,从言语中看,面前这位刘处长是其中一个,那位束副司令闹不好也是一个。这就让他为难了,按说钱司令最想听的是一六八军附逆,他就得往附逆上编;可这束副司令和刘处长偏又在一旁威胁他,他就不知该咋编了。

见沈副官不说话,钱司令不高兴了,"咦,咋不吭声了?说,快说,老子可没时间和你泡!"

沈副官紧张地想了一下,及时地记起了钱司令的独裁,才狠下心来,决定按钱司令喜欢的说:"钱司令,您……您老大可不必去增援李军长了,李军长已通过叶瞎子和日本人联系上了,今晚不降敌,明日必降敌。"

钱司令"哦"了一声,转身对束孝时和刘克山说:"你们听听,你们听听,咱老长官还像话么!一边让我们驰援,一边又信不过我们,竟真的走到了附逆这一步!"

刘克山欲对沈副官提出自己的疑问,可看看钱司令的脸色,终于没敢。

倒是束孝时开口问道:"沈副官,说李威降敌,你有什么证据?"

沈副官吞吞吐吐道:"兄弟……兄弟接待过叶瞎子派来的代表,是一个团长,姓王……"

钱司令紧盯着沈副官问:"是团长么?"

沈副官揣摩钱司令嫌团长小了,遂改口道:"哦,好像……好像是旅长……"

钱司令多少有了些满意:"嗯,你继续说。"

"这个……这个伪方的王旅长和李军长,还和来师长谈了大半天,说是日军方面许了愿了,只要李军长放下武器,接受日军改编,即可维持樊城现状,共同对付咱游纵。兄弟……兄弟正是听了这密谋,不愿当汉奸才逃出来投奔游纵的……"

钱司令更加满意了:"好,好,还有什么新情况没有?一起说出来。"

沈副官道:"还有就是,日本人也没有真攻城,只是打炮,像在和李军长做游戏哩!"

钱司令不问了,叫卫兵把沈副官带走,还特别盼咐了一句:"要好好优待。"转而对束孝时和刘克山说:"咱们得赶快给战区长官部发报,把沈副官的情报告知长官部,有鉴于此,我游纵主力是否还有必要东渡驰援啊?"

束孝时看着钱司令,疑疑惑惑地问:"司令,您真相信这位沈副官的话么?"

钱司令点点头:"老子当然相信!我这老长官是个什么料,我还不知道么?我早就想到他会投敌了,只是没想到会这么快!"

刘克山这才壮起胆子说了一句:"如果老长官并没投敌,而……而是我们行动迟缓,逼得他投了敌,日后咱……咱咋向中央和国人交代?"

钱司令道:"好交待!就算老子行动迟缓,也不是他投敌的理由!只要他投敌,就没啥可说的了,谁也不会怪我们的!刘处长,你快去发电报!"

只好去发电报。

往报务室走时,刘克山心里沮丧极了,真恨不能一枪把那个可恶的沈副官毙了。这个沈副官把钱司令最需要的借口给钱司令送到了门上,三言两语就把一六八军送上了绝路……

然而,万没想到的是,就在刘克山走进报务室大门时,樊城一六八军的急电先一步到了,是军长李威具名的,电文内容更让刘克山大吃一惊:

"游纵钱司令:我一六八军固守樊城之决绝意志已定,不论贵部是否驰援,我军都将决一死战,以明军志,以谢国人。唯望贵军严守流沙河,对我军少数违令溃退之官兵予以武装阻隔迫其返回阵地,倘有不听劝阻者,一律就地正法。李威。"

刘克山接过这份电文,马上拿着去见钱司令,并对钱司令说:"司令,您这一回真弄错了!李军长把咱整个游纵都当做他们一六八的督战队了,哪还会去附逆呀!"

钱司令也被这电报闹蒙了,让刘克山连念了两遍,仍是不放心,——钱司令知道刘克山曾跟着李威当了三年的警卫参谋,对李威的感情非同一般,怕刘克山骗他。可让束孝时再念,仍是这个内容,这就让钱司令不知所措了。

钱司令想过李威会逃,会降,就是没想过李威会打,且会认真打。李威一认真打,他钱大兴再隔岸观火就说不过去了,若是战区长官部追究下来,他是吃不消的。况且,只要李威打下去,他想隔着流沙河观战也不行,手下的弟兄也不会答应,像面前这个刘处长就不会答应。

刘克山果然叫了起来:"司令,您是大名鼎鼎的抗日英雄,这一仗咋打,您说话吧!如果司令信得过兄弟,兄弟可代表司令,今夜过河,驰援樊城。"

钱司令沉默不语,托着下巴在屋里踱步。

刘克山又说:"司令,老长官过去待我不薄,您若是下不了决心,就让我先带一两个大队去增援……"

钱司令这才沉吟了一下道:"一两个大队解决不了问题,真要增援,至少也得先过去一个支队。可流沙河大桥、二桥又被……又被日本人炸毁了,把这么多队伍运过河真成问题哩……"

束孝时说:"真想增援,也还有办法:会游水的弟兄可以游过去,辎重可集中起来用船运,今夜运送一个支队还是有把握的。"

钱司令想了想,脚一跺:"也好!日他妈的,既然李威这老家伙玩真格的了,咱奉陪就是!"

当晚,游纵司令部在七里镇召开了一个简短的作战会议,钱司令在会上下令:游纵二支队三千人马,由副司令束孝时亲率,连夜泅渡过河,力争在明日中午赶抵樊城;三支队在二支队渡河时,从其驻守河段同时渡河,但过河后,于河东就地警戒待命,并做先期增援的后备队。六支队除担任司令部和七里镇的保安外,还要想办法抢修一座浮桥,为河西后续部队的兵力增援和辎重供给提供交通保障。

是夜,游纵两个支队约七千将士,在七里镇附近长达十余里河岸线上同时渡河,河西岸一片火把,河中央船灯闪烁,景象蔚为壮观。

刘克山处长站在河岸上,看到星空下的这一壮阔景象,心里感动极了,觉得老长官真是了不起,钱司令也真是了不起。两个了不起的将军在抗日的大旗下终于合兵一处,樊城就有救了……

然而,"了不起"的钱司令在刘克山处长万分感慨之时,却仍未放弃对一六八军的戒心。送副司令束孝时上船时,钱司令还在对束孝时再三叮嘱:"孝时老弟,且记我的话,万不可拼勇称狠,对李威这老狐狸要多一个心眼,一看情况不对,立即回撤!老子抢修浮桥,既是为了进,也是为了退,这一点你要给我明白了……"

束孝时道:"司令放心,兄弟不会鲁莽行事的,抗日打鬼子么,咱游纵从来就不是孬种!不过,他李威若是想耍滑,想把咱游纵推到第一线,自己开溜,那我会比他溜得更快。"

钱司令拍了拍束孝时的肩头:"好,你只要带着弟兄们一撤下来,老子就一把火把浮桥烧掉,让李威那老狐狸对着流沙河演一出《霸王别姬》吧!"

十

把两份要命的电报以李威的名义发出后,赵长江知道,作为一六八军副军长,自己的使命已经结束,不论这一仗胜败如何,他都不能见容于一六八军,也不能见容于军长李威了。他最好的结果就是战死在脚下这座樊城,以自己的一腔热血给世人留下一个正义与良知的证明。

为表明心迹,赵长江在从军部出走之前,挥笔给李威军长写就了最后一封信:

"李军长威兄:弟与兄结义于辛亥风云之中,生死与共凡三十有一年矣,今日弟离兄而去,决无丝毫私怨,实为大义使然,不得已而为之。兄要明白,就目前情况观之,攻城之敌是不会轻易罢手的,而我军不论如何被动,都要打到底,不管兄及下属各位怎样考虑,弟都已违令做了背水一战、绝处求生的安排。弟以为,国家的处境到了这地步,我一六八军的声誉到了这地步,除为其一死,已无其他办法。弟死国决心已定,今夜即赴前沿。如弟果然死国,望兄并我一六八军同仁能为中国抗日军人的职责思索一二,弟则于九泉之下也将含笑了……"

把写好的信用信封封好,赵长江将它交给了一个值班参谋,要值班参谋在见到李威军长时,当面交给李威军长。随后,赵长江一言不发走出军部地下室,走到夜幕下的院落中,跃身跨上了自己心爱的大白马,扬鞭催马直赴东线国防工事。

两个卫兵跟在后面,也上了马。

赵长江在大白马上扭过头看了看自己的卫兵,想劝他们回去,话到嘴边却又没说出口。虽说从现在开始,他不再需要卫兵了,可三言两语把事情的真相给他们道破,让他们知道自己已成了一六八军的叛逆又不行,于是,只得听其自然。

夜袭战已打响,城东和城北响着激烈的枪声和爆炸声,阵阵火光在遥远夜幕下的天际闪耀,映得大半个城池忽明忽暗。马蹄下的大地在震颤,六月的温热夜风在耳畔身边鼓噪,吹木了赵长江的脸膛,撩起了他军装的衣襟。

一身大汗赶到城东钟鼓楼七六八团团部时,七六八团夜袭敢死队已经出去,七六八团团长肖长胜并一帮团部军官正立在钟鼓楼上,用望远镜向城下的国防工事方向观察。在飘忽的灯光中见到赵长江到来,肖长胜一惊,笔直一个立正,向赵长江举手敬礼。

肖长胜身边的军官们也纷纷向赵长江立正敬礼。

赵长江挥着手中的马鞭问:"你们团派出了多少人参加夜袭?"

肖长胜吞吞吐吐道:"派……派出了三百余……余人,以原守国防工事的二营为……为主,又从一营和三营抽了百……百余人。"

赵长江又问:"有把握拿回前沿么?"

肖长胜好半天不敢回答。

赵长江火了,挥起马鞭,对着肖长胜劈面就是一鞭:"孬种!老子在电话里就和你说过,拿不回前沿,老子要你的命!也明确命令你,要你们七六八团全团出动,你胆子倒不小,只出了三百人应付老子,自己还敢站在这城楼上看风景!"回转身又对着七六八团其他军官们吼,"还有你们,为什么不带头拿起大刀片冲出城去?!军官无勇,士兵能不畏死么!"

肖长胜吓得几乎要瘫下去,摸着脖子上血淋淋的鞭痕,大气都不敢喘。

赵长江用马鞭点着肖长胜的脑门,命令道:"全团官兵马上集合,准备大刀、手榴弹,老子亲自带你们夺回前沿国防工事!"

随来的军部卫兵大惊,失声叫道:"赵副军长,您……您不能这样……"

肖长胜也呆了,愣了一下,才讷讷地道:"赵副军长,兄弟……兄弟保证夺回前沿就是,您……您不必亲自出战了……"

赵长江根本不理肖长胜,又是一声大吼:"给我集合队伍!"

军号在夜空中呜咽起来……

二十分钟后,七六八团一营、三营官兵和包括团长肖长胜在内的十余个团部军官,约四百号人全身缚手榴弹,手持大刀片,集中到巍峨的钟鼓楼前。

赵长江立在大白马上,对他们发表了几句简短的训话。

赵长江说:"弟兄们,军人天生的使命就是保卫国家,在今天,在这里,就是保卫前沿,保卫樊城!上至军部长官,下至你们每一个士兵都要明白,国家和民族是至高无上的,军人的荣誉是至高无上的,可以战死,决不苟活!今夜,我赵某带你们夺回自己的阵地,也夺回一六八军七六八团军人的荣誉!哪个孬种敢怯敌不前,我赵某就用大刀剁他的头!出发!"

在赵长江的带领下,七六八团的队伍伴着城外的火光、枪声和爆炸声跑步出发了,队伍中跃动的火把,把一个个官兵的脸膛映得通红,把一把把大刀映得亮闪闪的。整个行进的队伍中笼罩着一种悲壮决死的气氛,没有人抱怨,也没有人骂娘,唯有踏踏脚步声和弟兄们的喘息声,持续不断地响着。

榜样的力量是巨大的,当弟兄们看到身为副军长的赵长江一马当先,手持大刀冲在队伍的最前面,便由敬佩而产生出了无穷的勇气。

刚出城就和溃退下来的先期夜袭队撞上了,这一回,没让赵长江招呼,肖长胜和七六八团一帮军官先一步把手中的匣子枪、大刀片一横,立逼溃兵们掉转枪口重新参战。一个抗命的班长被肖长胜当场用大刀劈了,惊得溃兵们再不敢迟疑,回转身冒着日军从国防工事里射出的弹雨,呐喊冲锋。

国防工事是为对城外的防守而构筑的,正面十分坚固,背面则不堪一击。日军太不把一六八军当回事了,傍晚占领国防工事后,根本没想到一六八军会发动夜袭,也就没在加固工事背面上下功夫。现在,当赵长江亲率一个主力团认真反攻时,一下子就乱了阵脚。仅仅抵抗了不到半小时,工事就被七六八团一举夺回,骄横的日军在阵地上留下了百十具尸体,活着的一路抵挡着逃了回去……

当夜的出击大获成功,其战果连赵长江都意想不到:城东失守的国防工事全部夺回,且在追击敌军的过程中,又毙敌百余。城北在周旅长的指挥下,打得也好,毙敌甚众,还把在围城之初就放弃的一个小山包拿了下来。

站在横尸遍地的国防工事里,赵长江这才对身边的七六八团团长肖长胜说:"肖团长,你的命现在算保住了,是你们七六八团的八百多号好弟兄帮你保住了,你……你可要对得起这些弟兄呀!"

肖长胜道:"还……还有副军长您!没有您,弟兄们也没有这个胆,这个拼命的劲头了……"

赵长江长长叹了口气:"是呀,兵熊熊一个,将熊熊一窝呀!"

肖长胜说:"赵副军长,前沿终还是危险,您……您回军部吧,兄弟再不会丢掉阵地了……"

赵长江一怔,却不知该咋对肖长胜说,愣了半晌,才摇摇头道:"不,我不回去了,我赵某就守在这里,就和这里的阵地共存亡了!"

肖长胜大惊:"赵副军长,您……您咋就这么不放心兄弟?兄弟向您发誓,只要我肖长胜活着,这里就丢不了!"

赵长江苦苦一笑,这才说了一句心里话:"军长和军部都用不着我了,我唯有一死报国这条路了——真好笑,刚才冲上这工事时,那么多子弹,打死了这么多好弟兄,偏没打死我……"

肖长胜如入五里云雾,痴痴地看着赵长江不知所措。

下半夜,军部的电话打到团部才知道,就在夜袭战全线发动时,军长李威和第一师师长来立本置身的亚洲旅馆发生血案,赵长江的警卫副官石方华率手下五个卫兵,冲进亚洲旅馆宴会厅,将南京方面的郑老先生当场击毙,并在慌乱的枪战中打死了来立本师长。

李威下令,全城缉捕赵长江,捕获后即解军部,任何人不得藏匿,违令者,以叛逆论处。

肖长胜接到这个电话时,赵长江仍在七六八团前沿阵地上,可不知咋的,肖长胜竟鬼使神差地没有说,只是连连答应,一俟见到赵长江立即扣押。

然而,一放下电话,肖长胜就害怕了,军长从没发过这么大的火,自己若是和军长躲猫猫,可真会躲出大麻烦的。再者说来,赵副军长一直对七六八团没好感,就在今夜还抽了他一鞭,根本谈不上对他肖长胜有啥特别的关照,他大可不必为他而得罪军长。

这才下令让身边的田团副火速赶到城外前沿,拘捕赵长江。

却不料,田团副赶到前沿时,赵长江已不在了,去了哪里没人知道,就连和他一起来的两个卫兵也不知道……

十一

二支队三千余号弟兄和全部辎重渡过流沙河,集合起来,天已蒙蒙亮了。在东河滩上简单地吃了些干粮,游纵副司令束孝时翻身上马,下令出发。一路上不时地遇到从樊城方向逃出的难民,据难民们说,昨夜枪炮声一直在响,一六八军守军和鬼子打了一夜,好像还打出了城。还有人说,不是一六八军打出了城,却是鬼子打进了城,如今正在城东激战。战况到底如何,谁也说不清楚,问他们谁亲眼看到了进城的日军,谁就摇头。

束孝时认为,这实际上已证明了一个基本的事实,那就是:一六八军确实在打,不论是在城里打,还是在城外打,总在打着,樊城仍然隶属重庆中央,而不是南京汪伪。这么一来,他所率领的游纵二支队弟兄就别无选择,增援的步伐就不能停下来。

一路急行军,于上午二时许赶到樊城西郊方山子。

方山子是个小山包,正卡在樊城至河西地区的大道上,现驻守着一六八军二师的一个学兵营。营长姓林,是个戴眼镜的年轻人。林营长一见游纵的队伍过来,就带着营部一帮人到路口去迎。因押送一六八军逃兵而先期到达的游纵六支队大队长王瑶也跟着迎了过来。

束孝时和游纵随从军官们在路口下了马,双方只简单地寒暄了两句,束孝时便开门见山问一六八军的林营长和王瑶:"城里的情况怎么样?"

林营长说:"总算顶住了,迄至现刻儿鬼子尚未攻进城。不过,昨夜我军全线夜袭,鬼子吃了大亏,今日一开始就攻得很凶,听说城东已使上了毒气。"

王瑶也说:"从天亮到现在,鬼子一直在攻,还有七八架飞机轮番轰炸,就连我们这儿也炸到了,一六八军作战官兵和城中百姓伤亡不小。"

束孝时点点头,对林营长道:"老弟,你马上给我要通李军长的电话,向李军长通报,就说游纵增援部队已到,正在方山子待命,请李军长调遣。"

林营长应了声"是",转身跑到坡上营部屋里去要电话。

束孝时又对王瑶说:"情况既已如此,樊城一役,我们就要奉陪一六八军打到底了。钱司令已令我游纵各部视战况进展,准备递次增援。你们大队现编入二支队序列,听我的指挥,准备入城参战!"

王瑶脚跟一碰,脆生生地应道:"是!"

这时,林营长从坡上屋里跑了出来,要束孝时去接电话,说是李威军长要和束副司令亲自讲话。

束孝时在林营长陪同下,走到坡上营部屋里,拿起了放在桌上的电话。

电话耳机里马上传来了李威军长那口熟悉的烟台官话,仍是那么不急不忙的,——也不知是真镇静,还是装镇静:"是孝时老弟吗?你们总算过来了!这就好,这就好嘛!老弟呀,鬼子这回可是和我们一六八军玩上命了。好家伙,四五万人全像疯狗一样。不过,弟兄们打得不错,哦,打得不错!昨夜我一声令下,全军动用了九个主力步兵团夜袭,重创了日军,毙敌足有这个……这个三千之众,真把这帮疯狗打疼了哩……"

电话里,李威谈笑风生之时,电台"滴滴答答"的发报声和隐隐作响的爆炸声一直伴随着,把一六八军军部的战斗氛围烘托得很足。

束孝时适时地代表钱司令,向李威和一六八军表示了自己作为友军的敬意,颇有愧意地说:"钱司令要兄弟代表他,也代表游纵全体官兵,向老长官致敬,钱司令还说,不论外界如何说道老长官,我们游纵同志都不予采信,都要支援老长官守住樊城,把这一仗打好!"

李威呵呵笑道:"这就对喽!作为带兵的将军,我们都要以抗日的大局为重么,若是相互猜疑欺骗,咱们这个国家,这个民族,啊,还有啥指望呢?!老哥我就从没相信过钱司令会隔岸观火!更不相信流沙河大桥是他下令炸毁的!谁说我也不信!钱司令怎么会自己炸桥呢?不可能嘛!钱司令真敢这么做,不就是半个汉奸了?!孝时老弟,你说是不是呀?"

束孝时心中一惊,暗想,钱司令说得一点也不错,这个李威真是个老狐狸,啥事也甭想骗过他。游纵炸桥的事,老家伙点到为止,并不说穿,若是不好好帮他打这一仗,只怕他就要说穿了。这老狐狸可能去战区长官部说,也可能直接对重庆中央去说,甚至还可能把战事失利责任都推到游纵头上。如此一来,钱司令真可能从抗日英雄一举变为半个汉奸哩。

果然,威胁的暗示过后,李威下命令了:"你们既然过来了,就要好好打一下!拿出你们去年的精神头,打出游纵的英雄气来!现在,城东、城北我军伤亡都很大,都要求你们去接防,老弟你看,是接城北,还是接城东呢?你说句话。"

束孝时想了一下:"军长,还是你下令吧,我们服从就是!"

李威道:"那你就去接城北吧!把阵地上二师的两个团换下来……"

束孝时这时才想起问:"军长,城中是否还有机动兵力?"

李威道:"到啥时候了,我哪还会留机动兵力?!连军部手枪营都用上了。"

束孝时建议道:"那么,可否把我部留作军部机动兵力呢?这样有几个好处,其一,我部是生力军,可机动利用其优势,随时补充一线阵地;其二,若发动反攻,我们也将有一支打击力量可供使用;其三,万一退却,亦可作最后之有效掩护阻击力量……"

李威半晌不语。

束孝时又说:"李军长,兄弟这建议决无私心,如您认为并无道理,不听便是,我即带队伍去城北接防。"

李威这才道:"孝时老弟,士别三日当刮目相看呀,没想到只一年多,你老弟真是长进了,不愧是游纵的副司令!好,你说得好,我是讲民主的,我就依你!你马上进城,到中山路我的军部报到!"

束孝时应了声"是",把电话挂上,走出了屋。

刚出门,就碰上了敌机轰炸。

束孝时抬头看见,三架日军飞机嗡嗡叫着,从东向西,擦着方子山顶上的杨树梢俯冲过来,飞机身上的太阳徽一清二楚。未待束孝时多想,飞机已从头上掠过,一架九六式轰炸机把两颗炸弹扔了下来,在距束孝时不远处炸出了一片飞扬的尘幕烟幛。两架战斗机则连续扫射,把滞留在大道上未及隐藏的弟兄打倒了一片。

束孝时还算机灵,在屋门口就地卧倒,顺着一路下坡连滚几滚,躲到坡下的沟里。回头再看那营部砖屋,砖屋已伴着一声巨响,在一片浓烟中不见了踪影。束孝时马上想到,陪他过来打电话的林营长和屋里的两个学兵完了。

真就完了,几分钟前还活生生的林营长已化作一团模糊的血肉,脑袋被炸去了半边,一条腿也炸飞了,身上还压着一根塌下来的屋梁。两个学兵一死一伤,伤的那一个被炸弹切去了一只胳膊,腿被落下的砖石砸坏了。

再看看游纵的人,也死了五个,伤了十几。

万幸的是,带过来的电台没被炸毁。

束孝时镇定了一下情绪,命令报务员用事先定好的隐语向钱司令发报,告知钱司令自己所在的位置,将要担负的任务,和一六八军目前的情况,很坚定地要求钱司令真正做好递次增援的准备,于必要时再派出两个主力支队。

钱司令于半个小时后复电束孝时,内容只有一句:"知道了,仍要注意相机行事。"

继续向樊城前进的途中,束孝时禁不住想,钱司令到底在打什么主意?这老兄会不会对他这个副司令也玩阴谋?会不会用他这个副司令和二支队三千号弟兄当本钱,来做樊城这个大买卖?这不是没有可能,李威若是老狐狸,钱司令就是花狐狸,他那花花点子多着哩!而且一点都不逊于李威,这两天中,他在钱司令身边看到的,听到的,无一不含阴谋的成分,真让他大长见识。

却又想,不论咋说,钱司令总还是派他和二支队过河增援了,这就好,总比隔着流沙河准备和溃退下的一六八军打内战好。他束孝时和二支队过来了,钱司令想不打下去只怕也不行了——长腿将军李威都好好打了,他束孝时自然也会好好打,而且要拖着钱司令好好打。

束孝时认为,钱司令作为和鬼子打过硬仗的抗日英雄应该明白:樊城不但是李威的,也是中华民国的,樊城失守,河西地区就要正面受敌,帮李威守住樊城对游纵是有极大好处的,就是真的做出一些牺牲,也是值得的。

如此一想,又觉得钱司令尚不至于卖掉自己和增援的二支队弟兄,复电里的意思也说明了这一点——"相机行事"之语,仍是体己话,钱司令仍是疑着李威,而不是他束孝时。

实是可悲!和鬼子打成了这个样子,同属中华民国最高统帅部的友军之间竟这样勾心斗角,害得下面弟兄不知该咋办才好。既是打增援,且又进了樊城,怎么相机行事?总不能按兵不动吧!

越想心里越烦,束孝时索性不去想了,脑子里只抱定一个念头:只要一六八军和鬼子拼到底,他和二支队的弟兄们就陪到底,决不讨价还价。可若是李威耍滑头,自己的队伍不打,而把他和游纵的弟兄推到第一线,那他就真要相机行事了……

途中又碰到了一次日机的骚扰,没伤什么人,却延误了一点时间。午后一时,束孝时和游纵二支队的弟兄才赶抵了樊城中山路一六八军军部大红楼。

其时,日军整整一上午的疯狂攻势已停歇,城东国防工事再次被日军攻占,且全线失守;城北外围工事也大部放弃,日军已攻至距北城墙不到二百米处的一座小山包上,六〇炮的射程可囊括半个城池。

李威军长顾不上和束孝时寒暄,一见束孝时的面,就把束孝时带上了大红楼顶。在大红楼楼顶上,李威指着烟火缭绕的城北和城东,对束孝时说:"老弟呀,我们脚下的这座军部大楼已在城北日军小钢炮的射程之内了,城北的外围工事务必要夺回来。"

束孝时问:"是现在么?"

李威点点头:"就是现在。现在正是敌我双方都精疲力尽的时候,把你们这支生力军打出去即可收到事半功倍的效果,就像昨夜,小鬼子想不到我会夜袭。我偏夜袭了,且是大规模的全线夜袭。现在,他想不到老子会反攻,老子偏反攻了,这就叫出其不意,攻其不备!"

束孝时紧张地想了一下,竟没想出个所以然来。

不能说李威讲得没有道理,从用兵的策略上说,李威是对的,是该于鬼子出其不意时发动一下反击,而且也确实只有游纵这支生力军最具打击力量;可游纵三千弟兄刚进城,连气都没喘匀,就派上去反攻,这也有点太急慌了,让人不能不对李威的用心生疑。

李威见束孝时不说话,又问:"怎么?怕鬼子啦?"

束孝时这才摇摇头道:"李军长,弟兄们连中饭都还没吃呢!"

李威一拍脑门:"哎呀,看我这人,连这事都忘了!我让下面马上安排,给你们半小时吃饭休整,然后出击,好不好?"

束孝时木然应了声:"是!"

十二

钱司令委实是个人物,手下的队伍真是过硬。游纵二支队长途驰援,只休整了半小时,就奉命出击,三千弟兄就像三千狼羔子,从城北铺天盖地杀过去,把尚未在外围工事立住脚的日军打得个措手不及,屁滚尿流,还缴获了日军丢在阵地上的八门六〇炮。

听到电话里传来的捷报,李威军长连连叫好,同时命令束孝时把城外阵地重交给原一六八军二师守守,要游纵二支队除留下一个大队在城北做预备队外,其余队伍仍撤下作为军部机动力量使用。最后,李威让束孝时到军部领赏金,说是他对作战有功的弟兄一视同仁,该赏即赏。

仗打到这时,李威真是死心了,不论他想打还是不想打,这仗都得打下去。这就是命了,他命中注定有一个叫赵长江的盟兄弟,也注定了要被这个盟兄弟逼进一场血战的漩涡。

现在想想,李威仍觉得这一切都不太真实,咋也不敢相信,自己一向最信得过的副军长赵长江,胆子竟会这么大,竟会违令发动全线夜袭,同时派人击毙南京的郑老先生和一贯主和的来师长,把他逼到了背水一战的地步。

昨夜真可谓惊心动魄,先是听到城东、城北一片枪声、爆炸声,他还以为是鬼子先发制人,夜攻樊城呢。正要往军部挂电话,赵长江的警卫副官石方华就带着几个兵冲进来了,进门二话不说,对着宴会大厅就是一阵乱枪,先把郑老先生打死在座椅上。来师长拔枪时,又把来师长打倒在桌子下面。他当时真吓坏了,以为发生了兵变,跳窗而逃。

后来才知道,一切都是赵长江安排的,一个被活捉的卫兵说了,是赵长江命他们打死郑老先生,目的是为了断掉一六八军走南京路线的后路。

赶到军部又发现,赵长江临出走时,还以他的名义发了两份要命的电报,一份电报通过伪独立师的叶瞎子转给南京汪主席,说是他李威杀了郑老先生!这真是岂有此理!两国交兵不杀来使嘛,他就是真心要打下去,也不会杀郑老先生的,赵长江竟敢这样害他,让他跳到黄河也洗不清。另一封给游纵的电报就更毒了,不要钱司令来增援不说,却还要钱司令严守流沙河,专打一六八军退却的队伍!

李威当时真是气疯了,拔枪把面前的电台台长一枪毙了,又把电话打到前沿各阵地,要各部抓捕赵长江……

然而,赵长江迄至目前仍无消息,不知是已经战死在某前沿,还是躲到哪个团里去了。根据赵长江一贯的言行和主张,以及赵长江留下的信来分析,李威相信,赵长江是决心战死在樊城的。

副军长失踪,来师长毙命,一六八军在被迫和日军激战之时,一下子少去了两员战将,这损失实在是太大了。李威一直很清楚,打,离不开副军长赵长江;和,离不开一师师长来立本;这两个人可以说是他的左膀右臂。

如今已不能不打,赵长江的重要性就显出来了,如有赵长江在,各部就不敢不拼命。在打鬼子这一点上,手下的军官们还就是服赵长江。听七六八团团长肖长胜报告说,昨夜,赵长江手持大刀,参加了该团的夜袭,把弟兄们都震蒙了。

把赵长江留下来的信再细看看,李威又觉得这位盟兄弟还真没多少私心,确是为了他和一六八军好,就像他李威要为一六八军好一样。他想的是尽可能保存实力,让弟兄们不流血,或是少流血;赵长江想得更多的却是一六八军的声誉,——声誉也是资本呀,钱司令若无抗日英雄的好声誉,哪会在短短的一年里把队伍拉得这么大,哪会有这么多人大老远地跑去投奔他呢?!

李威不得不承认,赵长江终究还是做了好事,发动全线夜袭,虽说违令,却是成功的;给钱司令发了要命的电报,却也将游纵三千官兵诱过了流沙河。钱司令后来的电报说得明白,一六八军既有此报国决心,游纵就会不惜一切代价支援到底。

所以,在被迫接受了赵长江造成的这一切既成事实之后,特别是听到束孝时的出击报捷之后,李威的火气消了许多,心里已盼着赵长江能平安回到军部了。

李威私下认为,赵长江回来至少有三个好处:其一,对指挥作战有利;其二,对他保住昨夜的秘密有利——郑老先生和来师长已经死了,昨夜的秘密应成为永远的秘密,樊城一战以后一六八军应成为英勇抗日的队伍而受国人景仰;其三,也对协调游纵的增援部队有利。在抗日决心上,钱司令对赵长江的信任,远远超过对他的信任。要钱司令真正做到全力增援,必要时,恐怕还得派赵长江到河西走一趟。

于是,李威要身边的几个参谋分头给各部摇电话,要求各部全力寻找副军长赵长江,并在找到后,促请赵长江返回军部。李威反复交代,要参谋们在电话里说清楚,昨夜的事纯系误会,军长已不再追究,现在只要求赵副军长归队,否则将以擅离职守论处。

这番话一说,没多久,城东二师七七一团的电话回过来了,团长章洒之报告说:"赵副军长现在我们团里,已负了伤。"

李威关切地问:"伤重么?"

章洒之说:"不重,伤在左肩上,是弹片削的。"

李威道:"那叫赵副军长来接电话。"

赵长江遵命接了电话,在电话里"喂"了一下,就没声了。

李威气又上来了:"赵长江,你是不是想要我的命呀!啊?大哥我哪儿对不起你,你昨夜给我来这一手?要是我也死在乱枪下,这樊城一仗还打不打了?"

赵长江道:"大哥,你别怪我,我在留给你的信上就说了,这不是私怨,这是国仇!从私人情义说,你大哥没有对不起我的地方!我昨夜更不是对你的,连来师长也是误伤……"

李威一声长叹,口气也缓和了许多:"老弟呀,你昨夜差点坏了我的大事!你以为就你一人想打呀?大哥我就这么孬种,非投南京不可?大哥我和南京郑老先生谈,是要争取时间嘛,你就不懂?不争取时间,没有游纵的增援,我们打得好么?幸亏咱运气不错,游纵还算是及时过来了,要不你现在哭都来不及哩!"

赵长江那边不语。

李威又说:"好了,好了,不说这些了,你马上给我回来吧!游纵束孝时副司令已带着一个支队上去了,打得不错。后续增援部队还要过来,咱们现在得想想咋着好好打了!"

赵长江这才问了句:"大哥,你真下决心了?"

李威大怒,破口骂着,这才把心里话脱口说了出来:"你他妈的把老子搞到这一步了,还说这屁话?!老子不下决心行么?南京的郑老先生让我毙了,钱司令一万八千人马用机枪抵在我背后给我督战,我他妈的还敢没决心?!"

赵长江那边又不说话了。

李威对着电话又叫:"赵长江,你若还记着咱三十一年生死与共的情义,还想帮着我这个做大哥的打好这一仗,你就回来。怕我害你,不容你,你就别回来了!没有你,这一仗老子照样打!"

赵长江哽咽道:"大哥,我……我明白,我回来,尽快回来,只要……只要你打鬼子……"

放下电话时,束孝时和游纵的领赏军官已到了军部,李威情绪很好,一边拉着束孝时的手呵呵笑着,一边令军需处长拿出五万法币,交给束孝时作赏金。并对束孝时交代说:"参加反攻的全体弟兄一人奖赏十块,其余的奖给有功军官和伤亡弟兄!"

军需处长在一旁说:"我们一六八军弟兄可没拿过这么多赏金哩!昨日夜袭,一人只赏了五块钱……"

束孝时代表游纵弟兄们向李威表示了谢意。

李威拍着束孝时的肩说:"谢啥呀,孝时老弟,咱们谁跟谁呀?"又说,"马上赵副军长就要过来了,咱们商量一下,下面咋打?"

束孝时这才想起问:"赵副军长现在在哪里?钱司令还让兄弟向他问好呢!"

李威很随意地道:"他呀,一直在城东指挥督战,昨日夜袭,赵副军长可是立了大功了,你老弟能想到么?赵副军长手提大刀冲在最头里——我敢说整个战区也找不出第二个这样拼命的将军了。听到这里,我真替他捏了把汗哩,心都拎到了喉咙口上……"

束孝时也很吃惊:"军长,一六八军有这样不怕死的副军长,我看,樊城就守住了!"

正说着,外面的枪声、炮声又响了起来,赵长江也从前沿把电话打了过来,说是日军的进攻又开始了,他现在已脱不开身了……

李威对着电话愣了半天——电话里枪声、炮声响成一片。

城东的情况想必十分紧张,李威不再迟疑,大声对着话筒说:"长江老弟,那你就不要过来了,给我把整个东线都管起来,随时报告你的位置……"

只说了这么一句,电话就不通了,大概是城东那边的线路被炸坏了。

李威心里一抖,不由得替赵长江和整个东线担起心来……

十三

一颗颗炮弹在恐怖的呼啸声中落下,迸飞的火光弹片伴着冲天而起的烟尘射向四面八方,把一切挡道的障碍物全撕得粉碎。风向已变,攻城日军不再使用毒气,就把炮火轰击的力度加大了,把轰击的时间延长了。猛烈的炮火轰击之后,头戴钢盔的日本兵蝗虫一般,黑压压从斜对着东城门的一片坟地里冒出来,从上午失守的城外国防工事里冒出来,以三辆坦克为先导,呀呀怪叫着,一路射击,向紧闭的城门楼子冲过来。

赵长江站在城门楼上,不用望远镜也看得清清楚楚,面前攻城日军的兵力和火力配备都已大大增加,看来已把城东当作主攻方向了。而城东守军部队历经两日一夜的血战,战斗减员十分严重,搞不好要出问题。

在电话里和李威军长达成了谅解,且又接受了指挥东线防守的任务,赵长江刚刚松弛下来的神经又变得高度紧张起来。在接通李威电话之前,他只需对自己一个人负责,只希望自己死得其所而已。对日军是否会破城,破城后会怎么样,是否进行巷战,如何进行巷战,几乎没多加考虑。现在却要考虑了,东线出了问题,他没法向李威交代,也没法向一城的父老乡亲交代。

电话已断了,和军部已无法联系,赵长江只得下令让七七一团的传令兵跑步前进,到军部向李威报告自己的判断:日军的主攻方向已可认定在东线,兵力部署要立即调整,如一时不能调整到位,应马上把游纵增援部队派上来,加固东线防守,并做好巷战准备。

城门楼上和两翼城墙上的七七一团官兵在进行顽强抗击,支在城门楼上的七八挺轻重机枪不歇气地怒吼着,在距城墙一百五十余米处构成了一条火力封锁线,把冲上来的日军大都挡在了封锁线外。可机枪的子弹却挡不住要命的坦克,三辆坦克一无阻挡地向城门楼下推进,坦克后面跟着一大群日本兵。几个弟兄试着用缴获的小钢炮轰,可不是打近了,就是打远了,几乎没起一点作用。

赵长江急红了眼,对身边的七七一团团长章洒之说:"马上派几个不怕死的弟兄下去,用集束手榴弹炸!用炸药包炸!炸毁一辆坦克,赏法币五百元!"

章洒之点点头,跑下城门楼去部署人手。

这时,三辆坦克却在正对着城门约一百余米处停下了。

攻城日军也纷纷就近隐蔽,似乎在等待着什么。

片刻工夫,三辆坦克的炮口全调平了,相继对着被沙包堵严的城门和两侧城墙连续开炮。与此同时,坦克上的机枪也开了火,直打得城门楼下烟火弥漫,一片狼藉。

赵长江这才知道大事不妙:鬼子是想用坦克的火力轰开城门,掩护步兵杀进城来。遂一面冒着鬼子的炮火责令城门楼上的三营长组织火力,封锁住城门前的通道,一面要城楼上的一个重机枪班随他下楼扼守城门洞。

到了楼下城门洞一看,门洞果然已被坦克炮火大部轰开,一道厚达半尺木城门和码在门后的三层麻包都炸飞了,整个城门洞子横尸遍地,烟火缭绕,暗如黑夜。

鬼子的坦克还在开炮,机枪的子弹也嗖嗖往门洞子里飞,身边面前不断有些弟兄中弹倒地,刚才下楼组织炸坦克的团长章洒之也负了伤。

赵长江看到,章洒之倒在一个死去的弟兄身边,一条大腿上糊满鲜血。

命令随之下来的重机枪班冲进城门洞子,准备对付马上就会攻上来的日本兵,赵长江扑到章洒之团长身边,要给章洒之包扎伤口。

章洒之推开赵长江说:"赵副军长,别管我了,你……你快往城里撤吧!这里怕……怕是守不住了……"

赵长江切齿骂道:"混账!只要老子不死,这里就守得住!"

章洒之满面泪水:"赵副军长,您……您是我们一六八军的魂,您……您不能这么硬拼呀!您把命送在这里,咱……咱一六八军还指望谁呀!"

赵长江不听,见面前跑过一个士兵,一把拉住说:"快给你们团长包扎伤口,照顾好他!"说毕,猫着腰,冲进了城门洞子。

坦克的炮击已停,城门洞里亮了不少,俯在半截麻包后面,及时支起的重机枪"哒哒"响了起来,城门洞不远处已铺满了攻城日军的尸体,日军的入侵步伐再次被及时挡住了。

赵长江这才松了口气,又想起炸坦克的事了……

然而,刚把十个敢死队员组织起来,诡计未成的鬼子坦克竟自行退了回去,攻城的步兵也退了回去,城门防线险险乎乎又守住了。

也就在这时,游纵的增援部队上来了,是游纵副司令亲自带上来的。

束孝时望着蓬头垢面,一身血污的赵长江,却不敢认,直到赵长江主动和束孝时打了招呼,束孝时才一把搂住赵长江道:"老……老大哥,这……这一仗真苦了你了!"

赵长江笑了笑道:"孝时老弟呀,我可没觉得苦。能这么为国家、民族认真打一回,是我赵某人的心愿,也是一六八军弟兄的心愿!作为中国军人,我们日后才敢说自己俯仰无愧呀!"

束孝时感叹道:"兄弟真服你了,士别三日当刮目相看,兄弟对一六八军也得刮目相看了。"

赵长江叹了口气:"别说这些了,老弟,还是说说你们英雄的钱司令吧!樊城打到这个样子,他老兄咋只派你带一个支队过来?你们从一开始不就说派出了五个主力支队么?"

束孝时讷讷道:"咋说呢?钱司令也没说谎,我们是派了五个主力支队,加上原就驻在七里镇的六支队,算是都动作了。可……可咋说呢?流沙河大桥、二桥都被鬼子的飞机炸了……"

赵长江厌烦地摆摆手:"算了,算了,老弟,你别解释了,咱们国家的事,就是这么被闹坏的。现在的情况你都看到了,你去给钱司令说吧,看他那四个支队啥时能派过来?"

束孝时红着脸道:"老大哥,这已不用你说了,刚才在军部兄弟已按李军长的意思,给我们钱司令发了急电,估计今夜还能过来两个支队六千弟兄……"

赵长江点点头:"这就好,守住了樊城,我建议李军长到战区长官部和中央去给你们游纵请功!没有你们增援,这仗真打不下去了!这两天一夜,一六八军的伤亡恐怕已近五六千人了!十个营连长已有七八个伤亡!而攻城的山本师团还没有撒手的意思。"

带着束孝时走到城门楼上,赵长江又指着夕阳下遍是废墟的城池感慨地说:"老弟呀,什么叫焦土抗战,在今日的樊城,我总算明白了!你们也得明白呀,就是所谓倾巢之下没完卵啊!"

束孝时仰脸一声长啸:"一寸山河,一寸血,就让咱们都把这一腔热血洒在樊城吧!"

束孝时话刚落音,城外阵地上的日军又开炮了,一颗颗炮弹在城门楼附近跌落、爆炸,把刚刚平静了不到半小时的樊城东线阵地再一次推入血火地狱之中……

日军在夜幕降临前的最后一次进攻又开始了。

十四

流沙河上的浮桥架好,把一、四、五三个支队渡过河,已是下半夜了。隔河看着对岸的一片火把,倾听着四处响起的脚步声、马蹄声、口令、哨子声,钱司令的增援决心却又动摇了。

昨夜和二支队同时渡河的三支队已在三小时前派了出去,现在应该到了方山子,若是再把一、四、五三个支队递次派上去,游纵的底牌就算大部出尽了。而樊城的命运是不是会因此改变呢?真不敢说。这回可不是去年,去年鬼子并无攻克樊城的作战意图,只是因为我军从省城下来,一路退得太快,才在樊城打了一仗。当时真正攻城的鬼子只有一个联队,后续部队又没跟上来，才让他钱某讨了便宜。今天，再想讨这种便宜就难了，山本师团和河东伪军的作战目的就是拿下樊城，他若是真的陪着李威一味硬拼，搞不好会落得个鸡飞蛋打的结果。

越想心里越不踏实，钱司令便让过了河的队伍就地待命，自己阴着脸回到了七里镇上。到了镇上，钱司令虽说很困倦，却睡不着，便又故伎重演，独自在屋里"用功"画虎。

钱司令一边画虎，一边仍在苦苦想着关乎樊城的真理：今日的樊城对他钱大兴究竟意味着什么？他真有必要这么一个支队一个支队地往樊城这个凶险的虎口里投食么？

束孝时发过来的电报已不容置疑，李威这老狐狸竟不顾后果和山本师团主力拼上了。这就很麻烦，不全力增援说不过去，真全力增援，又心疼手中好不容易才聚起的本钱。钱司令可不是傻瓜，钱司令知道，从整体兵力和武器装备上讲，敌强我弱，就算加上游纵全部六个支队，也还是敌强我弱。而李威的一六八军现在又苦战了两天两夜，只怕已没有多少本钱了，再打下去，只能看游纵的。递次增援实际上已失去意义。形势已很严峻地摆在面前：要么放弃对樊城的增援，让一六八军和束孝时指挥的二支队、三支队弟兄听天由命；要么亲自率着游纵余下的四个支队全部杀上去，和鬼子一决雌雄。

这决心实在难下，钱司令一年前成在樊城，真怕今日再栽在樊城。

心思太重，钱司令的虎只画了一半便画不下去了。

钱司令推门走到了院中，望着满天星斗发呆。

这时，竟有客来访！是便衣队王队长带来的。

来客三十多岁的样子，着便装，身边还跟着五六个随从。钱司令一见来客就觉得眼熟，经王队长一介绍才知道，却是伪独立师叶瞎子手下的副师长刘玉虎，当年在他手下当过几天连长的。不用问钱司令也清楚，在樊城大战之时，刘玉虎深夜来访必有要事，遂让王队长把刘玉虎的随行人员带去安歇吃饭，自己把刘玉虎让进了屋。

果然，一进屋，刘玉虎只和钱司令寒暄了几句，就把话头转入了正题，

焦　土 // 331

开门见山问:"钱司令,你认为樊城守得住么?"

钱司令掩饰住满腹心事,拼力一笑,反问道:"你说呢?"

刘玉虎直言不讳:"要我说,就一个字:难。"

钱司令冷冷地摇摇头:"我看不难!一六八军李威军长不是吃干饭的,我这老长官真要拼起命来,那是无可阻挡!况且,还有本司令游纵弟兄和河西地区百万民众的全力支援,樊城嘛,正如——"钱司令一脸神圣,把手一抬,又猛地挥下去,"——正如孔子所曰:固若金汤!"

刘玉虎实在不知孔子是否曰过"固若金汤",也就没去计较,点点头说:"不错,咱老长官这回真拼命了,说实话,这可让人想不到。我们的瞎子师长原以为老长官又会开溜,樊城一打响就和我们说了,要我们的队伍准备在十二小时内进驻樊城。"

钱司令说:"只怕十二天你们也进不了樊城!你可以带个话给叶瞎子,就说我钱大兴说了,只要他有胆,就叫他把他的独立师拉过来和老子的游纵比试比试!"

刘玉虎道:"钱司令这话就说错了!我们瞎子师长可没这个意思——我们咋变成南京独立师的,别人不清楚,你钱司令也不清楚么?不是去年李威军长转进时把我们忘了,我们何至于走到这一步?!"

钱司令叹了口气,承认了:"这倒也是。"

刘玉虎又说:"军长当年自己不打鬼子,又不管我们的死活,我们只有投南京,今天军长能带弟兄们这么打,我们就服了,就决心反正!"

钱司令眼睛一亮,"呼"的站了起来,紧盯着刘玉虎的面孔问:"此话当真?"

刘玉虎道:"这种事能乱说么?!我们瞎子师长已和弟兄们开过了会,决定马上行动,今夜就是派兄弟来和司令联络的。听听司令的意思,看在什么时候行动,咋行动好?"

钱司令惊喜过望,一把抓住刘玉虎的手说:"老弟,太好了!这一来,樊城就有救了!"

刘玉虎这才笑道:"钱司令,你不是说樊城固若金汤么?"

钱司令仍不认账:"当然固若金汤喽!不过,你们在鬼子背后一打,就形成了夹击之势,这仗就更有意思了!"

刘玉虎一怔:"我们瞎子师长的意思并不是要打,却是想趁着鬼子攻樊城,把队伍拉过流沙河,投奔司令你的游纵,以免鬼子把我们派上去打李军长……"

钱司令这时已朦胧看到了胜利的曙光,脑子里大致绘出一幅即将开始的作战蓝图,——以游纵现有的四个支队再加上敌后叶瞎子伪独立师的力量,打一个两面夹击的漂亮仗。如此一来,不但救下了樊城,也许还会造出一个意外的大捷,把他钱大兴抗日英雄的声威造得更足,这真是好风凭借力,一举上青云哩。

却不动声色,钱司令虎着脸对刘玉虎说:"老弟呀,你们不想打李军长很好,可这却不够,反正过来,就要帮李军长打鬼子呀!要不,你们这反正还有什么意思?!将来中央说你们这反正是假的,只是为了保存实力,你们如何解释?!"

刘玉虎一愣,看着钱司令无言以对。

钱司令亲热地拍着刘玉虎的肩膀:"老弟呀,本司令对李军长意见这么大都不计前嫌呢!为了国家、民族,我都拼将身家性命去帮李军长,你们怎么能不打呢?你们既说定要投本司令,那就得听本司令的号令嘛!所以,要好好打一下!就在山本师团的背后下手,打它个措手不及!"

刘玉虎为难地道:"这事……这事兄弟不敢决定,得回去和我们瞎子师长商量哩……"

钱司令不依不饶,拍着刘玉虎的肩头继续说:"本司令的游纵是支英雄的队伍,你们投过来,也成了英雄的队伍。本司令既要你打,就会全力配合你打,本司令至少可以派三个支队过去,和你们并肩夹击日军,打出咱中国人的志气来!"

听说游纵也出兵,刘玉虎的态度多少有了些改变,想了想道:"如果游纵真能出三个支队过来,我想,我们瞎子师长可能会同意好好打一下。你们一过来,我们右翼白胖子的绥靖旅就不敢动,他真敢动,我们也可以吃掉他！"

钱司令叫道："这就对了！你老弟马上回去，我也派几个弟兄和你一起去，帮叶瞎子准备起来，我这边也立即布置，调整兵力，争取四十八小时后形成对山本师团的夹击态势……"

一夜的烦恼全消失了，送走刘玉虎一干人马后，天已大亮，钱司令颇为愉快地吃过早饭，而后，又来到了流沙河边，下令已过了河的三个支队以急行军的速度沿流沙河东岸北上，做好在兴春和叶瞎子独立师会合的准备。

队伍正要北上，樊城的电报又来了，是副司令束孝时具名的，电报上说：日军已于是日凌晨以坦克开道，攻破东城门，一六八军二师和游纵增援部队正和进城日军在东关街巷进行惨烈巷战，要求钱司令再投入两个支队支撑巷战……

钱司令极为震惊，叶瞎子独立师反正带给他的巨大愉快，瞬时消失得无影无踪……

真想不到樊城这么快就被日军攻破了——游纵上去了两个支队，仍没帮李威守牢樊城，仍让鬼子攻进来了。既已到了巷战的地步，樊城只怕凶多吉少了，再进行正面支援，只能是肉包子打狗，有去无回。

沉思了好半天，钱司令还是决定不改变原计划，极力镇静着情绪，对参谋处长刘克山说："刘处长，马上回电，这么说：孝时老弟并转李军长、赵副军长：援兵已无再派之可能，我部将有决定全局之重大动作，务望众位再苦撑二十四小时，以待我重大动作之实施。我难敌亦难，樊城之得失，此役之胜败，全在此二十四小时苦撑之中。望我袍泽以决死之志逐巷、逐房与敌拼争，不让寸土。是盼！是盼！钱大兴。"

记下这份电文，刘克山惊呆了，斗胆盯着钱大兴问："司令，你……你真不要樊城咱老长官了？真不要束副司令和咱那六七千号弟兄了……"

钱司令脸色难看极了，骂道："你鸡巴日的懂个屁！快去复电！"

刘克山挂着满面泪水，悻悻地走了。

钱司令的心却益发沉重起来：不知樊城的巷战能坚持多久？能不能

坚持二十四小时？如不能坚持二十四小时，他就没有办法了。目前，不论是从大局考虑，还是从自己的利益考虑，他都只能赌这场夹击战，只能争取把夹击的准备时间从原定的四十八小时，缩短为二十四小时……

十五

　　幸亏夜间就已做了巷战的准备，东城门被日军的坦克冲开后，以七六八团扼守的钟鼓楼为中心的二线街全阵地开始了剧烈而有效的抵抗。新上来的游纵三支队和七六八、七七一团残部逐房逐屋和攻进城的日军反复争夺，硬是在钟鼓楼前把日军的攻势死死挡住了。

　　战斗已进入犬牙交错的状态，敌中有我，我中有敌，钟鼓楼以东地区已是一片难已分辨的浑噩。城门虽破，可城门楼和南侧一段城墙还在我军手中，七七一团守军仍据守城门楼和城墙，在向城外和城内的日军射击，投弹。而日军在前面开路的一辆坦克和几十个不要命的步兵却沿着东关路深入到我街垒阵地后面，被我守军的火力从四面围住，打得进退不得。

　　赵长江副军长站在钟鼓楼上看得很清楚，那辆孤军深入的日军坦克和几十个日本兵陷入了绝境。伴着从四面制高点上泻下的弹雨，坦克四周的日本兵不断倒下，最后几乎全无踪影。坦克左突右冲，仍没逃脱灭亡的命运——两个身着游纵军装的士兵，从坦克旁边的一座房屋废墟里跳出来，一个端着轻机枪掩护，一个飞快地靠近坦克，把直冒烟的集束手榴弹塞进了坦克履带，"轰然"一声，把坦克炸翻了。

　　赵长江大为振奋，把手中的望远镜递给身边的束孝时，要束孝时看。

　　束孝时在望远镜里看到，那个炸坦克的士兵已被爆炸掀起的气浪打倒了，再也没有爬起来，士兵头上的军帽飞到了坦克歪斜的炮塔上，军帽上满是鲜血……

　　赵长江说："孝时老弟，认识这个弟兄么？战后叫他来领赏，我在昨日下午就说过，谁炸掉一辆坦克，就奖赏他五百块钱……"

　　束孝时叹了口气："这弟兄领不到你的赏金了，他已殉国了。"

赵长江不信,接过望远镜再看,望远镜里已看不到那个士兵的身影,能看到的只是一片正散去的淡淡烟尘……

东面城门楼上,七七一团残部却已陷入了日军的三面包围。破城之初一味向前推进的日军,没把注意力放在城门楼上,只想迅速扩大战果。待在城内吃足了苦头之后,一下子把怒气全发到那座残破的城门楼上了。城里、城外的日军一起向城门楼攻,同时,已占领了北侧城墙的鬼子,也沿着城墙潮水般地往城楼上扑。

赵长江和束孝时商量了一下,决定集中力量发动一次小规模的反攻,或者把通往城门楼的道路重新打开,使城门楼和钟鼓楼连成一线;或者把城门楼上的弟兄接应下来。

刚把组织反攻命令发布下去,城门楼上七七一团一团副的电话就打过来了,说是团长章洒之已经殉国,阵地上的百余个弟兄几乎个个负伤,子弹也将用尽,问赵长江该咋办。

赵长江想都没想便严令道:"坚守最后一秒钟,不惜一切死守阵地!除此而外毫无办法!因为你们已被敌人包围。子弹用完了,就用手榴弹炸,用刺刀刺,用大刀砍,用石头砸!我们这里五分钟后即发起反攻,请你们务必要挺住!"

这边放下电话,那边担任反攻任务的游纵二支队钱支队长的电话又挂过来了,钱支队长找束孝时说话,赵长江把电话递给了束孝时。

束孝时拿起电话听了没几句就火了,对着话筒骂骂咧咧道:"姓钱的,老子给你说清楚:赵副军长的命令就是我的命令,就是钱司令的命令!你他妈的五分钟内不全力反攻,老子就剁你狗日的头!没有人?你是什么东西?!下面说什么我不管,我就找你姓钱的算账!你狗日的看着办好了!老子也给你权力,谁敢抗命,你给我毙谁!连长不干毙连长,排长不干毙排长!当场毙!"

气呼呼地摔下电话,束孝时对二支队还不放心,对赵长江说了句:"我到对面刘家花园老钱那看看!"说毕,转身带着几个卫兵下了钟鼓楼。

望着束孝时离去的背影,赵长江嘱咐了一句:"孝时老弟,小心些!"

四周的枪炮声很响,束孝时大约没听见赵长江的话,一路下楼没回头。

束孝时走了没一分钟,军长李威的电话来了。

李威先问:"东关的情况怎么样?能不能再坚持二十四小时?"

赵长江老实道:"情况很困难!如无新的援兵,只怕连十二小时也难坚持。"

李威的口气不祥:"假如没有援兵,我又非要你坚持二十四小时呢?"

赵长江只好说:"我和城东全体弟兄都会尽力,就是最后拳打脚踢,用牙咬,也和鬼子拼到底,可……可我不敢说坚持二十四小时……"

李威火了:"老子就要你坚持二十四小时!你给我对表,现在是上午十点二十三分,你务必要给我坚持到明日上午的十点二十三分!白天丢掉的阵地,晚上再夺回来!晚上丢掉的阵地,明日一大早就去夺!你赵长江要清楚,这一仗是你铁下心要打的,你就得给我打好!我李威因为你把一生的血本都拼上了,你赵长江要对得起我!"

赵长江知道自己的军长大哥这回是真急眼了,心里痛楚难当,对着话筒不知该说什么才好。

李威的口气缓和了些,又说:"老弟呀,话是这么说,可我不许你死!你小子要想一死了之,就是赖账。大哥我百年之后到地下也得和你算账!你听明白了么?"

赵长江哽咽着说:"大哥,我……我听明白了……"

李威这才透露道:"老弟呀,现在我也不瞒你了,我和你说清楚:你千万不要再指望钱司令的援兵了,我已接到钱司令的电报,这混账司令已明言不再增援了,却要我们坚持二十四小时,说是将有另外的动作!"

赵长江惊问道:"钱司令会……会有什么动作?"

李威叹了口气道:"我不知道。不过,已到了这个地步,我们也只有信他一回,坚持这最后二十四小时了。二十四小时后,钱司令的动作救不下樊城,老子就到战区长官部,到中央去告这杂种!这杂种先炸流沙河大桥,嗣后又见死不救,陷我于绝地,比当年的韩复榘还坏,非挨枪毙不可……"

赵长江想了想说:"军长,咱们先不谈钱司令了,还是面对现实吧!既然游纵已不能再指望,军部可否把轻伤员和后方文员组织起来,于必要时补充城东巷战呢?"

李威想了一下,同意了:"好,就依你!"

赵长江又说:"游纵不再增援的消息,是否保密?消息传出,这二十四小时就难守了……"

李威道:"对!这正是我想和你说的!不但这消息不能透露,还得反过来说,就这么说:不但钱司令的全部队伍,还有战区长官部李长官的集团军都在向我靠拢,二十四小时后均可进抵樊城。对束孝时也这么说!反正一句话,打至一个人,一口气,也得坚持二十四小时……"

这时,束孝时已亲率游纵二支队从刘家花园一带发起反攻,冲锋的军号在激烈的枪声中响了起来。

赵长江最后对着电话说了句:"军长,就这样吧!我们正在组织反攻,不能多说了!"

放下电话,赵长江又举起望远镜看。

城门楼仍在我军手中,七七一团勇敢的官兵们正用刺刀和从北城墙涌上来的日军肉搏,一个个日本兵倒在七七一团官兵的刺刀下。也有不少弟兄被日本兵刺倒,惨叫着从城墙上栽下去。尤其让赵长江震惊的是,一个身上缠满绷带的弟兄,紧紧抱着一捆集束手榴弹,一头栽入鬼子群中,于一声惊天动地的爆炸声中,和十几个涌上城头的鬼子同归于尽……

在城门楼激战的同时,二支队反攻的弟兄进展顺利,在军号的召唤下,游纵的弟兄们从刘家花园附近的制高点里,从一座座废墟残垣里,从一条条小巷的隐蔽处冲了出来,一路射击着,向城门楼方向前进。

沿途有不少房屋已被日军占领,这些被日军占领的房屋里,不时地有子弹飞出来,有一批批鬼子兵涌出来,和游纵的弟兄拼个不歇。

军号一直在响,在响……

冲锋的弟兄前面的倒下,后面的又上去了。

东关路上的鬼子开始一路抵抗着渐次后撤,最终,在城门楼上和地面火力的两面夹攻下,一部分退出了城,一部分闪到了东关路南侧。

城门楼通道竟被打开了。

赵长江知道,城门楼孤入敌阵,注定是守不住的,遂当机立断,用电话命令城门楼上的七七一团守军在游纵二支队的掩护下,全体后撤。

撤下的七七一团已是一个空番号,战前编制为八百多号人的一个团,此时已不到七十人了,且个个带伤,有三个弟兄刚被担架抬过来,就眼望着钟鼓楼上飘荡的国旗咽了气。

看着撤下来的七七一团的六十余名受伤弟兄,赵长江只简单地安慰了几句,就在其中找出了一个军职最高的弟兄——三营的一个营副,近乎冷漠地对他交代,要他将这六十余名弟兄编为一个连,立即进入三支队右翼的街垒工事。

那个营副并没感到吃惊,麻木地向赵长江敬了个军礼,满是血泡的嘴唇动了动,迸出一个满是血腥味的字:"是!"

这时,从副军长赵长江、副司令束孝时,到一六八军、游纵的每一个弟兄都已明白:最残酷的时刻到来了……

十六

钱司令很清楚叶瞎子反正的意思,这个大烟鬼可能有点民族良心,但反正的主要原因恐怕还是想对鬼子耍滑头。叶瞎子十有八九是想在这场血战中保存实力,才在昨夜把自己的副师长刘玉虎派过来串连的。叶瞎子的小算盘再明白没有了,他于樊城危难时不投一六八军而投游纵,显然是为了避战,既回避和鬼子一起打李威,又回避和李威一起打鬼子。钱司令在率部北上的路上,一直很负责任地替叶瞎子拨弄着小算盘,并揣摩着最终粉碎叶瞎子的小算盘,进而逼迫或诱使叶瞎子参战的可能性。

这是非常冒险的一着棋,在没得到叶瞎子的最后回复,不知叶瞎子会不会打的情况下,自己却把游纵三个支队近万人马拉了过去,自说自话地要夹击山本师团,闹不好只怕夹击不了山本,却要和叶瞎子缠上一场。而和叶瞎子一纠缠,时间一耽误,樊城就完了。

和叶瞎子决不能泡蘑菇。第一步是争取叶瞎子一起打,退一步,就请叶瞎子让路,游纵自己打。一定要在二十四小时内打响。就算二十四小时后樊城已经失守,打一下也好向战区长官部做最后交代。

叶瞎子果然不想打。

钱司令率着队伍一路急行军到达兴春,一见叶瞎子的面,叶瞎子就说了:"钱司令呀,打鬼子,当抗日英雄,谁不想哇!可老兄呀,兄弟这独立师哪比得了你的游纵呢?全是乌合之众,只怕打散了架,会丢你钱司令的脸哟!"

钱司令故意淡漠地说:"说心里话,老弟,老哥我希望你打,却也没指望你打,你看到的,老子已带了三个主力支队过来,把血本都拼上了!我现在和你鸡巴日的明说,只要你让条道,看着老子打!待老子和李军长消灭了山本师团,你再反正也不迟。"

这话让叶瞎子吃惊不小,叶瞎子推了推鼻梁上的眼镜,像是刚认识钱司令似的,疑疑惑惑问:"就……就你们,你游纵和一六八军要吃掉人家山本师团?"

钱司令狡猾地笑了笑,故弄玄虚道:"当然不止我们了,还有哪些队伍,咋个打法,就不能和你鸡巴日的多说了。不过,我也得把话说在这里,若是今夜或是明日,战局一变,从樊城到兴春四处都是中央的队伍,只怕你鸡巴日的再反正就不太好看了吧?"

叶瞎子镜片后的小眼睛溜溜转动着,半天没说话。

钱司令却又说:"当然,老哥我是会为你说话的,我会向中央和长官部证明,你鸡巴日的虽说关键时刻没反正,却还是为我们让了路的……"

叶瞎子忙道:"这咱可说清楚呀,钱司令,兄弟早反正了,还是主动反正的!昨夜不是你钱司令找我,而是我主动派刘玉虎找你联系反正的呀!再者说,兄弟我也没说不和你一起打鬼子嘛!咱们先吃饭,兄弟给你备了茅台呢,吃过饭再好好商量一下行不行?"

钱司令根本没心思吃饭,大手一摆,信口开河说:"罢了,待打完这一仗再喝你的茅台吧！从兴春到樊城还有五十多里路呢！战区李司令长官还等着我哩——长官部命令我部必须在十小时后进入阵地，以防山本残部向省城方向溃逃……"

叶瞎子一怔，这才讷讷地道："怪不得山本催命一样要我的独立师去樊城，却原来，咱战区长官部要大干一场?！是不是李长官的集团军全过来了？你咋昨夜不和刘玉虎说清楚?！"

钱司令眼一瞪："现在我也没说李长官的集团军要过来！你叶瞎子别瞎猜！"

叶瞎子哈哈大笑："怪不得你敢拼老本，却原来这当英雄的好机会又让你撞上了！好！兄弟服气！兄弟啥也不说了，立马跟你走，兄弟不但要反正，还要跟你钱司令学着做一回抗日英雄！"

钱司令摇摇头："算了，你们就守兴春吧！若是万一鬼子溃退下来，你们就在兴春顶一下；若是我们赢不了这一局，你们也可以再看看风头嘛！"

叶瞎子鸡爪似的手指着钱司令直笑："钱司令，你不够朋友！你不想想，我把你的队伍从兴春放过去，断了山本的后路，山本能饶了我么？我还能再看么？况且，我已让刘玉虎和你说了，我咋着走到这一步的，还不是怪李军长么?！我可是早就等着报国雪耻这一天了！"

钱司令高兴了："你鸡巴日的真心要打？敢和老子的游纵一起打？"

叶瞎子说了老实话："钱司令，你若派我去正面增援樊城，我不敢，从鬼子背后打一下，又有你们一起来打，我还怕个球！打得好，咱一起做抗日英雄，打不好，咱们往河西一撤不就得了！"又真诚地说，"钱司令呀，我也不瞒你了，山本昨天就把命令发过来了，说我对樊城地形熟，要我最迟明晨赶到樊城协战，反正我都得打一下了，跟你老哥一起去打鬼子，总比跟鬼子一起去打咱自己的同胞弟兄好！你也放心，虽说我的独立师是乌合之众，可总也有七八千号人马呢！装备也不错，这一年多，小鬼子算是把我养肥了，连炮团我都有了……"

钱司令拍着叶瞎子的肩头道："好，你真有这份打鬼子的心，那就赶快准备，两小时后随游纵队伍一起，向樊城方向警戒前进！还要先保密，出发前可以给鬼子打个招呼,就说去樊城协战!"

叶瞎子应了一声"是",连饭也没顾上吃,就召集部下,开了个会,把反正的大计最后定了,且在钱司令和游纵一帮军官的参与下,对双方队伍的前进和攻击序列,进行了混合编整。

怕叶瞎子多疑,钱司令再三解释,说是如此安排是为了保障独立师的安全,一俟情况有变,游纵弟兄将掩护独立师各部先行撤退。而会一散,钱司令却对手下的三个支队长并身边随从私下交代,要他们看紧叶瞎子和手下的伪军官,一但发现有不轨异动,即行处置。

黄昏时分,各部分准备就绪,就要向樊城进发时,钱司令又下了一道命令,要便衣队王队长率便衣队弟兄,把叶瞎子的两个老婆和伪独立师的一帮军官家属,都连夜送到河西地区。

叶瞎子这时看出来了,钱司令对他仍是不放心,便郁郁不快地说:"钱司令,你也太过分了吧?小鬼子还没扣我的家眷做人质呢!今日我都反正过来了,你还想扣呀?!"

钱司令呵呵笑道:"瞧你这小心眼!你真是把我的好心当作驴肝肺了!老弟我问你:你和弟兄们的家眷不去河西,还能去哪里?能留在兴春么?你就不怕鬼子和你算账?"

叶瞎子讷讷地说:"我原想,是随咱们一路走的。"

钱司令很生气,手一挥道:"胡闹!简直胡闹!咱们是打仗,不是去逛街!你瞎老弟若是不放心本司令,现在反悔还来得及。"

叶瞎子四处看看,身边已无多少自己的弟兄了,又想到反正的命令已发布,独立师上上下下都知道要去打鬼子,反悔也没可能了,遂气呼呼地对钱司令道:"看看,你又来了!我叶某人咋会反悔呢?老子说了,这一回就跟你钱司令学学,咋做抗日英雄!"

钱司令庄严地说:"这就好,这就很好嘛!跟我学,你老弟就会有长进!我告诉你,你要记住:抗日英雄是真刀真枪打出来的,不是靠耍滑头耍出来的。光想保存实力,尽打自己的小算盘,那是成不了大事的!你老弟这次好好打,为国家,为民族,打出名堂来,本司令就亲赴重庆,到蒋委员长面前给你请功……"

这话把叶瞎子唬住了,叶瞎子知道钱司令被蒋委员长通令表彰过,就以为钱司令的面子很大,再不敢多说什么了,老老实实上了马,和钱司令一起并肩踏上了前往樊城的大道,且在一路上耐心聆听着钱司令关乎国家前途、民族命运,以及中国军人抗日职责的教诲。

夜行的队伍前进到距樊城十五里处的一个小村庄,和白胖子的伪绥靖旅某营打了一场遭遇战,不到半个小时,就把白胖子的那个营打得七零八落。不过,这么一来,也让白胖子过早地知道了独立师反正的动向,凌晨五时,当游纵和独立师混编的先头部队抵达樊城近郊时,白胖子两个绥靖团已进入了阵地。

一场并不在钱司令计划之中的战斗伴着黎明的曙光开始了……

十七

一夜激战未止,情况越来越坏。

白日,城东地区街垒和制高点已大部失守,夜间,束孝时奉命率一六八军二师残部和游纵二支队、三支队弟兄反复发动夜袭,在星光下和日军血战,试图夺回阵地。城北,日军则主动进行夜战,打得我一师守军一路退却。午夜情况最紧张时,鬼子几乎攻至中山路军部大红楼门前。不是赵长江及时带着百十号弟兄赶过来,和鬼子进行了一场短兵相接的肉搏战,险险乎乎打退了鬼子,军长李威差点儿做俘虏。

见到赵长江时,李威惊魂未定,握着赵长江的手连连说:"老弟,你来得好,来得好!快想法稳住城北阵地!"

这是赵长江那夜出走之后,李威头一次见赵长江,赵长江衣衫褴褛,肩头缠着绷带,满面烟尘,已变得让李威几乎不敢相认了。

李威拉着赵长江,走到地下室的城区布防图前,指着布防图,对赵长江道:"城东和城北的接合部有缺口,状元街一师的六五四团已打光了,刚才那股日军就是从状元街六五四团正面攻入的……"

赵长江问:"军长,手头还有没有机动兵力?"

李威摇摇头："没有,连方山子的学兵营都调上来了……"

赵长江略一沉思："那好,我让六五四团左右两翼向状元街汇拢,再设法从军医院组织一些轻伤员上去,兄弟亲自指挥!"

李威说："还有军部的参谋、副官们,也全交给你,马上夺回状元街阵地!"

赵长江想了想道："军长,军部的人员我不要,你把他们带走,你也撤走,现在就撤走!状元街能否顺利拿回来没把握,这里已经很危险了。"

李威一怔："撤走?仗已打到了这步田地,老子还能往哪撤?!"

赵长江建议道："可以先撤到城西方山子,看看情况再说。城里有我,大哥只管放心……"

李威想都没想,便把脚一跺,对着赵长江吼："老子哪儿也不去了,就和军部大红楼共存亡了!你们再让鬼子从状元街攻过来,老子就在这里和鬼子拼个鱼死网破!"

赵长江也急了："大哥,你是一军之长,一六八军可以没有我赵长江,却不能没有你李威啊!"

李威仰面长叹道："一六八军现在在哪里?在哪里呀?!它已葬在樊城了!只怕明年的今日,就是咱一六八军的周年祭日了……"叹毕,又摇摇头,很冷静地对赵长江说,"既不能保存实力,老子就只能做一回真正的抗日英雄了!老子战死在这里,也可洗刷一下长腿将军的耻辱!"

赵长江不作声了。

李威拍拍赵长江的肩头："快去组织状元街的反攻吧!钱司令已来电了,说是叶瞎子的伪独立师已向游纵反正,时下游纵的三个支队和叶瞎子的整个独立师正由兴春向樊城前进,估计凌晨可在鬼子身后打响。如果钱司令这次没耍滑头,那么,我和军部现在撤走,倒要让钱司令耻笑……"

赵长江大喜过望,对着李威大叫："大哥,这回钱司令不会耍滑头,不会!不说还有叶瞎子的独立师,就是钱司令的三个支队在鬼子背后打一下,我们也有救了!"

李威道："所以,我们必须坚持到天亮!天亮后,钱司令在鬼子身后打响,我城内各部即发起全线反攻!"

赵长江信心大增,当即下令状元街两翼部队拼力向六五四团缺口靠拢,同时,按李威的命令,要军部参谋、副官和其他闲杂人员立即编队,随他和他增援时带过来的百十号弟兄一起向状元街正面反攻。

军医院的伤员一时来不及组织,李威便说,由他来亲自组织,可在两小时后作为后备兵力送入阵地。

尚不知是生离死别,赵长江带队出发时,李威还握着赵长江的手说:"老弟保重!这一仗打过之后,我请你在'大上海'喝酒,喝个一醉方休!"

赵长江笑道:"一言为定!"

然而,三个多小时后,身为一六八军少将副军长的赵长江却永远倒在了状元街状元茶楼门前,同时殉难的还有军部两个参谋人员……

其时,赵长江率领的近二百号弟兄,已在三挺机枪的掩护下,冲上了状元街东头,和左翼六七六团并游纵的一些弟兄会合,夺回了状元街约二百米左右的街垒和房屋。虽还有少数据点被日军占据着,但我军已基本上稳住了阵脚。就是那少数被日军据守的据点,也陷入了我各部包围之中,估计也撑不了多久。

赵长江大意了,这个曾想以一死而报国而雪耻的副军长,在一六八军已在创造辉煌的时候,在自己已把死的念头完全忘却在脑后的时候,却被日军从身后射过来的子弹打倒了。

据六七六团卜团长回忆:按说赵长江不该死,少数还被日军占据的房屋、制高点已在我军各部的扫荡之中,赵长江如果不是急于夺回西面那半条街,如果能在肃清了身后的残敌之后,再去组织对街西的进攻,悲剧便不会发生了。

卜团长清楚地记得当时的情形,在经过一场激烈肉搏,攻占了状元楼后,赵长江即令卜团长以炸塌了半边的状元楼为依托,在机枪火力的掩护下,向对街五十米处的昌隆国货店攻击。

状元茶楼上的机枪开火之后,赵长江带着约二十余名弟兄,从楼里冲了出去。这时,身后一座被揭掉了房顶的废墟里扫过来一排机枪子弹,把月光下的弟兄们打倒一片。赵长江也倒下了,倒在距状元茶楼四米开外的街面上,右胸洞穿,头部洞穿,鲜血糊满了头上破烂的军帽和身上褴褛的军衣。卜团长把赵长江拉进茶楼屋檐下时,赵长江已声息全无……

消息传到大红楼军部,军长李威呆住了,面对前来报告的弟兄反复问:"是不是搞错了?是……是不是搞错了?你们……你们见到赵副军长的尸体了么?"

前来报告的弟兄失声痛哭起来,说:"赵……赵副军长的头和……和胸都被鬼子的机枪子弹打……打烂了……"

李威这才明白,赵长江真的再也回不来了,他和这位存亡与共三十余年的盟兄弟的一切恩恩怨怨都在这令人难忘的樊城之夜结束了,永远结束了……

两滴老泪禁不住从深陷的眼窝里滚了出来……

地下室的窗前已有了些微的白亮。外面的枪声、炮声仍在响。战事没有完结,就像永远不会完结似的。李威想,也许在赵长江之后,下面将轮到他了;也许两三个小时以后,不是钱司令在鬼子背后打响,倒是鬼子发动白日总攻,他和他的一六八军都将最后灭绝在这里……

不论死去还是活着,一六八军中将军长李威这辈子也忘不了血火樊城了。

十八

白胖子的两个绥靖团在游纵和独立师强大火力的打击下,没支撑多久,就溃决了,正面防线完全敞开,把日军山本师团的背面全部暴露在游纵和独立师的炮火攻击之下。

独立师的炮团派上了大用场。

钱司令下令开炮,对着樊城东门外、北门外的日军阵地猛烈轰炸。

在炮火的掩护下,游纵和独立师的一万七千多号弟兄,从东南两面向日军发起了全面攻势,打得日军手足无措。与此同时,樊城城内的一六八军和游纵守军也发起了全线反攻,真的形成了钱司令预想的夹击态势。

日军阵脚大乱,先还两面抵挡,试图挽回败局,后来一看大势不对,就死死守住城北阵地,掩护着从城中仓皇退出的队伍,迂回兴春,向省城方向逃窜……

这时已是中午,钱司令命令游纵和独立师各出少部分弟兄乘胜追击山本师团,自己却骑在马上冒着尚未散尽的硝烟,踏着废墟上的尸体,在独立师师长叶瞎子和众多随从坐骑的簇拥下,八面威风进入了樊城。

钱司令军装笔挺,马靴锃亮,一尘不染。军装上的中将星徽在六月中午的毒日头下闪烁着金黄色的光芒,马靴上跳跃着阳光白亮扎眼的光斑。手里也没拿枪,却拿着一幅早已精心画好,并裱好的字——一个硕大无比的"虎"。

钱司令要让老长官李威好好看看自己今天的新模样。今日的他再也不是往日那个无兵无权的副师长了,他是司令,是拯救了老长官,拯救了樊城,也拯救了一六八军的英雄司令!而且,他这个英雄司令还长了学问,学会写字了,用汤师爷的话说,他那龙、虎、飞三个字中,就这虎字最好,强过当年曹大总统的一笔虎呢!

总也忘不了许多年前的一场难堪,是哪一年已记不起了,地点倒还记得,是在陇海线的一个小火车站,他和手下的一个营的弟兄被蒋委员长的人马包围了。他让一个铁路员工去向李威送信求救。信不是信,却是一个肉包子,包子里的馅被他挖出来吃了,又塞个铜钱进去。李威接到这封"信",一看就笑了,说:"钱大兴被包围了,得赶快去救。"事后,一六八军的弟兄笑话了他许多年……

现在的他已写得一手好字,当年的笑话再也不会重演了,那即将送给老长官的虎字就是明证。

又想,送这虎字最是要得,捧老长官,也捧自己哩!虎威将军,虎虎有生气,虎死不倒架,如此等等,都让人平生男儿的豪气……

然而,伴着踏杂的马蹄声,一路走着,一路看着,钱司令脸上那胜利的自信就一点点消失了,最终竟变成了一脸的沉重和肃穆——

樊城街头的景象太惨了,从被炸塌了半边的东城门到弹痕累累的钟鼓楼,一路上几乎看不到什么完整的建筑物了。目光所及之处,到处都是残墙断垣,砖石瓦砾。一片片废墟上,余烟缭绕,尸体遍布。尸体大都是一六八军弟兄的,死亡时的姿势各异,有的是和攻到面前的鬼子扭抱着死去的,有的临死还保持着射击的姿态,还有的尸体已残缺不全,血肉模糊……

这景象让钱司令不由自主地想起了一年前。

一年前,也是在这里,在樊城,他率着三千不愿撤离的弟兄以钟鼓楼为城防指挥部,抵抗日军山本师团久井联队的进攻。仗打得真苦啊,防守力量不足,防线四处都是漏洞,好几次日军就要攻进城了,在最悲观沮丧的时候,他都以为自己要死在这里了。然而,和今天比比,自己当年那一仗实在不足挂齿。今日这险恶一仗,远比一年前要惨烈得多,根据目睹的这战场惨状估计,只怕老长官的一六八军已打得差不多了……

在大红楼军部见到老长官李威时,钱司令脸上已布满真诚的敬意。

钱司令进门时,李威正背对着钱司令站在大红楼三楼的窗前,钱司令循着当年做部下的规矩,喊了一声"报告",李威才缓缓转过身子,看看钱司令,又看看随钱司令一起进门的独立师叶师长,淡淡道:"你们来了?好!好!"

钱司令和叶师长向李威立正敬礼。

李威手一伸,仍是淡淡地说:"哦,坐,都坐吧!"

钱司令和叶师长都不坐。

钱司令上前几步,紧握着李威的手道:"老长官,兄弟……兄弟来晚了……"

李威勉强笑了笑说:"不晚,来得正是时候。"

叶师长也说:"老长官,是晚了些,可……可我们也真是抓得很紧了……"

李威神色很庄严,也很认真:"我说你们来得正是时候!不论你们心里咋想,事实上你们是成全了我这个老长官,也成全了我一六八军的名节。从今以后,谁还敢说我李威是长腿将军?谁还敢笑话我一六八军不抵抗?！谁他妈的还敢?!"接下来,李威的声音却哽咽了,"我……我四千余号弟兄战死……战死在樊城,三千多弟兄在……在樊城负伤挂彩,我……我一六八军在此役付出的代价,超过战区内任何一支作战部队!我……我这个做军长的不论对国家,还是对民族,都……都已是死而无憾了……"

钱司令受了震动,颇为不安地讷讷地道:"兄弟……兄弟为有您这样的老长官而……而感到无限光荣,无限自豪……"

叶师长也跟上来说:"正因为军长这样打,兄弟才感动了,才……才反正了,军长是抗日英雄,我们……我们不能当孬种!我们日后还要跟军长打更多的硬仗,胜仗……"

钱司令将自己画出来的那幅虎字适时地献给老长官,并说:"老……老长官,兄弟早就想送幅字给你,请你指教,可战事繁忙,一直没机会见面。今日……今日真是巧,老长官打得好,兄弟这字也正送到了时候。看,虎,老长官实在……实在就是个虎威将军哩!"

李威的目光只在钱司令精心画出的字上扫了一眼,就让身后的一位副官收起了,苦笑着对钱司令和叶师长道:"你们二位别再捧我了,我老了,一六八军也打光了,加上我早年又和蒋委员长打过内战,蒋委员长一直对我疑心重重,日后怎么打,恐怕都不是我的事,而是你们的事了……"

这都是实在话,钱司令想,老长官真是个明白人,没用任何人提醒就知道自己的好时光已经过完了,——也许从今天开始,老长官真的要退出这血火纷飞的战场了。然而,嘴上却不能顺着老长官这么说,这么说不利于抗战的大局,也太伤老长官的心了。

钱司令言不由衷地说:"军长别这么说,军长这一仗打得好,蒋委员长和战区长官部都看得到,军长的前途不可限量哩!"

李威不为所动,自顾自地说:"……就是我不在了,你们仍要打好,仍要像今天的樊城一样打好!"颤抖的手指着窗外的废墟和残墙,又说,"你们都要对得起倒在这里的一六八军的弟兄们,都要对得起这座樊城啊……"

钱司令顺着老长官手指的方向望出去，北面半个城区的景象映入眼帘。昔日的景观已变，一片片熟悉的街区已不复在，大部分房屋已毁于炮火枪弹，崩塌下来的砖石，把一条条街巷几乎遮严了。淡蓝的烟雾仍在远处近处缭绕，有些街区还燃着明火，升腾的火光和烟云大有遮天蔽日之势。弟兄们的遗尸和日军的尸体还没来得及收拾，目光所及之外，除了步履蹒跚的伤兵就是尸体……

一片血染的焦土。

一片悲壮的狼藉。

钱司令心中一颤，一股热血涌上头顶。

情不自禁抬起手臂，钱司令将并拢的五指缓缓贴近军帽的帽檐，对着窗外的那片焦土，对着那片焦土上的死难者，也对着蹒跚在那片焦土上的伤兵，敬了个沉重而庄严的军礼……

2017 年 9 月修订